浮云魅影

常博涵◎著

时代文艺出版社

图书在版编目（CIP）数据

浮云魅影 / 常博涵著.—长春：时代文艺出版社，2021.1

ISBN 978-7-5387-6500-7

Ⅰ. ①浮… Ⅱ. ①常… Ⅲ. ①长篇小说－中国－当代 Ⅳ. ①I247.5

中国版本图书馆CIP数据核字（2020）第163285号

出 品 人　陈　琛
产品总监　邓淑杰
责任编辑　杨　迪
助理编辑　吕　天
装帧设计　孙　利
排版制作　隋淑凤

浮云魅影

常博涵 著

出版发行 / 时代文艺出版社
地址 / 长春市福祉大路5788号　龙腾国际大厦A座15层　邮编 / 130118
总编办 / 0431-81629751　发行部 / 0431-81629755　北京开发部 / 010-63108163
官方微博 / weibo.com / tlapress　天猫旗舰店 / sdwycbsgf.tmall.com
印刷 / 三河市天润建兴印务有限公司
开本 / 710mm × 1000mm　1 / 16　字数 / 455千字　印张 / 27
版次 / 2021年1月第1版　印次 / 2021年1月第1次印刷　定价 / 48.00元

图书如有印装错误　请寄回印厂调换

目录

楔　子

江湖恩怨自难清，迷影重重怎堪行。

终有水落石出日，凤鸣一啸九天惊！

有人的地方就有江湖，人分善恶，江湖也美丑并存。江湖上没有任何人是可以相信、值得相信的。因为你永远不知道上一秒的天使，会不会在下一秒成为恶魔！

夜，深夜。

秋风席卷着涟霞山，仿如一把把钢刀，以青山为砧板，视众生为鱼肉。天无情，地无情，人存天地，自也无情。

“没想到……真是没想到！”一位青衫文士轻声叹着。他满面愁容，负手立于玄天楼一方书案之后。书案上放着一封密报，知道这封密报的人很少，少到整个江湖都不超过三人。

风，劲风！寒芒一闪，锋利至极的宝剑已刺向文士的咽喉。这一剑快得无人能看清，冷酷而绝情。青衫文士见到这把刺向自己的宝剑，没有一丝惊惧。他似早就料到了一般，只微微一晃，就到了三丈之外，但脚步却微微有些蹒跚，显然腿早已跛了。

“哈哈哈！”来人大笑，笑声宛如夜枭，在深夜里闻之不寒而栗。

“云兄，多年未见，武功越发精进了！”青衫文士云松青微微颔首。

“你的功力也今非昔比，远在我之上了。”他说话时目光缓缓看向桌上的密报，神情极为淡定。他之所以还能淡定，不是胸有成竹，而是视死如归。

“你知道我会来？”

“我知道。从接到密报那一刻就已经知道了。”

“你果然聪明！”来人点头，脸上泛起一丝笑容。

“这句话你二十年前就说过。”

“哈哈，那你可算到，明年的今天就是你的祭日吗？”

“我当然知道。你绝不会允许任何知道此秘密的人活在世上。”

来人点头，道：

“你既然知道，为何不逃？”

青衫文士苦笑，神情极为复杂：

“逃？你要杀的人逃到哪儿都是死，让我怎么逃，又能逃到哪里？”

“所以你情愿在这里等死？”

“没错，真正聪明的人就该省省力气，不会做那些无谓的挣扎。”来人又是一阵大笑，极愉快的大笑。

“云兄，你说得很对，真是个聪明人啊！”随即他又叹了口气，语气得意而又无奈。

“可惜呀，我不希望这世上有人比我更聪明，这事你该知道的！”

青衫文士缓缓说道：

“我知道，也没想自己能活过今晚。”

“那再好不过了，从此天下再也没有比我更聪明的人了！”

“这你可就错了，大错特错了！”

“哦？此话怎讲？”

“正义战胜邪恶，从来都不是靠那些小聪明。”

“你的意思是说，我迟早会败？”

“没错，你一定会败，而且会死得很惨！”

“哈哈哈，小弟的结局就不劳云兄操心了。”来人转身缓步踱到窗边，负手而立。他看向窗外的星辰，仿佛看着已经唾手可得的天下。“我死得早也罢，成就大业也罢，你是看不到了！”

青衫文士此时也大笑起来，笑声中满是对来人的讥讽：

“哈哈哈，我还有儿子，如果我死了，你以后的日子也休想好过！”

来人点了点头，转过身子，冷笑着缓缓开口：

“那我就连你儿子一道斩草除根，让云家永远在江湖上消失！”

青衫文士取来一壶酒，又拿了两个酒杯。“你我多年未曾一起喝酒了，临死前我不想留下遗憾……”说着他缓缓斟满酒，交给来人。

“好！我就陪你喝这最后一杯！”来人一把夺过酒杯，不假思索地就要饮下。

青衫文士一笑，说道：

“你胆子很大！当真不怕酒里有毒？”

来人摇头，说道：

“我了解你，以你的性格，死也不会下毒的！”

说罢，他饮尽杯中美酒，随即手便按在了剑上。青衫文士大笑，一扬头也喝干了杯中酒。他喝干的不仅仅是杯中酒，还有自己的生命。

“来吧！”

来人不待青衫文士拔剑，他的剑便如闪电般击出。青衫文士身子一闪，手中刹那间也出现了一把长剑。两个人都是天下少有的高手，剑法之高世间屈指可数，此时相对而立，只周身气场就足以使天地变色，鬼神惊骇！两把长剑随即你来我往，激荡起阵阵劲风。剑气纵横间，连山峦都似乎要为之崩塌！谁也看不清他们过了多少招，甚至连两人的剑影也看不清。达到这种武功境界之人，世上绝不会太多！来人百招都未能取胜，反被云松青一掌击伤，口喷鲜血。

他大怒道：“云兄当真有本事，不过你绝不可能接得住这招！”随之大喝一声，剑上再没有半分留情。星月随之暗淡，天地间的光辉尽数赋予了他的剑光！

青衫文士见此不禁点头，嘴角露出了赞赏的微笑：“我云松青能死在这一剑下，此生无憾了！”

他说着，人竟迎向了那宛如流虹的一剑。青衫文士前胸已被刺穿，鲜血大滴大滴地流了下来。人缓缓倒在地上，没了气息。

来人长叹一声，语气中满是惋惜：“唉，没有梦想的人，永远不会是最强的人！”他说着俯身看向桌上的密报，露出了得意的笑容，随即伸出手，抓起密报，紧紧攥在掌心中。片刻，他又张开手，密报已成一堆灰烬。他看了看云松青的尸体，又看了看掌中的灰烬，他笑了，肆意大笑。

突然，他的神情在笑声中骤变，只因身后响起了急促的敲门声。随之而来的还有一股强大而又熟悉的气场。这气场在慢慢靠近，敲门的人不再敲门，而是推门走了进来。

来者是位老人，一位风尘仆仆、眼中满含焦急的老人。当他走进玄天楼的时候，一切都已太迟了。偌大的玄天楼里只剩下云松青的尸身和桌上的两个酒杯。而凶手与真相，都尽数湮没于苍茫的夜色之中……

第一章　风雪漫千华

十一月，夜，大雪。

北风卷地白草折，胡天八月即飞雪。此时的天地恍如熔炉，铸世间万物为白银。放眼望去，数百里白茫茫一片，尽是死寂。天无言，地无语，人无踪，万籁俱寂。

今夜北风凛冽，宛如一把把钢刀，呼啸着漫过千华山，吹动着凌霄派门前的那张通告。这通告不知贴了多久，纸张早已泛黄，残破不堪。这通告不为招收门徒，不为扬威立号，而是为了杀人！通告中人，有邪道门派之首九幽鬼境的阴帅，有恶贯满盈的杀手，还有无恶不作的强盗。每个人的赏金竟高达五百两！凌霄派要杀他们的原因只有一个——替云松青报仇。

凌霄派乃当今武林正道之首，掌门龙行云是名满天下的大侠。莫说江湖中人，就是寻常百姓都把他视若神明。龙行云在十年前闭关，期间连女儿龙灵雪以及亲传弟子们都未见过他的面。谁也不知他在做什么，更不知他的武功已到何种境界。但他们都知道，他出关之日便是江湖风云再起之时。而今日，便是他出关之日！

北风越刮越狂，暴雪越下越大。凌霄派的弟子个个身着白袍，气度不凡。为首六人更是与众不同，俱是俊逸出尘，恍如仙人降世。此时，他们全都恭恭敬敬地站在一扇宽敞的石门前。所有人都在等待凌霄派掌门龙行云出关。

月光如水，照在正中一位女子的脸上。她一身白裙，生得清丽脱俗，格外引人注目。除了一头瀑布般的黑色长发外，她全身上下洁白胜雪，神情也如冰雪般冰冷淡漠，周身仿佛笼罩着一层轻烟薄雾，让人莫敢逼视。她似一株生在千年冰山之上的雪莲花，亦如江南三月的初雨。她的冷艳举世无双，就是世上最巧的工匠也难雕琢其万一。

轰隆隆，寂静的天地间传来一声石门打开的巨响，随之而来的还有一声宛如龙吟的清啸。清啸中透着精纯雄厚的内力，当真有裂云穿石之威，倾覆众生之势。偌大的千华山在这声清啸中激荡良久。在这刹那间，凌霄派所有人的目光中都现出了神采。他们知道凌霄派的掌门、公认的天下第一，终于出关了！

白裙姑娘见到龙行云，不禁兴奋喊出了声：

“父亲，您出关了！”

龙行云听见女儿的喊声，缓缓睁开了眼睛。他眼中射出一道精光，一道睥睨天下的精光。他没有开口，而是看向远方，默然不语……

大雪连下数日，万里之内尽是一片银装素裹。没有人会选择在这种天气出门，可千华山下偏偏出现了一行人。为首一人是位二十岁出头的少年。

他剑眉入鬓，凤目生威，一张棱角分明的脸刀刻般俊美，一身白衣华贵无比，背后一把凹凸流云宝剑更是非同寻常。气宇轩昂，吐千丈凌云之志；飘逸绝世，弃万里红尘之概。若定要用一个词来形容他，那便是九天剑仙临凡。他身后还跟着几个下人，俱是风尘仆仆。每个人都推着一辆破旧的木车，车上放了许多芦席。

北风呼啸，芦席被风卷起，露出里面的东西。这些东西经历天寒地冻，早已呈紫黑色，冰冷、僵硬，竟然是一具具早已死去多时的尸体！少年胯下的白马终不堪长途跋涉，悲鸣一声倒在地上。而马上少年却不以为意，身形一闪，人已到了六七丈外，随即一挥手，后面的人行动越发快了，直奔千华山而来。

不多时，众人就到了千华山下。白衣少年仰头看了看山势，只觉雄伟出奇，连绵不绝。他又看了看山门前的对联，轻声念道：“南海三千路，辽东第一山。”他嘴角露出一抹笑容，一抹钦佩的笑容。“正道领袖龙行云在此，千华山称天下第一山，倒也不算夸口！”

北风仍旧嚣张，嚣张得视天地众生如无物。那张泛黄的通告被风吹得呼呼作响，像是一头怒吼的野兽。白衣少年此时正望着这张通告，目光极为复杂。

任何人都能看出他的目光中除了悲伤、愤恨，还有欣慰与欢喜。

少年轻声自言自语：

“父亲，您的仇孩儿替您报了，您安息吧！”

他伸手扯下那张通告，那张早已无人问津的通告。门口众弟子见此，眉头都是一皱。他们纷纷拔剑上前，围住了白衣少年。

“什么人？”

“杀人的人！”

“杀的什么人？”

“该死的人！”

“该死的人？”

“邪魔外道，杀无赦！”

白衣少年傲然而立，周身散出一股傲视众生的气势。众弟子不禁全身为之一颤，忙去报告掌门龙行云。

风，突然更急了。雪，突然更大了。星月似乎都没了光彩。

白衣少年感觉到了一股气息，霸道刚猛，却又不失灵动飘逸。随着气息越来越近，众弟子几欲窒息，就连白衣少年也不禁眉头紧皱，手按在了背后的宝剑上。只见一位老者在众弟子的簇拥下缓缓走出了山门。这老者一身白袍，花白胡须飘荡胸前，生得不怒自威，颇有天下无敌的气概。他背后一把华贵的金剑，天地间的光彩都似凝在这把宝剑之上。

“您就是龙前辈？”

“正是。你是？”

“在下凤九天。”

“来此何事？”

“通告上的恶人尽数被我杀了，特来领赏。”

“怎么可能？就凭你一人，能诛杀十大高手？”

“有何不能？尸身在此！”

龙行云看向凤九天身后数辆推车，眼角不禁抽动了一下。

“如若不信，请查验！”

“不必，老夫信你！”龙行云看了身边弟子一眼。“快取五千两飞钱，交给这位少侠！”

“且慢！我不要飞钱！”

龙行云一皱眉，有些愣住了。在场众弟子更是想破头也想不出凤九天究竟何意，所有人都感到茫然……

良久，龙行云才回过神。

“你是来领赏的？”

“没错。”

“你不要飞钱？”

“没错。”

“莫非你要老夫给你五千两现银？”

“前辈这话错了，大错特错了。”

“难道是嫌五千两少，要老夫给你一座金山不成？！”

“我不要金山，只要一本书。”

“一本书？”

“没错，一本书！”

“什么书？”

“《诛天十三剑》！”

在场众弟子闻言，愈加震惊，纷纷对凤九天怒目而视。三弟子黄皓天上前数步，用剑点指凤九天。

“哪里来的小子？竟敢要我凌霄派掌门绝学！”

凤九天冷笑：

“你可听说过昆仑山玉虚峰？”

“什么昆仑山玉虚峰，江湖中几时多出了这等地方？”

“如若不知，只能说明你孤陋寡闻！”

“哼，你这不入流的小子，我让你知道知道凌霄派的厉害！”寒光一闪，剑已出鞘！这是一把好剑，绝世的好剑。

“小子，你先出招吧！”

“为何？”

“因为我若先出剑，你就彻底没机会了！”

“你是个好人，值得我告诉你一件事。”

“何事？”

“我如果先出剑，你同样没有机会。”

“好大的口气！”

“我这个人，不光口气大，本事也大！”

“哈哈，那我今天就领教领教！”

“奉陪到底！”

两人相对一笑，这种笑朋友之间才会有。可两人手中的剑却在嗡嗡作响，像两条要出海的蛟龙。凤九天轻抚剑身，随后缓缓拔剑，光耀九州。这一刻风似乎停了，似乎雪也停了。天地间只有两股极强的战意在相互激荡。这种决一死战的气势却分明是对仇人的。两个人俱是少有的高手，只有一决胜负方能罢手！两把剑俱是难得的神兵，不饮血，誓不还鞘！

狂风！除了呼啸的北风，还有凌厉的剑风！黄皓天还是先出手了。他知道自己刚才错了，大错特错。他面前绝不是一个简单的少年，而是一个可怕的对手，甚至比以往所有对手都要可怕。如果对方先出了手，自己可能真的再也没有机会了。

白光一闪，黄皓天的剑刺向凤九天的咽喉。一道强大的剑气攻出，谁也看不清他是怎么出手的。他的剑比闪电更快，比毒蛇更狠。这世上有人能比他的剑还快吗？有人能比他的剑还致命吗？

当然有！凤九天就是一个！就在剑离凤九天咽喉还有三寸时，他身子微微一侧。谁都不知道他是何时出的手，眼前却都突然出现了一道寒芒。这道寒芒后发先至，先一步抵在了黄皓天的项间。

凤九天斜眼看着黄皓天，冷冷地说道：

“你败了！”

黄皓天摇头一笑：

“未必。”

凤九天有些疑惑：

“未必？”

黄皓天点点头：

“未必！”

他话音未落，足尖在雪地上轻轻一点，竟向后滑出了六七丈。随即他高高跃起，一声清啸，宝剑又刺向了凤九天的要害。凤九天见此招甚是凌厉，不禁眉头微蹙。他忙运起内力，一剑横扫，卷起满地积雪，宛如奔腾的骏马。黄皓天心中一惊，手中剑愈加凌厉起来。宝剑与“白马”相撞，两股内力激荡。鬼神为之动容，天地为之激荡！刹那间，黄皓天的虎口就被“白马”震破，鲜血大滴大滴地落在皑皑白雪之上，分外鲜艳！“白马”却也在这一瞬土崩瓦解，重归平静……

“当！当！当！”一阵金铁交鸣之声。两人转瞬间又各自攻出十剑。他们的剑法都很好，天资也都极高。几十招内难分胜负。又过了五十余招，凤九天渐渐占了上风。

黄皓天不得不承认，凤九天是个少有的高手，就像他自己刚才说的那样，是个口气很大、本事同样很大的人。与其说凤九天是人，不如说他是仙。只有仙才能使出这么快的剑，这么凌厉的招数！

五招后，凤九天的剑又一次重重磕在黄皓天的宝剑之上，没有一点儿留情，没有一点儿迟疑，更没有一点儿顾忌。凤九天已使出最大内力，目的只有一个——胜！他无疑很狂妄，却很现实，似乎总能预料胜负。这次亦如往日，他既已求胜，就必定会胜。黄皓天真的再也控制不住手中长剑，剑身直没入积雪中。插入积雪的剑，剑身在颤抖，发出“嗡嗡”的声响。它似乎在对自己落败表示不甘，又仿佛在赞赏凤九天的高明。

黄皓天重重叹了口气，有些沮丧：

“我败了！终究还是败了！”

凤九天一笑：“你虽然败了，可我不得不承认，你真的很强。”他说着弯腰拔出没入积雪的宝剑，交给了黄皓天。

黄皓天有些迟疑：

“你？”

凤九天柔声道：

“我一向愿意交你这种武艺高强的朋友，你呢？”

黄皓天笑了，大笑。

“我也愿意交你这样的朋友！”

两人相对而笑，两双手紧紧握在一起。他们此时脾气相投，心意相通，再多的语言也已没了意义……半晌，龙行云终于开口了：

“你的武功不错，在后辈之中少有人及。”

“我的武功本就不错，又何止在后辈中？”

“你看起来很有自信。”

“我本就是个自信的人。”

“那你可敢接老夫三剑？”

“我与人动手一定要有理由，哪怕是个借口也好。”

“理由？《诛天十三剑》这个理由够吗？”

“够了。”

“那你可以接剑了？”

“当然可以！”

一声龙吟，剑气冲霄，凝光剑出鞘了。风停了，雪停了，呼吸也要停了。天地间一切光彩皆凝于这把宝剑之上。龙行云拔剑并不是最快的，却是最可怕的。因为他一旦动了杀机，整个人便成了一把无坚不摧的剑。人就是剑，剑就是人，人剑合一，所向披靡。龙行云手中的凝光一闪，带动呼呼风声。雪冷，风冷，他的剑更冷。剑是冷的，血却是热的，往往冷剑一出，滚烫的鲜血便会随着流出。

龙行云的对手是凤九天，一个连他自己都称赞的少年高手。凤九天也出了剑，他的剑不冷，而且很轻，轻得就像白云外的风，是那么飘逸灵动，却同样可以致命。两人俱是世间少有的高手，所有人都看不清他们的招数。他们都是心中有剑之人，看清心中之剑，手中之剑自然明了。“当！”两把宝剑相击，迸射出无数火花，火花照亮长夜，映照着所有人的心。

“第一剑我接下了！”凤九天傲然说道。

龙行云点头，嘴角露出了笑容：

“这世上能接得住我一剑之人并不多。”

“确实不多，而我就是其中一个。”

“那你敢不敢接老夫第二剑？”

“能接下第一剑，便能接住第二剑。”

“你确定？”

“确定！”

凝光剑只向上一划，第二招已出，虽是再普通不过的招式，但在龙行云手中却极为可怕。漫天风雪被剑气卷起，像数条雪龙直冲云霄，欲与天公试比高。

风九天见龙行云剑气凌厉绝伦，已达独步天下之境，心中不禁为之一震，可他为人一向高傲，他会做很多事，偏偏不会最简单的一样——认输！随着龙行云一声大喝，剑尖向下直刺风九天咽喉。数条雪龙在大喝声中突然向下猛冲，势如奔马，快过闪电。它们此时只有一个目标，那就是风九天！风九天同时也出了剑。但见他剑气如虹，横向斩出，气势之强亦是天下屈指可数。数条雪龙与流云剑相撞，发出“轰轰”的巨响。声音震撼着他们手中的剑，震撼着千华山，震撼着数百人的心。风九天只觉每条雪龙都力有千钧，数条齐出，其中内力便如江河般浩荡无际。他使出全身内力与之抗衡，也只能勉强维持一瞬。霎时，风九天支撑不住，身子直飞出五六丈远，吐出一口鲜血。他身子落下，人却没有倒下，他永远不会倒下！风九天单腿跪在地上，手中流云剑支地，嘴里喘着粗气。

“第二剑我也接下了！”

龙行云很是吃惊，有些愣住了，天下能接住自己两剑之人屈指可数。自风怀山归隐，云松青离世，这等高手更是罕见。可眼前的少年却办到了。他知道，这少年只要假以时日，剑法必在自己之上。良久，龙行云缓缓道：

“这第三剑你还要接？”

风九天点头：

“当然要接。”

龙行云道：

“你非接不可？”

风九天傲然答道：

“非接不可！”

龙行云道：

“你不怕死？”

风九天一笑：

“为了得到《诛天十三剑》，死有何惧？”

龙行云嘴角微微扬起：

“好！”

凝光剑随着话音动了，速度很慢，看似没有一丝杀气。大多数弟子都疑惑不解，可黄皓天、龙灵雪等人额角却渗出了冷汗。他们都看得出来，这一剑看似没有一丝杀机，杀机却无处不在。这一剑没有光彩，没有劲风。只因这一剑早已凝结八荒狂风，掩尽天地光辉！时间静止，空间静止，一切都静止……

北风如刀，夜凉如水。

凤九天的手在这一剑的威势下，不由得有些发抖。他知道绝世高手间过招，更多的已不是招数、力量与速度。每一个动作，每一个眼神，都有可能是关键。而他的手在发抖，已是犯了武学大忌，这一招必败无疑！他一生高傲，他只能被杀死，却不能被打倒。此时他的人，他的心，都如出鞘的利剑。磨剑十年，只要剑锋未断，世间还有对手，就绝不会归鞘！龙行云的凝光剑横扫，凤九天的流云剑推出。他们的剑没有变化，人移动得很慢。可再多的变化竟也不如这两把不变的剑。只因这不变的剑早已囊尽天下所有变化。

“当！”两把剑又一次撞在一起，火光迸射。龙行云、凤九天都把内力发挥到了巅峰。如此凌厉的剑、如此凌厉的人、如此凌厉的心，世间屈指可数！两人气场相撞，剑气纵横。大雪被他们刺穿，北风被他们撕裂。这两道剑光比雪冷，比风厉，天地间的肃杀直透骨髓。

“这剑法……”

“这剑法怎么了？”

“这是诛天十三剑？”

“这当然是诛天十三剑。”

“这……这不是……”

凤九天再也坚持不住，口中喷出一口鲜血，人昏了过去。龙行云此时竟也吐了一大口鲜血，身子猛地摇晃。

“师父！”众弟子忙上前扶住龙行云。

龙灵雪焦急喊道：

“父亲，您怎么了？”

龙行云摇摇头：

“为父没事。你们带凤少侠回门中休息。”

黄皓天问道：

“师父，您同意传他诛天十三剑了？”

龙行云缓缓点头：

“为师不会食言，只是现在还为时尚早……”

众人扶着龙行云，带着凤九天回了凌霄派。人都散了，北风却仍旧在刮，大雪仍旧在下，苍茫的夜色重归寂静，四下白茫茫一片……

第二章 雏凤栖梧桐

三日后，清晨。初升的第一缕曙光照耀着凌霄派庄严宏伟的大殿。白砖所砌的殿堂，在阳光照耀下显得格外圣洁。

龙行云端坐在大殿正中一把高大的白色石椅上。他的神情阴晴不定，不知是喜是忧。他的双手虽久经厮杀，却依旧保养得极好。这本该是双写字、弹琴的手，可此时却按在一把随时可能出鞘的剑柄上。他下手立着五位白发长老和六位亲传弟子，俱是同样的神情，同样默然不语，同样戒备。

他们为何清晨在此聚集？他们为何如此神情？他们为何默然不语？原因很简单，只因一个人。一个少年高手，一个连龙行云都赞佩的少年高手。此人虽还年少，但凭着他的人、他的剑法，却足以震动整个武林。这样的人谁能轻视，谁敢轻视呢？这个人是谁？当然就是凤九天！

“你来了？”

“我来了。”

“你很准时。”

“我一向很准时。”

“我没看错你，是个诚信之人。”

“我当然是诚信之人。我想龙前辈也是诚信之人吧？”

“老夫自然也是。”

“那《诛天十三剑》在哪儿？”

“《诛天十三剑》我当然可以给你，不过……”

“不过什么？”

“以你现在的内力，根本练不了诛天十三剑，得到也是枉然。”

“不劳龙前辈费心。我只要能得到，就一定能练成！”

“这么有自信？”

“我一向很自信。”

“你真那么有本事，就来拿吧！”龙行云说着取出一本古朴的秘籍，摊放在掌中。

他静静看着凤九天，带着微笑，就像神佛看着信徒。这微笑本是慈祥的，可在凤九天的眼里却全是轻蔑与玩弄。只有没把自己看在眼里的人，才会在此刻依旧笑得那么灿烂。

凤九天是一个高傲的人。他可以接受被人打败，可以接受被人杀死，但他接受不了一件事，那就是有人蔑视自己，即使强如龙行云，也没有资格成为例外！他本想一把抢过秘籍，让天下人都知道自己并不比龙行云差，可他看着龙行云的微笑，头脑中竟一阵眩晕，他的眉头不禁微微蹙起。

“你不是想要《诛天十三剑》吗？自己来拿吧……来拿吧……”龙行云的声音直透灵魂，他的眼睛随之模糊，天旋地转起来。

“这秘籍我要定了！”凤九天语气依然很坚定，坚定得九头牛也拉不回来。他一步步走向龙行云，可脚步却越来越慢，步履蹒跚。

这世上或许真有迷惑心神的武功，但会的人少之又少，不过内力压制偏偏可以做到这一点，而且是最厉害的一种。任何迷惑心神的武功都有破解之法，唯独这种根本无法破解。

此时凤九天已入彀中。他双腿就像灌了铅，每走一步都艰难无比。但他还是向前走，即使再难他也不会停下来，绝不会！凤九天是个高傲的人，高傲的人往往都很执着。他们为了自己的目标，再难也绝不会回头！

在场众人看着凤九天缓缓移动的身影，心中很是复杂。钦佩？怜悯？不屑？或许都是，也或许都不是。但凤九天不会管任何人的看法，永远也不会。

这世上谁能真正了解一个人？往往连他自己也不能。所以又何必去在乎别人的看法呢？他们说什么都是对的，也都是错的。一切都不必解释，所有解释都是多余。随心而行，方为正道……

良久，凤九天终于到了龙行云面前。他伸出手，想拿走秘籍。可当他碰触到秘籍的一刹那，眉头皱得更紧了。这秘籍上有一股极强的内力，刚猛如火，浩瀚如渊。秘籍在内力吸引下，似长在龙行云掌中，坚牢无比，难以撼动。凤九天的手放在秘籍之上，两人的手隔着秘籍抵在一起。很快，凤九天的手开始颤抖，额角也渗出汗水。他看向龙行云，龙行云也正看着他。两人目光如炬，凌厉似刀。

“老夫看你今天拿不走这秘籍。”

“如果拿不走，那我也不走了！”

“你也不走了？”

“没错，我也不走了。”

“那看来你是走不了了！”

伴随着龙行云的话音，秘籍下传来的内力愈加精纯雄厚。凤九天使出了十成功力，依旧无法动摇。他坚持片刻，手就被重重弹开，随之，吐出一口鲜血。可凤九天不会认输，他又一次把手放在秘籍上，不过手很快又被弹开，口中又吐出一口鲜血。他一次次努力，又一次次受挫。凤九天仍然没有放弃，只要还有一口气在他就不会放弃！黄皓天有些看不下去，上前几步拉住了凤九天。凤九天微微一愣，扭头看向拉着他的黄皓天。

“凤兄弟，你不要再执着了！难道非要不可？”

“非要不可！”

“何苦如此？”

“定要如此！”

“你觉得自己是师父的对手？”

“或许不是，可秘籍却非要不可！”

“凤兄弟，你还是下山再修炼几年吧！”

“我说了，今日不得秘籍，绝不下山！”

“你会死在这里的！”

“那又何妨！”

“何妨？”

“何妨！”

黄皓天心中不忍，却又无可奈何：

“凤兄弟，你好自为之吧……”

所有人都有些不忍，可他们却又无可奈何。一面是言出如山的掌门，一面是不畏生死的少侠。他们能劝谁？又能劝得动谁？

此时冷傲的龙灵雪突然开口了。她的声音如同她的人一样冷，像座千年的冰山：

“凤九天，你不要妄想胜过我父亲。”

“我没有妄想！”

“那就快走。”

“我是来领赏的。没领到赏，绝不会走！”

“既想领赏，就换个要求。”

“大丈夫一言既出，驷马难追，焉能更改！”

“你是大丈夫？”

“难道不是？”

“那你可知什么是大丈夫？”

“自然是言出必行、惩奸除恶、为国为民！”

“那该不该讲仁、义、礼、智、信五字？”

“自然要讲！”

“只知道拼命，有何资格说自己智慧，又何谈大丈夫？”

“我不智慧？难道你有办法？”

“当然有，一个最简单的办法！”

“什么办法？”

“入派。”

“入派？”

“入派！”

凤九天眉头紧锁，所有人都能看出他的纠结、犹豫。可没有人知道他为何会纠结、犹豫。他怕龙行云不收自己，有所顾忌，还是心中不服？这一切除了凤九天自己，没有人知道。

龙行云缓缓说道：

“如果入派，老夫愿意收纳你。”

凤九天一句话也没有说，只紧盯着龙行云的眼睛。此时气氛极是紧迫，一切都只在凤九天的一念之间……

良久，凤九天终于跪倒在龙行云面前。

“你愿入我凌霄派？”

“我愿意。”

“为了《诛天十三剑》？”

“没错。”

“很好！有梦想的人往往都进步得很快！”

“那我一定是整个凌霄派进步最快的！”

“哈哈，老夫便等你取走《诛天十三剑》！”

“我不会让你等太久的！”

“我相信你！”

凌霄派是天下第一正派，每个弟子都不是等闲之辈。凤九天自然更加不是，平庸似乎永远与他无关。他无论何时总是那么骄傲，武功又是那么惊世骇俗。彩凤岂是笼中物，只待风云起，一啸九天惊！

第三章　逍遥度浮世

“嚯，嚯！”正午的烈日高照着凌霄派的演武场。虽是初春，可已有几分炎热。数百弟子整齐划一，都在演练凌霄派的云雷剑法。人人出剑如龙，气势如虎，阵阵杀气从演武场直冲云霄。

每天的操练除了七位亲传弟子外，所有人必须参加，这是凌霄派铁打的规定。可林子大了什么鸟都有，人多的地方什么人都会有，所有人都必须在的地方，往往就有人不在。演武场旁有处清潭，潭边有一块大石。石上躺着一人。这人是谁？当然是凤九天！

此时他正抱着流云剑，坐在大石上闭目养神。阳光照在凤九天的身上，照得他更加飘逸出尘。他闭着眼睛，神情是那么享受。阳光总是美好的，照在身上很暖，照在心里更暖。能享受的时候就该多享受，莫待没了机会时追悔莫及。

凤九天嘴角带着微笑，自离开昆仑山，他很久没笑了，也很久没如此惬意过了。为什么凤九天没去操练？因为他不需要，至少他自己认为不需要。有谁愿意把宝贵的精力放在无用的事上呢？何况是一位绝世高手。对于他来说，这世上只有一件事能让他提起兴趣，那就是修习内力，最终得到《诛天十三剑》！

太阳每天都有，晒太阳的人每天都在。无拘无束的自由，无穷无尽的享受，谁会放弃？谁忍心放弃？少晒一天太阳，凤九天都会对自然感到愧疚。逍遥自在度浮生，不管他人讽与讥。

每日指挥操练的徐长老并不是个严格的人，凤九天来与不来，他都在那里指挥操练。他是没有发现，还是不想发现？这世上永远不会有人知道。或许，他也曾有这样一颗年轻不羁的心吧。

万籁俱寂的夜晚，皎洁明亮的月光。凤九天手中提着一个酒壶，独自饮酒。他神情复杂，既有畅饮美酒的痛快，又有几分无奈与落寞。

“舅父，您到底为什么让我来凌霄派，为什么要得到《诛天十三剑》？父亲真的是被所谓的十大高手所杀吗？”他轻声喃喃自语，语气中尽是困惑与惆怅。

这几个月里，他到过千华山无数地方。他每日看鸟，观山，晒太阳，是那么逍遥自在。这里的人都快忘了他那惊人的武功。在大多数人心中他是个无拘无束的少年，谁又会明白他的心？这么静的夜，这么美的星，这么冷的月，一人独饮，尽是无奈与凄凉……

此时黄皓天手持折扇缓步而来。凤九天见到他，脸上有了一丝笑意：

“黄师兄怎么才来？”

“你知道我会来？”

“我当然知道。”

“你怎么知道？”

“每逢月圆夜，你我总在此共饮，我可不是个健忘的人。”

“是啊，一晃几个月就这样过去了。”

“今晚又是月圆之夜，我一直在等你。”

“你真的很了解我。”

“你是我唯一的朋友，我当然了解你。”

“我真正的朋友也只有两个，所以我也很了解你们。”

黄皓天说着从怀中取出两个犀角杯：

“你上次说，关外美酒当配犀角杯，我没记错吧？”

黄皓天知道凤九天爱酒，本以为他看到精美的犀角杯会很高兴。可凤九天并没有，只痴痴地叹了口气：

“你了解我，真的了解我吗？”

黄皓天不敢相信眼前的人还是那个高傲、不羁的师弟：

“你今日怎么了？出什么事了？”

“没什么……”

“没什么？”

“真的没什么。”

凤九天说着接过酒杯，给自己和黄皓天斟满酒。两人相视一笑，饮尽杯中美酒。再凄凉的环境、再凄凉的心也抵不住朋友与美酒。凤九天现在两样都有了，自然淡了凄凉。

“现在才是初春，你就用起扇子来了？”

“谁说扇子只能用来扇风？”

“除了扇风，还有何用？”

“我不希望你知道，知道之时，便是危难之际！”

“好吧，你既然不愿说，我便不再问了。”

“对了，徐长老这几天身体不适，明天林长老负责操练。”

“徐长老也好，林长老也好，与我何干？”

“整个凌霄派敢不去操练的只有你一人，当然和你有关！”

“我去与不去又能怎样？粗浅的入门剑法对我又有何用？”

“我相信对你没用，可惜林长老不会相信。”

“他信与不信又能如何？”

“他的性格你该了解的，你不去也该清楚会是什么后果。”

“我当然清楚。”

“那明天你会去吧？我可不想看着你受罚。”

“我明天自然不去，你又何必明知故问？”

“你真的敢不去？”

“我既敢连接掌门三剑，还有何事是我不敢的？”

负责操练的林长老武功极高，派中能胜过他的人屈指可数。他为人死板、暴躁，绝不容许任何人在自己面前偷懒，更不许有人擅自缺席，违者定会遭到门规处置。有他在，凌霄派的操练场自然比往日更有气势。弟子们人人都使出十成力气，生怕被林长老责罚。但凤九天呢？他真的敢不来操练吗？

阳光下，大石上。

凤九天如同往日，仍旧躺在大石上晒太阳。他枕着双臂，跷着二郎腿，是那么惬意。他完全不去理会正在操练的众位同门，更不去理会那位暴躁死板的林长老。没什么比晒太阳更暖心的事了，所以白日里凤九天的心是暖的。这种心情下，做什么都很愉快。唯一不快乐的事，就是被人打扰！

“喂，小子！你给我起来！”

“是林长老啊。”

“正是本长老！”

“你找我做什么？难道是想一起晒太阳？”

“本长老可没闲心陪你晒什么太阳！”

“那你来做什么？要我陪你抓鱼？”

“本长老也没闲心抓鱼！现在只想抓人！”

“抓人？这我倒有点儿兴趣！你要抓谁，需要帮忙吗？”

“当然是抓你！”

“抓我？”

“就是抓你！”

“凭什么抓我？”

“你是凌霄派弟子，却无故不操练，我当然要抓你！”

“这我当然知道。”

“那你还问什么？”

“我是问，你有什么本事能抓得住我？”

“你在质疑本长老？”

“难道你看不出吗？”

“你好大的胆子，整个凌霄派还没人敢质疑我！”

“那我问你，你与掌门孰强孰弱？”

“自然是掌门强些。”

“掌门的剑我都接得住，你就那么自信一定能抓得住我？”

“你还敢和本长老动手不成？”

“动手？你还没资格！”

“那你要做什么？”

“我只想教教你云雷剑法到底该怎么练！”

光，寒光。寒光一闪，剑已出鞘！凤九天出手永远都很快，快得任何人都看不清。剑是用来杀人的，而不是用来看的。只有看不清的剑，才是杀人的剑！林长老见凤九天拔剑快如疾风，手中宝剑寒若秋水，心中一惊。

“好快的手，好快的剑！你确实有些不凡！”

“我的手和剑快与不快，我很清楚，不劳烦你相告。”

“那本长老告诉你，我比你更快！如果识相就快把剑放下！”

凤九天傲然而立，仰天大笑：

“哈哈哈，就凭你也有本事让我放下剑？”

林长老怒视着凤九天，拔剑的手亦是迅捷无比。

“小子，那你就接招吧！”

气，杀气！林长老的剑不愧是一把宝剑。宝剑一出，杀气激荡。两人相对而立，目光相交。他们的剑极为凌厉，可目光与周身的杀气比剑更凌厉。此时已是春天，天地间的气氛却比秋天更肃杀！两人剑上生出的凛凛杀意，比冬天的北风更刺骨！演武场上的弟子被两人的气势所慑，静立一旁，拭目以待。

“你既逼本长老出手，就该明白会是什么下场！”

“我当然明白。”

“那你还敢动手？”

“下场一定是你败！我为何不敢动手？”

“从来没有人敢对本长老这么说话！”

“那是因为你没遇到我！”

寒光闪动，剑气飞扬，林长老动手了。他的手很快，快得让所有观战弟子完全看不清。这无疑是个暴躁的人，无疑是把杀人的剑。天下比这更可怕的事当然还有，可绝对不多，但眼前却偏偏有一样——凤九天也出手了！

云雷剑法讲究的是快，是狠，是雷厉风行。天下武功唯快不破，可比凤九天还快的剑天下绝不会太多！林长老的剑没有弟子能看清，凤九天的剑却连林长老也看不清。凤九天的剑似乎已不是剑，而成了一道凌厉至极的寒芒。寒芒闪过，带着冷意。快得一瞬间就能让对手断气，冷得刹那间就能让鲜血凝结。剑由心发，人剑合一，所向披靡！

“这云雷剑法不是我凌霄派的！”

“谁和你说只有凌霄派才有？”

“难道天下还有人会云雷剑法，而且还在我凌霄派之上？”

“没错。”

“是谁，你快告诉我！”

“如此不堪一击之人，没资格知道！”

凤九天的剑如狂风暴雨，电光火石间已出了十招。这十招极快，极妙，但他并未使出全力。此时已到正午，阳光暖暖地照在凤九天的身上。他抬头看天，阳光那么明媚。他低头看地，湖水那么澄澈。晒太阳、抓鱼、喝酒……太多事情都比陪这位讨厌的林长老斗剑更有趣。他自然更喜欢去做那些有趣的事。所以，第十一招，他使出了全力！这一剑，没有寒光，没有劲风。因为这一剑比光更快，比风更疾。

林长老渗出了汗，冷汗。冷汗在暴起青筋的额角渗出，流过苍老的脸，滴落在地上。汗坠下的声音、粗重喘气的声音、剑落地的声音……这一切说明什么？当然说明林长老已经败了。惨败！此时，凤九天的剑已抵在林长老项间。林长老看着点在自己咽喉的宝剑，目光惊诧万分。

“本长老居然败了！”

“谁让我的手比你快。”

“你的手的确太快了！”

“你是第十一个和我说这句话的人。”

“那前十个是谁？”

“是那十具被我带来的尸体。他们临死前说的都是这句话！”

“这么说本长老的命算是大的！”

“谁让你是凌霄派的长老，而我是凌霄派的弟子呢？”

众弟子见到林长老被制住，不禁都大吃一惊，随后都高兴地欢呼起来，他们把凤九天看作一个惩奸除恶的大英雄。凤九天自己也仰天大笑，甚是得意。就在所有人都拍手称快之时，一个冷冰冰的声音传来。这么冷的声音，这么冷的人，除了龙灵雪又会是谁？

“凤九天，你太让我失望了！”

凤九天见到龙灵雪，只是冷哼一声：

“我当是谁，原来是掌门家的大小姐。”

“是我又怎样？”

“你来做什么？”

“我做什么与你何干？”

“那你就不要和我说什么风凉话。”

“我说与不说又有什么区别？谁人心里不清楚？”

“清楚什么？”

“你自称大丈夫，又讲什么仁义礼智信，我看尽是虚言！”

“哪里虚言了，你倒说来听听！”

“你如此行事，还用我多说什么？”

“你是掌门女儿又如何？我如何做事用你教吗？”

“你不过好勇斗狠，逞一时之快罢了！”

“我就好勇斗狠了，与你何干？莫非你也想动手？”

“你难道以为本姑娘不敢吗？”

“那就领教领教！”

龙灵雪秀眉一皱，眼中闪动一丝杀气。伴随着一声龙吟，她的宝剑出鞘！她本像一座冰山，但此刻更像出鞘的利剑！凤九天见此，心中也有几分激动。遇高人不能失之交臂。高手遇到高手，谁会不激动呢？

“师妹你让开！”

“牧师兄，你怎么来了？”

“师妹，只要有我在，就不许有人欺负你！”来人一身白衣，白皙的脸庞，英俊中带着狂傲。如此俊朗又盛气凌人的，只能是龙行云亲传四弟子牧璇天。

凌霄派众人，大多都很忌惮牧璇天。不只忌惮他的睚眦必报，更忌惮他那惊人的武艺。凤九天却毫不在乎，反倒发出数声冷笑。

“你不该来！”

“为何不该来？”

“你来了还是败，而且败得很没面子！”

“凤九天，你太狂妄了！”

“我的确很狂，但我有资本！”

“那我就让你血本无归！”

龙行云一直很喜欢牧璇天，能被龙行云喜欢的人武功一定不会差，手中的剑当然也不会差！牧璇天的瑾瑜剑不是铁剑，不是铜剑，更不是木剑，而是一把有着黄金剑柄、莹白剑身的玉剑。高手过招，飞花落叶亦可伤人，玉剑当然更能伤人，而且败在这把玉剑下的高手已不计其数。

牧璇天并不是一个啰唆的人，他的剑招更不啰唆，能一招制敌，他绝不会出第二招。他手腕一抖，顷刻剑影漫天，剑网铺天盖地落向凤九天。天网恢恢疏而不漏，这一招正是云雷剑法的精髓所在。纵然再厉害的高手，也绝不可能躲开这漫天的剑光。这一剑根本没有破绽！牧璇天笑了，笑得很得意。这招虽不能杀了凤九天，但教训一下他却是绰绰有余！牧璇天看向凤九天，等着他投降认输。

凤九天从不认输，永远也不会！他相信世上只要是武功，就一定有破绽。任何武功都不会例外，任何人自然也不会例外。凤九天看着罩向自己的剑光，神情很久没这么认真过。瞬息间，他脑中浮现出无数与舅父一起练武时的画面。无数剑招在他脑中匆匆而过，就像奔腾而去的江河滔滔不绝。但面对瑾瑜剑，却如同纸张遇到大火，结果只有灰飞烟灭……他的眉头又一次皱起，皱得很紧。“天下武功，唯快不破……”凤九天低声喃喃道，他的眼睛突然亮了！他有了一个疯狂的设想。

剑光如网，剑势如虹。牧璇天的剑法似仙人降罚，天地威压，排山倒海般涌向凤九天。所有人都以为凤九天必定会败，会败得很惨。因为在凌霄派，挑战牧璇天这件事，本身就代表着失败。

忽然，起了一阵狂风。这风不是自然而起，却是人为。因为随着狂风，还有一道刺眼的白光。这白光是一把凌厉到足以令人不寒而栗的剑发出的。这道白光很亮，亮得连正午的太阳都没了光彩。

牧璇天的剑网仍在，那这一剑又会是谁刺出的呢？当然是凤九天！凤九天的剑一向很快，甚至快得如闪电一般，超出人的想象。后发先至，向来是绝世高手才能达到的境界。而凤九天正是这样的高手，所以他自然能够达到。

凤九天的剑瞬间离牧璇天的咽喉只有三寸，牧璇天的剑网此刻就算落下，也只能同归于尽。他并不觉得凤九天比他重要，也不觉得自己有必要杀了他，所以，他绝不甘心就这么同归于尽。他的手很快，脚却更快，在凤九天的剑未到之时，人已闪到三丈之外。

他虽没伤在凤九天的剑下，但他怕了，这与败了又有什么区别？！从未尝过败绩的人，一招就落了下风，世间有谁能够接受？牧璇天当然也不能，何况他爱慕已久的龙灵雪就在面前。瑾瑜剑指向苍天，静候着再次攻出更雄健的剑招。流云剑倒垂大地，也等着发出更猛烈的还击。大战一触即发！

龙灵雪、林长老、演武场上的众弟子都被两人的打斗所震惊。他们已很久没见过这么快的剑、这么强的剑、这么凌厉的剑。世间向来文无第一，武无第二。高手过招绝不会轻易罢手的，所有人都想看看到底孰胜孰负。

正午的阳光很毒。两人的招式更毒。没有风，一丝微风都没有。连风都知道，此刻打扰两人，结果只有一种。那就是被剑光彻底粉碎！突然，太阳没了光彩，宝剑也没了光彩。天地间的光彩都赋予在一位老人的身上。这老人是谁？凌霄派掌门龙行云！

“都住手！”

龙行云在几位亲传弟子的簇拥下缓步而来。他走得很慢，神情是那么从容。在两大高手面前尚能不为所动的，自然是最强的。所有弟子看到龙行云，无不收敛神情，低头施礼。龙行云缓步到了近前，看了看两人，一句话也没有说。他虽没说话，但两人早已收起了宝剑。

“师父。”

“为师让你与师兄弟们练武，何故在此斗殴？”

“师父，他欺负师妹，我不能不管！”

凤九天眉头一皱，神情有些不悦。

“我几时欺负她了？”

“难道没有？”

“当然没有！”

“你用剑挟持林长老，又要与师妹动手，当我不知？”

“你说得没错，但我凭本事交手，难道也算欺负？”

“你！”

龙行云冷哼一声：

“都给我闭嘴！在老夫面前你们还敢斗嘴？！”

“师父，弟子不敢。”

“我何错之有？又有何不敢？”

“灵雪，你来说，这到底是怎么回事？”

“父亲，我与他观点有些不同，想一较高低罢了！”

“掌门！凤九天连本长老都不放在眼中，不严惩难以服众！”

“你们都不必说了。”

“可是，掌门……”

“尔等不必多言，本掌门不处置他，谁敢不服？！”

所有人都明白一个道理，凤九天虽然年少，但凭的是真本事。有本事的人永远都是特殊的，想特殊就要有真本事……

第四章　一剑为苍生

时光如水，转眼深秋。凌霄派密室内火光微弱，不断地摇曳着。同时摇曳着的还有整个凌霄派，整个千华山，甚至整个天下。

龙行云正襟危坐在一张木案之后，脸色前所未有的难看。他面前站着的一位少年，正是盛气凌人的四弟子牧璇天。

“璇天，你可知为师召你前来所为何事吗？”

牧璇天有些摸不着头脑，缓缓摇头，默然不语。

“你可知道晋国皇帝石敬瑭？”

“弟子知道，他曾为李嗣源开疆拓土，立下不世之功。”

“然后呢？”

“后来他却为了荣华富贵，甘为契丹走狗。”

“没错，他拱手割让了燕云十六州！可谓千年少有的国贼！”

“师父所言极是。”牧璇天的语气极为肯定，可随即他又疑惑起来，“师父，您为何突然提起这个奸贼？”

“此贼欲将末帝藏宝图作为贺礼，献给契丹皇帝贺寿。”

“师父，您说的是真的吗？”

“为师几时骗过你？”

“那师父找我来，是为了……”

“夺走贺礼，力诛国贼！”

“师父，如此重任，弟子一人前往恐怕……”

“难道你不敢？”

“弟子并非不敢，如能有人协助，才更稳妥。”

“需要何人相助？只要是我凌霄派之人，为师都可应允。”

“我只需要带三个人。”

“哪三个人？”

“龙师妹、尚师弟和凤九天。”

“你要带上灵雪、清天和九天？”

“没有他们相助，弟子恐难完成如此重任。”

“这是为何？如果说得有理，为师自然同意。”

“石敬瑭是沙陀人，整个凌霄派只有师妹懂沙陀话。”

“为师倒是忘了这一层。”

“凤九天武艺高强，不在弟子之下，刺杀时可为一大助力。”

“你能不计前嫌，唯才是举，为师很高兴。”

“尚师弟武艺也很出众，且为人谨慎，有他同行胜算更大。”

“嗯……也好，为师答应你。”

“多谢师父！”

阳光下，大石上。凤九天正与黄皓天聊天。两人总有说不完的话题，永远也不会厌倦。这就是朋友，这就是知己，相处甚欢，相见恨晚。

此时，牧璇天从远处走了过来。他身后还跟着龙灵雪和一个年轻人。此人眉清目秀，目光炯炯有神，背后一把长剑衬得他越发精明强干，正是龙行云亲传六弟子尚清天。凤九天看了看黄皓天，嘴角露出微笑。

“我偷偷下山买来好酒。本想今晚一起畅饮，看来不行了。”

“为何不行？”

“这样的架势定是掌门找我，不能不去！”

“所有人都以为你不怕师父，现在连你也怕了？”

“我不是怕他。”

“那为何不敢？”

“因为我不想担上千古骂名。”

“什么千古骂名？”

“有奸邪小人横行，我若袖手旁观，自会担上千古骂名！”

牧璇天三人到了跟前，冷冷地看着凤九天。凤九天也看着三人，似乎一切尽在掌握之中。

“你们来找我，可是师父动怒了？”

“你怎么知道？”

“这件事你不需要知道。”

“凤兄弟，到底出了什么事？”

“黄师兄，你很想知道？”

“我的确很想知道。”

“那我告诉你。”

“你说。”

“石敬瑭！”

“石敬瑭？”

“没错，石敬瑭！”

“师父一向都不参与朝廷的事，今日又怎会如此动怒？”

“你难道没听说过李从珂的三本藏宝图？”

“难道石敬瑭知道藏宝图的下落，并要献给契丹皇帝？”

龙灵雪却不以为然，冷哼一声：

“凤九天，你仗着师父喜欢你，又在此胡言乱语！”

“我几时胡言乱语过？”凤九天大怒，狠狠瞪了龙灵雪一眼。

牧璇天叹了口气：

“这次他还真不是胡言乱语……”

密室的石门再一次打开，四人走了进去。

“师父，我把他们带来了。”

“父亲，到底出什么事了？”

“石敬瑭割让燕云十六州，自称‘儿皇帝’，你们都知道吧？”

“父亲，六年前我听说过。”

“九天，想必你已经听说了，石敬瑭要把藏宝图献给契丹。”

“这……”

私自下山向来是大忌，纵使凤九天也难免有些顾忌。龙行云却只看了看他，对此事只字未提，郑重地说着天下大事。

“我凌霄派乃正道之首，若视而不见，有何面目再存于世间！”

“师父所言极是！您找我们来也是为了此事吧？”

“没错，老夫找你们前来，就是要你们夺走贺礼，力诛国贼！”

尚清天钦佩地看了一眼凤九天，龙灵雪却说不出话了。乱世向来没有对错、没有正义、没有定数。什么出人意料的事似乎都在情理之中。但武林永远都是讲究对错、讲究正义的。乱世的恶行，也只有武林才能惩治！

匹夫一怒，血溅五步！天子一怒，伏尸百万！

龙行云虽不是天子，却也不是匹夫。匹夫盛怒尚且拔剑杀人，何况是堂堂的正道之首？龙行云很少动怒，倘若动怒，对手活下来的机会极小，甚至比大海捞针的可能更小！凌霄一出，奸佞绝路！千华一怒，宵小无存！

圣莲山，秋风吹过。秋风本就是肃杀的，此时更加肃杀！因为崖壁上埋伏着四个人，四个江湖中少有的高手。他们的人、他们的剑、他们的心此刻比秋风更肃杀。他们杀念一起，天地之间便尽是杀机！

他们要杀谁？当然是该死之人。而当今世上最该死的人，便是晋国皇帝石敬瑭。卖国求荣、不知廉耻之人，永远都是该死的！但那些狐假虎威，为虎作伥的人更该死！

“师妹，你确定他们午时一定会从这里经过？”

“牧师兄，我自幼精通沙陀话，你还信不过我？”

“师兄，龙师妹既说他们会经过，想必就不会出差错。”尚清天扭头看了一眼牧璇天，语气坚定无比。可随即他又紧皱眉头，脸上现出担忧之色：“押运贺礼，必定有无数精兵，我们绝不会轻易得手！”

“尚师弟言之有理，我们要小心行事。”牧璇天闻言觉得有理，神情也变得愈加凝重。

凤九天终于忍不住笑着开了口：

“哈哈哈，尚师兄行事果然小心。”

“凤师弟，此事非同小可，自要小心谨慎。”

“小心？在我看来，他们不过插标卖首而已！”

“凤师弟，这等大事岂能儿戏啊？”尚清天看向凤九天，眼中充满了担忧和难以置信。

龙灵雪也扭过头，狠狠地瞪了凤九天一眼：

“我早就说过，你只知好勇斗狠，看来我说得一点儿也没错！”

牧璇天用眼神制止三人，开口指挥道：

“一人下去吸引官兵，余下三人动手杀李佐琳、劫夺贺礼。”

“牧师兄的计策倒是可行。”尚清天略一思忖，随即重重点了点头。

龙灵雪此刻一边点头，一边出言询问起来：

“尚师弟，你也同意此计？那你说，谁去吸引敌军呢？”

未及尚清天出言，凤九天再次冷笑起来：

“哈哈哈，就这些奸贼也配我们费这么多心思？”

“凤九天，你要干什么？”所有人的眼睛都紧盯着凤九天，异口同声地问道。

凤九天并不理会他们的目光，抚剑犹自傲然：

“诛杀这些宵小之辈，我一人一剑足矣！”

“凤九天，你莫要异想天开！”

“我这个人从来不会异想天开！”

“凤九天，此事万万不可！”

“有何不可？”

“你这样不但会送命，还会连累我们！”

“哈哈哈，就凭这些土鸡瓦狗，不足为惧！”

凤九天的神情有些得意，龙灵雪却冷哼了一声：

“哼！又逞一时之快，真是个不折不扣的傻子！”

傻子与英雄有时真的很难区分。同样浑身是胆，同样不屑苟且，同样敢为天下先。但英雄永远都不轻易言败，只因他们有梦想！

“嘘！”尚清天做了个噤声的手势。

所有人都静了下来，心却都提了起来。因为李佐琳来了，让天下人都觊觎的藏宝图也到了！

李佐琳骑着匹高头大马，前呼后拥的官兵至少有五千人。这些士兵俱是石敬瑭钦点的禁军。能成为禁军的，永远都是军队中的精锐。而这五千人，更是精锐中的精锐。虽不能以一敌百，至少以一当十不在话下。如此大的阵仗，如此精锐的部队，无论是谁都会感到阵阵压迫感，让人几乎窒息的压迫感。但凤九天却笑了，一抹傲视天下的笑容。这支军队虽强，但凤九天更强，强得足以碾压在场所有人！马上的李佐琳看看四周地势，开口说了一句话。这是句怪异的沙陀话，四人中除了龙灵雪没人能听懂。

“他说什么？”凤九天问道。

“他说这里地形复杂，小心前进！”

“哈哈哈，有我在，这条路他怎么走都是死路！”凤九天没有再迟疑，整个人竟飘然跃下。

牧璇天见凤九天贸然跃下，露出一丝难以察觉的微笑……

大军行进中，突然出现一道白影。白影落地，竟是一位白衣少年！一个从数十丈高崖上跃下的白衣少年！少年虽长得俊朗飘逸，但凤目中的凛凛杀意却让人不寒而栗！所有的士兵都愣住了，不敢相信自己的眼睛，马上的李佐琳也不由得一惊，眉头紧锁，显是吃惊不小。

李佐琳会说沙陀话，但也会说汉语，只是有些蹩脚。他此刻右手指点来人，用蹩脚的汉语大声喊起来：

“什么人？”

“杀人的人！”

“你要杀谁？”

“所有奸佞小人都该死！”

“谁是奸佞小人？”

“你！”

一个“你”字，从常人口中说出，再寻常不过，此时在凤九天口中说出，却如同一纸判决书，宣判着李佐琳的死亡，似乎李佐琳的一切反抗，不过是毫无意义的挣扎罢了。

为什么死的会是李佐琳？因为凤九天就是凤九天，他本身就是最好的原因！剑光闪动，如大雪纷飞。试问天下有几人能接得住他的一剑？所有敢上前阻挡的士兵只会有一种结果——死！

“你竟敢杀我朝禁军，是要公然造反吗？”

“造反？我本就不是晋国臣民，谈何造反？”

“你要截夺贺礼？”

“没错。”

“为钱？我可以给你。”

“乱臣贼子，人人得而诛之！不义之财，人人见而劫之！”

两人言语看似寻常，但每说一句话，凤九天就向前逼近一步，李佐琳的生命也随之减少一秒。他就像死神，来到奸佞面前之时，就是宵小授首之时！

凤九天每走一步，就有无数士兵拼死上前阻挡，这些人对他来说，就像是纸遇到火，轻而易举就灰飞烟灭。无数的官兵、无数的怒喝、无数的刀剑，他都视若无物。他就这么向前走着，神情是那么从容，从容得就像闲庭信步。他的宝剑翻飞舞动，不知有多少士兵死在他的剑下。十步杀一人，千里不留行，亦不过如是！不多时，凤九天已到了李佐琳的面前。与此同时，李佐琳的生命也走到了尽头。

“你为虎作伥，勾结契丹，卖国求荣，还有何话说？”

“我……我……”

“我今天定要除了你这恶贼，还天下人一个公道！”

“你敢杀我？”

凤九天没有再说话，他不愿与奸贼多说什么。语言从来不是与这种人交流的最好方式，剑才是！

困兽犹斗，李佐琳怎肯就此受死？他大声喊叫着，让身后士兵冲上去，杀死凤九天。可再高的名誉，再高的官爵，在死亡面前也是一文不值。没有人听见李佐琳在喊什么，无论喊什么，都是他临死前最后的挣扎。可是，所有人都想错了。陷入绝望的李佐琳闭上了嘴，却抽出了刀——一把冷气森然的宝刀。

此刻李佐琳的表情不再慌张，嘴角竟然带着笑意。他笑得很狰狞，就像九幽的恶魔！随后他身子高高跃起，双手高举宝刀，恶狠狠地劈下。这一刀很快，很猛，很准。原来他先前的紧张与恐惧都是装出来的，为的就是让凤九天放松警惕，引诱凤九天自己走过来，来迎接这致命的一刀。这把刀带着呼呼的劲风，似要劈开大地，斩裂苍穹。原本的秋风此刻荡然无存，只因秋风早已被刀光劈碎！

李佐琳看向这个不知天高地厚、竟敢挑战自己的狂妄少年。多年来，他转战南北，征伐无数，不知有多少挑战自己的人都死在这口宝刀之下，他相信凤九天也不会例外。

但凤九天笑了，笑得那么轻蔑，比宝剑更直指人心。随着笑容划过了他的嘴角，宝剑离开了剑鞘。流云剑寒芒一闪，带起阵阵剑气。这一剑很快，比他刺出的任何一剑都要快。只因这一剑不为自己，而为苍生，不为名利，而为正义！滔滔万民怒，煌煌天地威，尽数赋予在这把宝剑之上。此时的剑已不是剑，而是万民的审判，上天的裁决！

所有士兵已被惊得魂飞魄散。牧璇天三人也都目瞪口呆，谁也不敢相信自己的眼睛。凤九天这一剑竟是诛天十三剑！他梦寐以求的诛天十三剑！此刻所有人的心本该跳得很快，跳得很猛，却偏偏没有。他们的心在这一剑中已经停止跳动了！他们的心被如此强大的剑势惊得停止跳动了！天地万物在这一瞬间也已经静止了！

血。烈日下一股鲜血喷出，比鲜花还艳丽。李佐琳不可置信地看着自己胸前的剑柄，身子缓缓倒下。再强大的敌人，再凶猛的招数，也挡不住这一剑。因为邪就是邪，终不会压正。再大的阴霾见到太阳，也会烟消云散……

凤九天不屑去看那躺在地上的尸体，拔出了剑。剑上此刻还不断地有血滴落下。凤九天把剑横在自己面前，轻轻吹落剑上的血滴，像是欣赏一幅世间最美的图画。没有什么比手刃奸佞更让他开心与欣慰。因为他的梦想就是——杀尽天下邪魔外道！

官兵此时都已纷纷惊慌散去。凤九天收剑归鞘，打开一辆辆礼车，里面有无数的金银财宝，却唯独没有藏宝图。世上不可能有东西会凭空消失，眼下这种情况，只有一种解释——李佐琳根本没带藏宝图。李佐琳此行既是为契丹皇帝贺寿，却没带传闻中的藏宝图。这到底是为什么，凤九天不知道。天下知道此事的人也绝对不会太多，甚至连千华山与水云阁都没人知道……

凤九天有些愣住了，半晌才几个闪身回到了高壁。尚清天知道凤九天武艺高强，今天更是佩服至极，就连一向冷言冷语的龙灵雪，此刻脸上也泛起一抹赞赏的微笑。只有牧璇天狠狠一咬牙，露出一丝无奈与气愤，但这神情一闪即过，谁也没有察觉。

"我已经杀了他，你还认为我是傻子吗？"

"你当然是傻子，不过，是我见过最厉害的傻子……"

第五章　疑心生暗鬼

世上真的有鬼吗？谁也不知道，谁也没见过。但至少大多数人心里都有鬼，不能让任何人碰触的鬼……

祖山的天气异常闷热。不时有山风呼啸着吹过山岭，吹过孤村，吹过路上的四个人。这四个人均是白衣胜雪，身背宝剑，正是凤九天四人。

“奸贼已死，但藏宝图却没得到，师父一定会责罚我们吧！”

“父亲未必会，可我现在却真想好好罚你！”

“龙师妹，司南已经失灵，我们真的迷路了！”

凤九天此时瞥了牧璇天一眼，语气中尽是讥讽之意：

“哈哈，牧师兄果然与众不同，连带的路都这么别致，佩服！”

牧璇天本就有些郁郁不乐，此刻再也忍不住，大吼起来：

“你闭嘴！”

“凭什么叫我闭嘴？”

“刚才上山你不阻拦，现在却说风凉话！”

“谁让我又高估你了！”

“哼！平日里你们就争吵不休，现在身处困境竟还能吵起来！”龙灵雪对两人极是不满，冷哼着扭过了头。

尚清天无奈地摇了摇头，随即连忙出言相劝：

“是啊，都少说几句吧，出山要紧。”

凤九天和牧璇天互瞪一眼，这才沉默起来。

人是一种很聪明又很慵懒的动物，总是会本能地选择容易的事去做，选择容易的路去走。这四人也是人，自然不会例外。几人你一言我一语，边说边向前行进。他们谁也不知道脚下的路通向哪里，哪条才是出山的路。只是依靠本能向前行进着，盲目而没有方向。人在野外，会本能地对万物更加敏感，尤其是水。他们总会凭借着本能找到水源。

黄昏时分，一行人到了一条快要干涸的河道旁。河对岸孤零零地立着一座古庙。古庙只剩下半扇庙门，另半扇早已残破不全。庙里有一尊残破的石像高高伫立着，原有的六只手掌已经损半，只剩下左边两只，右边一只，十分怪异。石像的斜对角是扇窗户，歪歪斜斜地开着。夕阳西下的时候，余晖照到石像上，显得极为诡异。古庙前有一棵百年老槐，形状骇人至极，树干上的树瘤如一颗人头，正瞪着双眼看向四人。眼前的一切都让人不寒而栗！

牧璇天指着古庙，无奈地长叹口气：

“此地偏僻，只怕这里是唯一能落脚的地方了。”

尚清天却连忙拦住他，十分谨慎地开了口：

“师兄，这座古庙好像有些古怪，还是不住为妙。”

“师弟，这庙哪里不对了？你太过小心了吧！”

“师兄，你还是再考虑一下！”

“这庙没问题！”

龙灵雪见两人争论不休，不禁转头看向风九天：

“傻子，你觉得可有问题？”

“有问题，很有问题！”

牧璇天闻言瞥了风九天一眼，目光中尽是不屑：

“你就会胡说八道！”

“我又一次高估你了！”

“你高估我什么？”

“你没看出这里布的是镇妖局？”

“什么是镇妖局？”一向高冷的龙灵雪，脸色微微有些变了。

尚清天的双眼却一亮，十分意外地盯着风九天：

“没想到风师弟对风水也有研究！”

“师兄也知道镇妖局？”

“我知道。”

龙灵雪见两人不说重点，不禁有些急了：

“到底什么是镇妖局，你们快说啊！”

尚清天微微颔首，随即缓缓反问起来：

“师妹，这里可是一座山峰的峰顶？”

“当然是！”

“那边可是还有两座山峰？”

“当然有！”

“那两座山峰上可也有古庙？”

“好像有！”

“这么近的三座山峰，为何都有古庙？”

牧璇天见他直绕圈子，语气间变得有些不悦：

“师弟，你有话就痛快说出来！”

“好，我不卖关子了！三座峰顶都有古庙，在风水上便称镇妖局。而这山坳里定有村镇，村中也定会有鬼！”

牧璇天闻言不禁大笑，笑意中甚是不以为然：

“哈哈哈，如此偏僻的大山里会有村子？村子里还有鬼？”

“他们都说有问题，那这里决不能住。”龙灵雪的脸色不太好看，不知是害怕还是紧张。

牧璇天见龙灵雪的神情有异，便用手指了指两人：

“师妹，无谋的匹夫和胆小懦夫的话你也信？！”

凤九天闻言甚是不忿，双目冷冷地盯着牧璇天：

“牧璇天，你真要住古庙？”

“不，我们不住古庙了！”

“哼！你也不敢住吗？”龙灵雪听说不住古庙了，脸色顿时缓和下来。

可牧璇天接下来的一句话，让她再次陷入深深的恐惧：“今天不住古庙了，去前面那座村子里住！我倒要见识见识！”他说着便朝山间孤村行去，凤九天竟也紧跟其后。

龙灵雪见凤九天也要去，连忙出言询问：

“傻子，你也要进村？”

未及凤九天出言回答，牧璇天再次出言讥讽：

“他见到什么镇妖局就紧张成那样，还敢进村？”

凤九天用手指了指孤村，神情甚是冷傲：

“牧璇天，你非要进，我就陪你进，看看到时候谁先紧张！”

“师兄，凤师弟，你们……”尚清天本想出言阻拦，可看到两人气势便欲言又止。

“哼！你们去吧，我一个人回千华山！”龙灵雪转身就走，可没走几步突然向后摔倒。

“龙师姐！”一道白影到了龙灵雪身后，抱住了她。

牧璇天此刻也已赶到，愤怒地指着凤九天：

“凤九天，你快给我放手！”

“若不是我抱住她，出了意外如何是好！”

“刚才我不管！现在你快给我放手！”

“师兄、凤师弟，别吵了，还不快看看师妹怎样了！”尚清天见两人不分轻重，不禁也变得有些不耐烦。

凤九天闻言瞪了牧璇天一眼，低头看向龙灵雪。龙灵雪此时双目紧闭，全身烫如火炭，显是生了温病。

“快扶师妹进庙！”

“师弟，刚才不是说这庙危险？”

“这都什么时候了，救人要紧！”

“师弟，这绝对不行！如果我们进庙，一定会是噩梦的开始！”

凤九天虽常与龙灵雪拌嘴，甚至兵刃相向，但龙灵雪是他的同门师姐，这是不争的事实。他不理会两人争论什么，毫不犹豫地扶着龙灵雪走向古庙。离古庙越近，越觉得阴气森森，非同寻常。他右手倒执流云剑，屏气凝神。情之所至，何谓祸福。义之所至，生死可轻！凤九天一生最重情义，龙灵雪生病他不能不管，就算这里真的危险重重，为了救她也定要铤而走险。鬼挡杀鬼，魔来斩魔，又有何惧！

凤九天眉头紧锁，缓步进了古庙。他周身戒备，手中宝剑散出凛凛杀气。庙里没有鬼，也没有魔。这里只有一个人，一个苍老的男人。这个老人正靠在古庙的石壁坐着，身边还放着一个竹篮。凤九天的神情很戒备，老人的神情比凤九天更戒备。

“你……你是人还是鬼？”这句话本该是凤九天问的，可偏偏老人先开口了。他的声音发抖，显然极为恐惧。

“我当然是人！”

“那你怎么敢来祖山？”

“天下没有我不敢去的地方！何况区区的祖山！”

“你不知道祖山是座鬼山吗？你难道不怕鬼？”

“鬼？但凭我手中流云宝剑，就算是鬼也定斩不饶！”

“你很有胆识！不过老朽还是要提醒你，千万不要去不归村！”

“为什么不能去？”

“不归村会让你不归！那是座极凶险的鬼村！”

“我知道。”

“你知道？”

“当然知道。看到这镇妖局，我就知道这里不简单。”

“那你还要去？”

“若你能给我些草药，治好这位朋友，我就不去闯那极阴之地。”

“不然呢？”

“哈哈哈，不然？不然我定要闯上一闯了！”

“我拦不住你，你好自为之吧！”老人不再说话，只看着庙外，眼中尽是无奈与惋惜。

天色已渐渐暗淡下来，不时有山风吹过，破旧的门窗发出异响。老人的脸色变了，神情甚是恐惧，好像有无数厉鬼要向他索命似的，他竟连竹篮都忘了拿就匆匆忙忙跑了。

“凤九天！你带师妹来这阴秽之地，定是希望她出事！”

“牧璇天，再胡说休怪我对你不客气！”

“凤九天，你少在我面前撒野！”

“牧璇天，若龙师姐真的出事，你就别想活着走出祖山！”凤九天扶着龙灵雪坐下，随即手中流云剑倏地指向牧璇天。

牧璇天一向骄横，明知不是凤九天对手，却仍在叫嚣：

“哈哈哈，你敢杀我？就凭你也敢杀我？”

“你若再胡言乱语、一意孤行，我不确定能做出什么事！”

“那就试试看！”牧璇天的瑾瑜剑也出了鞘，指向凤九天。

两人怒目而视，场面剑拔弩张，他们的宝剑随时都可能出手。而一旦出手，必将不死不休！

“师兄、凤师弟，你们快把剑收起来！”尚清天此时也进了古庙，朝他们大喊着。

“凤九天这小子想杀我！我不能束手待毙！”

“牧璇天，只要你把剑收起来，今日之事我既往不咎！”

“哈哈哈，你别在这里装好人了，你那点儿心思当我不知道吗？”

“你知道什么？”

“你是为了得到《诛天十三剑》，才入我凌霄派的！”

“是又如何，与你何干？”

“只要我们死了，就少了三个和你争剑谱的人！”

“牧璇天，你简直不可理喻！给我滚！”

“你让我滚？”

“难道还要我再重复一遍吗？”

“好，今天不和你计较，等回到千华山，看我怎么收拾你！”牧漩天说着收起宝剑，怒不可遏地冲出了古庙。

“师兄，你别走！”尚清天见牧璇天真要走，忙朝他大声喊起来。

凤九天却颇不以为然，打断了尚清天：

“尚师兄，你别拦他！让他走，走得越远越好！”

“凤师弟，这……”

伫立的石像虽然看不清脸孔，但它似在狞笑，笑这不顾后果的举动，笑这不堪一击的情意，笑这世间人情的脆弱……

“傻子……”龙灵雪不知何时醒了过来，虚弱地唤着凤九天。

凤九天闻言忙走了过去，龙灵雪挣扎着想站起来。

“你别动，我先用内力缓解一下你的病痛。”

凤九天盘膝坐在地上，双掌抵在龙灵雪背上，为其灌输内力。不多时，她的额角渗出滴滴香汗，似清晨带着露水的鲜花。谁能对鲜花不动心呢？何况眼前是比鲜花更美的少女。凤九天从未对女人动过心，此时心中却不免一荡。

“龙师姐，你好些了吗？”

“好多了。”

“刚才你是怎么了？怎么会突然病倒？”

“我也不知道。”

“凤师弟，师妹定是着凉了，加之受到惊吓，不足为奇。”尚清天此刻也凑了过来，说出了自己的想法。

凤九天闻言用力摇了摇头，完全不同意他的说法：

“不可能！一切不可能这么简单！”

“为什么不能？”

“她身子不弱，加之内力深厚，怎会轻易生病？”

“凤师弟说得也有道理。”

两人正不知所以，龙灵雪却思忖着缓缓开了口：

“傻子，我刚才似乎看见了一道黑影……”

“黑影？！”

“这怎么可能！”

“是啊，师妹，我们三人都没看见啊！”尚清天明显感到诧异，不可置信地看着龙灵雪。

“所以……所以我觉得这里或许真的有鬼！”龙灵雪也说不太清楚，只是有些怯生生的猜测着。

“奇怪的镇妖局、神秘的老人、无形的黑影，一切都极不正常！”凤九天似乎想到了什么，眉头皱得越发紧了。

“傻子，鬼神之事我们当然难以揣摩……”

“不，你没懂我的意思。”

“你到底什么意思？”

“如果这世间真的有鬼，那鬼最想做的是什么？”

“当然是找活人替死，自己重返阳间啊！”

“没错！那他们是不是要遇到活人才行？”

“自然要活人才行！”

“那庙中的老人是不是活人？”

“当然是活人。”

“既然是活人，那鬼为什么不找他替死？”

“这……这多半是因为现在天还没全黑，鬼不敢现身。”

“对啊，这正是问题的关键！”

“傻子，我还是没明白。”

“你想，鬼连那老人都不敢靠近，却为何偏偏在你面前出现呢？”

“确实很奇怪！但又该怎么解释这一切呢？”

“很好解释。因为这里根本就没有鬼！”

“没有鬼？可那道黑影是？”

“龙师姐，你可能是看错了。”

“傻子，我没看错，确实有道黑影一闪即过！”

“那只能说明这里有位轻功高手，功力高到匪夷所思！”

“凤师弟，有鬼也好，有高手也罢，我们还是快离开这里为妙！”尚清天尽量让自己镇定下来，却难掩神色间的惶恐。

“这不可能！我们迷失了方向，几天也走不出祖山。”

“我们身上还有一点儿干粮和水，几天走不出去也不打紧。”

龙灵雪闻言忙点点头，看向尚清天的目光中满是赞同。凤九天略一思忖，有些担忧地摇了摇头：

“你的病随时会复发，不宜长途跋涉。”

“傻子，我的身子还撑得住……”

“可你的病是因黑影所起，一定不同寻常！”

“傻子，那你要做什么？”

“既然这附近就是村镇，我们只能去村中寻医问药。”

“万万不妥！你反对师兄进村，自己却又起了念头？”

“此一时彼一时，这是唯一的办法！”

清晨的第一缕阳光洒下，洒在残破的古庙里。此时太阳已经升起，昨天也彻底成了过往。但昨日的惊恐疑惑，却越来越浓，挥之不去。凤九天看着阳光，神情微微有些倦意，显是一夜未眠。这一夜，他看着熟睡的龙灵雪，心中不明所以地涌起阵阵幸福。他不知道自己为什么会有这种感觉。龙灵雪时常出言相讥，又曾与自己拔剑相向，为何现在竟还这么关心她？真的只是因为她是自己的同门师姐吗？

“傻子，你醒了？”龙灵雪见凤九天痴痴愣神，露出一丝笑容。凤九天看了看龙灵雪，嘴角也不自觉微微上扬。“傻子，昨晚没发生什么事吧？”

“哈哈哈，当然没有！有我守着，鬼神也不敢近前！”

“你……你一夜没睡？”

凤九天没说话，只微微点点了头。龙灵雪有些吃惊，神情显是十分感动：

“你是担心我的病会复发？”

“哈哈哈，我可不是为了你。我……我是为了凌霄派。”凤九天摇摇头，嘴角的笑容更加灿烂：

“你骗谁呢？”

“哈哈哈，知道我在骗你，你还明知故问。”

龙灵雪又一次笑了，她笑起来很美，也很甜。她本像一座冰山，可现在却似乎要彻底融化了。凤九天看天色已经大亮，缓缓起了身。

“我去取些干粮，吃过饭我们好进村。”

龙灵雪点了点头，又摇了摇头：

“傻子，我们真的要进村？万一……”

“灵雪，你放心，只要有我在，必护你周全！”

“你……你叫我什么？”

“我叫你灵雪。”

“灵雪……只有父亲这么叫我……”

“你若觉得不妥，那我以后不叫便是。”

“不！傻子……我喜欢你这么叫我。”

凤九天点头，取出了包袱中的干粮：

“灵雪，吃点儿东西吧。”

龙灵雪接过干粮，慢慢嚼了起来。这时尚清天才悠悠醒来，朝两人笑了笑：

“凤师弟、龙师妹，你们起得这么早啊！”

“哈哈，都说尚师兄为人谨慎，怎么睡得这么熟？”

“哈哈，有凤师弟在，我难免就放松了些。”

“你还真信得过我啊！”

“凤师弟，我当然信得过你。”

初升的太阳照耀着古庙，也照耀着不远处的村落。这个村子即使真的有鬼，也不会在白日里出现。村中有一条街，街上每一座房子都挨得很近。这些房子就好像勾肩搭背的情侣，正在窃窃私语。街道两旁有无数商铺，无数叫卖声，无数往来不断的人群。村中没有想象中的阴森、荒芜，反而出奇的繁华。三人走在街上，见到眼前的景象不禁都露出了笑容。

“这么热闹的村子，你和我说有鬼？你就是个大傻子！”

“哈哈，凤师弟，看来是咱们多虑了。”

“我希望眼前的一切都是真的，不过……”凤九天嘴角虽也挂着笑意，却仍未放松警惕。

“傻子，你说眼前这一切有可能是假的？”

“村外连一条像样的路都没有，村内却如此繁华，不奇怪吗？”

“这确实很奇怪！”两人看看周遭景象异口同声地说道。

“我们可能想多了，村子西面或许有大路。”

“傻子，我们现在该怎么办？”

“哈哈哈，当然是先找位郎中，再去酒馆好好喝上几杯！”

三人一边说着，一边在街边寻找医馆。人食五谷，难免生病，再小的村落也会有医馆。可村子里五行八作俱全，却唯独没有医馆。

“凤师弟，你刚才说的没错，这村子确实很古怪。”

“这么大的村子，这么多的村民，为什么连一个医馆都没有？”龙灵雪也感到疑惑，但仍不愿相信眼前的一切只是幻觉。

凤九天没有答话，眉头紧锁，只是默默前行。“傻子，你说这到底是怎么回事啊？”

“我也不知道。不过这其中一定不同寻常！”

“傻子，我现在感觉还好，不必急于找医馆。”

“凤师弟，你看我们现在该怎么办？”

“也罢，先去酒馆，酒馆人多，可以问问附近哪里有医馆。”

三人在村中找了家酒馆，安坐下来。凤九天把剑在桌上一拍，把小二喊了过来：

“小二，我有事问你！”

小二应了一声，很快走了过来：

“客爷，您有何事？只要我知道的，一定言无不尽。”

“我问你，这村中可有医馆？”

“客爷，您是外地人吧？”

“正是。”

“难怪您不知道村中那位神医。”

“神医？比江湖上鼎鼎大名的神医茉莉如何？”

“听说他正是茉莉的师兄，且医术在茉莉之上。”

“好生了得！”

“可不是嘛。”

“神医来了，其他医馆就都关门了？”

“正是。其他医馆没了生意，自然就关门了。”

凤九天眉头不禁皱得更紧了些。

“原来如此。神医现在何处？”

“神医外出采药去了。”

“何时回来？”

“少则十天半月，多则可能一年半载。”

“什么！我们等不了那么久！”

“村中病人也怕耽搁，都出山治病去了。”

“好了，我知道了。”

“客爷，您出村时可以来我们小店打声招呼。”

“这是为何？”

“因为小店可以送些路上吃的干粮。”

“那多谢了。”

“对了，三位要吃点儿什么？”

“来两壶酒，几个小菜，剩下的赏你了！”凤九天取出几两银子，拍在桌上。

小二并没有看银子，只道了声谢，便收下了。小二一走，凤九天的神情越发异样起来。

“傻子，你想到了什么？村中一片繁华，店家热情好客，为何反而眉头紧锁？”

凤九天稍一思索，压低了声音，缓缓开了口：

“难道你们没发现吗？”

“发现什么？”两人俱感诧异，不约而同地看向凤九天。

“这小二似乎很着急让我们走啊。”

“凤师弟，这小二很热情，怎么说他想让我们走呢？”

“你说这店家开门做生意是为了什么？”

“为了赚钱。”

“村中没有郎中，还能得到免费干粮，我们还会多耽搁吗？”

“当然不会，但这能说明什么？”

“你们把三件事连在一起想，就明白问题所在了！”

“傻子，你说的是哪三件事啊？”龙灵雪闻言更加不解地看向凤九天。

“首先，我只问他哪有医馆，他怎知我们走遍了村子？”

“这……也许是他碰巧看到了吧？”

“那我提起神医茉莉，他就顺杆爬，这也是碰巧？”

“可他应该……”

“而且一个店小二见到银子却不为所动，更是奇怪至极！”

“傻子，你觉得这店小二有问题？”

“不能确定，不过绝非表面那么简单。”

“傻子所言有理，我们定要多加小心！”

“凤师弟，你照顾好龙师妹，我去寻些草药来。”

“师兄，一定注意安全，早去早回！”龙灵雪感激地看向尚清天，开口说道。尚清天微微点了点头，随即去村里寻药了。不多时，小二端着酒菜与一壶热水走了过来。

“二位客官，酒菜来了！”他见桌上少了一个人，稍稍愣了一下，随后又笑了笑。

凤九天接过酒菜，便打发小二下去，随即仔细检查了一番。

“傻子，这酒菜可有问题？”

凤九天略一犹豫，随即摇了摇头。

“傻子，既然你说没问题，我就放心了。”龙灵雪不再迟疑，当即准备用饭。

“小二！小二！”酒楼外突然有人大喊。两人不由得闻声向来人看去。

此人衣衫华贵，从头到脚透着富商的气派，手中捧着个酒坛，酒香四溢。他缓步走进酒楼，见座位已满，于是来到两人身边，抱了抱拳：

“两位朋友，此间已无座位，不知可否与二位共用一桌？”

凤九天略一思忖，点了点头。来人甚是感激，忙又拱了拱手：“多谢！多谢！”他说着缓缓坐下，打开手中酒坛。酒坛一开，酒香越发浓郁。

凤九天极为好酒，闻到酒香不禁垂涎，开口问道：

“兄台，怎么称呼？”

“哈哈，在下林金生，贩酒为业！”

“难怪林兄有如此美酒！”

“哈哈，兄弟也是好酒之人？如何称呼？”

“在下凤九天，美酒香气扑鼻，难免为之动容。”

“哈哈，凤兄弟，一起喝上几杯如何？”

龙灵雪见状连忙开口婉拒道：

“这……我们这里有酒，还是……”

“这位姑娘，莫非嫌酒不好？”

“不……只是……”

“这位姑娘，真不肯给林某个面子？”

“哈哈哈，林兄，我陪你喝！”

“凤兄弟愿给林某面子，真是太好了！”

“不是给你面子，是给兰生酒面子！”凤九天嘴角带着笑容，从容地看向林金生。

“哦？兄弟竟能闻出此酒？”

“有何不能？而且我还知道，此酒已封藏百年。”

“那你可知于何处封存？”

“江淮一代千年桃树之下！”

“凤兄弟当真厉害！”

“我的酒量更厉害，只是不知林兄肯不肯给我喝？”

“当然！当然！”

龙灵雪见状忙压低声音，说道：

“傻子，陌生人的酒还是不喝为好！”

凤九天看着酒杯，对龙灵雪的话恍若未闻。

“林某敬兄弟一杯！”林金生说着给凤九天斟满了酒，随后也给自己斟了一杯。凤九天正要举杯饮酒，林金生却又笑了笑，说道：“这位姑娘，你不喝酒？”

“我身体有些不适，这酒还是……”

“那好歹也以茶代酒，不然显得林某不懂规矩。”

“那好吧，给林兄一个面子。”

龙灵雪依言给杯中倒了些茶水。三人举杯，饮尽了杯中酒。

“哈哈哈，很久没有活人给我面子了！”

“什么……难道你……”

“哈哈哈，我早就不是人了！”

话音一落，两人眼前一黑，昏了过去……

第六章　孤村惊魂夜

寒月朦胧，夜风阴森。白日繁华的村子此时却变了模样。村子里一个人都没有，只剩下满目断壁残垣！四周一片死寂，静得让人窒息。没有灾害，没有战火，没有疾病，繁华的村子怎么可能突然变成这般模样？难道真是鬼魅作祟？

“凤师弟！龙师妹！快醒醒！”

凤九天朦胧中被一阵喊声惊醒。他缓缓睁开了眼睛，看见一张熟悉的面孔。尚清天正关切地看着自己，他的声音惊恐而焦虑。不论是谁，见到眼前的巨变只怕都会如此吧！

“尚师兄，你不是寻药去了吗？”凤九天的声音虽很平静，可他的神情却满是疑惑。

尚清天闻言重重摇了摇头，随即开口说道：

“我昏倒了，醒来就在这里了！”

“村子有问题，林金生有问题，酒也有问题。”

“可我觉得你最有问题！”

“我有问题？”

“你既知有问题，为什么不快些离开？”

“我想弄清这一切到底怎么回事。”

“你为何一定要管这些事？”

“为我父亲……”

“你父亲是谁？与这村子有何关系？”

“这些你不需要知道！”

凤九天说得斩钉截铁，一副拒人于千里之外的神情。尚清天只得闭上嘴，默然不语。

良久，尚清天终是忍不住，发出长长的叹息：

“唉，我们现在该怎么办？”

“只有先看看再说。”凤九天有些担忧地低下头，看向躺在地上的龙灵雪。她此刻双目紧闭，显然尚未苏醒。“龙师姐，你醒醒。”凤九天伸手去推龙灵雪，着手处又是一阵火热。

“不好，病情复发了！”

“凤师弟，你说牧师兄自私，难道你就不自私吗？”

“我哪里自私了？”

“你为了父亲就把大家引入险境，难道不自私？”

“如果我不去酒馆，你以为就没事？”

“难道不是？”

“当然不是！”

“你怎么知道？”

“你都离开酒馆了，不也一样昏倒了？”

“嗯，倒也有些道理。”

“整个村子都有些古怪，只有查明真相才能安全！”

“你要查明什么？”

“查明我想知道的，我该知道的。”

“师妹的病不能耽搁啊！”

“我知道！若今夜能查明更好，如不能，明早一定离开！”

“好吧……”

凤九天看着紧闭双眼的龙灵雪，又是一阵担心……良久，龙灵雪悠悠醒转。

“傻子……”

“灵雪，你还好吗？”

“我……我没事，只是虚弱……”

“灵雪，此地又阴又潮，我们还是换个地方吧。”

“也……也好……”

凤九天忙站起身，努力在残破的酒馆中寻找干净之处。可整个酒馆破旧不堪，到处落满灰尘，而且虫鼠之物甚多，实不宜久留。凤九天朝两人摇了摇头，语气非常坚决：

“我们不能在此久留，以防灵雪病情加重。”

沉默良久的尚清天这时犹豫地开了口：

“村中甚是诡异，我们还是留在此地比较安全。”

凤九天摇头，目光看向虚弱的龙灵雪：

“灵雪，我们还是换个干净的地方吧。”

“也好……”

凤九天当先提剑出了酒楼，在村中寻找起来。

不多时，凤九天发现一座高门大院的老宅。他心中一喜，忙推开了紧闭的院门。院子里很黑，黑得伸手不见五指。偌大的院门看起来很可怕，宛如张着血盆大口择人而噬的巨兽！凤九天的武艺很高，胆子更大。莫说像巨兽，就是真的巨兽，他也不会后退半步！他屏气凝神，谨慎地走进老宅。

刚进宅门，他顿觉阴风阵阵，浑身不自在。黑暗中似乎有无数双眼睛在盯着自己。这些暗中观察的眼睛，随时都可能对自己下手。他定睛看去，却又什么异样都没有。唯一异样的就是太过安静，静得死气沉沉。人的恐惧往往来自于未知，黑暗正是最大的未知。有时什么都没有，比真的有什么更加让人畏惧……凄冷的月光斜洒在老宅的屋檐下。凤九天能清楚地看见屋檐下挂着一串风铃，诡异至极的骷髅形风铃。

“吱嘎……”凤九天推开房门，他的神情前所未有的紧张，额角渗出冷汗。这是一间很大的屋子，屋中有八根立柱，足可容纳几十人。但此时这里没有人，一个人都没有，只有一把洁净如新的椅子，放在房间的正中。这么破旧的村落，却有一间这么大、这么完整的房间，还有一把洁净如新的椅子，难道还有什么比这更让人震惊的吗？

“其中定有蹊跷！”凤九天忙持剑当胸，只待与隐藏在黑暗中的强敌一战。但空荡荡的房间里除了他自己，哪里还有旁人？他又该与谁一战呢？半日内由盛转衰的村子，到底还有多少古怪，谁都不知道。凤九天当然也不知道，他突然想起昨日古庙中的老人。老人那惊恐的神情、骇人的言语、慌张的背影，一幕幕纷至沓来，瞬间涌到凤九天脑海中。

“不归村会让你不归……”凤九天喃喃自语。他似乎渐渐懂了，那些看似不正常的举动，在更不正常的村子里，反而显得正常。“一切未知，都会让人恐惧，只有克服恐惧，才能看清真相。”当年舅父对他说过的话，此时越发觉得有道理。

他压下惊惧，让心尽量平静，仔细回想发生过的一切。灵雪为何看到黑影之后突然发病？古庙中的老人到底在畏惧什么？店小二为何想让我们快些离开？林金生到底是人是鬼？村子为何会在半日内变得残破不堪？破败的村落，怎会有一把洁净如新的椅子？所有这一切似乎都指向一个答案，这里真的有鬼！

“咔嚓！”一声惊雷划破了天空，大雨倾盆而下。伴随着雨声，隐隐传来两个人的脚步声。脚步声很轻，在这伸手不见五指的夜里，在举目无人的荒村，听见这样的脚步声，凤九天不禁全身泛起刺骨的寒意！

“谁！”凤九天大喝一声，就要出剑。

“凤师弟，是我们。”

凤九天闻言，神情放松了些，微微一笑：

“尚师兄，你们怎么跟来了？”

“师妹不放心你，所以就跟来了。”

“原来如此，是我多虑了。”

“这庄子有干净些的地方吗？”

“只有这把椅子干净些。”

尚清天看了一眼，缓缓扶龙灵雪坐下。“这椅子当真干净啊！”他笑着拍了拍椅子扶手，神情很是满意。

凤九天没有说话，此时他心中只有龙灵雪。这种感情他自己也说不清，道不明。但他知道，倘若不能护她周全，自己也失去活下去的意义……

雨不知什么时候停了，屋外一点儿风也没有，天空被几朵乌云遮蔽着，随时都可能再下大雨。“哗啦……哗啦……”房檐下的一串风铃竟无风自动了。

这种声音平日里听着很是悦耳，但此时却让人毛骨悚然。风铃动得很剧烈，声音很诡异，好像无数在舞蹈的幽灵。这些幽灵随着舞蹈还在狞笑，嘲笑这些不知天高地厚的人！

“鬼……有鬼！”龙灵雪突然双手挥舞，大喊起来。她的五官扭曲，声音凄厉，在本就阴森的老宅里显得格外恐怖。

“灵雪，你怎么了，快醒醒！”凤九天想要推醒她，只有她醒过来，才不会这么痛苦。但任凭他怎么推，龙灵雪都浑然未觉。她是得了重病，还是真遇鬼撞邪了？凤九天不知道，但不论是哪种，他都无能为力。他只能就这么眼睁睁看着她，为她担心，为她心疼。他斗过多少高手，经历过多少次生死，都全不畏惧。可此时的他，心中第一次产生了无力感。

“灵雪，你到底怎么了？”

“师妹好像是中邪了！”尚清天也很担忧，急切地说道。

“中邪？那该如何是好？”

“我曾学过些法咒，不知管不管用。”

“快试试啊！”

“只能试一试了。”

凤九天眉头紧锁，看向尚清天。尚清天双手依法结印，口中大声念咒。凤九天听虽不清他都念了些什么，但心中却莫名产生了希望。尚清天念完咒语，手指朝龙灵雪额头重重一点，龙灵雪很快镇定下来。

“灵雪怎么样了？”

“她已好多了，再画一道灵符，便无大碍了。”

“可到哪里去寻纸笔与朱砂？”

“你还记得那个店小二口中的神医吗？”

“当然记得。”

“神医家中一定会有。只是他家在哪里，却不得而知了……”

“我知道。”

“你知道？”

“我们现在所处的大宅就是！”

“你确定？”

“他抢了那么多家医馆的生意，自然是这村中的首户。”

“没错，首户的宅邸定是阔气无比。”

“那你觉得村中还会有比这里更阔气的宅子吗？”

“嗯……你说得有理，我这就出去找找。”

“好，注意安全。”

尚清天很快就回来了，手中物品一应俱全。“这么快就找到了？”

“后院有个佛堂，里面物品很全。”

尚清天说完忙画起符来，画了几笔后，他突然停住了。

凤九天见他停下来，有些焦急地盯着他：

“尚师兄，你怎么停了？”

“我匆忙间忘了拿盛水的器皿。”

“好，我这就去找！”话音一落，凤九天出了房门。

夜凉如水，秋风肃杀，天地沉寂。凤九天一人走在阴森诡异的老宅里，心中难免有些畏惧。他快步从一间间房前走过，费力地寻找着厨房。他找了很久也没找到，却发现了一个破旧的佛堂。

佛堂的立柱塌了两根，里面满是灰尘，蛛网密布。凤九天皱起了眉头，一个念头突然在他脑海中浮现：“这么远的路，这么破旧的佛堂，师兄怎能这么快找到东西？”但这念头只是一闪即过，随即就被打消了。

不久，凤九天终于找到了厨房。他推门走了进去，没有一丝犹豫。只因他的宝剑早已出了鞘。宝剑在手的时候，往往是凤九天胆子最大的时候，就是死亡、鬼神在他面前，也不会让他有一丝畏惧。厨房很破旧，许多碗筷上都落满厚厚的尘埃。光线很暗，暗得难以视物。可偏偏在这肮脏、破旧的壁橱上，却有微弱的白光闪动。

凤九天屏气凝神走了过去，他不知道闪光的东西到底是什么，他本能地戒备着，手中流云剑也泛着寒芒，随时准备刺出致命的一剑。他到了壁橱的近前，终于看清了这闪光的东西。眼前发光的是一套极精致的白瓷茶具。它们与环境极不相配，洁净到足以反射月亮的微光。凤九天长出了一口气，仔细打量起来。瓷壶与瓷碗的底部都有隐约的暗纹，这些暗纹不易被发现，可凤九天却偏偏看到了。暗纹上绘着一颗骷髅头，十分形象的骷髅头。凤九天不由得联想起屋檐下那串诡异的风铃。

“又是骷髅头……”凤九天疑惑不解，轻轻说道。他正愣神之际，突然见这颗骷髅头发生了变化。这变化很小，但却足以让人注意到。因为这实在太惊人了。原本面无表情的骷髅头，此时嘴角却微微扬起。这颗骷髅头居然笑了！

凤九天的手有些微微发抖。他见过太多太多骇人的场面，却全没有这不归村可怕。这村中诸多骇人的场面，都比不上这小小的白瓷茶具骇人。若不是为了龙灵雪，他真想把茶壶摔得粉碎。但他只能压制心中的惧意，返回大屋，每走一步都听见轻微的“哗哗”声。这声音并非来自别处，正是那怪异的白瓷壶。

凤九天打开壶盖，小心地向里面看去。壶里并没有可怕的东西，只装着小半壶茶水。茶水的味道、颜色都变化不大，显然没超过七天。破败的村子，破败的老宅，一切都像是废弃已久。可椅子、茶壶与茶碗，却又偏偏干净得出奇。这一切都太奇怪了，是那么不正常，那么不符合逻辑。“要么这里真的有鬼，要么就是有人在这里装神弄鬼……”一路上，凤九天的脑海中不断闪过一个又一个念头，但无论哪个，好像都无法与眼前的景象吻合。他陷入了困惑的泥潭，无法自拔。

不知不觉，凤九天回到了大屋中。当他再次见到龙灵雪与尚清天，才渐渐稳住心绪。他正要把白瓷碗递给尚清天，龙灵雪却缓缓睁开了眼睛。她的神情虽然还有些恍惚，但是终于醒了过来。

“师妹，你终于醒了，实在太好了！”尚清天担心的神情瞬间变了，笑了起来。

凤九天心头纵有再多的疑惑与不解，可龙灵雪醒了，终究是件让他高兴的事，他提起的心终于放下了，长长舒了口气：

“灵雪，你还好吗？还有什么不舒服吗？”

“傻子，刚才我出什么事了？”

“灵雪，你难道不知道？”

“我不记得了，只记得好像有很多恶鬼……”

“师弟，看来师妹真是撞邪了！”

“不论是不是撞邪，这村子我们都不能再待下去了！”

“师弟，你想连夜出村？”

“没错，你照顾好灵雪，我这就去西面探探路。”

“你累了一天，还是我去吧。”

“这里太过凶险，还是我去比较稳妥。”

“也罢，那我就在此照顾师妹。”

“你一定要照顾好她，若再出事恐怕就麻烦了！”

“你放心吧。你自己也要注意安全！”

凤九天微微颔首，再次大步出了房门。他的轻功一向不错，此时就像一阵风，飞掠过高矮不一的房屋。夜里的天气很凉，凤九天飞奔起来更凉。此时他身子是凉的，心好像也要凉了。他踩在积满落叶的小路上，发出踏碎落叶的声音。在这寂静的村中，这样的声音显得格外瘆人。萧瑟的秋风卷起几片枯叶，拍打在凤九天的脸上。凤九天没有闪避，他的心思根本不在这种小事上。

不知过了多久，他已出了村。村西面根本没有大路，路更窄也更加荒芜。村外两三里处，有一片乱葬岗。岗上坟包林立，一眼望不到头，谁也不知道这里埋了多少人，更不知道死者都是谁。这里除了阴森与可怕，只有一片死寂。埋死人的地方自然是死寂的，死人是永远不会开口的。凤九天从许多坟包旁穿行而过，没有片刻停留，他可不愿意和陌生的死人混得那么熟。

良久，他在一个坟包前面停下了脚步。这个坟包并不特别，而且上面长满荒草。他为什么要停在这座坟前？因为他看到了墓碑上的名字，一个熟悉的名字——林金生！

“什么！难道他真的是鬼？”凤九天无法相信，方才还和自己饮酒之人，竟真的早已入土。但死人又怎么可能出来与自己喝酒呢？或许只有一种解释看起来最合理。那就是，今天真的碰到鬼了！

乌云遮住了仅有的月光，天地间一片漆黑。凤九天的眉头又一次紧紧皱起。他已不记得一天里自己皱过多少次眉。恐怖的一幕幕在他心头挥之不去。突然，远处亮起了几团绿光。这些绿光忽明忽暗，忽远忽近，既像是动物的眼睛，又像是一个个飘荡的亡灵。鬼火往往出现在夏季，可此时却是深秋。伴着萧瑟呜咽的秋风，鬼火忽上忽下，在半空中飘荡，似九幽找人索命的冤魂。

凤九天有些迟疑，不知是该继续前行还是原路返回。他正犹豫的时候，身后随风飘来一阵幽怨的哭声。“还我命来……还我命来……”他本能地感觉到身后似乎出现了什么东西。凤九天瞬间转过身来，他转得很快，转得很急，转得很有力。但却没有发现任何异样，连一点儿风吹草动都没有。他本能地去拔背后的宝剑，可触到的除了冰冷的秋风外别无他物！茫茫黑夜，四下俱是坟茔，连一个活物都没有，自己的剑却丢了，丢得那么无声无息，那么不可思议。凤九天历经过很多生死一刻，从未像现在这样害怕！他身上的白衣被冷汗浸湿，神情间充满了吃惊与恐惧。

“咔嚓！”一道闪电从夜空中斜斜劈下，照亮了坟地，随后是巨大的雷鸣声，还有隐隐的“咔咔”声。这“咔咔”声很轻，一响即逝。凤九天寻声看去，却没发现任何异样。他真的不想再待下去了，也不敢再待下去了，哪怕一秒也不愿意。凤九天转身狂奔起来，再也不愿回头。这场雨来得快，去得也快。凤九天跑回老宅时，雨也刚好停了。他一屁股坐在了墙边，快速地打开包袱，取出水袋。水袋中的水已经所剩无几，只够他喝一口。

“傻子，出什么事了？你怎么这样慌张？你的剑呢？”

“师弟，不会真遇到鬼了吧？”

两人的语气充满了焦急和担忧，生怕凤九天遭遇意外。凤九天却只静静地喝干了最后一口水。良久，他终于开了口：

“灵雪、师兄，我们这就走，从东边原路出山！”

“傻子，你到底遇到什么了？”

“灵雪，你别问了，我们赶紧离开！”

“师弟，我们只剩最后一袋水了，要走也得把水袋装满。”

“好，我们一起去井边。”

三人略一收拾，便快步向古井而去。不多时，三人到了井边。尚清天把破旧的木桶顺进井中，才发现这口井早已干涸。

“这井已经枯了，我们怎么办？”

“看来只有先走了！”

“傻子，我现在真的好渴，一袋水恐怕真的不够。”

“但这井……”凤九天突然不说话了，已不知是第几次皱紧眉头，“不对，这怎么可能？”

“傻子，你说什么呢？”

“今夜下了两场大雨，这井怎么可能是枯的呢？”

"难道……这井通着冥河？"尚清天惊恐地看着两人，连说话的声音都有些发抖。

话音刚落，井底突然传出"咕咚咕咚"的流水声。枯井怎么会有流水声呢？凤九天伸头向井里看去，当他抬起头时，神情比尚清天更惊恐。

"这口枯井突然出现了好多水！"

"傻子，这怎么可能？"

凤九天没有答话，而是再一次把木桶顺进井里。这次木桶很快就打满了，但味道却有些不对。井水本无味，就算有，也该是硫黄的味道，可木桶中却散发出一股腥臭味，熏得人几欲作呕。凤九天快速把木桶摇了上来，这股腥臭气越发浓了。龙灵雪口渴难挨，忙凑了过来。她只看了木桶一眼，就呕吐起来。凤九天与尚清天也仔细看去，这才看清，桶里根本不是水，而是淋淋的鲜血，似乎还有温度。凤九天和尚清天心理再强大，却也快要吐了。

"师弟，这井看来真的通往冥河！不然哪来这么多血？"

"这……难道这里真的有鬼？"

"傻子，我好想喝水……"

"师弟，为今之计只有打开最后一个水袋了。"

"呕得嗓子干疼，也只好如此了。"

尚清天说着打开了包袱，取出水袋。一袋水，三个人分，自然很快就一干二净。凤九天正想着要到哪里去弄水，却突然眼前一黑昏了过去，同时昏过去的还有龙灵雪和尚清天。

他们再醒过来时，已是正午。凤九天睁开眼睛，发现自己竟然还在那家酒馆里。他身边的龙灵雪托着腮，正在熟睡。面前的饭菜、酒杯以及那坛兰生酒都没有一点儿变化。而林金生正看着自己，嘴角露出微笑。

"你！你！"凤九天大喝一声，下意识地从背后拔剑。不翼而飞的流云剑竟真的被他拔了出来。龙灵雪听见声音惊醒过来，痴痴地看着眼前的一切。

"凤兄弟，我好心请你喝酒，你为什么对我拔剑？"林金生的神情很是无辜，微笑却依旧从容。

"林金生！你到底是人是鬼！"

"我当然是人，不折不扣的人。"

“那方才是怎么回事？”

“唉，我本想凤兄弟必知酒性，可惜也是这般……”

凤九天再想问下去，林金生却已起身离去。龙灵雪与凤九天四目相对，一时都默然无语。良久，龙灵雪才有些害怕地开了口：

“傻子，我刚才好像做了一个噩梦！”

凤九天闻言微微点头，小声对龙灵雪说道：

“灵雪，这恐怕不是梦，应该是真的。”

“可这一切怎么可能是真的，实在太……”

“灵雪，不管是真是假，就凭我们三人恐怕对付不了！”

龙灵雪看向凤九天，焦急地说道：

“这一切太匪夷所思了！我们还是赶快离开！”

“也罢，我们快走！”

两人对视一眼，同时运起轻功逃出了酒馆。两人刚出酒馆，便险些撞到一个少年身上。少年非但没有生气，反而疑惑地开了口：

“凤师弟、龙师妹，你们这是要去哪儿？”

两人闻言忙站住脚，看向此人，随即都愣住了。

“尚师兄，你刚才不是和我们在一起吗？”

“和你们在一起？我刚才一直在村里寻药啊！”尚清天晃了晃手中的草药，满脸都是不解的神情。

凤九天已管不了许多，拉着两人便逃离了村子。同时逃离的，还有这恐怖而又令人费解的世界……

第七章　死水泛波澜

潭水往往是平静的。平静象征着美好，但有时也预示着不幸。因为太静的水没有生机，太静的水能掩盖真相。只有风吹过，才能唤醒沉睡的潭水，泛起阵阵涟漪。而现在，已经起风了……

十日后，凌霄派大殿。

龙行云端坐在石椅上，脸上没有任何表情，而众弟子与各位长老的表情，却尽是惊讶与恐惧。众人谁都没说话，都静静地看着立在殿中的三个人。能引起这么大轰动的人，当然是刚经历过生死的人。除了刚从不归村回来的风九天三人，又怎会是他人？

“师父，我们回来了。”

“尚师弟，真的是你们吗？你们还活着？”黄皓天不可置信地盯着三人，一字一顿地问道。

尚清天朝黄皓天点点头，无比肯定地回答道：

“黄师兄，我们还活着。”

“可牧师弟说你们去了祖山！”

“好在有风师弟，我们才能安然返回。”

风九天见黄皓天有些异样，不禁出言询问：

“难道黄师兄知道祖山？”

“我……我不知道，只是听说那里凶险异常……”

“所以你们都以为我们死了？”

“是的。”

“哈哈哈，有我凤九天在，纵有邪魔恶灵也叫他有死无生！”

龙灵雪并不理会几人的谈话，而是径直走到龙行云面前：

“父亲，这一路上多亏傻子保护我，不然恐怕我真的……”

“灵雪，不许胡说！”龙行云打断了龙灵雪，转头看向凤九天，“九天，你做得很好！”

“掌门，我们的任务终归是失败了……”

“石敬瑭奸诈狡猾，劫夺贺礼失败，也在我意料之中。”

牧璇天见龙行云并没有责备凤九天，不禁有些不忿：

“师父，他单枪匹马杀了李佐琳，其中细节弟子可不清楚。”

“牧璇天！你是说我拿到了藏宝图，私藏了吗？”

“难道不可能吗？”

“你不要血口喷人！”

“我血口喷人？”

“没错，我凤九天做事，只为正义，不为钱财！”

“你不过大言欺人罢了！”

“血口喷人！你有什么证据？”

“想要人不知，除非己莫为，我会找到证据！”

“你连证据都没有就胡说八道，难道不是血口喷人？”

“我血口喷人？心里有鬼的恐怕是你凤九天吧？”

“说话要讲良心。我无愧于人，无愧于心，无愧于天下！”

“你心里没鬼？你敢当众说出李佐琳是怎么死的吗？”

龙行云此时已显得极不耐烦，挥手喝道：

“不要再吵了！若我派弟子人人都如九天，岂会再有邪魔横行？”

牧璇天闻言不再作声，恨恨地瞪了凤九天一眼。

“掌门，若真想让邪魔绝路，我就必须再去一次不归村！”凤九天上前几步，坚定地对龙行云建议道。

“你还要去？”

“我还要去，而且非去不可！”

“九天，不归村是座鬼村，你会连累我们所有人的！”

“掌门，连您也不同意？难道就任由邪魔猖獗？”

“此事老夫自有安排，但人选却不是你。”

龙灵雪见状，忙出言相帮，想改变龙行云的决定：

“父亲，傻子就是最好的人选，一路上他的能力我们有目共睹！”

林长老瞥了一眼凤九天，郑重地开了口：

“掌门，凤九天心浮气躁，又不精通阴阳，再去必会误事！”

“林长老所言极是，甚合我意！”

“父亲，可千华山这些弟子、长老，还有谁能胜过他呢？”龙灵雪继续坚持着，让龙行云变得有些犹豫。

“龙姑娘，此事绝对不行……”林长老还要继续说下去，却被徐长老打断了。

“林长老，依本长老看，凤九天确是个不错的人选！”

“徐长老，平时你放任他也就算了，这等大事岂可玩笑？”

“那我们该怎么办？总不能当作一切都没发生吧！”

“当然不能，只是这人选……”

就在所有人都僵持不下之际，一个洪亮的声音突然响起：

“掌门，我们还是请正一派弟子前来相助吧。”

众人闻言纷纷赞许，不由得都看向说话之人。这人身材魁伟，眼眸深邃如渊，神情甚是冰冷，周身透着杀意。他虽然只是个普通弟子，身上却有种傲视天下的霸气，他的长相、气质都极为出众，他本该是个极显眼的人，可偏偏派中了解他的人却不多。

“殿下弟子姓甚名谁？”

“回禀掌门，弟子慕容章！”

“你说得很有道理，正一派精通阴阳风水，确是极佳人选。”

“掌门，如果千华山不派人查访此事，定会被江湖中人耻笑。”凤九天急于查明真相，见龙行云要请正一派相助，忙说道。

牧璇天十分不屑地看向凤九天，语气间尽是讽刺：

“凤九天，上次你侥幸逃离，这次还想抢功？”

“牧璇天，我看是你要抢功才对！”

“哈哈，这功我抢定了！”

龙行云闻言点点头，用手指指牧璇天：

“嗯，这次就让璇天前去！”

“师父，牧师兄对那里不熟，由我陪他去吧。”尚清天好像有些不放心，主动请缨想要随行。

龙行云见状略一思忖，随即露出了欣慰的笑容：

“清天，你若能与璇天同行，为师就放心了！”

“掌门，我若不去，只怕这些人都会死在不归村！”凤九天见龙行云如此决定，十分不忿地说着。

“我意已决，你不必再说了！”龙行云言罢，衣袖一挥，缓步出了大殿。

他向来言出如山，在千华山上，他的话就是圣旨。任何人都无法违抗，不敢违抗。违者只有一条路，那就是逐出师门，赶下千华山！

潭边大石上，已数日未见那个不羁的少年。现在他人虽回来了，心却再难回来。“尚师兄、黄师兄都有些古怪，是有什么秘密吗？”凤九天躺在大石上，紧皱着眉头。今天的阳光很好，却终照不明他心中的疑团。

“凤师弟，你果然又在这里。”

“黄师兄，你来得正好！”

“你有事找我？”

“没错。”

“何事？”

“就是你来找我要问的那件事。”

“我……我并没有什么事要问你啊。”

“你不跟着掌门修习，却偷偷来此，绝不只是为了闲聊。”

“好吧，既然你看出来了，我就不瞒你了。”

“我们是朋友，你本就不该瞒我。”

“我是为了不归村。”

“你早就知道不归村？”

“是的，但却不知详情。”

“你为何会对那种地方感兴趣？”

“为了一个人。”

“什么人？”

“不可说，日后你或许会知道。”

“我们是朋友，朋友之间不该相瞒！”

“可他也是我的朋友……”

“好吧……”

凤九天摇头叹息，把自己经历的一切都告诉了他。朋友终归是朋友，朋友就要互相了解，却又不可太过了解。如果你真彻底了解了对方，那么他将不再是你的朋友。朋友间该有信任，也可以有属于自己的秘密，只有仇敌才必须知己知彼，把对方了解得一清二楚。

半月后，正一派弟子到了。他们的到来，意味着再探不归村的征程开始了。

这个建议明明是凤九天提的，他却没有资格同行。他再三向龙行云请缨，要求同往孤村，龙行云的神情冰冷，态度严厉，根本不容任何人违拗，他只能眼睁睁看着尚清天等人，就这么陆续在他的视线中离开。凤九天没有办法，只能独自在心中叹息。

当晚，又是月圆之夜。一轮明月高挂在天上，照耀着辽阔的大地。正是因为有月亮，才能在夜晚看清黑暗中的善恶美丑。但月亮只能照亮天地，却照不亮人心，特别是一颗困惑的心。凤九天的心，此刻就有众多的困惑。

今夜他没有心情喝酒，只静静地望着夜空中那轮圆月。他怀疑父亲的死并非那么简单，可却没有一点儿迹象、没有一点儿线索、没有一点儿证据支撑他的猜测，唯有父亲冰冷的尸体与桌上两个精致的酒杯。

酒杯代表什么？他不清楚，天下大多数人都不清楚。但眼下他知道一件事，一件很重要的事。那就是，不归村必定牵扯着江湖中至关重要的人和事，查明不归村，就意味着离揭开真相近了一步。掌门的决定，无异于把这唯一的线索切断了。

尚清天与黄皓天本该是最可靠的人，可涉及不归村，似乎都变了。那道诡异的黑影、古怪的老人、异常的林金生又是什么来头？这些人仿佛又都被人用一根隐形的丝线控制着。这背后之人究竟会是谁呢？

今晚风很大，呼啸着不肯停息。黄皓天捧着一个酒坛，神情亦如往常。他缓缓走到大石边，但凤九天已经离开了。黄皓天并没有感到意外，因为他太了解凤九天了。凤九天不怕天，不怕地，更不怕人。虽然掌门不让他重探不归村，但他真的会听话吗？凤九天就是凤九天。越不让他去的地方，他越会去，越不让他做的事，他越会做。

十日后，凤九天紧随正一派，又来到那个诡异的地方。他没看到繁华的村镇，而是直接走进了那片废墟。破旧的村口有一个寿材铺，赫然摆放着几口白桦木棺材。凤九天虽然感到疑惑，但他却不能停下来。

现在是白天，自然没有鬼。可眼前的一幕比鬼更骇人，他彻底惊住了。他与正一派那几个人的距离，仅仅只有半里远。刚进村不久，那几个人就都突然倒在了地上。这些人都是天下少有的高手，顷刻间却都无声无息地倒下了。这个突如其来的变故让凤九天感到震惊。

他已顾不了许多，快步走到近前。正一派的弟子全都没了呼吸，尚清天与牧璇天也已奄奄一息。周围的草地上还残留着些许黑紫色粉末。这样的场面很显然没有发生过激战。那短暂的片刻间，到底发生了什么？

凤九天用力唤醒两人：

"尚师兄，牧璇天，怎么会变成这样？"

"凤……凤师弟……你来晚了……"

"凤九天，我们遇到廖楚笙了，你既来了，不能见死不救！"

"廖楚笙！是那个九幽鬼境的冥尊？"

"没……没错……就是九幽鬼境的冥尊……"

"什么？他怎么会在这里？难道……"凤九天略一沉吟，随即回过神，向两人说道，"先不要说话，你们的伤都很重，我这就帮你们疗伤。"

"凤……凤师弟，我怕是不行了……"尚清天的身子一直在颤抖，说话间喷出一大口黑血。

这血腥臭无比，与草地上那些黑紫色粉末的味道形成鲜明对比。粉末散发着浓郁的异香，天下毒物虽多，能有如此效果的却绝不会太多，而拥有这种毒物的高手更是寥寥无几。但九幽鬼境的冥尊却偏偏就是一个。凤九天方才还对两人说的话半信半疑，此刻却深信不疑。

"尚师兄，你挺住！"

"别……白费力气了，你还是救牧师兄吧……"

“我不能眼睁睁看你死去！”

“你的好意我不会忘记，有缘的话，我们来生再见……”尚清天说完缓缓闭上了眼睛，嘴角还带着一抹笑容。

“尚师兄！”凤九天大吼一声，眼眶有些湿润了。他们曾共经生死，曾肝胆相照，也曾嬉笑玩闹。此时凤九天对尚清天的种种怀疑，尽数成了愧疚与悲伤。

“凤九天，你见死不救，是要公报私仇吗？”

“牧璇天，你若不是凌霄派弟子，我早就一剑杀了你！”

“你真要见死不救？”

“你以为我是你吗？”

“我如果是你，现在就补上一剑！难道不是吗？”

“当然不是！”

“你要救我？”

“我当然要救你！”

“我不相信！”

凤九天不再说话，而是帮他运功。对于质疑者，还有什么比做给他看更好的解释吗？良久，凤九天把牧璇天体内的毒性暂时压制住了。

牧璇天痴痴地看着凤九天，有些难以置信：

“你为什么要救我？”

“因为我不想担上残杀同门的罪名！”

“我可不会感念你的恩情！”

“难道我需要你的感恩？”

“你真的不需要？”

“我只需要你帮我掩埋尚师兄和正一派弟子的尸首。”

“那你要去哪里？”

“当然是把你们没做完的事情做完。”凤九天说着起身，走向那片熟悉而又陌生的废墟。

疑点从佛堂而起，调查自然也要从佛堂开始。凤九天再次来到佛堂，眉头不禁皱了起来。偌大的佛堂中，竟然没有一处干净的地方，到处布满灰尘，就连抽屉里也不例外，可那日尚清天拿来的纸笔与朱砂只略染尘埃，风九天当时未及细想，此时想来极为奇怪。但天下没有人会把自己的死也列入不可告人的计划之中。除非他不是主谋，他的死是有人为了杀人灭口。风九天不愿相信事情真是这样，他不愿相信已逝的朋友真是自己的仇人。

回忆就像洪水般涌进他的脑海，挥之不去。他思索良久，彷徨良久，怅惘良久。半晌他才悠悠缓过神来，缓缓看向抽屉，可屉中除了积灰外，没有任何东西。没有东西往往代表着一无所获，但有时却暗藏玄机。眼前的这个抽屉就恰恰如此。

这个抽屉是平板制成，内里却有精美至极的雕花。雕花所绘的是一位将军，一位威风凛凛的将军。这位将军正在向皇帝施礼，他的双手捧着匕首，匕首不该是将军的武器，却偏偏捧在了将军的手中。这把匕首精致至极，也锋利至极。这么好的匕首天下绝不会太多。但最引人注意的不是那锋利的刃，而是那古怪的柄。匕首柄本该是平的，最多也只是雕着花纹或兽首。可它的柄上却赫然雕着一个骷髅头，与瓷壶上一模一样的骷髅头！

“风铃、瓷壶、抽屉上为什么都有骷髅头？”风九天的眉头此时皱得很紧很紧。他知道，若要弄清不归村的秘密，就必须先弄清怪异的骷髅头。可这些骷髅头到底代表着什么，他真的想不出来。死亡？诅咒？武功？门派？这些看似都有可能，但究竟是哪个呢？突然，他看到了雕花上一排极小极小的字：“范阳节度使史思明，奉大燕皇帝之命建立九幽鬼境。”虽只有短短的二十一个字，却驱散了风九天心中的阴霾。

“九幽鬼境！原来是邪道之首九幽鬼境！”号称天下邪道之首的九幽鬼境以骷髅头为标志再正常不过。而这极诡异的不归村，若是九幽鬼境的分舵，便实属正常了。反的东西总是那么显眼，那颗骷髅头便是反的。风九天无意间伸出了手，去扭动骷髅头，木板雕花正常情况下绝不可能被扭动，然而骷髅头偏偏动了，偌大的佛堂中突然发出了一声巨响，随着巨响腾起了满室尘埃，还有他悬起的心。

白墙动了，暗门开了，希望来了。风九天拔出了流云剑，缓缓走入暗门。

他本以为门中一定伸手不见五指，但门内却偏偏比室外更亮。可暗门所在的地方，阳光根本无法射入。那这亮光是从何处而来呢？自然是桌上的一盏灯，一盏精致的长明灯。桌子后面还立着一个上了锁的木柜，精致、巨大。凤九天一进暗室，便闻到了一股鱼腥气。他仔细闻了许久，才发现气息竟来自那盏长明灯。

“看来这灯定是以鲸油为燃料，故此长久未熄。”他说着来到灯前，仔细查看。

刚看一眼，他的眉头又紧锁起来，疑惑重又袭上心头。长明灯虽不常见，却也并不稀奇，奇怪的是内层的鲸油与外层中的水。鲸油与水虽然耐用，但也必会消耗，可眼前这两样都是满的，满得都快要溢出来了，这么满的水与鲸油，无论如何都是刚添了不久。这无疑说明近期有人进过这间密室。如此荒废的孤村，如此破旧的佛堂，谁会无缘无故来这里呢？奇怪的不只这些，还有地上的一些泥土与铁屑。

凤九天一边想着，一边来到木柜之前。木柜材质坚硬，木纹清晰。这种木头的纹路与黄花梨有几分相似，但颜色却不是黄的，而是鲜红如血。凤九天依稀记得曾在父亲那里见过这种木头。他努力回忆着，但当时就没太留意，时间又过得久了，自然再难记起。无奈之下，他破坏了柜上的铁索，打开柜门，向里看去。

他本以为柜中会有值钱的东西，可他又想错了。柜中没有宝刃，没有金银，没有字画，只有一沓书信。凤九天把这些书信一一打开了。这些信有公告，有指令，有门派间往来的书信。最远的可追溯至百年前，最近的一封是在十日之前。这些信件都与九幽鬼境有关，而且信封上都画着一颗正在狞笑的骷髅头！

凤九天把信全都放了回去，一个人默默出了孤村。这些信件让一切都变得清晰起来。九幽鬼境为藏匿书信建立不归村，为了防止泄密杀死闯入禁地者，这似乎便是眼前所有事情最好的解释，而且证据确凿。

虽然他不知道杀死父亲的究竟是什么剑法，但那伤口刚正平和，必定是正道之人所为，除非廖楚笙也精通正道武功，否则凶手绝不是他。凤九天心中盘算着，人已到了村口。寿材铺里原本摆放的几口棺材，此时都不见了。凤九天心里虽然很难过，可是依然向村口走去。

此时，村外多了几个新立的坟墓。能在这么短的时间内，立起这么精致的坟墓，实在不可思议。凤九天一向都很厌恶牧璇天，可这次他嘴角却露出了一抹赞赏的微笑。“哈哈，原来他也有过人之处，难怪掌门喜欢他。”凤九天想要赞赏他几句，却发现本该在附近的牧璇天早已不见了。突然，他的笑容收敛了，神情间满是杀气。能让凤九天现出杀气的人一定是高手，一等一的高手。

很快，从树林里走出十个人。十人俱配长剑，尽着黑衣，周身的杀气比凤九天更重。他们都戴着面具，所以凤九天看不清他们的脸。但凤九天不需看清，心中便已明了。因为整个江湖中这身打扮的，除了九幽鬼境不会再有他人。这些人在离凤九天六七丈外停下来，谁也没有再前进半步。

“凤九天，我们之间的账该算算了！”

说话之人声音很冷，冷得就像万年不化的玄冰。而他横在牧璇天项间的剑更冷，冷得让人窒息。其他的黑衣人都没有拔剑，只是静静地伫立在那里。他们就像一尊尊可怕的雕像，给人一种巨大的压迫感。

“你们找我是为了报仇，还是为了杀人灭口？”

“都是！这两样中任何一样，都不得不让我杀了你！”

“嗯，我早就想到了！”

“那你也该想到自己今日会死无葬身之地吧？”

“我一切都想到了！”

“那你是选择自尽，还是我们动手？”

“我如果自尽会得到什么好处？”

“我们可以放了你的同门！”

“你们用牧璇天来要挟我，这实在出乎我的意料。”

“你们难道不是同门吗？”

“当然是，不过我早就希望他死！”

“真的？”为首之人的剑轻轻划在牧璇天的项间，鲜血滴了下来。

“凤九天，你竟然公报私仇！你这个卑鄙小人！”

“你难道真忍心目睹同门惨死在你的面前吗？”

凤九天似乎没有听见两人的话，只是笑着默数：

“一，二，三，四……”

“凤九天，你要战还是自尽，速做决定！”

“五，六，七，八……”

“凤九天，你到底要做什么！”

“九，十！”

“凤九天，你到底在数什么！”

“我在数，杀你们总共需要多少剑！”

“你数清楚了？”

“数清楚了。”

“需要多少剑？”

“十剑！”

“只需十剑？”

“一人一剑，公平合理！”

“哈哈哈，就是冥尊也不敢夸此海口，就凭你……”

黑衣人突然不说话了，他再也说不出话了。他看到了血，不断滴下的血。这血不是牧璇天的，更不是凤九天的，那它从何而来？黑衣人忽然觉得自己项间一阵剧痛，忙低下了头。他见到了这世间最讽刺的答案。这滴滴滚落的鲜血竟来自他自己的项间。为什么他的项间会滴血？因为此时一把冷气森森的宝剑，早已穿透了他的咽喉。“你的手太快了……”黑一人喷出一口鲜血，身体缓缓倒了下去。

凤九天何时出的剑，如何出的剑，谁也不知道。但所有人都知道，威震江湖数十年的日游神就这么死了。明明一切就发生在自己眼前，却又似什么都没有发生。

“这不可能！他不可能一剑就杀了日游神！”其他九人不约而同地惊呼起来，不约而同地感到了致命的威胁。凤九天此时在他们眼中，如同判决生死的神灵。在死神面前他们根本无法反抗，连想想都是奢望！

“我说了一人一剑，你们偏偏不信，这下可信了？”

凤九天的嘴角又泛起了笑容，很享受的笑容。结果恶人的性命，对他来说是天下最大的快事。这天下有多少邪魔外道，他并不知道，也没有人知道。但每杀一个恶人，离他的梦想便又近了一步，这足以让他愉快。

“凤……凤大侠，别……别杀我们！”

“那你们可愿弃恶从善？”

“不……不……”

“既然不愿，何必多言？邪魔外道，杀无赦！”

既然贪生怕死，还去做伤天害理的事，这是凤九天最不能忍受的。他的剑并不会为这些所谓的弱者留情，他的剑只对正义者留情。流云剑寒光闪动，卷起一阵疾风。疾风扫过，九个活人成了九具尸体。

“凤九天，你又救了我一次……”

“我当然知道。”

“被你救了两次，对我来说是种耻辱！”

“你尽管去死吧，我不会拦你！”

“我还有大事要办，可不甘心就这么死了！”

“大事？什么大事？”

“很大的事！比天还大！我不会告诉你的！”

“你要办的事会有多大？我根本就不想知道！”

凤九天静静伫立着，似在看尚清天的墓，又似在看远方。牧璇天的眼睛却默默地看着地上的十具尸体，目光复杂。两人都不再说话，天地间一片寂静。

看上去小小的不归村，牵扯的却是最大的邪道门派，恐怕无论是谁都无法想象。这意味着平静的武林，将会因不归村再起浩劫。正如一潭死水，被狂风卷动，扬起了滔天波澜……

第八章　古怪的老人

清晨，喧闹而又令人悲伤的清晨。尚清天等人遇害的消息传到了千华山。恢宏庄严的大殿中，聚集了派内所有的人。这些人的神情无不悲伤至极，义愤填膺！就连一向喜怒不形于色的掌门龙行云也不例外。

“九天，我们派去不归村的人，真的都已经遇害了？”

“是的，他们真的都不在了。”

“那他们到底是怎么死的？”

“我到的时候，他们已经死了，只有璇天师兄奄奄一息。”凤九天一边说着，一边看向了牧璇天。

牧璇天此时神情很是惶恐，显是对此事心有余悸：

“师……师父，我们遇到了鬼境冥尊廖……楚笙……在村口就中了毒。”

“什么！廖楚笙！”龙行云紧握双拳，怒目圆睁，一字一顿地说道，“廖楚笙，你残害我正道弟子，老夫定要将你碎尸万段！”他把双手攥得“咯咯”作响，指缝中渗出了鲜血。滴滴鲜血落下，染红了大殿的白砖，他却浑然未觉……

众人一向觉得掌门城府很深，如此神情还是第一次见到。他的神情，他的杀意，他的悲哀，让在场众人无不动容。

“九幽鬼境欺人太甚，如不大举剿灭，正道颜面何存！”

“林长老，这么多年你说过的话，唯有这次我全力赞成！”

“没错，不灭九幽鬼境，我凤九天誓不为人！”

凌霄派众弟子纷纷赞成，一时间群情激昂！

“师父，以我们眼下实力，若与之硬拼，势必两败俱伤！”

凤九天闻言，哼了一声，瞥了一眼说话之人。此人眉清目秀，气质从容儒雅，让人有种莫名的亲近之感，正是精通医术的二师兄刘寒天。

龙行云看到他，嘴角露出了欣慰的微笑：

“寒天，你说的有道理，为师刚才太冲动了……”

刘寒天微微摇头，嘴角泛起一抹笑意：

“师父，九幽鬼境不杀牧师弟，定是要放长线钓大鱼。”

“寒天，你心思缜密，有你在，为师百年后可以放心了。”

龙灵雪见两人半晌不说重点，不禁焦急地开口询问：

“二师兄，依你看此事该如何处理？”

“龙师妹，此事还要先查明情况，确定毒药来源。”

“二师兄所言有理，切莫一时冲动，中了歹人的圈套。”

凤九天看着龙灵雪，希望她能替自己说话：

“灵雪，此事可是我亲眼所见。”

“傻子，你真的可以确定是九幽鬼境所为？真的不会有错吗？”

“这……应该不会有错。”

“龙师妹，我牧璇天亲身经历还能有假？”

“掌门，我愿意与刘师兄再探不归村。”

“九天，你私自下山之罪，我还没处置呢，你又要胡闹！”

刘寒天见师父要处罚凤九天，心中有些不忍：

“师父，凤师弟虽有违门规，却也救了璇天师弟一命啊！”

“好，九天若能助你查明实情，便可将功折罪。”

“掌门，我凤九天求之不得，定会不负众望！”

龙行云十分郑重地点点头，摆手让众人散去了。

凌霄派是正道之首，亲传弟子在派中地位极高。他们作为后辈之首，每人都有各自的房间与石室。而凤九天此时正站在刘寒天的房前若有所思。良久，他才走到近前，抬手刚要叩门，房门却先打开了，牧璇天从里面走了出来。

“凤九天，你来了？你本不该来。”

“为何我不该来？”

“因为有我在，你的话根本没有价值。”

“这么说，刘师兄已确定是九幽鬼境所为了？”

“是的，他已经当面和我确定过了，你可以回去了。”

“回去？既是他确认了，我就更要问清楚！”

“你对此事为何如此上心？我与刘师兄联手调查足矣。”

“哈哈，掌门让我协助二师兄调查此事，功劳怎可被你抢去！”

“我把这功劳让给你就是。”

“这可不像你的风格！”

“谁叫你救过我两次。”

“你要报恩？我可承受不起，还是我亲自协助为好。”

“也罢，你好自为之吧……”

牧璇天的脸色变得有些难看，快步离去了。凤九天看着牧璇天离去的背影，心中感到一丝莫名的别扭。

“凤师弟，你是来找寒天的吧，怎么不进来？”说话之人是一位美艳动人的女子。她叫苏灵鸿，是刘寒天的妻子，苏星天的妹妹，也是龙行云的亲传五弟子。

“苏师姐，听说刘师兄已确认毒药的来源了？”

“我不太清楚，你还是亲自去问他吧。”

“也好，那就叨扰了。”凤九天一笑，缓步走入房中。

房中除了刘寒天，还有一位少年，他们相谈甚欢。此人正是日前在大殿上，建议请正一派前来相助的慕容章。

“慕容师弟，你善于用毒，若你是凶手该用何法？”

“自然是在他们的饮食中做手脚。”

“那廖楚笙选择在村口施毒，岂不是很奇怪？”

“廖楚笙武艺高强，非你我可比，或许是藐视几人而已。”

“嗯，倒也有这种可能。”

凤九天听闻两人所言有理，不禁出言赞同起来：

“刘师兄，慕容师兄，你们分析得很有道理。”

“哈哈，凤师弟几时来了？我怎么毫无察觉。”

“是啊，凤师弟轻功当真高明啊。”

“不是我高明，而是你们太入神了。”三人相视微微一笑，气氛甚是融洽。

“凤师弟，你快坐下，与我们说说那日详情。”

凤九天点点头，坐了下来：

“那日我进村时，正一派弟子已死，两位师兄也昏迷不醒了。”

“那你是怎么将牧师弟唤醒的？”

“刘师兄，我只是按平常运功之法，将毒性暂时压制住了。”

“可依牧师弟的描述，他们中的应该是九阴催命散啊……”

“什么？！他们中的真是九阴催命散？”

“凤师弟，你也知道此毒？”

“我当年在一本古书上见过，其毒之效，至今记忆犹新！”

“你难道不知，身中此毒者若以平常之法运功，会发作得更猛？”

“这个我当真不知。”

“慕容师弟，那你觉得牧师弟所中之毒到底是什么？”

“依我看，牧师兄中的不是普通的九阴催命散！”

“不是普通的九阴催命散？”刘寒天与凤九天都感到有些惊讶。

“依他刚才所描述，看起来很像，但毒性却略有不同！”

“慕容师兄，你所言何意？”

“凤师弟，你在现场有没有看到黑紫色粉末？”

“现场确实有些黑紫色粉末，而且有股异香。”

“异香？可是檀木的香气？”

“没错，正是一股浓郁的檀香。”

“那就对了。这些粉末中定是掺了檀木！”

刘寒天略一思索，似乎突然明白了其中玄机：

“檀木可以克制其毒性，故此牧师弟才幸免于难。”

凤九天闻言，点了点头，又摇了摇头：

“慕容师兄，如依你所言，那其他几人又是怎么死的？”

“当然是移尸！”

“什么，移尸？！”

“是的，那里绝非第一现场！”

“这怎么可能？”

“有何不可能呢？”

“可是尚师兄的死又该怎么解释？”

慕容章正要答话，刘寒天却抢先开了口：

“尚师弟是被人在村口下的毒手，他内力深厚才多活了片刻。”

“刘师兄，那凶手又为何要大费周章地移尸呢？”

“凶手故意放过牧师弟，就是为了引起大家对他的猜疑。”

慕容章点头，露出一抹赞同的笑容：

“是的，凶手是想让我们内部混乱，从而坐收渔翁之利！”

凤九天却还是紧皱眉头，面露困惑：

“慕容师兄，你说牧璇天为何不将这些事当众说明？”

“他不是受了贼人威胁，就是凌霄派有内鬼！”

“我明白了！那天贼人将他掳进林中，定是为了此事。”

“如果是这样就太好了！”

“刘师兄，此言何意？”

“你见到贼子们把牧师弟掳走，就说明派中并没有他们的人。”

“这又何以见得呢？”

“如果派中有他们的人，在派中解决便是，又何须大费周折？”

凤九天连连点头，心中诸多疑惑纷纷消散。

“寒天，我煮了些龙泓茶，你们边喝边聊吧。”

苏灵鸿端着三杯茶，缓缓走了进来。刘寒天见妻子端茶进来，微笑着点了点头。

“多谢师姐！”慕容章与凤九天齐声说道。

凤九天接过茶杯，只觉清香扑鼻，饮下更是沁人心脾：

“好茶！久闻苏师姐爱茶，果然不假！”

“此茶是前几日黄师兄所赠，师弟如喜欢只管拿去。”

“师姐爱茶，我又怎好夺人所爱？”

“无妨，无妨。如不嫌弃拿去便是。”

“那就多谢师姐了。”

苏灵鸿一笑，转身出屋把一包茶叶取了过来。凤九天起身接过茶叶，随即告辞离去。他边走边想着方才的谈话，很快就回到了自己房中。同屋师弟幽凝寒见他回来了，忙跑出来：

“师兄，不好了，出事了！”

凤九天一愣：

“凝寒师弟，出什么事了？”

“我回来时发现你床边多了一个破筐！”

凤九天笑了笑，有些不以为意：“就一个破筐，你也至于这么大惊小怪？”他一边不以为意地说着，一边进了房间，可进屋的瞬间，他也被床边的破筐镇住了。为什么一向胆大的凤九天，会被一个破筐镇住？因为这个筐他曾见过，而且永远都不会忘记。他能记住的筐很少，不归村古庙中老人遗落的筐就是其中之一！“这……这不可能！它怎么会出现在这里？！”

“是啊，我也感到有些奇怪。听说不归村是座鬼村，难道……”

“不归村并不是鬼村，你不要自己吓唬自己！”

凤九天让幽凝寒闪开，随即抽出流云剑，挑开了盖着筐的破布。他屏气凝神走到筐边，向里面看去。一看之下，他不禁有些失望。他本以为从筐中可以发现新的线索。可筐中却只有一张纸，一张很皱的纸。凤九天用剑挑起这张纸，想看个清楚，纸被他挑起后，几个大字映入他的眼帘：今晚子时，山下树林，有胆即来。

凤九天见到这几个字，不禁放声大笑：

“哈哈哈，我正要找你，你反倒送上门来了！”

秋天的晚风很凉，今晚的风却似乎更凉。朦胧的月亮，洒下清冷的月光，斜斜地照在树枝上。山中又起雾了，很大的雾。偌大的树林被雾气笼罩，一切都变得那么不真实。凤九天倒提流云剑，缓缓地走进了树林。不论今晚雾有多大，都遮不住他的剑、他的心。很快，他来到了树林中一片开阔之处。

这里果真有一位老人，一位负手而立的老人。他背对着凤九天，似在透过薄雾观赏天上的月亮。凤九天看不清他的脸，却知道眼前之人就是那日庙中的老者。不过他的气场完全变了，全不似破庙中那般畏缩。他变得霸道凌厉，深不可测。凤九天无论如何也想不到，这老人竟会是一位绝世高手。他的修为绝不比自己弱，甚至与父亲和舅父相比也毫不逊色！

“凤九天，你的命很大，胆子更大，没想到你真的敢来！”

“我连不归村都敢闯，难道还会怕你？”

“哈哈哈，天下虽大，可不怕本尊之人却寥寥无几！”

“你少要夸此海口，有本事就报上名来！”

“哈哈，你连本尊都不认识吗？”

“不论你是谁，在我面前都只有死路一条！”

“就凭你这无知小辈，也配在我廖楚笙面前耀武扬威？”老人说着转过了身，露出了一张阴森可怕的鬼面。

“你是廖楚笙？就是你杀了尚师兄和正一派弟子？”

“本尊自然是廖楚笙，他们也的确是我杀的。”

“你承认得倒是爽快，也算敢作敢当！”

“哈哈哈，本尊有何不敢！就凭你也想为他们报仇？”

“廖楚笙，你以为我凤九天会怕你？”

“你既知我名，焉有不怕之理？”

“自古邪不胜正，我岂会怕你这等恶贼！”

“怕也好，不怕也罢，今夜我都要取你首级，以解胸中之气！”

“廖楚笙，你早已恶贯满盈，今晚我就要替天行道！”

两人谁都没再说话，这种情况下，再说什么都是废话。高手相遇，正邪相逢，手中的剑才是他们最好的交流！

寒光闪动，流云剑出鞘。此时凤九天的目光变得比冰更冷，比剑更厉。他看着廖楚笙，一言不发，只待对方拔剑。老人见状不禁放声大笑，拔出了手中一把乌黑长剑：

“哈哈，正道之人都太过迂腐！本尊拔剑后，你还会有命吗？”

“正道之人虽迂腐，杀你这等邪魔外道却绰绰有余！”

凤九天见廖楚笙剑已出鞘，便不再迟疑，一剑刺了出去。他的剑从来不对邪魔外道留情，哪怕同归于尽也在所不惜！

老人见他随手刺出一剑便带动风雷之声，不禁也是一惊：“好剑法！值得我廖楚笙与你一战！”老人说着舞动手中长剑，剑气幻作一团黑雾，对抗流云剑的寒芒。

寒芒与黑雾相撞，发出一阵金铁交鸣的“当当”之声。流云剑遇到黑雾，就像力箭射入泥潭，穿之不透，撤之不回。凤九天明显感到一股无法撼动的内力正在与自己抗衡。他的眉头又一次皱起，皱得比以往都要紧。他生平遇到的对手虽多，但能让他如此吃力的只有掌门龙行云。可凤九天不会认输，他宁可死也绝不会向邪魔外道认输！

“廖楚笙，你修为不错，可敢接我的太白十三式？”

凤九天说完，随即发出一声清啸，宛如凤鸣。随着他的清啸，手中寒芒突然变得更加凌厉。他的剑若使出十成功力，连风都能撕碎，何况眼前区区剑雾！黑雾被寒芒刺穿，老人的眼睛却越发亮了。

“你的剑法让我想起了一位故人。”

“哪位故人？”

“玉虚神剑凤怀山！”

“你认识我舅父？”

“是的，我不但认识他，而且和他很熟。”

“我舅父怎么会和你这等恶贼熟识，你休要骗我！”

凤九天不再说话，连环三剑猛地刺向廖楚笙要害。这三剑俱是太白十三式的精髓，凌厉无比，飘逸绝伦。原本朦胧的月光似是被剑光照亮，变得皎洁耀眼。天下没有人能接下这三剑，就连廖楚笙也不能。老人见到连环三剑，不禁倒吸一口气，身子向后飘出十余丈。

“你小小的年纪，武功实在不错！”

“因为我有梦想，有梦想的人自然是最强的人！”

“你有什么梦想？”

“当然是杀尽天下邪魔外道，眼下我先要杀了你！”

老人微微点头，身子忽地逼近，手中长剑直点凤九天咽喉。他的剑就像一条黑龙，一条霸道嗜血的黑龙。龙有逆鳞，触之必死！

凤九天虽强，却也同样不敢接老人这一剑。他身子猛地向上一纵，直跃上一棵大树。老人岂肯就此罢休，随之也跃上旁边一棵树。他们轻功俱是上乘，踏在树枝上宛如立于平地。两人手中长剑你来我往，剑气纵横间，天地都似要被撕破。无数枝干在两人的剑下纷纷倒地，激起秋叶漫天飞舞。方才皎洁的月亮，转瞬间被乌云遮住了，似是生怕被两人误伤。

他们的剑都是快剑，都是杀人于无形的快剑。谁都看不清两人到底使了什么招数，或许他们自己也不清楚。但有一件事他们很清楚，那就是如果谁的剑慢了分毫，必成剑下亡魂！

十剑，百剑，千剑，万剑。对于高手来说永远都是一样的。因为只有制胜的一剑，才是真正有意义的一剑。凤九天与老人一样，都不会在意自己出了多少剑。他们在意的只是如何刺出更有意义的一剑，足以制胜的一剑。

此时凤九天立于树枝上，手中不断攻出凌厉的剑招。老人的眼睛紧盯着凤九天的剑，余光却瞄向了他脚下。他突然笑了，那笑声宛如夜枭。他的剑法竟不是九幽鬼境剑法，赫然是昆仑派的太白十三式！

“这……这怎么可能！”凤九天彻底愣住了。

正在凤九天失神之际，老人的剑改变了方向。他的剑不再向凤九天攻去，而是刺向了他脚下的树枝。“咔！”凤九天身下树枝被砍断，整个人猛地向下落去。随着凤九天仰天下落，老人也随之跃下，一剑刺向凤九天。老人的剑毫不留情，刹那间已到了凤九天项间，他却依然陷于困惑与惊诧之中无法自拔。

老人的剑刺入肌肤，鲜血滚落的瞬间，他回过神来。他绝不甘心就这么死了，死在邪魔外道的剑下！但对方武功胜过自己，如此险境又怎能化险为夷？他脑中又一次出现舅父教自己武功时的样子。“世上所有武功，都有破绽，所有人，能力都会有极限……”凤九天看了看老人与他手中那把致命的剑，竟然笑了。

疯狂的人永远都会有疯狂的取胜之道。一个很疯狂、看似不可能完成的想法，出现在凤九天的心中。突然，凤九天一声大吼，吼声震荡天地。他凌空向后翻个筋斗，避开长剑，右脚猛地踢向老人的小腹。天下虽大，能躲过此招之人，却根本没有。

老人见他的右脚排山倒海般踢来，不禁渗出冷汗。他想闪避，可身在空中，就算有通天本领又有何用？凤九天武功虽独步江湖，此时也只能闭上眼睛，听天由命了。“嘭！”老人小腹被踢中，身子坠落在地，口喷鲜血。凤九天却借着一击之力，稳稳地落在地上。

“廖楚笙，胜负已分，还有何话说？”他说着，缓缓逼近廖楚笙。

“我败了？哈哈哈，本尊怎么可能败给你？”

凤九天有些不解，他想不出廖楚笙还有办法来扭转乾坤。刹那间他就明白自己错了，错得那么可笑。“嗖！嗖！嗖！”三声暗器的破空声，划破寂静的夜空。老人的暗器手法迅捷而准确，凤九天不谙此道焉能躲开？

“哈哈哈，你的小命到头了！”

凤九天离老人的距离仅有三尺。这么快的暗器，这么突如其来的暗器，他根本防不胜防。只被暗器射中最多受伤，但中了九阴催命散，却意味着死亡！就在生死一瞬之时，林中忽然飞射出一把折扇。折扇的扇面和扇骨都是精铁所制，银针遇之纷纷被击落。随即折扇竟又飞了回去，轻轻地落在一位少年的手中。

“大胆贼子，休要伤我师弟！”

“傻子，你没受伤吧？”

凤九天闻言，听出是黄皓天与龙灵雪，心中不禁一喜。同时他也明白了，黄皓天为何总是拿着一把折扇。

“哈哈哈，凌霄派弟子竟也以多欺少，本尊今日领教了！”

老人说着站起身来，足尖轻点，飞跃而去。凤九天见廖楚笙跑了，就要径自追上去。

“穷寇莫追！”两人忙拦住凤九天。

凤九天沉吟一下，有些不甘心地点了点头：

“也罢，就让他再多活几天！”

上山后，三人又说了几句话，便各自回屋。幽凝寒见凤九天回来了，不禁露出笑容：

“凤师兄，你可算回来了，我担心了一晚上。”

“黄师兄和灵雪是你找去的？”

“是的，你走后我实在放心不下，就拿了那张纸，去找了掌门。”

“掌门怎么说？”

“他说下书人的笔迹是九幽鬼境廖楚笙的……”

凤九天点了点头，似乎明白了一切。古怪的老人就是邪道之首廖楚笙。廖楚笙不但会用九阴催命散，竟还会正道武功太白十三式。凤九天心中所有疑问都解开了，用力地点了点头：

“我终于知道杀害父亲的凶手是谁了！”

第九章　兴师千华山

半月后，清晨。

洪亮的钟声响彻宏伟庄严的千华山。凌霄派不是寺庙，自然没有晨钟暮鼓之说。可为何偏偏在清晨时敲钟呢？当然是发生了大事，大得足以威胁到凌霄派存亡的大事。

凤九天手中端着杯茶，正想着心事。幽凝寒匆匆忙忙跑了进来，神情甚是紧张。

“凤师兄，出事了！出大事了！”

“哈哈，你可是虞渊庄幽庄主之子，遇事如此慌乱，成何体统？”凤九天微微一笑，缓缓饮尽杯中香茗。

“凤师兄，契丹的永康王耶律阮带大军包围了千华山！”

方才还从容淡定的凤九天，闻言也皱起了眉头。“契丹包围千华山，定是因为寿礼被劫一事。”他一边说着，一边快步向大殿跑去。

未到近前，便见殿外立着黑压压一群人。契丹为首之人通体贵气，略显文弱，腰间却挎着宝剑。他身后三人，个个凶神恶煞，不可一世。在这四人的身后，高手、士兵多得不可计数。凌霄派众弟子也都不甘示弱，个个持剑相对，怒目而视。此时大殿前的气氛前所未有地紧张，压得人喘不过气。在场所有人都看着掌门龙行云，一切都在他一念之间。

一直面沉如水的龙行云，此刻大声地开了口：

“耶律阮，我凌霄派截夺寿礼不假，却绝无归还之理！”

耶律阮闻言，脸色变得更加难看：

“龙行云，枉你还是正道之首，行径却如强盗一般！”

“非也！我们未劫得藏宝图，你让老夫如何归还？”

“你承认劫夺贺礼，又说没有藏宝图？实在滑天下之大稽！”

牧璇天横剑当胸，神情极是气愤：

“耶律阮，你们契丹实在是欺人太甚！”

耶律阮闻言，不禁一愣，随即放声大笑：

“哈哈哈，你们截我契丹贺礼，却说我契丹欺人太甚？”

“宝藏本属汉人，是你们契丹试图染指，难道不是欺人太甚？”

“哈哈，宝藏归汉人所有？后唐几时成了汉人的天下？”

“末帝是李嗣源义子，他义父虽是沙陀人，他可是纯粹的汉人！”

“这……”耶律阮一时语塞，看向身后三位大汉。

三人互看一眼，同时点了点头。随即一个膀大腰圆的汉子，向前走了几步：

“藏宝图虽是末帝之物，却归后晋所有，与尔等有何干系？”

“此图虽与我派无关，却也绝不容尔等瓜分汉人财富！”

龙行云看了一眼牧璇天，微微一笑：

“永康王，虽然小徒多有冒犯，但我派确未得到藏宝图。”

这时，耶律阮身边的另一个大汉，冷哼了一声：

“龙行云，废话少说，让劫夺贺礼之人出来对质！”

龙灵雪闻言正欲上前理论，牧璇天却抢先开了口：

“劫夺贺礼之事与旁人无关，是我与风九天所为！”

耶律阮摇摇头，大笑起来：

“哈哈哈，两人焉能敌过晋国数千大军？实在可笑至极！”

他身后众人也都不禁放声大笑。牧璇天被契丹众人嘲笑，一时竟不知如何应对。

突然，一种极强的气场排山倒海般逼近。伴随着这极强的气场，一个白衣少年缓步而来。他的神情那么从容，从容得宛如视契丹群豪如无物。

“很可笑吗？有谁不想活了就尽管来试试！”他的声音前所未有地冰冷，亦如他手中杀人无数的利剑。

风九天的到来让本就紧张的局势变得愈加剑拔弩张！契丹众人感到风九天

周身的杀气，谁也笑不出来了。在死亡面前还能笑出声的，天下恐怕绝不会太多。

“小子，你……你就是杀人劫图的凤九天？”耶律阮被凤九天的气势所慑，声音变得有些发抖。

“没错，人是我杀的，东西也是我劫的！”

“九天，在永康王面前不得无礼！”龙行云此时的神情异常庄严，庄严得让人不敢违拗。

“掌门，有我凤九天在此，绝不容契丹小儿在千华山撒野！”

环眼大汉闻言笑了，笑得是那么轻蔑。他随即抽出一把刀，一把让人望而生畏的刀。只见他手起刀落，身旁一块巨石霎时分成两半，火星四溅。这把刀或许并不是世间最快、最重的。但比之更快、更重的刀绝不会太多。在场众人都被这把刀镇住了，可却无法镇住凤九天。

“哈哈，这位老兄是干石匠的吗？手法真是不错呀！”

众人哄堂大笑，就连契丹士兵也不例外。

“你……你！”环眼大汉运足了全身的内力，挥刀猛地劈向凤九天。

凤九天的剑虽然很快，但这次他偏偏没有出剑。只因此时已有一道白光划过，一道极快、极狠的白光。这道白光透着凛凛杀意，斜斜刺向环眼大汉右手神门穴。环眼大汉见过无数快剑，却从未见过像这道白光一样快的剑。这道像光一样划过的白玉剑，当然是牧璇天手中的瑾瑜剑。环眼大汉不禁有些愣住，牧璇天却得意地笑了。可刹那间，牧璇天脸上的笑容就僵住了。因为他的右肋出现了一把刀，一把闪着寒光的刀！

“哈哈，就凭你也配拿瑾瑜剑，不如送给爷爷玩玩。”

环眼大汉的笑声未落，手中泛着寒芒的刀已恶狠狠地劈下，刀劈下的瞬间，牧璇天却消失了，消失得无影无踪。他收势不住，脚下半尺厚的石砖霎时被劈成两半。

“这……这怎么可能！”环眼大汉的眉头紧锁，额角渗出了冷汗。

突然，一个声音在他的背后传来，同时传来的还有凌厉的剑气。

“凤师弟说得没错，你还真是块干石匠的料。”

随着话音，一把玉剑抵在环眼大汉的后心。牧璇天冷笑数声，收起了手中的瑾瑜剑。龙行云冷峻的神情，此时微微有了一丝笑意。

“萧赞，你还在等什么！”耶律阮的声音异常平静，平静得好像一切都没有发生。

就在他平静的话音过后，耶律阮身后发出一声巨响。这声音比雷鸣更加刺耳，比山崩更能震撼人心。此声绝不该是人发出的，可声音却偏偏来自那膀大腰圆的壮汉。他没有打鼓，没有敲锣，更没有撞钟，只是在缓缓前行。而这骇人的巨响，竟是他双脚落地时所发出的，他举手间有万夫难挡之威，投足时有碎天裂地之势，每走一步，地砖便深深陷了下去，凹陷出一个脚印。

膀大腰圆的萧赞走到众人面前，冷哼一声，神情无比轻蔑：

“凌霄派的鼠辈们，有胆量就跟爷爷我斗上一场！”

口气大的人，往往都有口气大的资本。萧赞的气势足以震慑凌霄派每一个人，这无疑是他最好的资本！他强悍的身躯、霸道的气势、自信的言语，镇住了所有人。他们的脸色前所未有地低沉，低沉得就像霜打的茄子。就连武功深不可测的龙行云，也不禁按住了腰间的凝光剑。千华山能斗得过萧赞的人虽然有，可却很少，少得屈指可数。天下有什么比用气势压倒敌人更能鼓舞人心的？萧赞本就不可一世的神情，变得愈加肆无忌惮。

“哈哈哈，凌霄派好大的名头，原来不过是群缩头乌龟！”

龙行云的眉头紧蹙，握剑的手握得越来越紧。萧赞的目光横扫全场，无数高手在他面前都宛如无物。千华山的空气落到了冰点，仿佛随时都可能凝固。

面对如此紧张的气氛、危机的关头、强悍的对手，却有一人在笑。这种时候还能笑的人，一定是有大本事的人。千华山二十年来，人才虽多，但此时还能泰然自若的只有一人。他无疑是位奇才，无疑是人中之龙，无疑是神一般的存在。如此出众之人天下绝不会太多，凤九天偏偏就是其中之一！

“萧赞，你知道为什么没人与你动手吗？”凤九天的脸上挂着一抹笑意，一抹无比从容的笑意。

“哈哈，当然是怕爷爷我一拳送他归西！”

“非也，非也！实在是大错特错！”

“哦？那你说为何？”

“因为一句话。”

“什么话？”

“人不要脸，连鬼都怕！”

“你……你敢骂我！”

“哈哈哈，我不但敢骂你，还敢杀你！”

凤九天放声大笑，手中寒光一闪，剑已出鞘。寒芒闪动，疾风呼啸，天地间尽是杀意。他的剑很快，快得风驰电掣，快得追风逐日，快得鬼神莫测。莫说萧赞身躯笨重，动转不灵，就是仙人也难避其一剑！

刹那间，凤九天已攻出了十七八剑，招招玄妙，剑剑致命。他的剑无一落空，却没有一剑见血！一个有血有肉的人，被削金断玉的宝刃刺中，竟恍若未觉。流云剑反倒像是砍在混铁凝钢之上，直震得凤九天虎口作痛。

萧赞见状不由得笑了，笑得比之前更加嚣张：

“哈哈哈，就凭你也想破爷爷的金钟罩，实在自不量力！”

凤九天非但没有生气，嘴角反而微微扬起。他深信这世间，没有无破绽的武功，没有无极限的高手。他已经知己知彼，剩下的当然是百战不殆！

不过想赢萧赞，实在不是件容易的事。萧赞使出的拳并不好看，但是实用，每招都可致命。他每出一拳，都引风雷之音，每踏一步，俱蕴地裂之势。这世上还没有人打败过萧赞，挑战他的人个个死在了他的面前。堂堂的正道之首，偌大的第一正派，在他眼中也不过尔尔。凌霄派在消沉，千华山在发抖，毁天灭地在他一念之间。但他能毁天，却毁不了流云剑。他能灭地，却灭不了凤九天！

萧赞的拳很快，拳气漫天，拳影彻地。凤九天的剑却更快，快得萧赞防不胜防。金钟罩既然是武功，就定会有其破绽所在。而金钟罩最大的破绽是罩门，一击足以致命的罩门。凤九天已刺过萧赞数处要害，也就意味着离找到罩门不远了！

“萧赞，如果再打下去，你必死无疑！”

“哈哈，死的人不是我，而是你吧！”

萧赞一声咆哮，大手高高举起，随即狠狠捶了下来。他的吼声震动山峦，巨拳划破长空，力量足以摧毁一切。凤九天在他面前显得那么弱小，显得那么无力。天下武功的强与弱，绝不在于繁与简，而在于能否一招制敌。萧赞这一捶，正是足以制胜的一招，足以决定胜负的一招。他的拳落下，落得极快、极猛、极霸道。他的拳刹那到了凤九天头顶，呼呼的劲风刺痛凤九天的肌肤。

凌霄派众人脸色都变了，变得更加紧张，变得更加难看。龙行云再也按捺不住，凝光剑也出了鞘，随时都可能出手。但凤九天的脸色却没有变，笑容依旧那么从容。他到底是没看见这致命的一拳，还是已经有了必胜的把握？天下没有人知道，就连与其对敌的萧赞也不知道。但凤九天当然知道，知道得一清二楚。就在拳离他头顶半寸的时候，他突然从萧赞胯下滑了过去。他比闪电更快，比饿虎更猛，比游鱼更灵活。就在滑过萧赞胯下的一瞬，他猛然跃起，右脚踢向萧赞的后心。

防御当然是出于畏惧，无畏之时又有谁会防御？萧赞本是个无畏的人，是个从不屑于防御的人，此时却变了。就在凤九天滑过的一瞬，他竟本能地护住了神阙穴。这无疑是此地无银三百两，无疑提示了凤九天罩门所在。所有人都知道萧赞露出了破绽。而露出破绽的人，无疑是离失败不远的人。萧赞后心被踢全无知觉，露出罩门却是致命的。他不想被凤九天杀死，只剩下一个办法，一个最好的办法，那就是自己抢先一步，先杀了这个难缠的凤九天！

他双拳紧握，骨节被捏得咯咯作响。这响声就像除夕的爆竹、钱塘江的大潮，稍一运力，一记铁拳便排山倒海般击出。他的拳虽没打到凤九天，却打落了他的剑。没有流云剑的凤九天，对于萧赞来说就是俎上鱼肉！天下当然没有人比凤九天更清楚地明白这个道理。所以，他弯下了腰，去捡地上的流云剑。这把剑此刻已不只是剑，而是凤九天的生命。如果捡到剑，他就能捡回生命。若捡不回，他也将就此殒命。萧赞不会让他捡到剑，如果他活下来，就意味着死的人是自己。他的拳再一次重重击下，凌厉而无情……

“傻子，我不许你死！”龙灵雪见凤九天就要死在萧赞拳下，不禁焦急地喊道。

她的眼眶红了，泪水充满了她的双眸。这一瞬她明白了，明白了自己最在乎的人就是凤九天。如果凤九天死了，她也不愿再苟活于人世。黄皓天、刘寒天等人也都闭上眼睛，不忍再看下去。

就在萧赞的拳即将落下的前一秒，凤九天的笑容越发灿烂，灿烂得如同阳光，灿烂得如同夏花，灿烂得让人着迷。一个将死之人无论如何也不该笑得如此灿烂，笑得如此得意。除非他早已胸有成竹，一切尽在掌握之中！

萧赞的拳极快，眨眼已到了凤九天后心。他此拳虽不能劈山，却足以裂石，虽不能断钢，却足以碎骨。如果被这拳打中，纵然大罗金仙也难逃一死。与此同时，众人看到一道光，一道比笑容更灿烂的剑光。

“萧赞，我早就说过，再打下去，死的人一定是你！”

随着凤九天的话音，剑光没入萧赞神阙穴，鲜血直喷出来。萧赞难以置信地看着自己的小腹，良久之后他笑了。他的笑容是那么无奈，是那么不甘，是那么自嘲。

“小子，你……你的手太快了……”

他的力量还没用尽，话也还没说完，人却没了呼吸。

“灵雪，你别哭，我没事。”凤九天缓缓走到龙灵雪身边，神情无比温柔。

“哼！我没哭。我是沙子迷眼睛了，傻子就是傻子！”

“哈哈，我的确是个傻子，竟没发现你这么在乎我。”

龙灵雪害羞地低下头，龙行云随即开了口：

“九天，你做得很好，又为我凌霄派立下一功啊！”

“掌门，有我凤九天在，保管契丹恶贼来一个死一个！”阳光照在凤九天的脸上，衬得他恍如神明。

耶律阮的脸色变得很难看，吃惊而又痛惜。随即他指向凤九天，额头青筋暴起，神情怒不可遏，他显然已动了杀念，今日不把凤九天碎尸万段决不罢休：

“你是自裁谢罪，还是麻烦本王亲自动手？”

“哈哈哈，若今日还有人会死，也一定是你！”

凛冽的北风中，凤九天倒垂宝剑，缓缓走了过来。他脚步很轻，似全无声音，但众人却觉得如雷鸣般直震人心。剑尖上的鲜血，大殿前的尸体，眉宇间的锐气，都宣告着死亡。他的剑犀利至极，他的人却比剑更犀利，犀利得让人莫敢逼视。

凤九天离耶律阮越来越近，耶律阮不再说话，连呼吸都很困难。方才契丹人还个个趾高气扬，现在却连耶律阮都体如筛糠。只有站在耶律阮身后的第三个汉子，那个久未作声的汉子，脸色始终都没变过。龙行云的定力一向很好，但与这汉子比起来还是相差得太多。如此大的阵仗，如此强的对手，如此快的变局，他的脸色还能平静，平静的像一潭死水，没有一丝涟漪！

“你叫凤九天？我耶律燕文记住你了……”良久之后，这汉子终于缓缓地开了口。他脸上依旧没有一丝表情，声音同样没有一丝温度。有时平静比暴躁更可怕，平静的人你永远不会知道他有多强。就如同人们往往能看清火有多大，却很难摸清水有多深。

“耶律燕文，请不要为难老夫的弟子！”龙行云眉头紧紧皱起，他比谁都清楚耶律燕文的底细。因为他自出道以来只有两次败绩，一次就是败在耶律燕文手中。

“龙行云，你的弟子杀了我的师侄，难道就这么算了？”耶律燕文冷冷地看向龙行云，冷得宛如一把锋利的尖刀。

“你要报仇就与老夫动手！”龙行云的声音同样变得很冷，手中的凝光剑发出一阵嗡鸣。

两大绝世高手持剑相对，杀气霎时弥漫于天地之间。凤九天全不理会，径直拦住了龙行云。

“九天，这一战是我们之间的事，你不要插手！”

“掌门，杀鸡焉用牛刀？我凤九天今日定要连赢两局！”凤九天的神情是那么自信，自信得让人难以质疑。

“九天，你真有把握胜耶律燕文？”

“三招内必取其首级！”

耶律燕文冰冷的脸上，露出了一抹轻蔑的笑意：

“凤九天，纵观世间，还没有人敢说三剑取我首级！”

“如果我做到了，你们契丹该当如何？”凤九天目光横扫契丹众人，最后落在耶律阮的脸上。

“你若能做到，本王即刻收兵，再也不提藏宝图之事！”

凤九天点点头，旋即他笑了，很满意地笑了：

“好，若你敢反悔，李佐琳就是你的‘榜样’！”

“本王一言既出，驷马难追！”

凤九天不再说话，耶律燕文沉默依旧。世间只有强者才有权制定规则，只有胜者的话才不可违逆！

有一位见识极为广博的大侠，曾说过一句话：“宝剑有十份，五份在隐锋，四份在燕文，仅有一份落江湖。”隐锋乃是隐锋山庄，燕文自是耶律燕文！

耶律燕文一身如渊长袍，一把如渊长剑，一个如渊般深不可测的高手。可他此时的对手同样是高手，同样是叱咤江湖的高手。

如果说耶律燕文是水，那么凤九天便是火，永不熄灭的圣火。蔚渊剑朴实无华，却暗蕴杀机。流云剑华美绝伦，更锋芒毕露。他们的剑便如同他们的人，如同他们的心。两人的剑风格迥异，两人的心差异极大，可杀气却如出一辙。他们对视着，用宛如雷霆的目光对视着，目光相接，心念相击，空气中仿佛溅起无数火花。他们杀气冲天，激战一触即发，却偏偏都没有急着出手。

这世上之人不论武功多高，地位多尊贵，命都只有一条。高手对决往往只在一念，谁急着出手，谁就如同急着去送命。天下人苟且偷生尚且不及，又有谁会渴求一死呢？

一刻，两刻，三刻……他们依旧相对而视，谁都没有动手。旁观者若不懂武功，自是觉得乏味无比。可在高手眼中，他们的目光、偶尔变化的身形皆惊心动魄。龙灵雪、刘寒天、牧璇天等人的心跳似乎都要停了，就连龙行云的脸色也变了又变，不知多少次。偌大的千华山此时鸦雀无声，静得掉根针都能听到。

“嘀答！”一滴汗落在地上，惊破了寂静。凤九天的眉头紧皱，额角渗出汗水。他知道自己错了，这次真的是大错特错了。耶律燕文虽不是他生平遇到过的最强的对手，但二人武功却旗鼓相当。凤九天莫说三招取胜，就是三百招也不可能取胜，但他已当众夸下海口，纵然难如登天，也定要言必信，行必果。

流云剑终于刺出，这一剑宛如流虹。耶律燕文的蔚渊剑也动了，不动如渊的剑动起来便如江河。攻则侵略如火，守则稳重如山，快则疾如狂风，慢则徐如密林。他的剑如同他的人一般，看似平凡无奇，实则凌厉绝伦。凤九天好像有些招架不及，人竟一步步向后退去。耶律燕文嘴角轻蔑地翘起，目光是那么不屑。

“凤九天，我当你有多厉害，看来也不过如此！”他的剑势越发强劲，一阵快刺、快劈，掀起了惊天狂潮！

此时流云剑像一叶孤舟，一叶在狂风巨浪中将要倾覆的孤舟。凤九天只有继续后退，不断地向后快退。但再大的场地也有尽头，此时凤九天已退到了尽头。敌不过，退无路，凤九天已到绝境……

耶律燕文的剑越来越快，快得只剩下迅捷如电的蓝光。蓝光闪动，剑气激荡，杀意直透灵魂。

“凤九天，你要败了！”他的声音依旧那么冷，依旧冷得没有一丝感情。

凤九天的声音变了，变得无比慌张，而且还在发抖：

“我……我……居然要败了……”

“是的，你要败了！老夫要用你的人头，告祭师侄的亡魂！”

耶律燕文的剑化作一团光雾，一团变幻莫测的光雾，霸道的内力和凌厉的剑气，纵横交织于天地之间。出手极快之人，往往都是下手绝情之人，生杀不过一念，尤其是对他的仇人。光雾笼罩着凤九天，杀意笼罩着凤九天，死亡也笼罩着凤九天。

凤九天此时被剑雾逼得喘不过气，几欲窒息。他的每寸肌肤都感到了杀意，比冰更寒，比火更炙，或许这就是死亡的感觉。但凤九天不想死，不愿死，不能死，更不敢死。如果他死了，就意味着父亲的死将永远成为一个谜，就意味着凶手将永远逍遥法外，父亲永远死不瞑目，就意味着邪魔外道将猖狂横行，正义良善要惨遭涂炭。凤九天绝不允许这一切发生，永远都不会允许！

“三招，只有三招……”凤九天脑中出现无数招数，但没有一种能在三招内必胜。以现在局势，他想保住性命，似乎都成了奢望。北风突然大了，大得刮在脸上宛如刀割。凤九天的衣袖被风吹起，发出“呼呼”的声音。忽然，凤九天的眼睛亮了，亮得直照人心。

“耶律燕文，你会数数吧，别输了之后不认。”

“我会数数，不过更会杀人，希望你能给我机会数到三！”

“好，我一定让你最后再数一遍三！”

凤九天挥手，衣袖甩出，随风鼓荡，拍向耶律燕文的长剑。这世间以衣袖为武器的大有人在，但无不刚猛凌厉，可凤九天的衣袖上偏偏全无力道，宛如轻薄的白云。

耶律燕文见势不由得笑了，笑得很是得意：

“哈哈哈，我当你有何高招，不过困兽之斗罢了！”

蔚渊剑没有闪避，而是直接迎向凤九天的衣袖。他出剑不快、剑上内力不多、剑势也毫不凌厉。耶律燕文没有在意，他认为这根本不必在意，不需在意。因为，铁与布相击，无异于以卵击石，不攻自破。“哧。”凤九天的衣袖被割断，宛如挥剑斩断了“白云”。

耶律燕文连出数剑，带起一片惊雷之声。凤九天已无法后退，但不代表他不能闪避。天地间，宇宙内，绝不只有前后，当然还有上下。凤九天足尖轻点身后台基，整个人刹那间向上纵起五六丈。耶律燕文的剑太快了，快得不待凤九天落下，早已刺出数剑。但敌人在半空，任凭耶律燕文的剑再快，也只能尽数刺空。凤九天见势笑了，笑得自信，笑得从容，笑得胸有成竹。旋即他一声长啸，声音宛如凤鸣，震撼着万物众生。

凤九天俯身冲下。这一刻，天地失去光彩，日月不在皎耀。因为他的流云剑早已凝聚了天地光华、日月神威。他像一只浴火的凤凰，他手中的剑像一道流星坠落。天下除了流星外，还有什么能发出如此绚烂、璀璨的光芒？流星陨落，直坠人间，燃烧一切的黑暗与痛苦。此刻时间似乎不再前进，宇宙不再运转，刹那已成永恒。死亡是可怕的，没有人会不对死亡心存畏惧。但如流星的长剑是那么美，美得竟让人足以忘记死亡的恐惧，美得甚至让人觉得，如果不死在这样的剑下，人生是遗憾的。

耶律燕文愣住了，龙行云愣住了，所有人都彻底愣住了。这一剑是完美的，是无瑕的，是在人们心中永远无法磨灭的。天下剑法很多，多得不可胜数，但有如此威力的却只有一种，那就是让无数高手都梦寐以求的——诛天十三剑！

流云剑落下，蔚渊剑上撩。两把宝剑剑尖相接，真气荡破长空。“咔……咔……”蔚渊剑突然发出了轻响，随即寸寸断裂，化为齑粉。

“这……这不可能！纵然诛天十三剑再强，也绝不可能强到如此！”冷静的耶律燕文再也无法镇定，额角青筋暴起，冷汗淋漓。他此时没了剑，更没了胆气，下一步就要没了性命……

流云剑并没减缓下落之势，直奔耶律燕文项间，凤九天是个言出必行之人，说三招取他首级，绝不会轻易更改。

“九天，千万不要伤他性命！”龙行云大喊。

“凤少侠，求你手下留情！”永康王耶律阮也喊道。

凤九天并不理会他们，在他看来，众人的恳求动摇不了他的誓言，但他最终还是停了手，还是选择放耶律燕文一马。

他为什么会突然停手？难道真的不再履行自己的誓言？一切都因为他看

到了一个眼神，一个不得不停手的眼神，这个眼神与龙行云、耶律阮一样，都在期望他饶恕耶律燕文。天下能让凤九天放下剑的，或许只有这个眼神的主人——龙灵雪。

“耶律燕文，我最终还是没能杀了你……”凤九天缓缓地看向流云剑，又看向耶律燕文。

耶律燕文摇摇头，发出一声长长的叹息：

“不……契丹第一高手已经死了，活着的只是相剑师。”

耶律阮与龙行云都想安慰一下耶律燕文，但他已转身离去。他的背影是那么萧瑟，那么凄凉，那么哀伤。

“凤九天活在世上，我耶律燕文就绝不再入江湖。”这就是曾经的契丹第一高手，留给江湖的最后一句话……

第十章　意外之奇毒

激战停止了，契丹人退了，天地间重归寂静。千华山一众人，谁也没有说话，谁也说不出话。众人仍沉浸于那毁天灭地的一剑，就连龙行云也不例外。经此一战，众人对凤九天的印象越来越深，一生也无法忘记。

良久，良久……一个洪亮的声音打破了沉寂，说话的是掌门龙行云。在场众人都以为他要夸奖凤九天，抑或是贬低契丹高手。可他们都想错了，所有人全都想错了。龙行云只说了九个字，他们无论如何也料不到的九个字：

“你和云松青什么关系？”

龙行云说话时的神情很平静，声音却有些激动得发抖。凤九天闻言并没有感到意外，好像完全在他的意料之中，他没有回答，而是反问了九个字，让人更加难以预料的九个字：

“难道你不认识流云袖？”

龙行云听后，笑着点了点头，走到凤九天的身旁：

“流云袖……很久没有见到了，老夫以为此生再也见不到了。”

流云袖源自百年前的凌霄派掌门杜江风，却大成于百年后弟子云松青，而且放眼当今天下，也只有云松青才会用此袖。凤九天以此功击断蔚渊剑，那么他的身份便已不言而喻！

“你是云兄的儿子，还是弟子？”

“掌门又明知故问了。”

“你母亲姓凤，所以你才姓凤吧？”

“没错。”

“哈哈哈，真是踏破铁鞋无觅处，得来全不费工夫！”

“你一直在找我？你为什么要找我？”

“故人不幸离世，其子老夫焉能不管？”

“哈哈，你要怎么管？”

“自然是收为亲传弟子，尽传平生所学！”

“包括诛天十三剑？”

“诛天十三剑？你不是早就会了？”

“我会……”

龙行云此言一出，吃惊的不止有凤九天，更有千华山众弟子。一介普通弟子却会掌门绝学，天下还有什么比这更让人吃惊的？刘寒天此时眉头紧锁，有些欲言又止。

“寒天，你有什么要说的吗？”

“是的，我心中总有一丝疑虑。”

“有何疑虑，尽可说出。”

“师父，《诛天十三剑》回到您手中了吗？”

龙行云闻言，脸色变了数变，最终看向凤九天：

“不，九天绝不会偷为师的秘籍，他绝不会！”

“师父，您有何证据证明不是他偷的？”

龙行云沉默了，一时竟无言以对。掌门绝学被盗，这是凌霄派几十年来少有的变故。敢偷天下第一正派的秘籍，无异于向整个正道宣战。天下有如此胆量，如此实力，如此野心的只有九幽鬼境！难道凤九天是九幽鬼境的人？难道他一直都在演戏？

质疑、恐惧与愤怒纷纷袭上众弟子心头。方才众人眼中的英雄，此时却成了人人得而诛之的恶贼！众人的目光都变得犀利如剑，寒冷似冰，仿佛直视他的灵魂。

凤九天并没说话，眼睛直直地看着龙行云。此时龙行云一句话，便可以改变这无比微妙的局势。如果龙行云认定凤九天是清白的，他必将青云直上。但如果连龙行云也认定是凤九天所为，他必血溅千华山！

良久，龙行云缓缓地笑了，拍了拍凤九天的肩：

“九天的人品就是最好的证明！”

“多谢掌门信任。”

“该改口叫师父了。”

“师父……”

当晚，山风刺骨，月光朦胧。凤九天伫立在刘寒天屋前，许久才叩响房门。

“凤师弟，是你！”开门的是五师姐苏灵鸿。

“师姐，我有事向师兄询问。”

“好，快快请进吧。”凤九天微微一笑，迈步走入房中。“师弟，白日我并非针对你，事出有因，希望你不要介意。”刘寒天的话虽有些歉意，但却说得理直气壮。

凤九天并没有生气，今晚他是来问询的，而不是来打仗的。

“师兄，我有三个问题想问你。”

“什么问题？”

“第一，《诛天十三剑》目前不在凌霄派？”

“你心知肚明，何必再问！”

“师兄是怀疑我偷了《诛天十三剑》？”

“你上山不久，《诛天十三剑》就不翼而飞了，难道只是巧合？”

“千华山的弟子都知道吗？”

“师父密召了亲传弟子，一直在暗中排查。”

“哦！”

“虽然没有确切证据，但你为何会使诛天十三剑？”

凤九天眉头紧锁起来。他理解了刘寒天白日的举动，那个险些让自己万劫不复的举动。

“师兄，我用的剑法真是诛天十三剑吗？”

“确实是诛天十三剑，不折不扣的诛天十三剑！”

“我用的明明是太白十三式，怎么会是诛天十三剑？”凤九天愣住了，这个答案他早已想到，可他依旧愣住了。

“太白十三式？从未听说过世上有什么太白十三式！”

“也就是说太白十三式，其实就是诛天十三剑？”

“是的，至少它与掌门绝学全无二致！”

凤九天明白了，明白了白日里众人看向自己的眼神，他也想通了为何牧璇天不再与自己针锋相对，因为在他眼里，自己不是下任掌门，就是随时可能杀死他的恶魔！

凤九天一直以为自己很了解舅父，了解到能提前知道他的想法。可自从到了凌霄派后，他才发现自己错了，完全错了。舅父为何让他来千华山，又为何要去学烂熟于心的剑法？这一切都让他感到疑惑，彻彻底底的疑惑。此时他的心就像今晚的夜，阴冷刺骨、朦胧不清……

“为何我上山后从未见过大师兄，也无人提起他？”

“大师兄的事一直是个谜。”刘寒天的语气缓和下来，眼睛看向妻子苏灵鸿。

“是的，就连我也不知道哥哥到底是生是死。”

凤九天再一次愣住了，这个答案他连想都没想过，若二师兄不知道还说得过去，可怎么连亲妹妹苏灵鸿都不知道！除非其中有一段心酸的往事，或是一个惊天的秘密！

“已经是很久以前的事情了，久得都快让人忘记了……”

“十五年前，大师兄告假下山，从此一去不归。”刘寒天半晌才开了口，声音却充满着不确定。

“十五年前……居然已经十五年了……”

“师父多次派人查找，至今杳无音信。”

十五年，人生又有几个十五年？这其中足以发生太多的事情。凤九天的心沉了下去，他知道很难从大师兄身上得到任何线索了。他以为有了亲传弟子的身份，便可以明白很多积存已久的问题。结果证明他错了，得到的三个答案反而把他引向了更大的困惑。他本以为凌霄派是清澈见底的，可事实上却是迷影重重，太多太多的未知，太多太多的不解，太多太多的秘密。凤九天感觉自己像在大雾中航船，一个不小心就会粉身碎骨……

凌霄派为亲传弟子都配置了单独的房间，凤九天自然也不例外。他的房子不大，有一间卧室与一间堂屋。不过麻雀虽小五脏俱全，一切应用之物倒也不缺，而且在屋外斗拱下还放了炉子，以供温酒煮茶。条件比以前改善太多，不过凤九天全不在意这些。因为他的头脑中此时只剩下那三个答案，久久挥之不去……

又到了十五月圆之夜。凤九天与黄皓天谁都不会失约，谁都不舍得失约。今晚凤九天却一反常态，变得很沉默，沉默得让人害怕。

“凤师弟，你情绪不对呀，出什么事了？”黄皓天不解地问道，神情间隐隐有些不安。

“我确有心事……”凤九天喝了口酒，缓缓地答道。

黄皓天微微一愣，随即猜测起来：

“心事？你指的是《诛天十三剑》？”

“这是其中之一……”

“你虽会诛天十三剑，可这说明不了什么问题，师父相信你，我也相信你。”

“那你说会是谁偷了秘籍呢？”

“师父已派牧师弟秘密查找，希望他能不负众望。”

“什么？我怎么不知此事？”

“师父说你最近太辛苦了，特意不让告诉你。”

“唉，如果我不在，万一牧璇天出事……”“所有人都知道你们不和，你怎么还替他担心？”

“我们虽有过节，可他好歹也是正道中人……”凤九天微微一笑，神情再次黯淡。

两个人都呆呆地望着月亮，谁都没再开口。

“凤师弟，听说你很喜欢我送给苏师姐的茶。”

“是啊，少有的好茶。”

“哈哈，原来你不但爱酒还爱茶？”

“并非所有茶我都爱。”

“说来听听？”

“我不爱太淡的茶，就像我不爱太淡的酒。”

“哈哈，送我茶的朋友却和你截然相反。”

“难道他是江南人？”

“没错，他曾说过‘喝酒宜浓，品茶宜清’。”

“喝酒宜浓，品茶宜清？倒也有几分道理……”

突然，凤九天不再说话。他的流云剑出了鞘。

“凤师弟，你……”

凤九天做了个噤声的手势，随后指向数丈之外。黄皓天顺着他指的方向看了过去，只见一道黑影，一道极快的黑影，在远处一闪即过。

“这怎么可能……”黄皓天不敢相信自己的眼睛，不由得呆愣在原地。

江湖虽大，高手虽多，可谁又有胆量夜闯凌霄派？随即他想起了不久前的那个夜晚，廖楚笙与凤九天大战的那一夜。若真有人敢夜闯千华山，天下邪道之首廖楚笙绝对是其中之一。他正想与凤九天商议对策，可凤九天早已蹿了过去。

凤九天的轻功虽难说独步天下，可也屈指可数，任何人在他面前都很难逃走，偏偏这道黑影是个例外。不论凤九天追得多快，也总是与黑影差着几丈，这几丈像是一道横在两人之间的巨大的鸿沟，凤九天越不过这道沟，他所有的努力也都白费。

黑影向山下飘去，凤九天不知他何时上的山，又做了什么，但他惊讶地发现了一个问题，一个细思极恐的问题，那就是这黑影对千华山的路极熟，熟得仿佛是在自己家里一样。他跑的路几乎都是近路，甚至是连凤九天都不知道的近路。黑影一路疾行，转过数个弯，最终甩开了凤九天。凤九天见黑影不见了，只得停下脚步，额头却渗出了冷汗。

“这个人是谁，他怎会如此熟悉山上的路……”凤九天的眉头又一次紧锁，锁得很紧很紧。

“凤师弟……你追到黑影了吗？”黄皓天追了上来，有些焦急地问道。

“没有，我追不上他。不过……”

“不过什么？”

“我想他应该是山上的人。”

“你怎么知道？”

“除了山上的人，谁会对千华山的路这么熟？”

两人相对而视，谁都说不出话来。

三日后，晴。

阳光明媚的早晨，凤九天搬了椅子，放在屋外。他一向是个喜欢享受，而且懂得享受的人。这么好的阳光他岂能放过？此时他正斜躺在木椅上，手中还拿着三日前买来的美酒。暖阳、微风、美酒，还有什么比这更让人陶醉？

“美酒不可浪费，骄阳不可辜负，佳人不可唐突……”凤九天仰脖喝尽最后一口酒，嘴角挂着满足的笑容。他刚刚饮下这口酒，就见远处走来两位佳人，而且是两位样貌惊人、气质出尘的佳人。两位佳人身边还跟着两位惊人的高手。

“凤师弟，你好悠闲啊。”其中一位温文尔雅的青年，和缓地开口说道。

“刘师兄，我向来无事挂怀，自然悠闲。”凤九天笑着站起身，其他三人也走了过来。

苏灵鸿、慕容章他自然认识，而另外一个女子却从未见过。此女虽略显年轻，可眉宇之间却有一股英气，让人莫敢逼视。

“慕容师兄，我们许久未见了呀。”

“哈哈，前些时日我下山与傲霜成亲，多日未在山上。”

“想来这位就是嫂夫人了？”

少女闻言微微点了点头，丝毫没有寻常女子的娇羞。

“是的，她便是拙荆梅傲霜。”慕容章接言答道。

凤九天点点头，把几人迎进了自己房中。

几人进了房中，苏灵鸿便拉着梅傲霜坐了下来。梅傲霜人如其名，红梅冷艳，傲对寒霜。可再冷的人也是会有好友、会有知音的。谁都能看得出，苏灵鸿便是梅傲霜的好友，无话不谈的好友。

“灵鸿，听说昆仑山风景壮美，尤以玉虚峰为甚。”

“傲霜，你是想让我陪你去玉虚峰？”

“我与章哥已经商量好了，这几天就要动身，你们可愿同行？”

“好啊，听说玉虚峰上有位神仙，姐姐倒真想见见。”

“神仙我倒是没听说，不过据说有一位隐居的老前辈……”

“傲霜，你不会是想拜那位老前辈为师吧？”慕容章插嘴说道。

“我自幼便无高人指点，如若老前辈真能赐教，此生足矣。”

三人说得热闹，只有刘寒天没有说话，眼睛直视着凤九天。凤九天站在他们对面，他们说的话自然听得一清二楚。昆仑山、玉虚峰、隐居的老前辈……这些词语听在凤九天耳中，就如同响起一个个炸雷，他的脸色也随着“炸雷”变得如六月的天气，阴晴不定。

“刘师兄，你们今日前来可是有事吗？”凤九天强忍怒意，目光与刘寒天相接，一字一顿地问道。

“凤师弟，我听说你游历甚广，不知可否见过那位老前辈？”

“刘师兄，你们难道忘了当初我来千华山时说过的话吗？”

“看来你当真来自昆仑山玉虚峰？你是老前辈的什么人？”

“这是我的事，无可奉告！”

此言一出，刘寒天无话可说。两人相对而视，默然不语。慕容章见刘寒天不再说话，只得开口：

“凤师弟，你还对诛天十三剑那么感兴趣？”

“没错，我越来越感兴趣了。”

“你对掌门绝学如此感兴趣，就不怕……”

“天下没有我害怕的事，四海之内没有我不敢杀的人！”

“你难道想……”

“我现在什么也没有想，我劝你们也别逼我想。”

苏灵鸿见三人已有些剑拔弩张，忙笑着解释起来：

“凤师弟，他们不过是说玩笑话，你又何必认真呢？”

“他们这是玩笑？他们会对你开这样的玩笑吗？”

“好了……凤师弟，进屋这么久，你怎么也不请我们喝点儿茶呀？”

凤九天知苏灵鸿是给自己台阶下，只好点了点头。那日与黄皓天饮酒，他送了凤九天一包茶叶。谁也不知黄皓天口中的那位朋友是谁，更不知道他为什么会有好茶。但凤九天知道他的茶极好，好到方圆百里都绝不可能买得到。只可惜凤九天爱喝花茶，而黄皓天送的却是龙泓。凤九天坐在炉前，眼睛直直地看着炉火，手不停地扇着扇子。炉火越来越旺，炉中热气直冲而上，随着腾起的热气，他脑中涌上万千念头，让他不知所措。

“刘师兄等人平日待我不错，为何今日突然发难，难道……”他正胡思乱想之际，忽听慕容章在屋中大声喊自己，凤九天只得起身，走进房中，可他的手却按在了流云剑上。

“凤九天，你今天必须给我们一个解释！”

凤九天刚走进屋子，慕容章就怒吼着，把一本书重重地摔在桌子上。他一时愣住了，低头看向那本被摔在桌子上的书，这本书虽古朴破旧，却不染一丝灰尘，显是常被翻动。

“凤九天！《万毒真经》乃九幽鬼境独有，你从何处得来？”

此书是凤九天从涟霞山带下来的，是父亲的遗物。凤九天不便说破，只能强忍怒火，向慕容章解释：

“慕容师兄，这书是我当年从一位前辈处得来的。”

刘寒天闻言不禁一阵冷笑：

“哈哈哈，你口中的那位前辈，就是大魔头廖楚笙吧！”

“刘师兄，说话要有根据，你凭什么说我与廖楚笙有关？”

“就凭这《万毒真经》与书中密信！”

凤九天许久未看此书，但却清楚记得这本书中没有夹信。刘寒天一边说着，一边翻动书页，果真露出了一封书信。凤九天的脸色不由得变了，他连忙拿起那封信，打开仔细观看，随即脸色更加难看。信中没有长篇大论，只有十九个字，让他震惊不已的十九个字：务必依照书中所载，半年之内铲除龙行云党羽。这封信没有落款，却赫然画着一个骷髅头。天下骷髅头图案或许很多，但像这张纸上的却绝不会太多。本就阴森恐怖的骷髅头，口中还衔着一把匕首，正是那把让武林正道之人见之无不魂飞魄散的匕首——阿鼻！

凤九天见到这封信时懵了，彻彻底底地懵了，他不是九幽鬼境的人，可书中却有九幽鬼境的信。若是这书中原有也就罢了，可偏偏这信又是新的。他此时只觉百口莫辩，整个人如坠无底深渊，对于慕容章与刘寒天的质问，恍若未闻。

“是谁要陷害于我，难道与三日前那道黑影有关？”凤九天想着默然走出了房间，重新坐回了茶炉旁。他发现茶炉中的茶水早已煮沸多时，赶忙熄灭了炉火。随后他用茶杯盛了几碗茶，端着走进了屋中。他始终没有说一句话，只是默默地把四个茶杯放在几人面前。苏灵鸿有些口渴，第一个拿起了茶杯。

“灵鸿，你连凤九天的茶也敢喝吗？”刘寒天见妻子苏灵鸿要喝茶，连忙出声提醒。

“寒天，我相信凤师弟的为人，他不会害我们的。”她说着端起茶杯，不假思索地饮下了半杯。

“凤师弟，什么事都要懂分寸，比如这茶你就煮过头了。”苏灵鸿喝完不禁摇了摇头，神情很是惋惜。

梅傲霜见苏灵鸿喝了茶，于是也端起茶杯抿了一口。凤九天见两人如此信任自己，心中不由得一阵感动……

突然，苏灵鸿的表情变了！她方才还很轻松的神情，转瞬变得极其痛苦，她的脸色由白转青，由青转紫。所有人都被苏灵鸿的脸色惊呆了，因为她显然是中毒了，而且是中了剧毒，天下少有人能解的剧毒！众人正不知所措间，梅傲霜的脸色也跟着变了。

“九阴催命散！是九阴催命散！”慕容章再也无法冷静，大吼着拔出了腰间的长剑。

“凤九天！我们不过想了解一些你的底细，你却要杀人灭口？”刘寒天一向温文儒雅，见此也不禁大怒，对凤九天拔剑相向。

这时苏灵鸿强忍着痛苦，缓缓地开了口：

“寒天，这其中恐怕有些误会，不要莽撞行事啊……”她正想再说下去，人却已痛苦得昏倒在地。

“凤九天，灵鸿相信你，我刘寒天可不信！受死吧！”刘寒天说着拔出长剑，指向凤九天。

凤九天见此情形，深知再多解释也已无用，只得出剑相迎！三人持剑而立，狭小的屋中瞬间杀气腾腾。刘寒天与慕容章俱是天下少有的高手，凤九天自然不会小视。对于常人来说，同时面对两大高手都会选择防御，但凤九天偏偏没有，在他心中，进攻才是最好的防守！

三人俱是凌霄派的弟子，但剑法风格却全然不同，刘寒天的剑很妙，慕容章的剑很毒，凤九天的剑很傲，他剑法中那股傲气是任何人都不能比的，只因他的剑出于他的心。

天下武功唯快不破，凤九天的剑此时快得匪夷所思，任凭刘寒天剑招再妙，慕容章剑法再毒，凤九天都无懈可击。但他不希望耽误二女，更不希望将自己置于绝境，所以他的剑没了往日的凌厉，没了往日的无坚不摧。

“两位师兄，你们快住手吧，两位师姐的安危要紧！”

刘寒天闻言忙停了手，慕容章也只得随之停手。慕容章瞪了凤九天一眼，旋即为梅傲霜把起脉来。他一搭脉不由得愣住了，忙喊来了刘寒天，刘寒天也帮梅傲霜把了把脉，脸上不禁露出一丝喜悦。

“刘师兄，如果我没看错，至少有半月的性命。”

“是的，至少能活半个月！或许还有救！”

“九阴催命散中者立毙，怎么可能挺过半月呢？”

“九阴催命散经过长时间高温作用，其毒性会下降。”

“原来如此，谢天谢地！”

刘寒天见梅傲霜还有半月性命，不禁舒了口气，露出微笑。可他的笑容在搭上苏灵鸿的脉后，再一次变成了悲痛欲绝。

“灵鸿……你为什么那么傻，一口气喝了那么多？”刘寒天说着紧紧抱住苏灵鸿，泪水不禁夺眶而出。

苏灵鸿强忍着痛苦，笑了笑，为刘寒天拭干眼角泪水：

“寒天，我……我还能活多久？”

“七天……”刘寒天是多么不愿接受这件事，可事实如此，由不得他不接受。

“哈哈，七天，如果认真过好每一天，或许我们还赚了呢。”苏灵鸿不忍见夫君如此悲伤，只得打趣说道。苏灵鸿的话虽然轻松，反倒让刘寒天更加撕心裂肺。

“灵鸿，我不会让你死的，我一定要找高人医好你的毒！”

“寒天，不必了，我恐怕已无药可医。”

“不会的，你不要瞎想！”

“我……我此生能嫁给你，是我最大的幸福。”

“灵鸿，是我没保护好你……”

“这不怪你，但你一定答应我一件事。”

“莫说一件，就是百件千件也依你！”

“一定查明真相，不要鲁莽行事。”

刘寒天重重点了点头，泣不成声！一旁的慕容章背起梅傲霜向山门方向走去，脚步是那么坚定。

“凤九天，我如能治好傲霜还自罢了，不然我定让你血债血偿！”

“慕容师弟，你要去哪儿？”刘寒天连忙喊住他。

“九幽鬼境！我一定要得到解药！”

“你连鬼门关都不可能进得去，如何得到解药？！”

“哪怕死在鬼门关前，我也一定要去！”

“贤弟！你若真去了，从此便再也不是正道中人了！”

“正道如何，邪道又如何？能救傲霜的道，就是我要走的道，哪怕加入邪道！”

刘寒天看着慕容章的背影，不禁发出一声长叹。他这一去，恐怕世上要少了一位豪侠，却多了一位顶天立地的魔头！就在刘寒天要背着苏灵鸿离开时，龙行云却到了。

“凤九天，到底出了什么事！”

“师父，凤九天毒害同门，请允许弟子为您清理门户！”

刘寒天说着一剑就要取凤九天性命，凤九天却丝毫没有躲闪。他的剑眨眼间离凤九天咽喉只有三寸，龙行云却出剑了。“当！”剑尖只差一寸的时候，龙行云的剑挡住了刘寒天的剑。

“寒天，事情尚未弄清，怎可对同门妄动杀念？”

“可师父……”

“你不要再说了，为师只想听九天亲口述说。”

“师父，弟子实在不知内情，我是被冤枉的！”

“凤九天，你少要在此百般抵赖！我亲眼看见还能有假？”

“刘师兄，此事我也感到蹊跷……我……”

“凤九天，你还要说什么，自己看看灵鸿吧！”刘寒天见凤九天不承认，不禁气得浑身发抖。

龙行云看了看刘寒天，又看了看凤九天，长叹一口气：

“你们不要再吵了，为师定会查明一切，绝不会放过凶手！”

刘寒天点了点头，凤九天的眉头紧锁起来，随后他趁人不备迅速将茶叶放入了怀中。他的神情复杂无比，目光有些呆滞地看向了远方……

凌霄派大殿中，众长老、弟子神情肃穆。龙行云端坐在大殿正中石椅上，看着站在殿前的凤九天等人。刘寒天当众把方才发生的一切述说一遍，众人闻言全都怒不可遏，纷纷拔出了剑，想要结果了风九天。风九天面对如此变故，心中有着万分的无奈与困惑。

“刘师兄，你说我毒害同门，请问我动机何在？”

“只因我们发现你的底细，便想杀人灭口，又何必装模作样！”

“那我何不直接杀了你们，却要选择下毒呢？”

“因为无论你武功多么高强，也无法同时杀死我们四人。”

“那我何不一一除之，却偏要在懂医、擅毒之人面前下毒？”

“不管你如何狡辩，灵鸿中毒都是事实！”

“师兄，你今天一定要冤枉我风九天吗？”

“我冤枉你？事实如此，何谈冤枉？”

“师兄如能拿出证据来，我自然无话可说！”

“师父，弟子请求前往风九天房内寻找证据。”

龙行云略一犹豫，随即摇了摇头：

“寒天，如果你一人去，只怕难以服众吧？”

“那依师父看，应当如何处置？”

龙行云见到殿中的牧璇天，轻轻点了点头：

“璇天，就由你去九天房中寻找证据，切忌公报私仇！”

牧璇天闻言，忙上前拱手领命，有些激动地转身而去。此时殿中所有人的心都提了起来，像是等待着一种结果，又像是惧怕这种结果会发生！

起风了，大风。木秀于林，风必摧之。行高于人，众必非之。众人中有不愿找到证据的，但更多的人都希望能找到。狂徒往往都不受人拥戴，更何况是风九天这种无视门规的狂徒。此时任何证据都决定着判决，都决定着风九天的生死。在场人虽众多，却都鸦雀无声，甚至落针可闻。随着时间的推进，所有人的心跳也都越来越快。这时谁也听不见其他声音，天地间只剩下了他们的心跳声……

“师父，弟子不负众望，证据已经拿到了！”

牧璇天终于回来了，而且是带着证据回来的。他恭恭敬敬地把《万毒真经》交给龙行云，龙行云接书在手，飞快地翻阅起来，神情不由得变了。

《万毒真经》是九幽鬼境不传之物，书中记载无数奇毒，苏灵鸿与梅傲霜中的九阴催命散，正是书中最毒的一种。而密信寥寥数字，在龙行云眼里却胜过天下任何奇毒。

“凤九天，人证物证俱在，你还不认罪？”刘寒天见牧璇天已经拿到证据，不由得又大吼起来。

“刘师兄，你的意思是我盗取秘籍，杀人灭口了？”

“难道堂堂正道之首凌霄派，还会有第二个奸细不成？”

此时龙行云并没有说话，只是盯着凤九天，眼中尽是失望。

“林长老，按照我凌霄派的规矩，凤九天该如何惩处？”

“凤九天卧底本派、毒害同门、盗取秘籍，掌门当清理门户！”林长老盯着凤九天，咬牙切齿地回答道。

“凤九天，你听到了吗？”

“师父，弟子听得一清二楚！”

“唉，你是故人之子，为师不忍杀你，你下山去吧……”

“从此不要再提我是你师父，你好自为之！”龙行云言罢缓缓站起，长长叹了口气，转过了身。

许久未见的龙灵雪，此刻跑上前来：

“父亲，您仅凭一封信，就断定傻子是奸细？”

“你有证据证明他不是？”

“他刚刚为我凌霄派立下奇功，难道大家都忘了？！”

“哼！那又如何？”

“这么轻易就赶走他，你们会后悔的！”她突然在众人面前跪了下来。

徐长老见状竟也跟着跪下，向龙行云苦苦哀求：

“掌门，凤九天走了，谁来对付九幽鬼境啊？”

牧璇天见两人跪下恳求龙行云，连忙开了口：

“你们太糊涂了！凤九天是奸细啊！”

龙行云又长叹口气，神情间尽是不舍，也是为凤九天感到可惜。

“唉，我何尝希望九天走？可证据确凿，凌霄派焉能容他？”

凤九天看到龙灵雪、徐长老替自己求情，心存感激。可让他没料到的是，黄皓天此时竟会无动于衷。凤九天心情很矛盾，甚至走与不走他都看不到一点儿希望。走了，从此成为人人得而诛之的邪魔；不走，凌霄派焉能容他！让他恐惧的不是众人手中的剑，而是凌霄派中那股涌动的暗流。凤九天心中除了复仇，更多的是铲除邪恶、维护正义。可至此谁也不会再认为他是正义的，一切努力都成了幻梦……

良久，凤九天都没有说话。他不知道该说什么，能说什么，说再多也于事无补。不知过了多久，凤九天才缓缓说道："师父，我走了！"他说完给龙行云跪下，又叩了三个响头，转身就要离去。

这时龙灵雪跑了过来，从身后一把抱住了凤九天：

"傻子，我相信你是冤枉的，你不能就这样离开。"

"你要真的走了，从此背负邪恶之名，就再也回不来了啊！"

凤九天缓缓转过身，不舍地看了一眼龙灵雪：

"名声不过身外之物，正义才是我心中所求！"

第十一章　善恶任凭说

正午阳光虽强，却照不透心中阴霾。

正午阳光虽暖，却化不开心中寒冰。

正午阳光虽亮，却指不明心中路径。

凤九天一向走得很快，快得像风，来去无踪。可现在他却似乎每走一步都无比艰难，因为他走的不只是下山的路，更是从英雄变成魔头的路。未来他不论做多少侠义之举，在旁人看来都不过是在做戏……

凤九天不知道自己该去哪里，也不知道该去做什么。但他清楚，无论走到哪里都会被追杀，去做什么都会被误解。正道抛弃他，爱人离开他，师父误解他，好友怀疑他。自他出生以来，从未想过死，可现在偏偏是个例外，他多想一死了之，彻底摆脱这个让他痛苦的世界。但他知道，在找出杀害父亲的凶手前不能死，也不敢死，否则父亲的死将永远是个谜，杀害父亲的凶手也将永远逍遥法外。若是一个恶人逍遥法外，便会出现一千个、一万个恶人。凤九天绝不允许恶人猖狂，更不允许邪魔外道横行。在他心中正义高过一切，所有邪魔外道都该杀无赦!

人总是在绝望中寻找希望，总是在死亡边缘寻找生机。凤九天清楚，既然自己不能死，就必须要有活下去的价值，而最能支撑他活下去的动力，莫过于找出所有未知的真相。“是谁要害我？是谁杀了我父亲？凌霄派又潜藏着什么秘密？”凤九天低着头，小声地自言自语，缓缓向山下行去。

冬日的阳光照在一间简陋的茶棚上。茶棚中人很少，显得极为冷清，冷清得有些凄凉。除了几把桌椅、一位店家外，只有一壶茶、一把剑、一个人。这人沉默不语，眉头紧紧地锁在一起。

“客官，您有心事？”

“嗯。”

“能不能说出来，我或许能帮上点儿忙。”

“你？”

“即便我帮不了，但大东家或许能帮您。”

“我的事谁也帮不上。”

“您确定？”

“我确定，十分确定。”

这人说着长叹口气，缓缓饮尽杯中茶水，提剑向外走去。

千华山下一向很冷清，冷清得就如这间茶棚。可眼前却是个例外，例外得让人目瞪口呆。千华山下，茶棚之前，此时竟聚集了近百人，为首一人是位严肃的老者，他身边还跟着一位盛气凌人的少年。

“凤九天，掌门虽能容你，老夫却容不得你！”

“林长老，我已不是凌霄派之人，你管不到我头上！”凤九天抱着剑继续向茶棚外行去，连正眼都不看他一下。

“凤九天，你这魔头，事到如今还敢嚣张？”站在林长老身边的牧璇天缓缓说道，嘴角还带着轻蔑的冷笑。

“就凭你们，有何资格说我是魔头？又有何资格与我聒噪？”

“就凭老夫我是凌霄派的长老！”

“哈哈哈，一个武功不敌普通弟子的长老，佩服佩服。”

“你……你，老夫今天要替天行道，杀了你这魔头！”

“你杀我？真动起手来，死的人是你。”

凤九天这句话说得很狂，可却让所有人都无法反驳，不容反驳。他们都知道，如果真动手，林长老必死无疑。

“老夫虽不是你的对手，可众弟子一拥而上，你还能有命在吗？”

“出尔反尔？以多欺少？林长老，您真不愧是正道表率啊！”

“老夫不与你逞口舌之快，动手！”林长老一挥手，牧璇天率先拔出了剑，就要带人围攻凤九天。

“林长老，住手！”

众人闻声不禁一愣，有些犹豫起来。如果说除龙行云外，还能让林长老有所顾忌的，便只有一人，那就是与林长老地位相同，常护着凤九天的徐长老。

“老夫身为执法长老，替掌门清理门户理所应当！”

“徐长老，他既要杀我，您也不必阻拦。”

“林长老、九天，此事尚未明了，你们都不要莽撞行事。”

“徐长老，你一次次为凤九天这个奸贼说话，莫非是他同党？”

“我并非任何人的同党，我只是站在有理的一方而已。”

“有理的一方？残害同门、盗取秘籍反倒有理了？”

“此事未明，你怎知确是他做的，难道你是帮凶不成？”

“姓徐的，既然你非要护着凤九天，那就别怪老夫不念旧情了！”林长老说着冷笑数声，手中长剑向两人一挥：“杀了他们！”

“是！”众弟子早就想杀了凤九天，尽数挺剑上前。牧璇天却一反常态，在一旁抱剑观战。

“哈哈哈，一群废物，也妄想杀我？找死！”凤九天见众人欺上前来，没有一丝畏惧，反而大笑数声，随即流云剑出鞘，发出“嚯”的一声，杀气直冲九霄！

“九天，你要是杀了他们，就再也解释不清了！”

“清如何？不清又如何？”

“这……你一定要……”

“他们既然认定我偷了《诛天十三剑》，我就让他们见识见识此剑法的厉害！”凤九天话音刚落，便一声长啸，音如凤鸣，直透人心，随即剑光一闪，快如飓风，森然寒意渗入众人骨髓。

“九天，你……唉……”

徐长老虽然觉得凤九天不该死，可同样觉得众弟子也不该死，他见凤九天杀念已起，知再难劝阻，只得闭上了眼睛。死亡带来的恐惧，无法掩饰，无法抑制，更挥之不去。所有人都知道，这些弟子与凤九天的差距，宛如烛火与太阳，烛火虽多，不过照亮一室，太阳虽少，却可光耀九州！凤九天如果想，这些弟子又有几人能活下来呢？林长老后悔了，深深地后悔了，前所未有的后悔。他本以为仗着人多，要杀凤九天轻而易举，结果还是低估了他。

“当！当！”声音清脆，却让人不寒而栗。两个长老以为他们死了，甚至这些弟子也都这么以为，可他们并没有死，“死”的只是他们手中的剑。方才还趾高气扬的凌霄派众弟子，看到自己手中的断剑时，只剩下恐惧。死亡的恐惧萦绕在他们心头，此生都无法消退……

“林长老，本掌门的话你也敢不听？”此时一个洪亮的声音从远处传来，所有人都听得一清二楚。

“掌门……”众人闻声脸色都变了，纷纷低下了头，林长老也不例外。话音刚落，龙行云带着黄皓天等人到了近前。此时龙行云的脸色很难看，难看得让人有些不安。

“本掌门说了，要放凤九天走，你们竟敢在此截杀？”

“掌门，属下和这些弟子一时气不过，这才……”林长老的头越来越低，低得就要埋进土里。

牧璇天闻言走到近前，看了看林长老，又看了看凤九天：

“师父，林长老所言并非事实，他是被凤九天胁迫的！”

“哈哈哈，我胁迫的？我为何要胁迫他？”

“当然是怕我们把实情说出来！”

龙行云闻言有些不解，眼睛紧紧盯着牧璇天，一字一顿地问道：

“实情？刚才到底发生了什么？”

牧璇天冷笑数声，指着凤九天缓缓开了口：

“师父，弟子们念及同门一场，本是下山相送的，谁料凤九天却起了杀心！”

“果真如此？以何为证？为师绝不会轻易相信的。”

“以地上断剑为证！”

龙行云看了看地上断剑，沉思良久，默然不语。

“掌门，牧师兄所言不假，事实正是如此！”

谁也不愿让自己畏惧的人活下来，他活下来任何人都不会好过。

“是……是的，我的确是被凤九天胁迫的。”林长老见众人口径一致，也昧着良心落井下石。

龙行云原本还有些怀疑，见所有人都这么说，也由不得他不信。

“牧璇天，你少要血口喷人！有本事就用你的剑说话！”凤九天怒视着牧璇天，一剑刺出，凌厉异常。

“师父，您看，当着您的面风九天都敢动手……”

牧璇天说着一闪，向旁斜跃几丈，躲在龙行云身后。虽然他这句话并未说完，可谁都知道他下面要说什么。

“风九天，老夫本不忍杀你，你却如此丧心病狂！”龙行云此时神情虽还有几分不舍，但更多的却是愤怒。

众弟子都知道掌门轻易不怒，怒则必斩敌于剑下！凝光剑出，杀气激荡，龙吟啸天。龙行云想让一个人死，这个人就不可能活。风九天知道，如果龙行云真想杀自己，自己一定活不了。所以他没有躲，没有避，更没有出剑相迎。他只默默地看着龙行云，看着他手中那把冷气森然的宝剑。

十寸，五寸，三寸，一寸……一寸！仅剩一寸！这一寸便是生死的距离，世上最近也最远的距离。风九天的皮肤在剑气下感到刺痛，宛如千万钢针刺透了全身。可他没有动，纹丝不动，似乎面临生命危险的不是自己。

“既不出手，也不逃走，这很不像你！”

“打不过，逃不掉，何必挣扎？”

龙行云闻言脸色微微一变，剑更快了几分，恍若闪电！

“哈哈哈，千华山很美，千华山上的美人更美！”突然从众人背后传来一个邪魅至极的声音。这声音虽很动听，却偏偏让人不寒而栗。

“什么人？！竟敢擅闯千华山！”

龙行云收了手中的剑，转身看向声音来处，神情极为戒备。众人谁也没料到身后会突然出现绝世高手，也都纷纷转过身去。一个黑袍人站在他们身后，脸上还带着一张鬼面，这张青铜鬼面透着寒气，极为阴森可怕。见到此人，所有人都心头一颤，连龙行云也不例外。

他们并不认识来人，更不知道此人武功究竟有多高，他们之所以心头一颤，是因为此人出现得太过突然，他仿佛一直站在那里，从未动过，手中一把长剑泛着寒芒，正抵在一位姑娘的颈间。

“放开她！”风九天与龙行云见到这位姑娘，同时焦急地厉声喝道。

“哈哈哈，她只是昏迷了，至于放开她嘛……”

“快放开她！否则流云剑出鞘，顷刻间叫你粉身碎骨！”

“九天，我帮你这么大忙，你却要以怨报德？”

“你此言何意？我为何要谢你这恶贼？”

“为何？因为我孤身犯险，就为了把龙姑娘给你抓来！”

“为了我？”

“没错，为了你。谁叫你看上她了，我也只好如此了！”

“你……”

“你在凌霄派的任务完成了，还不快跟我回圣境复命？”此人大笑数声，全没把众人看在眼里，转身就要带走龙灵雪。

“恶贼，少要嚣张，拿命来！”徐长老大喝一声，从怀中取出三枚银镖。随即他大手一扬，银镖呼啸着飞向黑袍人，其速快如疾风。

黑袍人像是没有察觉，没有半分躲避之意，兀自向前行去。所有人见状都愣住了，彻彻底底地愣住了。此人功力深不可测，怎会连明显的暗器都发现不了？

徐长老与无数人交过手，却从未见过如此怪异的敌人。难道真的会有人在上一秒还耀武扬威，下一秒却渴望一死吗？这世上或许有人想死，但大多数人都不想，甚至畏惧死亡。黑袍人当然也是人，所以他不想死，徐长老更不配让他去死，就在银镖将要擦到他的刹那，他缓缓地转过了身。他手中多出了三枚银镖，正是徐长老打出的那三枚！

“哈哈哈，正道之人，也会暗箭伤人？”他冷笑着一字一顿地说道，语气中充满了嘲弄与讽刺。随即，他缓缓从袖中取出一个瓷瓶，轻轻地往银镖上倒了一些粉末，他的动作是那么从容，从容得似乎根本没看见眼前众人，而他看银镖的眼神，就像在欣赏一件完美无瑕的杰作。

“对正道之人自然要光明正大，但对付你这种恶贼就不必了！”徐长老的表情很难看，随时都可能拔剑上前，与黑袍人拼命。

“嗯……你的话有些道理，对付恶人何必光明正大呢？”黑袍人并没抬头，手依然在研究那三枚银镖。

“龙掌门，你说暗箭伤人的算不算恶贼？”

“算！当然算！”龙行云不假思索地答道，像是已失去了耐心。

“好！那我就替您清理门户了！”黑袍人的语气依旧那么轻柔，可他手中的三枚银镖却已飞出。在场的高手无数，可谁也没想到黑袍人竟会突施杀手，他出手太快了，快得简直匪夷所思，让人目眩神迷！

“啊！”徐长老一声惨叫，声音凄厉，惊心动魄。三枚银镖，两枚深深地嵌入徐长老双眼，另一枚则钉进咽喉。所有看向他的人，眼中都充满了恐惧，如见鬼魅。龙行云忙弯下腰试图施救，可很快就摇了摇头。

“九阴催命散！是九阴催命散！”

九阴催命散往往与死亡联系在一起，它向来是正道之人的噩梦。所有人听到九阴催命散，心中都只剩下畏惧，对死亡的畏惧。可凤九天偏偏是个例外，他早已看轻生死，自是无所忌惮。

“你就是那个黑影吧！是你陷害我的对吗？”

“我陷害你？我只是想带你回圣境，冥尊想你了。”

“他想我？他是想我早点儿死吧！”

“你我一向交恶，你不随我走可以理解，但……”

“但什么？你少卖关子！”

“但冥尊的话你不能不听，看在冥尊的面子上，快点儿回去。”

“我如果不和你走呢？”

“随你。不过龙姑娘在我手中，你可要想清楚了！”

若非怕伤到龙灵雪，凤九天早已出手，无奈只能投鼠忌器。

“也罢！十日后，我自会前往。”

“好，我就等你十日！希望你不要食言。”

“我绝不食言，但你不许伤害她，否则定让你死无葬身之地！”

“哈哈哈，一言为定！”黑袍人说着再次转过了身，就要挟持着龙灵雪离开。

“奸贼，接老夫一掌！”话音未落，林长老越身上前，其势恍如雷霆。他一声暴喝仿如雷鸣，这一掌更有摧石裂山之势。再强的高手面临这一掌，只怕也要口喷鲜血，骨断筋折。

没有人能想到林长老会动手，黑袍人却似乎想到了。他转过身，轻轻迎出一掌，动作无比优雅从容，如行云流水。这一掌并不刚猛，反而软绵绵的，全未用力，可凤九天、龙行云等顶尖高手心中却都是一颤，重重地一颤。

“不好！”凤九天说着越身上前，本想护住林长老，可惜还是慢了一步。林长老突然口喷鲜血，整个人被一股无形的力量击飞出去。他离黑袍人还有半丈远，这隔空一击让他的身子向后飞出数丈，重重地撞在一块山石上。

“轰！”巨大的山石在林长老的撞击之下，顿时化为了齑粉。林长老狠狠地摔在地上，喷出数口鲜血，顷刻间气绝身亡。

“哈哈哈，你们好像都很不愿意让我走啊！”黑袍人见林长老死了，发出数声冷笑，目光横扫在场众人。

“我凌霄派不是你这等邪魔想来就想，想走就走的地方！”

“哈哈哈，是你们先偷袭于我，还好意思说我是邪魔？！”

“本掌门乃堂堂正道之首，不屑与你逞口舌之快！”

“那你是要逞刀剑之快了？你若真有胆子，就动手吧！”黑袍人的剑紧紧抵在龙灵雪项间，他的目光中尽是有恃无恐。

“这……”

如果他动手，女儿性命难保，如不动手，自己颜面何存？龙行云身为正道之首，天下谁不敬仰，几时如此狼狈过？他的脸红了，按剑的手却变得惨白，骨节咯咯作响。

“你非要打，我愿意奉陪！”凤九天说着，举起手中流云剑，目光与黑袍人的目光相接。两人目光俱是凌厉绝伦，像两把相撞的利剑，杀气激荡天地。

良久，良久……黑袍人终于收了目光，嘴角泛起一抹笑意：

“我怎么敢和你动手？我要是伤了你，冥尊可饶不了我。”

“你伤不伤我，与冥尊何干？”

“他派我来是为了救你，可我却伤了你，岂非违逆钧令？”

“那你今日是定要与龙掌门动手了？”

黑袍人略一犹豫，摇了摇头，长长地叹了口气：

“也罢！看在贤弟面子上，我暂且不与这老匹夫计较，不过……”

“不过我必守约定，十日内必到九幽鬼境，是吗？”

“哈哈，贤弟还是这么聪明，凡事一点就透！”

“君子一言，驷马难追！我绝不食言！”

“好，好！十日后圣境见！”

黑袍人说着身形微微一闪，刹那间消失不见了，消失得那么彻底，就像世间从未有过此人，一切不过是场噩梦。只有惨死的长老与那天地间的肃杀，证明这一切都是真的……

凤九天见他走了，整个人都软了下来。他长舒了一口气，伸手摸了摸额角的汗，一片冰冷。

“此人到底是谁？他的武功之高，天下恐怕已无双无对……”凤九天一向很傲，他一直认为自己有傲的资本，可见识了黑袍人，他才明白自己不过夜郎自大，荒唐可笑。

“凤九天，这一切到底怎么回事？”

“十日后，你自会明白！”

“你不能现在说出来吗？”

“现在我说话你还信吗？”

“不敢全信。”

“那我又何必说？”

龙行云没再多说什么，带众人回了凌霄派。凤九天收起了剑，缓步入了茶棚，给自己斟满一杯茶。刚才的一切，仿佛都没发生过，依旧是暖阳当空，一壶、一剑、一人而已。

当夜，月色朦胧。北风吹动积雪，发出“呼呼”之声，悦耳中带着几分萧索。凤九天隐身在一片树林中——与廖楚笙交锋的树林中。他对凌霄派的路很熟，对所有能隐身蔽形之处更熟，所以他藏得很隐蔽，隐蔽得就像从未来过。他的眼睛看着林中空场，眨也不眨，生怕错过什么。不知过了多久，他听到一阵踏雪的声音，有人来了！

来人一身白衣，是那么俊美，又那么盛气凌人。他小心翼翼向空场而来，走得很慢，脚步也很轻。此人凤九天太熟了，熟得就算他化成灰凤九天都能认出来。凤九天见到来人，嘴角不禁露出一丝微笑，得意而激动。

“尊主，您在哪儿？圣境出什么大事了？”来人的声音虽不大，可满满的尽是焦急与疑惑。他叫了几声，发现没有人回应他，四周仍是一片寂静。良久，他揉了揉自己的太阳穴，不满与无奈溢于言表。

“尊主一向守约，怎么可能给了我书信，自己却不到呢？”他说完话又等了片刻，确定没有人会来，转身想要离开，可就在转身的刹那，他愣住了，神色变得无比惊慌：“凤……凤九天！你……你怎么会在这儿……”

“我在等你啊！”

“等我？你怎么知道我会来？”

“因为那封信！”

“哪封信？难道……难道信是你写的？！”

“没错！那封信就是我写的。”

“可……可你怎么会知道圣境的暗标？”

“你是说那个骷髅头？这还得感谢你呀！”

“感谢我？我……我明白了，你一定是按那封信画的！”

“没错。不光骷髅头，就连笔迹我也仿了十之八九。”

“那……那你约我出来所为何事？”

“为了两件事！两件很重要的事！”凤九天说着趁牧璇天不留意，飞速封了他的穴道，牧璇天正欲反抗，却发现自己手脚已不能动转，只能听之任之。“首先，我已经把你下毒之事查明了，你做得的确很高明！”

“你查明了？你是怎么查出来？何时查出来的？”

“就在半个时辰前，我之所以能查出来，是因为你忘了件事。”

“此事我自问做得天衣无缝，你怎么可能……”

“你忘了蜡丸融化后，斗拱上还会残留蜡痕。”

“凤九天，你是什么时候怀疑我的？”

“你还记得不归村吗？以你的武功怎会轻易被劫持？”

“那日我中了毒，身体虚弱，不足为奇。”

“胡说！能在那么短时间内建几座新坟，还敢说身体虚弱？！”

“仅凭这些你就怀疑我？”

“因为整个凌霄派中，最想让我死的人就是你！”

“可这并不足以让你彻底锁定我，更不足以让你破案！”

“只因你走和回的时间太巧了，巧得有些欲盖弥彰。”

“就因为巧，你就那么肯定？我绝不相信！”

“那封构陷我的书信，也是你故意夹在书中的吧！”

“信是尊主亲笔书写，打死我也不信里面会有破绽！”

“信本身的确没有，可夹信之人却大有问题！”

“别卖关子，说出来听听。”

“因为他对千华山太熟了，熟得就像在他家里！”

“我明白了，我完全明白了！”

“是啊，你早该明白！你露出的破绽太多了！”

“可你是怎么想到蜡丸的？又怎会想到将蜡丸放在斗拱上？”

“起初我并没想到，不过这是唯一的可能！”

“唯一？你怎么确定不是水或茶有问题？”

“水是我亲自打的，并且是和许多人一起打的。”

“嗯，水要是有问题出事的绝不会只有两个人……”

“你自己都能想到，却为何犯如此愚蠢的错误？”

“因为我认定你会怀疑茶有问题，从而怀疑黄皓天。”

“我的确怀疑过，可我中午又喝了同一包茶，于是不再怀疑。”

“唉……水没问题，茶也没问题，所以你……”

“没错。所以我想这毒一定是在我离开的片刻入水的。”

“可你怎么知道一定是在房梁上，就不会是有人进来过？”

“有人进来过？请问你的轻功足以让你落地无声、落足无痕吗？”

“不足，实在差得太多太多……”

“所以，就只剩下这一种可能了！”

“我真是低估了你！太低估你了！你的头脑比你的剑更可怕！”

“这倒未必！”

“你此言何意？莫非是要杀我？”牧璇天神情前所未有的惊恐，此时凤九天在他眼里无异于死神：“求求你放过我，这一切都是……都是尊主让我做的。”

“他让你害我你便害我？你真是连条狗都不如！”

“实话对你说吧，我也是出于无奈。”男儿有泪不轻弹，牧璇天此时却已泪流满面，他的脸上写满了悲伤与无奈，无论是谁看了都会心生怜悯。“我被尊主下了慢性毒药，如果没有解药就会死。”

“原来如此，难怪，难怪……”

“你……你可以不杀我吗？”

“凭什么？邪魔外道杀无赦！”凤九天说着流云剑出了鞘，抵在牧璇天的项间。

“你如果杀了我，就会惊动师父，到时候你以为自己能活？”

“难道不能吗？”

“你见过哪个滥杀正道中人的邪魔在师父剑下能活？”

“你才是邪魔吧！要杀，也是杀你！”

“哈哈哈，你以为他会信你？”

“我可以不杀你，但你要告诉我，九幽鬼境的老巢到底在哪儿？”

“我如果说了，你就不杀我？”

凤九天点了点头，看向牧璇天的目光中充满了鄙夷：

“没错。你不配玷污我的剑！”

“好……好吧，圣境的总坛在红砂岭。”

“可有什么机关埋伏？”

“老槐树下有开启大门的机关。”

“如何开启？”

“左九叩，右五叩，中间轻拍三下。”

“好，我记下了！”凤九天说着真的收起了剑，在黑夜中独自向西南而去……

第十二章　表象会说谎

月夜，一切都显得那么静谧。月光静静地斜照着大地，一切又都显得那么美好。这本该是个没有杀戮、没有死亡、没有痛苦的良宵。这么美的月色任谁都会陶醉其中，不会再起杀念。可这个地方偏偏没有月光，而且永远都不会有！无论月光、阳光还是星光，在这里都是一种奢侈，只因它位于阴冷而死寂的地下。世间一切美好，都与这里无关。这里有的除了恐惧便是死亡，就像它那令人闻风丧胆的名字——九幽鬼境！

“尊主，您要的人我们带来了。”这是一个阴冷至极的声音，冷得没有一丝生气，这绝不像一个活人在说话，更像是鬼在低吟，在这样诡异阴森的地下，只让人觉得毛骨悚然、胆战心惊。

石台上幽暗的火光隐约间照亮了两人，左边白衣人身材高瘦，面色惨白，脸上带着诡异的笑容。右边黑衣人身宽体胖，面色黝黑，脸上带着骇人的怒容。两人看起来截然相反，却又那么般配协调，如果说他们有什么相同之处，那就是周身散发的鬼气，他们看起来虽然诡异莫测，但此时神情却无比恭敬。只因他们面前石台上站着一位老者，一位他们不敢不敬的老者。老者身着天蚕黑袍，面戴乌金鬼面，显露出睥睨天下的霸气。良久，石室内寂静无声。黑袍老者似乎正在想着心事，一句话也不想说。

“尊主，您看我们是把他带到十八层地狱，还是……”

“黑白无常，你们做得很好！”

黑白无常闻言又欠了欠身，随即退出了石室。而老者则缓缓转过身，目光紧紧地盯在一位囚犯的脸上，此人早已脱相，目光涣散，嘴角还带着一抹血迹。

“你就是神龙派长老上官坤？”

“没错，老子就是上官坤，你敢把老子怎么样？”上官坤的声音沙哑而虚弱，语气却依旧强硬。

“上官坤，你欠的那些债，该算算了吧？”

“老子欠过什么债？”

“人命债！四十六条人命债！”

“哈哈哈，老子杀过的邪魔外道何止四十六！”

“塞北神雕薛应仇一家也是你杀的吧！”

“什……什么，这事你怎么会知道？”

“本尊知道的，远比你想象的要多！”老者说着冷笑几声，从石台上取过一个已泛黄的账本：“这上面记的，都是真的吧！”

“嘭！”老者把账本重重地掷在地上，激起一阵尘埃。上官坤顾不上尘埃未落，一把捧起了账本，仔细观看，他不看还好，看完之后面如死灰，冷汗淋漓而下。随即他眼中似乎蹿起了熊熊烈火，手猛地撕扯厚重的账本。

老者见状冷笑数声，大手隔空抓向上官坤手中的账本。上官坤的神情越发紧张，拼命想握紧账本，却只是徒劳。账本竟似长了翅膀，径直飞入老者手中。

“哈哈哈，你真是太愚蠢了。”

“我是为了保全无数正道中人，何谈愚蠢！”

“因为真正的记录永远都不会在纸上，而是在心间。”

“在心间？”

“纸张记录的迟早都会随风而去，只有心间记录的才会永存！”

“也就是说，我做再多的掩饰都是徒劳？”

“你终于肯承认这些人是你杀的了？”

“是……是真的，这些人的确是我害死的。”

“哈哈哈，你承认就好！”

“你想……想把我怎么样？”

“怎么样？自然是帮本尊一个忙！”

“帮忙？帮什么忙？只要是您交代的，我一定做到！”全身颤抖不止的上官坤，狼狈地跪在老者面前连连叩头。

“那就用你自己的生命，助本尊修成无上神功吧！”老者说着右手按在上官坤头顶百会穴上，掌上顿生一股极强的吸力，上官坤只觉周身内力都变成了决堤的洪水，彻底失去控制。而老者的手便如浩荡的汪洋，再多的洪水也会将其收尽。被吸收内力的感觉痛苦至极，根本不是人所能承受的。“啊！”上官坤一声惨叫，凄厉之音在石室内震荡不息……

死人永远都不可能开口，永远都是那么安静。现在的上官坤便是最安静的一个，永远安静下来的一个。他死时神情是那么安详，甚至嘴角还挂着一丝满足的微笑，仿佛他刚才并没有受尽折磨，反而是得到了极大的幸福与满足。他的尸体早已成了一具枯瘦的干尸，狰狞、可怖又惹人怜悯。随着上官坤最后一丝血肉被榨干，老者才缓缓睁开了眼睛。他看向尸体的目光中还带着陶醉，好像看着一餐享用过的佳肴。

风如刀，砂似血，怒火燃心间。红砂岭之所以叫红砂岭，是因那一望无际的红砂。这片红砂宛如被鲜血浸染，无数地下的亡灵犹在哀号。谁也不知这里死过多少人，只知如沙粒般成千上万，不可计数。

红砂岭一向人迹罕至，就算偶有行人，也是如上官坤般的囚徒。可现在东北方却走来一人，一个生龙活虎、全无畏惧的人。此人一袭白衣，一把白剑，潇洒飘逸间透着凛凛杀意。他的脚步不快，却坚定从容，纵死也绝不会后退！

良久，他来到一棵大槐树前。他缓缓地站在那里，打量这棵千年老槐。这颗老槐很大，就连树洞都大得足以容下两三个人，所以他很确定，牧璇天说的槐树一定就是这棵。他慢慢地走进树洞，手中的流云剑早已出鞘。

树洞内果真有一道铁门，一道坚实而高大的铁门，铁门上没有门环，没有门钉，就连门缝都没有。门上仅有一幅巨大的浮雕，凹凸有致，栩栩如生。雕的不是山川，不是河流，更不是将相美人，却是一颗骷髅头，一颗狰狞而可怕的骷髅头。他见到骷髅头没有丝毫慌张，反而露出了满意与喜悦的微笑。“左九叩，右五叩，中间轻拍三下……”他口中喃喃自语，手却在骷髅头上从容地操作着。“哗！”他做完这些动作，铁门竟真的自动升了起来。铁门后面是个洞口，洞内一片漆黑，伸手不见五指。阴冷的风从洞中吹来，吹在他的身上，让他不禁打了个寒战。可他从不认输，更不会退缩，纵龙潭虎穴也定要一往无前！

“滴答，滴答……”进了洞口便是一条极长、极陡的石梯。洞壁不断地渗出阴冷的水珠，轻轻地敲打着石阶。水滴每落下一次，他的心就随之提起一次。只身独闯九幽鬼境，任何人都不可能闲庭信步。石阶被水珠打湿，走在上面有些滑，只要一不小心，随时都有坠下的可能。而下面的一切都是未知的，一旦坠下谁也不知道还能不能活着。

很久之后，他才终于走下了最后一级台阶。他面前出现了一座高大而坚实的关城，城上有一块黑匾，匾上只有三个大字——鬼门关。这三个字足以代表阴间，代表地狱，代表死亡。鬼门关，十人去，九不还。九幽鬼境亦如鬼门关，同样没有人能活着出去。十人去，九不还，凤九天会不会就是唯一的变数呢？

“白兄，最近你们很辛苦啊……”

说话之人是个壮硕的大汉，脸上戴着牛头面具的大汉。牛头身边必有马面，大汉身边同样有一个戴着马面的中年。他们一个持叉，一个举戟，威风中透着骇人的邪气。两人身后还站着无数身着黑衣的鬼境弟子，每人手中一把泛着寒芒的长剑，给人一种巨大的压迫感。

“他不是白兄！有外人闯进来了！”借着火把散出的微弱火光，马面看清来人，大喊起来。

“什么人，竟敢擅闯我圣境！”牛头也发现情况不对，高举手中钢叉，恶狠狠地问道。

“哈哈，什么人？要你们命的人！”凤九天的声音很低，但其狂傲之意与周身杀气却显露无遗。

“我们向来都是要别人的命，还没见过谁敢要我们的命！”

“那恭喜你了！”

“恭喜我什么？”

“恭喜你终于见到了！”

“唰！”流云剑寒光一闪，随之血光四溅！牛头不可置信地看看自己，又看看凤九天手中的流云剑。

“这……这不可能！你的手实在太快了！”

马面以及所有弟子看到眼前的一幕全都惊呆了。一剑，只用了一剑！牛头的武功在十大阴帅中数一数二，却被人一剑刺穿了咽喉。凤九天的剑太快了，快得那么不可思议，那么难以想象。马面从来不知道什么叫畏惧，现在全身都在发抖。凤九天的杀意已起，目光中尽是怒火与兴奋。他提剑缓缓走向马面，脚步很慢，却很沉重。马面见到凶神恶煞的凤九天，他的心仿佛已经停止了跳动。凤九天每向前迈一步，马面也不由自主地向后退一步。

“你……你到底是什么人，我圣境可不是好欺负的！”

“是吗？我看未必吧！”

马面此时已到了城墙之下，已无路可退。“你……你们还愣着干什么，给我上！”马面朝愣在原地的众弟子大声喊道，所有黑衣弟子只得压制心中恐惧，纷纷挺剑上前。

“找死！”凤九天一声长啸，手中流云剑宛如疾风骤雨，只听惨叫连连，鲜血迸溅，顷刻间鬼门关前殷红一片。

“少……少侠，求你放过我。”马面见几十弟子顷刻间竟都身首异处，只得连声哀求起来。

“放了你？你这等邪魔外道，我一个也不会放过！”凤九天说着手起剑落，斩下了马面的头颅。“哈哈哈，九幽鬼境好大的名头，不过是群废物罢了！”

古往今来在鬼门关前还能狂性不收者，除了凤九天又有几人？

过了鬼门关，是一条大路，一条极宽敞的大路。在这种狭窄阴暗的地下，偏偏有一条足够七八人行进的大路。通常大路往往会让人心安，可眼前这条路却让人不寒而栗。这是件极其不可思议的事，可接下来却有一件更不可思议的事，那就是路两旁竟开满了鲜花。鲜花在这潮湿阴暗的环境里，开得绝望而妖娆。整片花看上去红得如火如荼，像是恶魔最后的温柔。

空气里弥漫着终年散不开的浓雾，显得诡异而神秘。情不为因果，缘注定生死，既见彼岸花，今生难回顾。这里向上看，看不到日月星辰；向下看，看不到土地尘埃；向前看，看不到阳关大道；向后看，看不到朋友四邻。常人见此都会痛哭，可凤九天却笑了，露出了久违的微笑。他的微笑虽然还是那么灿烂，但在这种地方，却显得有些悲壮。因为只有把生死置之度外的人，此时才能笑得出来。说来容易，可天下又有几人能做到。真正做到的，难道不是世上最勇敢，却又最值得同情的人吗？

这条宽敞而诡异的黄泉路，这片美丽而哀伤的彼岸花，似乎是无穷无尽的，不论你走多久都不可能走出去。凤九天一向体力极好，可现在也有些疲倦了，厌烦了。他多想与敌人战一场，痛痛快快地酣战一场。不论是他杀死敌人，还是敌人砍下他的头颅，都比这愉快得多。此时凤九天的神情除了戒备，更多的则是无奈与厌倦。这种状态下谁都很难再战胜对手，因为已败给了内心……

望乡台，远望家乡回不来。在浓厚的迷雾中，凤九天终于隐隐地看到了一座高台。它高大而宏伟，却又显得鬼气森森，杀机四伏。凤九天又向前几步，才看清了高台上的牌匾与值守的黑衣人。

“你是何人，我圣境岂容尔等擅闯！”黑衣人一声大喝，却并没有出手，而是举起了手中火把。

这是一座烽火台，只要黑衣人手落下，狼烟必然腾起，而狼烟一起，九幽鬼境全部人马必会在顷刻间赶来。那么凤九天就只剩下一条路，一条谁也不想走的路——死！

“嗖！”一道寒芒带着凛凛杀意激射而出。这是一把剑，一把凌厉绝伦，足以致命的剑。而剑的目标不是黑衣人的咽喉，而是他正高高举起的手。这把剑是凤九天唯一的希望，唯一活下去的希望。如果这剑差了半分，黑衣人的手就会落下，狼烟就会腾起。所以，凤九天此招绝不能有一丝一毫的偏差。生与死，福与祸，全在他一招之间。

“噗！当！啊！”一声金属与肌肉的撞击声，随后是金属与石头的撞击声，最后则是黑衣人撕心裂肺的惨叫声。三个声音几乎同时响起，刺耳却又让人兴奋。凤九天笑了，愉快至极的大笑。他听到了，他看到了，自己真的成功了！此时黑衣人的手已被斩断，钉在了石墙之上。而那燃着熊熊烈焰的火把，居然还被断手牢牢地握着，至于那黑衣人，则是抱着右臂倒在了地上，痛苦地哀号着。

凤九天看了看火把，又看了看黑衣人，随后一跃上了高台，就在他跃上高台的一刹那间，他已拔出剑抵在了黑衣人项间。“说！前面还有什么布置！”凤九天的目光极冷，手中的流云剑更冷，冷得让人莫敢违逆。

“前……前面是座兵营，后面是忘川河，最后是酆都城。”

“里面还有多少人手！”

“少说也有……也有两百多……”

凤九天笑着点了点头，神情很是满意。他看了看无比畏惧的黑衣人，随即用剑刺穿了黑衣人的咽喉。他明白一个道理：对敌人留情便是对自己最大的绝情！

地下没有阳光，自然不分昼夜。在这里白日睡觉与夜晚休息，都再正常不过。所以，虽是白日，离兵营几丈远，就能听见如雷的鼾声。凤九天再一次笑了，笑得似乎比以往都灿烂，他甚至收起了剑，脚步从容得就像在自家庭院里散步。眨眼间他就到了兵营前，高高举起了手中火把。

火攻一向都是最致命的，何况眼前一营人都在熟睡呢？“呼！”大火瞬间燃起，烈焰焚化万物，哀号声大作。九幽鬼境的弟子自然也是人，是会被火烧为灰烬的肉身。顷刻间，九幽鬼境弟子死伤不计其数，宛如末日降临。而凤九天不敢与他们纠缠，更不想与他们纠缠。此时自己若纠缠下去，结果同样只会有一种——死！

凤九天的脚步继续向前，脑中却出现了一个念头：

“鬼境向来凶名显著，怎会如此不堪一击，到底是怎么回事？”

此念头只在他脑中一闪，随即便消失得无影无踪。他已经没有精力再去思考，随时都准备与敌人决一死战。因为他看到了一条河，一条在微弱光线地照射下，宛如鲜血的河。河上架着一座桥，一座虽有些古旧却很坚实的桥。有条路叫黄泉路，有条河叫忘川河，有座桥叫奈何桥。世上男女老少都知道它们，都畏惧它们，都不愿接近它们。既然过了黄泉路，眼前的河自然是忘川河，桥自然是奈何桥。恐怕无论是谁，在忘川河前、奈何桥旁都再难冷静从容了。凤九天一向与常人不同，此时也皱起了眉头，牢牢按在流云剑上的手也有些发白了。

“救命啊！救命啊！”一个年轻女子的呼救声打破了寂静。

这是一个极美丽、极妩媚的女人，任谁见了都会动心。这个女子一边跑，一边回头向后看，神情无比慌张。凤九天的眉头此时皱得更紧，手中的剑刹那间拔出。就在他拔剑的瞬间，这妩媚至极的女子竟撞进了他的怀中，她那双如白玉雕成的小手，似无意间勾向了凤九天的脖子。她的手动作很快，快得让人有些反应不及。凤九天的身子一扭，躲了过去。

“你是什么人！”

“少侠，我……我是被坏人抓来的，你一定要救我。”

“一定要救你？”

女人使劲点了点头，目光中尽是恳求之色。

“我不会救你的！”

“少侠，你……你真的要见死不救？我愿意为你当牛做马。”

“哈哈哈，我承认你的演技不错，可惜遇到的人是我！”

“什么！你怎么可能看得出来！”

“你的点穴手法与轻功太高明，高明到根本不需要我救你！”

“哈哈哈，既然知道高明，还敢与我动手？”

“当然敢，而且非动手不可！”

“为什么？”

“因为邪魔外道杀无赦！”凤九天的眼中爆出一股精光，手中流云剑已然出鞘。

“和本姑娘动手的人，永远都只会有一个下场——死！”

她说着突然从腰间取出一条软鞭，一条精致而致命的软鞭。软鞭陡然挥出，啪啪作响，空气都似被撕碎裂。这条软鞭在女子手中仿佛有了生命，化为一条灵蛇。被毒蛇咬中之人，往往会死在毒蛇那致命的毒牙之下。而被软鞭抽中之人，同样会死，甚至比被蛇咬死更加凄惨。女子是个很自信的人，她相信这世上无论是谁都难挡她三鞭。事实也证明她是对的，至少目前为止她是对的。她从未败过，以至于她从来都不知道失败是什么感觉。但凤九天就是凤九天，神乎其技的凤九天。他的剑无论何时，都是那么迅捷无比，快得匪夷所思。

“当！当！当！”流云剑与软鞭相撞，金铁交鸣声大作，火花四溅。软鞭虽是精铁所制，可与流云剑比起来，仍然是以卵击石。凤九天看着女子，看着她的软鞭，再一次露出笑容。随着他的笑容，流云剑竟把软鞭一寸寸地斩断。这一切显得那么轻而易举，就像斩断的不是精铁，而是豆腐。女子的眼中露出了恐惧，无法掩饰的恐惧，对死亡的恐惧。

“你的剑，你的手，你的一切都快得太可怕了！”

“哈哈哈，尔等遇到我凤九天，只有死路一条！”

刹那间血光迸射，女子连哀号都没发出，心脏便已被刺穿，她的尸体重重地倒在了奈何桥上，人也真的去了阴司的奈何桥。

凤九天发现了一件事，一件让他有些不解的事。那就是这一路上自己似乎从未出过第二招。堂堂九幽鬼境，竟连一个能让他出第二招的人都没有，这简直太奇怪了，比太阳从西边升起更奇怪。如果九幽鬼境只有这点儿实力，恐怕早就被正道中人铲除了。但这一路上的布置却十分正常，正常得让人发现不了一丝破绽。如果非要想出合理的解释，凤九天想破头也无非只有两种：第一种是九幽鬼境的高手此时都集中在酆都城内；第二种就是九幽鬼境刚刚发生了什么惊天的剧变。他宁可相信第一种，否则一切太可怕了，细思极恐！

凤九天正思索间，人已到了一座城前。这座城与其说是城，不如说是一座巨大的坟墓。无论什么城，总会有贩卖声、嬉笑声、呵斥声、喧哗声，可这里一概都没有，只有死一般的寂静。谁也不知道这座城里有多少恶魔，更不知道能否活着出来。天下人虽多，可此时还能义无反顾进城的却绝不会太多。可凤九天永远都与常人不同，他的脚步兀自镇定而从容，只是他的脸上已经没了笑容，眉头又一次紧锁，比以往更紧。

一块巨大的黑匾，上有三个让人闻风丧胆的大字：酆都城。酆都城在任何人心中都是噩梦，无论九幽鬼境还是阴司都一样。这里代表着审判，代表着酷刑，代表着死亡。此时凤九天正站在这块黑匾之下，流云剑泛着森然寒芒。这里没有门，无论是石门、铁门还是木门，一概没有。因为九幽鬼境有自信，在他们眼里没有生门。只要是人，纵有通天本领，在这里也不可能找到生门。既然没有生门，又有谁会闯入，又有谁敢闯入呢？可凤九天永远都是个例外，否则他就不是凤九天了。

他缓步走入酆都城，依然那么潇洒从容。当他走到一半时，眼前出现十座并排的大殿，每一座都用白色砖石砌成，显得格外阴森。凤九天正在犹豫下一步该怎么走，下一秒就已得到了答案。因为他的四周突然有了生气，上百人发出的生气。此时上百高手都各持兵刃，正对他这个闯入者怒目而视。这些高手杀过的人，尸可积山，血可为海。不管是谁见到为首的十大鬼王，恐怕都会吓得尿裤子。可凤九天非但没有畏惧，反而笑了，大笑！

“哈哈哈，死到临头你还能笑得出来？”楚江王冷笑着看向凤九天，目光就像看着一个疯子。

“你们不用暗箭伤人，才是活腻了。”

“我看活腻的人是你才对吧！”阎罗王大喝。

“哈哈，我从不与死人逞口舌之快！”

“你说谁是……”

阎罗王本想再与凤九天争论，可突然觉得咽喉似有液体流出。鲜红而滚烫的液体，通常只有一种，那便是鲜血。阎罗王的咽喉冒出了滚滚鲜血，刹那间真的成了死人！众王齐声大喊，又惊惶，又愤怒。

“小子，你胆敢杀阎罗王，就不怕我们杀了你？”

“哈哈哈，就是你们一起上，我凤九天又有何惧！”

凤九天半日之内杀人不计其数，狂性早已大发。他一声长啸，整个鬼境都似要在他的啸声中土崩瓦解，随即宝剑化为蛟龙，凌厉而迅捷，其势道天下少有人及。但见白墙上点点滴滴溅满了鲜血，红白相衬显得格外触目惊心。顷刻间城内倒下无数尸骸，有的身首异处，有的膛破肢断。在他眼里无论是鬼王、判官，还是阴帅都一样。莫说他此时早已杀红了眼，就是他最冷静的时候也不会去分辨。因为他对邪魔从不留情，在他眼里这些人都该杀无赦！

九幽鬼境之人十之八九都杀人无数，可如此恶斗却生平未见。敌人虽只有一个，可他如龙凤，若鬼魅，根本不像是人。他忽东忽西，乱砍乱杀，狂冲猛击，每向前一步便血流成河。无数高手上前欲将其置于死地，可结果都是自己死在了剑下。这里的高手每一个都可叱咤江湖，每一个都是杀人如麻的魔头。可凤九天的剑却更快、更猛、更狠、更精。他状若癫狂，纵使偶有人砍伤刺中了他，他也恍若未觉。酆都城内此时血肉横飞，满耳尽是人死前的惨叫之声。九幽鬼境都是亡命之徒，然见凤九天攻势，竟都发起抖来。酆都城内此时真的如人间地狱，让人望而生畏。

凤九天身上的白衣早已被鲜血染透，流云剑也不断滴下血珠。他不知道自己究竟杀了多少人，也不知道自己受了多重的伤。他每走一步鲜血都会从伤口源源不断地涌出，其神志也已模糊。但他的脚步却未停下，前面有路便走，没路就用手中剑杀出来。只要自己没有倒下，只要目的没有达成，他就绝不会停下。九幽鬼境的众人却没有这个胆子，全都纷纷开始后退。只要是凤九天所到之处，众人便如潮水般退去。对于他们来说，一切都没有自己的命重要。凤九天不怕死，可他们怕，尤其是这种情况下怕得要命。

不知过了多久，凤九天终于到了冥尊所在的幽冥宫。廖楚笙一向被奉为邪道之首，江湖中最可怕的人。当今江湖，无人不敬龙行云，同样无人不怕廖楚笙。廖楚笙想要人三更死，这人绝不可能活过五更。可此时的凤九天真的好像疯了，他已不知恐惧，不知伤痛。无论是谁敢拦在他面前，这人决计非死不可。谁都明白廖楚笙与凤九天相遇，便只能存活一个！

幽冥宫在所有人心中，都该是阴森而诡异的。可这里没有一丝邪气，也不阴森，反而富丽堂皇。幽冥宫通体都是黄金所砌，只是颜色已有些暗淡了。凤九天走进大门，里面是一条狭长的甬道。甬道两旁有无数立柱，两旁还摆放着无数灯盏。地下本该是阴暗的，可在灯火照耀之下却亮如白昼。

凤九天并没有心情看这些，他眼里只有甬道尽头的两个人。一个霸气无比的黑袍老者，一个冷艳非常的白裙丽人。这是他最想见到的两个人，他冒死拼杀也正是为了见到这两个人。他的目光已变得有些呆滞，就连脚步都略显蹒跚。此时他觉得自己就像是在做梦，一个甜美却又充满杀机的梦。天下事最难莫过于开始与结束，每一个都难如登天。在他心中，只要杀了眼前的黑袍老者，一切都会随之结束。无论是父亲的仇，还是自己背负的冤屈，都会变成云烟往事。而且他终于可以救走心爱的人，和她相守一生。但想杀黑袍老人，无异是在以卵击石。恐怕天下没有人会这么做，更没人敢这么做。但凤九天偏偏做了，而且毫不犹豫地去做了。

他身形一闪，动作快得惊人，上一秒还在大门口，下一秒已到了甬道尽头。随即他伸手去拉龙灵雪，把她挡在自己身后。一切都那么快，快得让人称奇，快得让人目瞪口呆。可更让人称奇的却是那黑袍老者，那个武功几乎独步江湖的九幽鬼境冥尊。

凤九天动作虽快，可以他的功力完全能出手阻拦，如果他真的出了手，凤九天绝不可能救得了龙灵雪。但他偏偏没有出手，就连眼睛都没眨一下。他仿佛睡着了，根本就没有看到眼前发生的一切。就在凤九天完成这一系列动作之后，他却缓缓地开了口：

“孩子，你终于来了，我等了你很久了。”

廖楚笙的声音竟有些亲切，好像眼前的不是敌人，而是至亲。凤九天却没有留意，声音依旧冰冷，没有一丝感情：

“你为什么要等我？为了杀死我？”

“不，我做的一切都只是为了和你说一句话。”

“难道你抓灵雪，只是为了和我说一句话？”

“没错……”廖楚笙轻轻地说道，可随即他语调又变了，“嗯？你说她是谁？”

“你心知肚明，又何必明知故问？”

“看来我错了，龙姑娘今天你带不走了！”

“你想把她留下？那就问问我手中的剑答不答应！”

“本尊不想伤你，可你非要护着她，便是自讨苦吃！”

廖楚笙的脚看似根本没动，可人却刹那间到了他面前。他的掌力如汪洋般磅礴汹涌，无论是谁也难挡一击。可凤九天从不会认输，纵然是死也不会认输。他手中流云剑闪动，顷刻间绽出万道光华。廖楚笙却视若无睹，右掌依旧猛击向凤九天。凤九天使出十成功力，手中宝剑越发凌厉致命。怎奈廖楚笙内力早已至化境，再多光华也不堪一击。流云剑的光华与掌力相接，仅维持一瞬，便飞速收敛起来。再过一瞬，光华彻底被一扫而光，凤九天被击得直退了六七丈。

此时一口鲜血涌上凤九天咽喉，但他不敢吐，更不能吐。如果他吐了血，龙灵雪会心疼，廖楚笙更会知道他的功力。他决不允许心爱之人为自己心疼，更不会让敌人知道自己伤势。凤九天默默地把这口血咽下去，再多伤痛也只能自己默默忍受。他的身子有些发抖，他努力想去掩饰，结果却是欲盖弥彰。

“傻子，你受了那么重的伤，还是快走吧！”龙灵雪发现了凤九天的伤势，神情极是难过。

“灵雪，我就算拼了性命，也定要杀死这个魔头！”

“傻子，你何必为了我……”

“我不光为了你，还为了我父亲。”

龙灵雪此时泪水充满眼眶，不知是自责还是心痛。她多希望自己身上没有绳索，她多希望自己能出手帮凤九天。虽然她的武功不及凤九天，但为了他就算是死也心甘情愿。可她现在除了为凤九天默默祈祷，什么也做不了。

凤九天一次又一次地出剑，一次又一次地受伤。龙灵雪看着他一次次为了自己受伤，心都要碎了。凤九天就是凤九天，只要没有成功，就绝不会退缩。无论受多重的伤，无论被打倒多少次，他也绝不会后退半步。他武功盖世，头脑灵活，可在廖楚笙面前却不堪一击。他除了能一次次从失败中站起来，其他的什么也做不了。即便如此，他还是一次次站起来了。无论受多重的伤，他都要站起来。只要自己没死，他就定要让廖楚笙血债血偿！

“凤九天，你父亲的死和我无关，事情并不是……”廖楚笙缓缓地说道，语气是那么无奈。

“你闭嘴！我才不会相信你这魔头的鬼话！”

凤九天青筋暴起，一声大喝声打断了廖楚笙的话。随即他又刺出一剑，迅捷无比的一剑。怎奈他伤势太重，神志也已模糊，再迅捷的剑也是无用。

廖楚笙摇摇头，身子轻轻一转就避过此剑，反手一掌又击向凤九天的背部。凤九天闪避不及，背后又挨一记猛击，一股热流从腔内涌出。凤九天灵机一动，运足内力，霎时喷出一口鲜血。这口血没有喷向地面，没有喷向半空，而是喷向了廖楚笙。

廖楚笙脸上虽然戴着鬼面，可两只眼睛却露在外面。凤九天的一口鲜血，全都喷在了廖楚笙的双眼上。廖楚笙双眼被鲜血遮蔽，瞬间天地变成了一片殷红。可随即一道寒芒泛起，另一股鲜血随之溅出，鲜血的主人不是凤九天，不是龙灵雪，竟是廖楚笙！

凤九天虽满身血污，双目却已重归清明。他手中的流云剑竟刺穿了廖楚笙的咽喉。局势变化太快，快得让人猝不及防。打斗停止了，对话停止了，心跳也停住了。只有淋淋鲜血从剑尖滚落的声音，宣告着邪道之首的死亡。恐怕无论是谁，也想不到死的人竟会是廖楚笙，甚至连凤九天自己，在上一秒似乎也没想到。可事实如此，无论想没想到，事实都不会改变。廖楚笙缓缓地倒下，目光中充满了不甘与悲哀，可随即他却笑了，笑声给人的感觉竟然有些亲切。

“孩子，现在你总可以听我说出藏在心底多年的话了吧？”

凤九天轻轻地点了点头，看向廖楚笙的目光充满疑惑：

“你要说什么话，快说！”

“我只想告诉你一句话，表象会说谎……”廖楚笙说完最后一个字，缓缓闭上了眼睛，没了气息。

龙灵雪见廖楚笙死了，长出了一口气。凤九天向她走来，迈着蹒跚却坚定的步履。流云剑一闪，凤九天斩断了捆绑在龙灵雪身上的绳索，她高兴地抱住了凤九天，并轻轻吻上了他的唇。

“傻子，谢谢你，又一次……”

她有好多话要对凤九天说，却被从外面走进来的一个老人打断。这老人全身没有一丝杀气，显然一点儿武功都不会。当他看到廖楚笙倒在地上的尸身，疯了似的跑了过来。他完全不把两个年轻人放在眼里，在他眼中只有死去的尊主。老人俯下身，抱起了廖楚笙的尸身，老泪纵横。

“尊主啊！您怎么就这么去了啊！您让老奴……”

凤九天一向很警觉，他的流云剑此时已抵在了老人项间：

“说！你是什么人！”

“我是尊主的仆人，跟随他二十年的仆人。”

“那你能否回答我几个问题吗？”

“唉，你问吧。”

“首先，九幽鬼境出了什么变故，真正的高手都去哪儿了？”

“老奴只是尊主的仆人，这种事我不清楚。”

“那你知不知道廖楚笙为何突然不用剑了？”

“突然不用？我跟随尊主二十年，都没见他用过剑！”

“什么！这不可能！明明半月前在千华山他还……”

“少侠开什么玩笑，尊主数年都未离开过圣境了。”

“那他为什么要戴乌金手套，难道只是武器？”

“老奴不知，我自认识尊主，他就一直戴着，从未摘下。”

凤九天此时感到万分诧异，以至于身体都有些发抖。如果老人说的是真的，那自称廖楚笙与他在树林中交手的人又会是谁呢？凤九天从不知什么叫恐惧，可此时心中却产生了巨大的恐惧。他感觉自己像是坠入了深渊，深不见底的深渊……

凤九天缓缓蹲下身，取下了廖楚笙的手套。呈现在他面前的是一双大手，一双没有大拇指的大手。无论是谁都看得出，这双手已经伤残了多年。而没有大拇指的手，是不可能用剑的，永远都不可能。凤九天分明记得，父亲是死在剑下，被剑刺穿了咽喉。这件事只有一种解释，也是唯一的一种，那就是杀死父亲的凶手根本不是廖楚笙！凤九天不愿相信，不能相信，更不敢相信。如果这一切都是真的，那说明杀害父亲的凶手另有其人。凶手到底是谁，他又在布怎样的局？自己像一枚棋子被他玩弄于股掌之上，而对他却一无所知。

“傻子，你快来！”龙灵雪似乎发现了什么，突然喊了起来。凤九天闻言回过神，快步走了过去。“你快看，这里有个《生死簿》，还有个匕首架！”

凤九天忙接过《生死簿》翻阅，他的脸色瞬间变了，他的目光中满是不可置信，仿佛看到六月下起了漫天大雪。这《生死簿》中记载的是无数人名，无数为人称道的名字。但这些人大多已经死了，已经被廖楚笙杀死了。因为每个名字之后都列有无数条罪状，无数罄竹难书的罪状。这些人本该是救困济危的大侠，可在书中却都成了千古罪人，偏偏有几人的罪状，凤九天还曾听父亲说起过。不过其中没有云松青的名字，无疑让他庆幸又疑惑。凤九天的手莫名发抖，抖得连《生死簿》都重重落在地上。这上面的一切看起来匪夷所思，却几乎没有一件是牵强附会。龙灵雪此时脸色也很难看，她的声音同样在发抖：

“傻……傻子，你觉得这会……会是真的吗？”

“一定是真的！”

“何以见得？”

“你想想，他们何必要作假！”

“是啊，他绝想不到，你会在今日灭了鬼境。”

“没错，既然想不到，又何必作假？”

“可……可这要是真的，那廖楚笙岂不是……”

“岂不是成了值得武林中人赞颂的大英雄！”

龙灵雪点了点头，与凤九天四目相对，不可置信之色溢于言表。良久，她才继续开口说话：

“你觉得这空匕首架上面，本该放着什么？”

“阿鼻！冥尊信物阿鼻！”

“可上面居然空了，难道……”

“你是说有人盗取了阿鼻，带走了大批高手！”

“是的，可这人到底会是谁？”

“我想我知道他是谁，不过我又不知道他是谁！”

“傻子，你这话是什么意思？”

“很可能与劫持你的黑衣人有关，可他的真实身份我却不知道！”

“依你看，他做这一切，又是为了什么？”

“不知道，只希望他的目标不是千华山……”

凤九天本以为杀了廖楚笙，自己的心情会无比愉快。可现在他知道自己错了，大错特错了。廖楚笙的死绝不代表着结束，反而代表着开始。在一个惊天阴谋的面前，自己却显得手足无措。表象会说谎到底代表着什么？廖楚笙又想告诉自己什么呢？他一生从不知什么叫后悔，可现在却陷入深深的悔恨之中，如果自己不被仇恨蒙蔽双眼，或许就能彻底弄清真相。可现在他却亲手切断了最重要的线索，一切又不得不从头开始。但凤九天就是凤九天，永远不会放弃，也永远不会认输。只要他还活着，他就一定要找出凶手，铲除邪恶。只有正义与真相，才能长存于世间……

第十三章　始料未所及

世间聪明人很多，聪明人做事往往出乎意料。聪明人同样会遇到意外，有时甚至比普通人更多，只因世上永远都会有让人始料未及的事情发生。凤九天就是个聪明人，比世上大多数人都要聪明。可他还是经常遇到意外，比如眼前出现的人就让他感到意外。

红砂岭，荒沙遍野，人迹罕至。凤九天一路杀来，九幽鬼境的弟子死的死、逃的逃。此时，整个幽冥宫里只能听到凤九天和龙灵雪的呼吸声。一个刚刚“死去”的门派本应该很寂静，可此刻却传来一阵脚步声，几十个人才能发出的脚步声。凤九天皱起了眉，拔出了剑，整个人把龙灵雪挡在了身后。

“灵雪，好像出事了，你千万小心！”

龙灵雪点了点，手中的清霜剑也出了鞘。

“我不会再让你一个人冒险，无论发生什么，我们一起承担！”

凤九天正要说话，脚步声却已临近了。随即无数持剑的白衣弟子涌进了幽冥宫，在众弟子之后走进一位老人，一位慈祥而又威严的老人。凤九天和龙灵雪见到这老者，悬着的一颗心终于放了下来。

“父亲！”龙灵雪高兴地喊起来。

凤九天也收起剑，向龙行云微微施了一礼。忽然，寒光一闪，一柄锋利的匕首直刺向龙行云。

“你这丧尽天良的奸贼，我要你为老冥尊偿命！”老仆人目光中怨毒滔天，直冲向眼前的龙行云。

龙行云冷笑一声，凝光剑陡然出鞘，刹那刺穿了他的咽喉。

“老夫一生惩恶扬善，冥尊之死罪有应得！”龙行云说罢宝剑还匣，关切地望向龙灵雪。“灵雪，快让为父看看，这群恶贼没有伤到你吧？”

“父亲，他们并没有为难我。”

“廖楚笙在哪儿？”

“父亲，廖楚笙已经死了！”

“什么！廖楚笙死了？这绝不可能！”

“是的，他已经死了！我亲手杀死了他！”凤九天看向龙行云，缓缓地开口说道。

“九天，就凭你一人能杀廖楚笙？老夫不信！”

“没错，要杀这等恶魔，我一人够了！”

龙行云略一犹豫，上下打量凤九天，最后露出了微笑：

“哈哈，九天，你小小年纪实在让老夫无法想象。”随即他做出了一个让在场众人都始料未及的举动。他竟深深地对凤九天作了一揖，一揖到地。

“龙前辈，你这是做什么？！”凤九天的眉头皱得更紧，飞快地闪到了一旁。

“九天，你为江湖铲除邪恶之首，当得起老夫这一揖。”龙行云缓缓地直起腰，看向凤九天的目光中满是感激与歉意，“九天，老夫错怪了你，你却还能舍身搭救小女，老夫……”

“龙前辈，莫要再说了，我从未怪过您。”

“可这恩情之大，老夫该如何回报啊！”

“不必了！我们师徒一场，救灵雪是我的本分。”

凤九天说着就要离开这里，离开这些熟识却又陌生的人们。他现在心中只有一件事，心中也只有一个人，那就是找到牧璇天，让他把这一切都解释清楚。

就在他刚要迈开脚步的一刹那，龙灵雪开口了：“父亲，我不让他走，我想和傻子……”她说话着的声音越来越小，可脸却越来越红。

龙行云见状一笑，看了看凤九天，半晌才轻轻地点了点头：

“九天，老夫有意将小女许配给你，不知……”

“这……”凤九天闻言先是一愣，他本想拒绝，可最终却还是点了头，“龙前辈，我与灵雪两情相悦，我愿意结这门亲事。”

随即他缓缓地跪在了龙行云面前，重重地磕了三个响头。这情形出乎在场众人意料，有人愤怒，有人嫉妒，也有人在为他们默默祝福。他们的婚事本该是顺理成章，可此时到来却让人始料未及。

千华山，凌霄派。

自龙行云带着众人下山后，一切便由牧璇天暂管。往日牧璇天总是盛气凌人，这几日却变得寡言少语。有些事不问也要说，有些事却再问也不能说。虽然山上其他弟子都感到奇怪，但谁也没有追问。

这日牧璇天心中有些烦闷，皱着眉在山上踱步。千华山的景色很美，美得让人陶醉其中。他看着千华山上的一草一木，紧皱的眉头舒展了。当他走进凌霄派大殿时，眉头却又再次紧皱。凌霄派大殿内外，有无数弟子在忙碌着。殿内的喜字、红帷与花烛，无不透着一股喜气。弟子们一边忙碌着，一边小声议论着什么。

“凤师兄与龙师姐，真是天造地设的一对啊！”

“可不是嘛！我早就说过，他们迟早会在一起的。”

“哈哈，你们说得太对了！至于牧师兄嘛……”

牧璇天见到此景本就有些不安，闻言更是险些昏过去。他的双拳此时紧攥着，骨节发出咯咯的响声。不知过了多久，他的神情才渐渐和缓起来，一个人默默走向下山的小路，远去的背影是那么凄凉……

十几日后，月圆之夜。又到了黄皓天与凤九天一起饮酒的时候。此时他们又躺在大石上，一起饮酒赏月。

“师弟，你真是好福气啊！”

“师兄，你是指我与灵雪的婚事？”

“难道这还不够让人羡慕？”

“唉，我虽与意中人定了亲，却难解心中忧愁……”

“那日未出言为你辩解，我是有苦衷的……”

“我说的不是这件事。”

“如今鬼境已灭，你的冤屈也清白了，还有何事烦忧？”

“我从未告诉过你，我父亲是谁。”

“你虽未告诉过我，可我已猜到了。”

“哦？你是如何猜出来的？”

“整个江湖中，只有云前辈之死至今还是个谜。”

“没错，我正是为了此事而忧愁。”

“此乃江湖中数十年未有的迷案，仅凭你一人怎能解开？”

“凶手虽极高明，可若非我接二连三地犯错，恐怕也……”

“哦？你犯了什么错？”

“我不该杀廖楚笙，也不该晚几天回山！”

“你此言何意？我是越听越糊涂了！”

“廖楚笙不是凶手，而是很重要的知情人！”

“啊……那你晚回来几天又是什么意思？”

“因为我听说牧璇天前几天偷偷下山了！”

“你可知他为何要下山？”

“他也是本案最重要的知情人。”

“唉……依你所说，的确是太可惜了！”

“是啊，这两个人都被我错过了，只怕此案再难水落石出。”

“凤师弟何必如此悲观？人多力量大，何不找个帮手？”

“此案绝非普通高手所为，一般武林中人难以相助。”

“师弟何不寻找一个武功高强，智慧过人的帮手呢？”

“到哪里去寻找这样的帮手呢？”

“你听说过‘南萧北和’吗？天下没有他们破不了的奇案！”

“‘南萧北和’？”

“就是萧俨与和凝。”

“萧俨？和凝？”

凤九天闻言有些愣住了，脑海中突然出现了一些记忆。他记得和凝是父亲的至交好友，而父亲有个徒弟便叫萧俨。谁都知道萧俨是南唐重臣，可谓一人之下万人之上，几年前还在学艺的弟子，又怎会是这个声名赫赫的重臣，或许是重名？这些念头只在他脑中一闪，随即便被他打消。

“师弟，你怎么了？莫非受了风寒？”黄皓天见凤九天半晌不语，有些关心地问道。

“没有，只是一时有些走神，师兄请继续。”黄皓天点了点头，露出一抹微笑。凤九天此时彻底回过神来，开口说道：“我久仰他们大名，只是他们如今身在何方啊？”

“萧俨在唐，和凝在晋！”

“你怎么会知道这些？”

“偶然在山下茶棚听说的。”

“噢！茶棚的店家我见过，好像很关心江湖之事。”

“师弟，你可以下山再找他打听一下。”

“多谢，我明天便下山！”

“可你和师妹的婚事就要耽搁了。”

“大仇未报，何以为家？”凤九天一口饮尽壶中美酒，起身向掌门房间而去。

黄皓天长长叹了口气，可随即又笑了：“唉，希望他此番不会再走冤枉路啊！”他说着起了身，望了望凤九天背影，转身走向自己的卧房。

两个人都走了，皎洁的明月却还默默地照着大地，世界此时是那么静谧，那么美好而又温馨。这轮明月高高地挂在千华山的上空。无论是谁，望见它都会生出一丝莫名的感伤。这种感觉说不清、道不明，却又如怨如诉，长存心间……

“掌门，我想明日下山。”凤九天此时已到了龙行云的会客厅中，神情极为严肃。

“九天，你与灵雪还未完婚，难道你要反悔不成？”

“不，我与灵雪两心相印，此生无悔。”

“那你三日之内必须回来！”

“三日太短，我决计回不来！”

“三日后便是婚期，老夫已向各派广散请柬，你难道不知？”

“我当然知道。”

“那你是成心让老夫和灵雪下不来台了？”

“非也！只是一事不了，我心不安！”

“到底何事，说来听听。”

“我父亲的大仇未报，自己却先洞房花烛，实在……”

“你父亲是被十大高手所杀，仇不是早就报了吗？”

“不，我父亲绝不可能是被这些宵小之徒害死的！”

“那你有何证据呢？”

“我没有，不过我有一种直觉！”

“荒唐！为了一个直觉，便要延误婚期？”

“没错，哪怕延误婚期，我也必须查清此事！”

“老夫不阻拦你查案，可这三日内你不许下山！”

“如果这样，我如何对得起我父亲？”

“你如果走了，难道就对得起老夫和灵雪吗？”

“这……”

“哼！老夫这就派弟子守住下山道路，你休想离开千华山！”

龙行云冷哼一声，衣袖朝凤九天挥了挥，转身进了卧室。凤九天无奈地摇了摇头，重重叹了口气，满心的不甘与无奈……

凤九天出了房门，心情无比沉重。他无论如何也没想到，龙行云竟会阻拦自己。他更没想到这个未来的岳父，爱女心切，竟会派弟子封锁道路。千华山道路虽多，凌霄派的弟子更多。凤九天知道，如果掌门真想阻止自己，自己决计下不了山。他抬头看了看月亮，皎洁的月光在他眼里也显得有些昏暗。突然，迎面走来一个女子，一个冷艳出尘的女子。莫说千华山，就是放眼江湖，如此冷艳的女子也只龙灵雪。

“灵雪，这么晚了还没休息？夜深风寒，千万别着凉。”他说着脱下了自己的罩衣，轻轻披在了龙灵雪身上。

“傻子，你想下山却被父亲拒绝了？”

“是啊，我是很想下山，而且非下不可！”

“你要去做什么？不如派人去吧。”

“这件事我只能亲自去做。”

“到底是什么事，可以告诉我吗？”

“这件事你还是不知道为好，我不想让你遭遇危险！”

“我就要成为你的妻子了，我绝不会让你一人去冒险！”

“灵雪，我绝不允许你陪我冒险！此事我一人去了断足矣！”

“室外天气寒冷，我们还是去你房间谈吧。”

凤九天点了点头，拉起龙灵雪的手，向自己房间走去。两人进了屋，坐了下来。凤九天在床下取出两坛好酒，看了看龙灵雪。

“灵雪，我心里烦闷，要不要陪我喝几杯？”

“好啊。”

凤九天笑着打开酒坛，给两人酒杯斟满了酒。龙灵雪接过酒杯，微微一笑，笑容温柔而灿烂。

“傻子，我一直很好奇一件事。”

“什么事？”

“你为何不随父姓，而随母姓啊？”

“这是当年父母成亲时的约定。”

“约定？”

“云家、凤家均无子嗣，故此子女交替姓之。”

“这么说，你还有个哥哥？”

“曾经有过，可惜幼年夭折了。”凤九天仰脖喝干杯中美酒，随即叹了口气，“父亲只有我一个儿子，若不报仇，枉为人子！”

“若有人敢杀我父亲，我同样必报此仇。”

“可我此时下山，是不是太自私了？”

龙灵雪饮尽杯中美酒，然后摇了摇头：

“不！你做的事情往往看似荒唐，但事实证明都是对的。”

“哈哈，可此时下山，连我自己都不知是对是错。”

“我相信你是对的，心中有想法就要去实现，不要留下遗憾。”

“那你有过什么遗憾吗？”

“当然有，我最大的遗憾就是，从未见过自己的母亲……”

“唉，我也从未见过自己的母亲，真不知她是个什么样的人。”

两人同病相怜，四目相对，除了爱恋，相互间又多了几分同情。凤九天伸手拉过龙灵雪，把她紧紧地抱在怀里。他们当晚说了很多话，喝了很多酒，也发生了很多事……

次日，第一缕阳光照进房间。龙灵雪揉揉太阳穴，缓缓地坐起了身。她看向躺在身旁的凤九天，痴痴地发着呆。能在醒来时第一眼就看到自己心爱的人，无疑是莫大的幸福。但这种幸福并没有持续太久便被一声叹息打断，凤九天不知何时也睁开了眼睛，怔怔地望着头顶的天棚。

“傻子，你醒了？”

“是的，我醒了，又是难熬的一天……”凤九天低声喃喃着，语气中尽是无奈与纠结。

“傻子，你既然这么想下山，我会全力支持你的。”

“灵雪，你父亲已派人守住各条下山的路，我又如何下山？”

“哈哈，你是不是忘了我的身份？”

“对啊，你是掌门之女，想下山绝不会太难！”凤九天的眼睛瞬间亮了，发出了希望的光。可随即他眼中的光芒又被阴霾所取代，神情重归黯然。“你父亲也一定会对你严加防范的，这事你帮不上我。”

“哈哈，傻子就是傻子，你只需……”

龙灵雪附在他耳畔轻轻说着，她身上一股冷香直沁凤九天心脾。凤九天多希望父亲没死，多希望自己可以永远和她缠绵悱恻。但事实就是事实，既然发生了，就永远不可能改变。所以凤九天不会逃避，更不能逃避。他穿好衣服，拿过了流云剑，从床上一跃而起。龙灵雪也简单梳洗完毕，率先走出了房门。

此时已是冬末，晨风冰冷刺骨。若是在往日，龙灵雪绝不会在这么冷的天气出门。她此时只想躺在暖暖的棉被里，烤着那热热的火盆，但为了心爱的人，她不惧严寒，心中温暖如春。

她来到了一条小路前，一条可以上下千华山的小路前。路口站着两三个白衣弟子，神情认真、严肃，他们是奉掌门之命在此把守，无论昼夜都要守在这里。以这些人的武功凤九天根本用不着出第二剑，但他绝不会出手。若误了婚期，还打伤凌霄派弟子，无论如何也交代不过去。凤九天虽然很狂、很傲，但这些基本的规矩他还是要守的。若连这点儿规矩都不守，那么他将无异于邪魔外道。邪魔外道在他眼里都该死，他可不想自刎以谢天下。所以他并没有出剑，甚至连面都没有露，而是躲在一棵大树之后，悄悄地看着龙灵雪和他们说话。龙灵雪缓缓走到几人面前，神情很是从容。

“几位师弟，你们辛苦了。”

“龙师姐，你是为凤师兄而来吧。”几人虽然礼数周到，可做起事来依旧一丝不苟。

“非也，我是来传父亲命令的。”

“哦？掌门有事要吩咐我们？”

“是的，父亲有要事召唤你们，你们千万别去迟了！”

“嗯！师姐辛苦了，我们这就去。”他们说着竟真的向派内而去，脚步没有一点儿犹豫。

龙灵雪见他们走远了，这才朝树后喊道：

“傻子，他们都走了，你快过来啊！”

凤九天闻言快步走了过去，快得就像一阵风。“灵雪，谢谢你。”凤九天抱住龙灵雪，轻轻吻了一下她的额头。

“傻子，你要多久才能回来啊？”

“嗯，三年，三年之后我一定回来！”

“三年？这么久？”

“这件事错综复杂，三年已是最快的了。”

龙灵雪默默无语，脸上尽是不舍与悲伤。

“灵雪，此事一了我便回千华山，再也不会离开你了。”

“好，我等你，无论多久我都等你。”

“嗯，为了你，我一定会尽快了结此事！”凤九天重重地点了点头，语气中满是自信。他看了看下山的路，又看了看心爱的人，竟湿润了眼眶：“灵雪，我这就走了，我不在的时候希望它能陪伴你。”凤九天说着把一本发黄的书，放到龙灵雪手里。

龙灵雪接过书不禁一愣，有些痴痴地看向凤九天。

“《百花手》？这好像是本武功秘籍，你确定要送给我？”

“这是母亲唯一的遗物，我替母亲把它交给她未来的儿媳。”

“好，我就在千华山等着你回来娶我！”

“我定会回来娶你。”

龙灵雪笑着点了点头，看了看凤九天。

“执子之手，与子偕老。”两人相对而立，同时轻声说道。

凤九天又犹豫了片刻，随即狠下心来，咬了咬牙，径直向山下行去。龙灵雪看着风九天越走越远的背影，默默地流着泪。她晶莹的泪水从脸颊滑落，融化了天上飘下的一片片雪花。

山回路转不见君，雪上空留人行处。龙灵雪对风九天的思念，就从这个冬天开始，从这场雪开始。她在雪中默默祈祷上苍，祈祷风九天一定要平安回来，哪怕用自己的生命去换风九天的平安，她也在所不惜……

雪花飘落，轻抚茶棚，山下万籁俱寂。天气虽然寒冷，可茶棚里的香茗，总能让人感到温暖。风九天捧着手中的热茶，心中的寒冰竟有些融化了。他缓缓举起桌上的茶杯，轻轻地向杯中吹着气。那位看起来十分和善的店家，正坐在炉前烧水。风九天打量着茶棚，见没有其他客人，这才开了口：

"店家，我有些事想向你打听。"

"客官，您想打听什么事，我一定知无不言。"店家笑着站起了身，走到了风九天的身旁。

"店家，你先坐下，我有些话要问你。"

"好，客官您随便问。"店家依言坐在风九天对面，笑眯眯地看向风九天。

"我记得前几日你曾和我提起过，你还有位大东家？"

"是的，客官的记性可真好。"

"你能不能告诉我，你说的这位大东家姓甚名谁？"

"这个嘛……我还是带您去见他的好。"

"我连他是谁都不知道，凭什么去见他？"

"您说的可也是，那我告诉您，您可别和旁人说。"

"好，我一定不说。"

"他叫萧……不，是叫茶仪卿。"

"茶仪卿？他也是江湖中人吗？"

"这个我也不清楚，只知道他是吴越一带的大茶商。"

风九天闻言先是一愣，随即笑了起来：

"哈哈，他倒真有本事，人在吴越，生意却做到契丹来了！"

"是啊，他智慧过人，于经商一道极有手段。"

"我想再向你打听两个人，不知是否方便？"

“客官，我这小茶棚除了黄少侠外，很少有人来，方便得很！”

“你说的黄少侠可是皓天师兄？”

“没错，就是他。”

“难怪他常有吴越一带的好茶……”凤九天小声喃喃自语，一时间竟有些愣神。

“客官，您要打听的是什么人啊？”

“啊……一个是萧俨，另一个是和凝。”

“我当是谁，原来是大名鼎鼎的‘南萧北和’啊！”

“你知道这两人多少就说多少。”

“我只知道‘南萧’极擅推理，‘北和’极擅验尸。”

“那依你看，两人谁的手段更高明些？”

“那还用说，当然是萧俨了！”

“何以见得？”

“哈哈，坊间都是这么传说的。”

“嗯，那你可知萧俨现在何处？”

“当然在唐国都城金陵了！”

“我知道了，多谢！”

凤九天说着掏出几两银子放在桌子上，随即站起了身。他无暇理会店家的感激之辞，径直向茶棚外行去。他有些犹豫，是该去找萧俨，还是该去找和凝？他的脚步最后还是向西南行去，向着后晋而去。因为他的潜意识在告诉他一件事，一件很重要的事，那就是萧俨不一定是那个萧俨，但和凝一定是那个和凝。

五日后，清晨。初升的太阳斜照，映在后晋都城汴州。眼下已至初春，却比往年冬天还要冷。凤九天一向极耐寒冷，但现在也只好披上了一件轻裘。此时天色尚早，他不便去和府拜访，只得先进了一家茶馆。在茶馆落座后，他点了一壶茶，一壶极好的茶。茶虽好，却远远比不上黄皓天送他的茶，或许不是茶本身的原因，可能是茶中缺少了一份挚友间的感情。好在凤九天意不在茶，自然他也不在意茶的好坏。邻桌是两个喝茶的商人，正在窃窃私语。凤九天耳力极好，好得不次于他的剑法，商人们说的每一句话，他都听得清清楚楚。

“你听说了吗，大晋近来发生了两件大事。”

“听说醉月楼着了大火，韩王死里逃生，却烧死个外乡人。”

“韩王算什么，大晋皇帝都驾崩了！”

“什么？石敬瑭死了？”

“可不是嘛，就是那个卖国求荣的‘儿皇帝’石敬瑭。”

“前一段还听说他要出兵攻打唐国，怎么说死就死了？”

“听说是心疾发作。他患心疾已久，倒也不奇怪。”

“唉，虽说他卖国求荣，但也算有些才能，可惜了！”

“坊间还有另外一个说法，不知可不可信。”

“什么说法？难道先帝还能是被人害死的不成？”

“没错，据说为先帝诊治的太医，被当今圣上处死了！”

“他医病不力，杀了有什么稀奇？”

“因为他临死前，再三说先帝不是心疾发作而死！”

“他当然不会承认自己医术有问题，这也没什么奇怪的。”

“可你要知道另一件事情，就会觉得奇怪了！”

“什么事？莫非他的医术受过世外高人点拨吗？”

“是的，他受过一位神医的点拨。”

“这位神医是谁？又有何高明之处？”

“她是一位女子，据说是一位可以起死人、肉白骨的奇女子！”

“我知道是谁了，天下这样的女子恐怕只有一人。”

“你也听说过素心山庄庄主茉莉的名字？”

“是啊，除了茉莉，天下绝不会再有这样的女子了！”

“如果他真得过茉莉点拨，那这事就真的奇怪了！”

“我就说奇怪嘛，现在明白了吧。”

“明白了，比自己是男是女还明白！”

两人相互对望一会儿，这才付了钱，缓步出了茶棚。

凤九天听见他们说的话，脸色变得很复杂。疑惑、不屑、愉快等神情，在他脸上一一浮现。他觉得这个茉莉不过是坊间小民的传言，世上哪有这样的女人。可凡事无风不起浪，既然被传得神乎其神，就必有过人之处，况且太医的医术都是极高的，天下医者少有人及。他们决计不可能随便找个人来点拨自己。一个医术高明，又经过神医指点之人，绝不会是个无能之徒，虽不一定能手到病除，却也不会诊不出心疾。他临死前还一口咬定皇帝不是心疾而死，那就的确有些奇怪了。凤九天思索了半晌，见天已经大亮，这才向和凝府邸走去。

和府虽不豪华，却很大气。正红朱漆的大门，铁桦木制的横匾，威武强悍的石狮。平常府邸都有高大的影壁，似想挡住什么不可告人的秘密，而和府却没有影壁，就连府门都大敞四开着。无论是帝王将相，还是寻常百姓，都可随意在外检视。因为和凝为官清廉正直，和府中同样没有一点儿秘密。没有秘密的人，永远不会畏惧任何人。凤九天向来坦荡磊落，可见到这等布置，也不禁由衷敬佩。

“这位少侠，您找我们和大人有事？”他刚在府门前站住，门口守卫就向他施了一礼。

“没错，我想求见和大人。”凤九天还从未见过如此谦逊有礼的卫兵，脸上露出了微笑。

“少侠可是姓凤？”

“你怎么知道？”

“因为大人已等你五年了！”

凤九天再一次愣住了，直到他见到和凝都没回过神来。

“贤侄，你终于来了，老夫一直在等你。”一位看起来极为精明干练的老者笑着说道。他身上没有官气，却有一种与生俱来的威严。他此时神情虽然和蔼，却让人莫敢逼视。

“您怎么知道我一定会来？”

“唉，你父亲的死有太多疑点，你又怎会不来？”

“父亲说的没错，伯伯果真聪明。”

“哈哈，老朽早已不如当年了。”

“请伯伯帮助我查明父亲的死因。”

“贤侄，你父亲的水云阁尽知天下秘密，又何必找我？”

“伯伯，家父不明不白地死在水云阁，还能再相信他们吗？”

“贤侄所言有理，伯伯一定会助你查明真相。”

“那我们何时动身？”

“唉，贤侄！如今朝中出了大事，老夫一时走不开啊。”

“可是因为石敬瑭？”

“是啊，先帝驾崩看似寻常，实则暗藏玄机！”

“我也听说了，此事确有蹊跷。”

和凝长叹了口气，重重地摇了摇头：

“老夫一生破案无数，此案本该手到病除，只是……”

“只是什么？”

“只是当今陛下不愿彻查此案，奈何，奈何！”

“身为人子，何故不让查案？”

“你错了，陛下并非先帝之子，而是他的侄子。”

“侄子登基？确实奇怪！”

“还不是航川一手扶持他上的位，否则无论如何也轮不到他。”

“航川是何人，竟有如此手段？”

“航川便是景延广，近些年受先帝器重，如今已是武将之首。”

“石敬瑭这条契丹狗，他器重之人，想必也绝非善类。”

“非也，他一直想与契丹一决雌雄。”

“石敬瑭怎会器重与之意见相左的大臣？”

“先帝驾崩前，他并未表明立场，所以才被重用。”

“原来如此。看似奇怪，细思合理。”

“你想没想过，看似合理的局势下，却有件很不合理的事？”

“什么事？”

“就是先帝为何会突然驾崩？”

“定是景延广联合当今皇帝合谋篡位！”

“哈哈，贤侄太不了解景延广和皇上了。”

“还请和伯伯赐教。”

“景延广在先帝驾崩前，几乎没有党羽。”

“一个堂堂的武将之首，居然会没有党羽？”

“是的，他性情古怪、暴躁，几乎没有人和他合得来。”

“他有无数下属，难道他们敢不听令？”

“下属虽不敢违令，但和景延广也是貌合神离。”

“看来他的人缘不怎么样啊。”

“没错，恐怕天下没有人希望他得势。”

“或许是当今皇上干的？”

“也不会，先帝早就有意把皇位传给他。”

“那他是等不及了？”

“不可能，先帝患心疾已久，活不过两三年。”

“看似最有嫌疑之人，反倒是最不可能的人！”

“这案子虽奇，但今日却已破了一半。”

“伯伯此言何意？”

“哈哈，因为贤侄你来了，这案子也就有希望了！”

“我能帮上什么忙？”

“你可知老夫为何一直没有极力劝谏陛下查案吗？”

“不知。”

“因为老夫缺少一个帮手，一个身手如贤侄的帮手。”

“我连父亲的案都破不了，此案我更无能为力！”

“不！你武艺高强、不畏权贵，若有你相助，此案必破！”

“我答应您，不过此案一了，我们即刻前往涟霞山！”

“好，一言为定！”和凝笑着点了点头，看向凤九天的眼中满是欣慰……

午后，御书房。偌大的御书房内，此时只有两个人。一个是身着龙袍的石重贵，另一个便是和凝。御书房里的氛围有些怪，和谐而又紧张。伴君如伴虎，有皇帝在的地方，气氛就难免紧张。

“和爱卿，你找朕所为何事？”

“陛下，微臣觉得先帝之死颇为蹊跷，还是让臣……”

“不行！朕意已决，此事无论是谁，都不许再议！”

“陛下，先帝之死确有疑点，宫里宫外议论纷纷！”

“定是有人妖言惑众，再经出现，格杀勿论！”

“水能载舟亦能覆舟，唯有查清真相才能堵住悠悠之口！”

“和爱卿，你一定要彻查此案吗？”

“一定要查！”

“非查不可？”

“非查不可！”

“你好大胆子，难道要逼宫不成？”

“陛下，此案不查必酿大祸，臣纵死也要彻查此案！”

“那你就给朕一个非查不可的理由！”

“那日太医的话……”

“这理由根本不够，朕要的是切实的证据！”

“微臣暂时没有，不过一定会有的！”

“一定会有？那朕就给你三天时间。”

“陛下，微臣还有个请求。”

“什么请求？”

“这三日中，陛下请许我便宜行事之权。”

“你……你不要得寸进尺！如果出了事，朕先杀了你！”

“若是出了事，臣愿以全家性命谢罪！”

“好！”

石重贵举手比了个三，目光中尽是愤怒！和凝终于笑了，露出了一抹满意的微笑。

和府，会客厅。凤九天正坐在厅中，目光有些呆滞。他在等和凝，无论多久，他都要等。自和凝走后他就坐在这里，透过窗子，静静地看着天上的太阳。这段时间里，他想了很多事情，任思绪游走。谁是杀父仇人？谁要害自己？石敬瑭的死又是怎么回事？这些问题一一在他脑海中盘旋，没有一点儿头绪。自廖楚笙死后，他的头脑就变得一片混沌。此时，他似乎更加迷茫，无法捋出一条逻辑链来。这一切他都很想揭开答案，却又感到无能为力。他用尽全力去思考，结果却如一记重拳打入棉花一般。现在他唯一能做的只有等和凝回来。

天色渐渐暗淡，已到了掌灯时分。凤九天等了整整一下午，等得十分焦急。他之所以焦急，是生怕和凝出了意外，自己将再次踏入暗无天日的深渊。他不会再等下去了，不能再等下去了，也不敢再等下去了。纵使皇宫是龙潭虎穴，凤九天也要闯上一闯。就在他起身要往外走时，房外传来了和凝的脚步声，凤九天连忙起身迎了出去。

“您要再不回来，我可要杀入皇宫了！”

“哈哈，让贤侄久等了，实在抱歉。”和凝笑了，笑容虽不灿烂，但衬得他愈加和蔼。

“和伯伯，下午可有收获？”

“有，当然有！”

“您知道谁是凶手了？”

“不知道，但我得到了这个。”和凝说着，从袖中缓缓取出了一块耀眼的金牌。

“这是何物？”

“这是皇上赐我的金牌，许我便宜行事之权。”

“皇帝授此大权，此案三日内必破！”凤九天此时仿佛已看到了结案的那一天。

和凝却叹了口气，重重地叹了口气：“唉，三日内我若找不出线索，全家性命都难保啊！”随即他又点了点头，语气中满是自信，“世间任何案件，都会有破绽，我相信三日必能找到！”

天彻底黑了，厅中摆了一桌菜肴。凤九天与和凝吃得很香，但谁都没有喝酒。用过晚饭之后，他们早早睡下了。今晚或许是他们唯一能放松身心休息的时光。而随后到来的三天，极可能是不眠不休的三天。在这种情况下，一餐饱饭、一个囫囵觉都将是一种奢侈。

三日，说长极长，说短极短。有时转瞬蹉跎，有时却要席不暇暖。和凝在未来三天中要做的事，注定比大多数人三十年做的还要多。整个大晋的国运已关乎他一人，何去何从俱在他一念之间……

第十四章　日夜无暇晷

时间只是一个概念，对于每个人的意义都不同。对于很多人来说，时间是用来虚度的。但对于有些人来说，时间代表着生命，需要争分夺秒，因为每过一秒，自己就离死亡又近了一步。此时的和凝正是后者，能救命的只有他自己。他能掌握的时间不多，三日的时光决定着他一家的生死。

第一日，清晨。

天光未亮，凤九天与和凝就已起床了。因为他们都睡不着，也都不敢再睡着，多睡一会儿，就可能耽误一个线索，耽误了无数人的性命。两人用凉水简单盥洗一番，便开始商议案情。

“和伯伯，此案我们先从哪里下手？”

“当然是先仔细查看案发现场。”

“我听说石敬瑭死在了御书房？”

“没错，先帝的确是在御书房驾崩的。”

“您认为他真正的死因是什么？”

“按常理说应该是中毒，但若真是，太医又怎会看不出来？”

“也许还有另外一种可能。”

“哦？贤侄不妨说来听听。”

“或许是有人偷发暗器。”

“不排除这种可能，那凶手用的一定是极细的毒针。”

“如果真是这样，凶手一定会躲在某个秘密的角落里。”

“没错，这样的手法倒也屡见不鲜。”

“可凶手刺杀石敬瑭的动机又是什么？”

“每个人杀人的动机都不同，只有找出凶手才能知道。”

“好，能用上我的地方，您尽管开口！”

“哈哈，这三天可少不了麻烦贤侄啊！”

两人相视而笑，气氛瞬间变得轻松和谐。此时天已渐亮，他们草草用过早饭，便向皇宫而去。

皇宫，御书房。阳光透过窗纸照进房中，御书房被阳光映照得极为明亮，室内的一切都被照得一清二楚。和凝带着一群侍卫围住了御书房，随后，传唤案发当天随侍皇上的太监到了近前。

和凝见到他，微微施了一礼开口问道：

“张公公，先帝驾崩时，是你随侍在陛下身旁吗？”

张公公点了点头，目光中除了悲痛还有紧张：

“是的，那日正是杂家随侍在先帝身旁。”

“那天书房的门窗是关着的，还是开着的？”

“那天异常寒冷，宫内的门窗都是关着的。”

“你有没有看到什么不同寻常的人或事物？”

“没有，绝对没有。”

“那你可听到有什么不同寻常的声音吗？”

“杂家也没有听到，那天一切都很正常。”

“嗯……有劳张公公了。”

“这点儿小事，和大人何须道劳。”

和凝微笑着点了点头，随后把目光移向御书房内。他相信只要是案发现场，就必定会有一些蛛丝马迹，无论作案者多么高明，也决计难逃他的法眼。他缓缓走进御书房，动作十分谨慎、小心。

和凝断案无数，越来越清楚一件事。那就是真正有用的线索，往往都藏在看似寻常的角落，自己只要一不小心，只要快走一步，都可能遗漏线索。他小心翼翼地检查过所有门窗，结果让他有些失望。这些门窗莫说没有损坏，就是一丝灰尘都没有。

他略一思索，又来到御书房正中的书桌旁边。这张书桌宽大而精致，比寻常书桌奢华了许多。桌面上东西不多，只有一个笔架、几支笔与一个纯金香炉。和凝轻轻地拿起这几支笔，举在眼前看了又看。他看得十分仔细，几乎都要数清笔上有多少根狼毫。看完之后，他摇了摇头，轻叹了口气。他的眼睛又看向挂笔的笔架。很快，他又摇了摇头，显然又是一无所获。这时凤九天走到他身边，轻轻拿起了那个纯金香炉。

“这香炉是否有问题？”

“不太可能。”

“您是如何确定它没有问题的？”

“如果香炉有问题，那十有八九是熏香有问题。”

“没错，这香炉太小，无法安装暗器。”

“若是熏香有毒，张公公随侍在侧也必定中毒。”

“您所言有理。”

“你是怀疑张公公也有问题？”和凝压低声音，小声向凤九天问道。

“没错，若这一切都是张公公所为，就合情合理了。”凤九天的声音不大，谨防被张公公听到。

“那就更有问题了。”

“为什么？”

“因为张公公一向忠于先帝，没有杀人动机！”

“可如果是当今皇帝想上位，买通了他呢？”

“如果真是那样，恐怕现在只会有两种结果。”

“哪两种结果？侄儿不明白。”

“张公公或是被杀灭口，或是早已当上了大内总管。”

凤九天闻言点了点头：

“您果然厉害，所言极为有理。”

和凝微微一笑，再次轻轻地摇了摇头：“没什么，只是破过的大案太多了，经验之谈罢了。”他一边说着，一边接过了这个香炉，他看了又看，摸了又摸，又打开炉盖查看香灰，最后才放下，“这香炉果真如我所料，没有任何问题。”

凤九天此时看向和凝的眼光中满是敬佩：

“和伯伯名不虚传，小侄佩服！”

和凝笑了笑，没有多说什么，径直走到龙椅旁。他看了椅子很久，摸了很多遍，结果还是和方才一样，根本没有一点儿线索。他只能又来到书架旁，重新十分仔细地查看一遍。良久之后，他又摇着头离开了书架。他的脚步变得很慢，脑中思绪如潮涌翻滚。

“和伯伯，您看凶手到底是谁？”凤九天有些不耐烦，开口问道。

“嗯……贤侄，你轻功高强，能否上房梁看看？”

凤九天看了看头顶房梁，点了点头。他足尖在地上轻轻一点，人已纵身上了房梁。这间御书房虽一尘不染，但房梁上却满是灰尘，除了凤九天留下的脚印外，根本没有任何痕迹。他可以确定，若真有人射杀石敬瑭，也绝不会躲在梁上。所以他很快就翻身下了房梁，朝和凝摇了摇头。和凝见状长叹口气，唤张公公进房间来。

“张公公，这桌上的物件是否与当日摆放得相同？”

“嗯，回和大人，只少了一杯茶和一盘点心。”

“哦？茶和点心现在何处？”

“陛下认为先帝并非死于谋杀，所以这些东西早已撤下了。”

“原来是这样，那这些东西可有人验过？”

“当时杂家随侍在侧，这些东西便由杂家验了。”

“你可发现有什么异样吗？”

“没有……可……不知……”

“哦？张公公，你有什么难言之隐？”凤九天见张公公有些吞吞吐吐，忙出言询问。

“杂家那日一直有些头晕。”

“难道是这些食物有毒？”和凝微微蹙眉，神情显得有些凝重。

张公公此时有些犹豫，但还是开口补充道：

“和大人，杂家那日偶感风寒，或许是……”

和凝闻言点了点头，随即右手搭上张公公的脉：

“张公公，你的确患有风寒，头晕也属正常。”

张公公摇了摇头，开口说道：

“和大人，如果这食物真有毒，恐怕死的就不只是先帝了。”

和凝点了点头，朝张公公施了一礼：

“有劳张公公了，若本官再想到什么，恐怕还会叨扰。”

“无妨，无妨，三日内和大人尽管吩咐，杂家随叫随到。”张公公对和凝还了一礼，这才缓步离开。

“和伯伯，这现场也许真的没有线索了。”

和凝闻言一声叹息，脸上神情有些黯然。他缓步走出御书房，负手而立，仰头看了看头顶的太阳。“你们进去仔细搜查，每块地砖都不要放过。”和凝此时的声音很威严，身旁众侍卫都不敢违逆。他们按照指令又仔细排查一阵，最后依然没有结果。和凝的脸色变得很难看。“此案定是高手所为，其手段高明是我生平未见。”他轻声喃喃，像是对凤九天说，又似在自言自语。

“和伯伯，我相信再高明的凶手，也定会留有破绽。”

“没错，绝不会没有破绽，只是我们还没发现而已。”

天色已到午时，他们依然一无所获，只得先离开了御书房。和凝本无心休息，又怕众人吃不消，只得先出宫用膳。

正午的阳光照着鹤翊楼，楼中的众人沐浴在温暖的阳光里。鹤翊楼虽不算很大，布置得却十分雅致。京城之内，皇宫之畔，酒馆也自然非同寻常。和凝众人在二楼落了座，点了几道菜，谁也没有喝酒，但邻桌的一位客人却点了很多酒菜。凤九天闻到酒香，不禁有些垂涎欲滴。众侍卫大多好酒，也变得与凤九天一般饕口馋舌。而和凝关注的却不是酒，是喝酒的人。

喝酒的是一位二十来岁的少年，一位气质出尘的少年。和凝虽看不到他的脸，但却能闻到他身上散发出来的阵阵药香。此时他脸上露出了笑容，十分愉快的笑容，好像见到久别的亲人。他竟主动走到少年身旁，轻轻施了一礼。

“敢问这位公子，可是素心山庄之人？”

“没错，在下素心山庄柳问枢，这位先生如何称呼？”少年闻言轻声开口，随即站起身还了一礼。

“老夫和凝，和成绩。”

少年顿时露出敬佩之色，笑着开口说道：

“原来是和大人，久仰久仰，常听家师提起您。”

凤九天闻听此人是素心山庄之人，不禁开口问道：

“柳公子，敢问茉莉是你什么人？”

柳问枢见凤九天气质非凡，自也不敢小视："茉莉正是家师。"柳问枢郑重说道，语气中尽是敬佩与自豪。

"听闻你师父医术高超，只恨无缘得见。"

听见凤九天与柳问枢的对话，和凝脸上的笑容显得更加可掬。

"哈哈哈，莫怪我说话难听，无事献殷勤定是非奸即盗了。"

柳问枢笑指凤九天说道。

凤九天沉默不语，转身看向和凝。

"哈哈哈，柳公子真是快人快语，老夫也就不卖关子了。"

"和大人，您的为人我早听家师说过，有事尽管开口。"

"老夫本想捎封书信，请小女茉莉前来相助，无奈路途遥远……"

"原来大名鼎鼎的'北和'竟是师祖，失敬，失敬！"

"今日在此遇见柳公子，真是天助我也！"

"师祖有用得着在下的地方，尽管吩咐，晚辈在所不辞。"

"老夫想请你相助，破一桩奇案。"

"破案？可是那醉月楼大火的案子？"

"非也，是先帝之死的案子。"

"哦？石敬瑭不是心疾而死吗？难道他诈尸了不成？"

"哈哈，诈尸！柳兄弟真会说笑！"凤九天一边大笑一边看着柳问枢，和凝却无心说笑。

"柳公子，你知道太医王憬悟吗？"

"不算很熟，但认识。"

"他医术如何？"

"他曾受恩师点拨，在当今世上，医术也算屈指可数了。"

"那他会不会连心疾这种病也看错了？"

"决计不会！"

"可他被处死前，却口口声声说先帝绝非自然死亡！"

"哈哈，那这案子倒有些意思了，我定要去看看。"

"哈哈，求之不得，求之不得。"

两人相视而笑，本是萍水相逢，却似久别重逢。

午后的太阳慵懒地挂在天际，映照着尚药局。王憬悟的死，似乎对尚药局没有丝毫影响。此时局内的太医们依旧如往日那样无精打采，直到和凝等人到来，奉御和众太医们才开始忙碌起来。和凝有御赐金牌在手，他们对和凝及同来查案的众人，礼数自然极是周到。

“梅大人，本官来此查案，叨扰之处还请见谅。”和凝说着向奉御梅华施了一礼，脸上带着一抹微笑。

“和大人是为陛下办事，我等自会极力配合。”梅华此时脸上也露出笑容，躬身还了一礼。

尚药局内大小房舍甚多，空气中弥漫着浓郁的药香。和凝等人随着梅华的指引，走进了庭院中最大的一个房间。房内有一个极大的药柜，药柜前摆放着一张木台。木台上除了一些药材，便是几大摞厚重的记录。凤九天对医药之事所知甚少，甚至可以说是一窍不通。和凝与柳问枢俱是精通医药之人，所见自然与其不同，和凝此时正翻看那几本厚重的记录，而柳问枢则在查看药材。

“哗……哗……哗……”此时屋内很静，只能听见纸张被翻动的声音。这些厚重的本中记录着尚药局每日开出的药方，内容枯燥而乏味，常人很难看得下去，但和凝却看得很认真，脸上的神情也极凝重。许久，他翻动纸张的手停了下来，转过头看向了梅华。

“梅大人，关于先帝病情的记录都在这里吗？”

“是的，全都在这里了。”

“那梅大人可知道，在哪里能找到七年前的记录？”

“和大人，七年前先帝还是员武将，这记录恐怕……”梅华的语气有些犹豫，神情也有些为难，随即他又想了想，脸上浮现出疑惑的神情，“和大人，难道您觉得问题出在七年之前？”

和凝见梅华神情为难，笑着摇了摇头：

“哈哈，本官只是没看出问题所在，这才随便问问。”

“原来如此，是下官想多了。”

此时正在检查药材的柳问枢，也开口询问起来：

“梅大人，这些药材和先帝一直服用的是同一批吗？”

“是的，先帝驾崩后，没人再来尚药局抓过药。”

“那就奇怪了，实在很奇怪啊！”

和凝与凤九天闻言，不禁一愣，随即同时问道：

“你是不是有了什么发现？”

柳问枢笑着摇头，神情很无奈：

“非也，我之所以说奇怪，是因为这些药材本身没有一点儿问题。”

和凝与凤九天闻言有些泄气，激动的神情重归默然。梅华却松了口气，自信地说道：

“尚药局的药材是专供宫里使用的，绝不会有任何问题。”

和凝轻轻点了点头，略一思考，随即又开口询问起来：

“梅大人，治疗先帝心疾的药渣你还能找到吗？”

“能，当然能！这些东西我们不会轻易处理的。”

“那就好，请梅大人取来让本官看看。”

“好，下官这就去取。”梅华说着施了一礼，转身快步出了房门。很快梅华便回来了，手中还捧着许多纸包，他把这些纸包放在木台上，朝和凝笑了笑。“和大人，近半个月的药渣都在这里了。”

和凝点点头，缓步走了过去，柳问枢也凑了过来。他们小心翼翼地打开这些纸包，生怕错过一点儿线索。这些药材经过煎煮，又放置了十几天，再高明的郎中也难以辨认。可柳问枢只轻轻拿起一小撮药渣，看了看，又闻了闻，随即他便开了口，语气中没有一丝犹豫，显得极为自信。

“檀香、青木香、乳香、朱砂、冰片……”

莫说凤九天听得目瞪口呆，就连梅华都佩服得五体投地。

“这位公子所言没有丝毫偏差，下官实在佩服。”

柳问枢笑了笑，然后他的目光望向了和凝：

“师祖，晚辈所言可有差错吗？”

和凝正看着这些药渣愣神，听闻柳问枢之言才回过神来：

“我虽不十分精通药理，但我相信你说的不会有错。”

“哦？师父可是绝世神医，难道她的医术不是师祖……”

“我不过懂些皮毛而已，小女的医术师承于老友陈抟。”

“啊！原来如此，师父的医术竟是师承于陈抟老祖啊！”

“你到素心山庄多久了？难道小女没和你提起过陈抟老友？”

“晚辈已拜师三年了，却从未曾听师父提起过。”

“嗯，小女定是不愿让太多人知道，生怕打扰了老友的清静。”

“晚辈从医多年，只知老祖是相术大师，却不知他还会医术！”

“陈抟老友学究天人，老夫这辈子是望尘莫及了。”

梅华听见和凝与柳问枢的对话，不禁也有些目瞪口呆。陈抟老祖名震四海，他却不知竟是和凝的故友。他更不敢相信眼前这位神乎其技的少年，竟是陈抟的徒孙。和凝并不理会梅华的神情，也不管他在想什么，这时候他的心中只有一件事，一件极为重要的事。

“问枢，你觉得这些药渣真的没问题吗？”

“没有，一点儿问题都没有。”

“你敢肯定？”

“绝对肯定！莫说混入毒药，就连分量都不差分毫。”

“那就奇了，实在是太奇怪了！”

“您发现了什么？”柳问枢与凤九天都看向和凝，异口同声地问道。

“太医记录先帝身体尚佳，药又没问题，果真如王太医所说……”

凤九天见和凝还有些犹豫，便出言补充：

“王太医或许没看错，石敬瑭真的不是死于心疾！”

和凝表情凝重，重重地点了点头。

“如此看来，先帝的死只有一种可能，那就是谋杀！”

“但凡谋杀，必会留下痕迹，却为何没有一点儿线索？”凤九天的目光中，充满着疑惑与不解。

“我相信，一定还有我们没有看到，没有想到的东西。”和凝轻声喃喃着，仿佛是在自言自语。随后他看了看梅华，又看了看药渣与桌台上的记录：

“梅大人，这些东西能让本官带回去吗？”

梅华笑着点了点头。

“当然！当然！和大人开口了，下官焉能不许？”

和凝笑了笑，让柳问枢与凤九天拿了东西，离开尚药局。

当晚，三人坐在桌前。他们把白天从尚药局带回来的东西又做了一番研究。凤九天对医药毫无兴趣，加上日间劳累，很快就睡着了。他做了一个梦，一个很美好的梦。梦中，他协助和凝破了石敬瑭的案子，自己也找到了杀父仇人。可好梦不长，凤九天感觉自己才刚刚睡着，天光就已微亮。他醒来后努力回忆梦中杀父仇人的脸，却怎么也想不起来。上一秒他还在梦中欢天喜地，下一秒他只能在现实中黯然神伤。他看看和凝，又看看柳问枢，两人还端坐桌旁，和他睡前一样，只有屋外微微亮起的天光，宣告着第一日已然逝去。

“你们起这么早，还是昨夜本就没睡？”凤九天揉揉眼睛，语气中带着一丝倦意。

“凤兄弟，昨晚一定是做了什么好梦，嘴角还带着微笑呢。”柳问枢语气虽轻松，可发红的双眼告诉凤九天他彻夜未眠。

“很遗憾，研究了整整一夜，也没有丝毫线索。”和凝此时叹了口气，慢慢地开口说道。

“什么？！你们一夜未睡，还是没有任何线索？”凤九天有些不敢相信，神情间满是吃惊与不解。

“是的，但有一件事老夫可以肯定了。”

“什么事？”

“先帝绝非自然死亡，且死因与尚药局无关。”和凝缓缓地说着，任何人都能看得出他的自信与无奈。

“那我们今天又能做些什么？”凤九天看向和凝，目光中虽还有倦意，但更多的则是期待。

和凝略一思忖，随即目光变得笃定：

“刚才下人来报，说许州节度使刘知远回京了。”

“那我们今天是不是要去拜见他？”柳问枢看了看和凝，猜测着问道。

和凝点了点头，笑着看向柳问枢：

“柳公子果然机灵，没错，我们今天先去会会刘知远。”

凤九天听说要见刘知远，忙开口说道：

“我与刘知远有些过节，恕不奉陪了！”

和凝久闻凤九天天不怕地不怕，却没想到他竟怕见刘知远：

“哈哈，知远为人一向宽厚，你不必把一些小事放在心上。”

“这不是一件小事，而是一件极大的事。”

“极大的事？莫非你杀了他的家人或是爱将？”

“没错，他手下大将李佐琳，便是死于小侄之手。”

“难道劫夺贺礼之事是贤侄你……”

“正是小侄一手所为。”

“那你更不必担心刘知远会报复你了。”

“为什么？”

“他宁可把贺礼施舍给要饭的，也不想献给契丹！”

“小侄绝不相信，刘知远会是这样的人！”

“无论你信不信，刘知远就是这样的人。”

“那小侄就陪和伯伯走这一趟。”

凤九天不怕死，更不怕对手强大。这世上唯一让他无法接受的是有人当众羞辱他。但凡敢羞辱他的人，无一不死在他的剑下。可刘知远偏偏是不能杀的，案子未破前无论如何也不能杀。若刘知远出言羞辱，他也只能听之任之了。

刘府门前停着一顶轿子，一顶极尽奢华的轿子。天下能拥有这样轿子的人极少，少得寥若晨星。刚到刘府门前，和凝的目光就飘向这顶轿子。

“天才微亮，什么人这么早来就来刘府拜访？”和凝的眉头微微蹙起，困惑与思虑写满了他的脸。

他正疑惑间，从刘府的大门里走出一个人来。这人一身紫貂大氅，手戴纯金戒指，腰间还挎着一口宝剑，他通体散发着一种贵气，但却不是高贵，而是富贵。世上不乏有钱人，可比眼前之人有钱的绝不会太多。倘若换了别人，恐怕会认为他只是一位经营有道的大商人，但和凝见到此人，却慌忙迎上前去，一揖到地。

“下官见过韩王！”

柳问枢与凤九天见到和凝如此，知此人地位定是尊贵至极。韩王石敬晖见和凝向他施礼，也笑了笑，大手一挥说道：

“哈哈，久闻和大人勤勉，果真如此！快快免礼吧！”

“多谢王爷！为陛下和朝廷分忧是下官的本分。”不料和凝并未急于直起身子，而是继续缓缓开口，“听闻王爷前日在醉月楼遇险，下官本该登门拜见王爷。”

“哈哈，本王无事！让和大人为本王担心了！”

“王爷乃皇亲国戚，朝廷重臣，您的安危下官焉敢不挂怀？”

“哈哈哈，本王今日还有事，改日王府再叙。”

“好。恭送王爷大驾！”

石敬晖笑着点了点头，朝和凝挥了挥手，缓步进了大轿。轿子虽不轻，可却越走越快，片刻消失在了街的尽头。

“韩王怎会这么早出门，屈尊拜见刘知远？”凤九天不解地问道。

“他与知远略有交情，此事说来也属正常。”

“可他的表现绝不像略有交情。”

“贤侄这么说，老夫也觉得有些奇怪了。”

柳问枢听见两人对话，不禁感到有些好笑：

“哈哈，进去问一问，不就一清二楚了吗？”

和凝闻言也笑了：

“柳公子果真聪明，所言极是啊！”

门口的卫兵听闻来人是和凝，忙满脸堆笑，深深施了一礼：

“原来是和大人到了，我这就去通禀！”

片刻，门里传来一个洪亮的声音：“成绩兄，别来无恙吗？想死小弟了！”随声音同时到的，是一个威风凛凛、面有特相的人。

和凝见到来人又是一礼，神情显然比刚才愉快：

“知远兄，你久在许州，我也很想你呀！”

“哈哈，如不是为了大晋，我真想日日与成绩兄相处一处啊！”

“知远兄，我又何尝不想如此呢？”

“别总站在门口啊，快进来陪小弟喝上几杯！”刘知远拉着和凝就往府里走，笑声在府中回荡。

刘知远吩咐下人准备酒菜，和凝却摇着头开了口：

“知远兄，今日我来不为叙旧，是有公务在身！”

“好，好，那改日再喝，改日再喝！”

“嗯，改日我定会陪知远兄一醉方休！”

凤九天见刘知远如此好客，知他定非小肚鸡肠之人，于是向刘知远施了一礼，神情略带歉意：

“刘大人，在下得罪了！”

刘知远闻言先是一愣，随即上下打量凤九天，最后竟笑了：

“哈哈哈，你莫非就是那日劫夺贺礼之人？”

“是的，正是在下一手所为！”

刘知远非但没有发怒，反而拊掌大笑起来。凤九天也莫名其妙地随他一道笑了起来。

“久闻刘大人明辨是非，不想竟还如此大仁大义！”

“哈哈，若本官不是大晋之人，定然第一个去劫贺礼！”

和凝瞪了一眼刘知远，又看了看门口的几个下人，刘知远见状会意，挥了挥手，让这些人暂且退下了。

“知远兄，刚才韩王前来，所为何事？”

“成绩兄，此事我也疑惑！他东拉西扯，没一件正经事。”

“王爷这么早登门，难道只是为了闲聊？”

“这……不瞒成绩兄，韩王不知从哪儿弄到一张末帝藏宝图。”

“知远兄，难道韩王是为藏宝图而来？”

“是，韩王听说小弟也有一张末帝藏宝图后，变得异常兴奋！”

“知远兄，韩王难道还想与你私分宝藏不成？”

“哈哈，天下人的钱，天下人去分，又有何不可？”

“你们此举是对大晋不忠，对陛下不忠啊！”

“谁敢说老子对大晋不忠，老子宰了他！”刘知远闻言不禁怒目圆睁，大手在桌上重重一击，原本结实的木桌在他一掌之下，竟塌了一角。

“唉……知远兄，恕我直言，私分宝藏万万不可。”和凝长长地叹了口气，神情却还是波澜不惊。

刘知远自觉有些失礼，缓缓坐了下来。

“成绩兄，我刚才所言不是冲你，还请见谅！”

“我们兄弟多年，我又怎会怪你？”

“成绩兄难得登门，不知所为何事？”

“知远兄，关于先帝的死，你知道多少？”

“先帝患心疾已久，定然是死于心疾了。”

“知远兄久不在朝，也知先帝死于心疾，消息当真灵通！”

“灵通什么啊！我也是刚听韩王说的。”

“可我却听说，先帝是死于谋杀！”

“什么？谁这么大的狗胆敢杀先帝？”

“哈哈，只是坊间传闻吧，做不得真。”

“传闻也好，事实也罢，谁敢杀先帝，我非剁了他不可！”

和凝见刘知远神情真诚，全不似作假，默默松了口气。随即他站起身，朝刘知远行了一礼，缓缓开口：

“知远兄，我还有公务在身，今日暂且告辞了！”

“成绩兄刚来就走，莫非是嫌小弟照顾不周？”

“非也，陛下限我三日破案，我片刻也不敢耽搁啊！”

“既是这样，我送成绩兄！”刘知远说着站起身，把三人送出了府。

出了刘府，凤九天看看和凝，又看看柳问枢：

“你们觉得刘知远所言是真是假？”

柳问枢操着少年老成的语气，不假思索地开了口：

“凤兄弟，你觉得他那种粗人，会说假话吗？”

“是啊，知远兄为人坦诚，眼中容不得沙子，绝不会说谎。”

“嗯，料想此事应该与他无关。”

“师祖，我们下一步是不是该去见见桑维翰？”

“哈哈，你说的很对，我们这就去桑府。”

相府，会客厅。桑维翰与众人分宾主落了座。和凝和桑维翰相互看了一眼，彼此都是一笑。两人谁也没有说话，气氛一时有些尴尬。良久之后，桑维翰清了一下嗓子，才笑着开了口：

“和大人，你我虽同殿称臣，可却从未有过来往，不知今日……”

“下官是为了先帝之死一事，特来请教桑大人。”

“哦？先帝之死，有什么可疑之处吗？难道不是死于心疾？”

“宫内宫外传得沸沸扬扬，都说先帝是被人谋杀的。”

“有这事？我自认消息灵通，可却未曾听闻啊！”

“那依桑大人看，先帝之死可有疑点？”

“哈哈，和大人是当世神探尚不知情，为何来询问老夫呀？”

“我方才拜会了刘知远大人，他说桑大人定知内情啊！”

“知远久不在朝，以和大人的智慧，他的话能信吗？”

“桑大人一向神机妙算，难道对此就没有一点儿看法？”

“哈哈，人各走一精，论谋略卿不如我，论破案我不如卿啊！”

“多谢桑大人夸赞，下官愧不敢当，怎可与桑达人相提并论！”

“哈哈，别人老夫不敢说，可你和大人当得，当得！”

“哈哈哈，那下官就不打搅大人了，先告辞了。”

“好，和大人慢走，我就不送了。”桑维翰看着和凝，嘴角露出了一抹微笑。

三人出了相府，六目相对，默然不语。他们都对老奸巨猾的桑维翰有了领教。柳问枢见两人神情有些不悦，不禁笑着说道：

“师祖，你也看到了，桑维翰真是深不可测啊！”

“没错，无论老夫说什么，他都能以不变应万变。”

“桑维翰是有问必答，可除了摘清自己，没说一句有用的。”凤九天此时一边思考着，一边慢慢地补充着。

和凝闻言点了点头，神情也有些变了。

“桑维翰的圆滑举世少有。”凤九天愤愤不平地说道，随两人又向景延广府邸而去。

景府与桑府大相径庭，宽敞而奢华，守卫也显得傲慢。进去通报的守卫半晌未归，三人等得十分焦急。良久之后，守卫才打开一条门缝，传达的结果竟是不见。和凝却不管他见不见，举步就往景府里走。门口守卫见状忙出手阻拦，和凝却从腰间取出了御赐金牌。再高的官、再大的权，与皇帝比起来也是微不足道，金牌在手，要见皇帝都是轻而易举，何况区区的景延广呢？门口守卫不敢再阻拦，又不敢随便放行，只得去找总管。总管见到金牌也是一惊，只得引着三人去了后院演武场。

武将府与文相府自是不同，让人本能地抖起精神。演武场里摆满了强弓和利箭，百步外还放着几个铁制盾牌。场中间站着一个彪形大汉，四周站满了兵士。

“哈哈哈，见过景大人，下官有理了！”和凝笑着深施一礼，眉宇间流露出的尽是崇敬。

“哼！和凝，你竟敢私闯本官府邸，好大的胆子啊！”景延广冷哼了一声，缓缓地转过身来，一脸的不屑。

“还请景大人体谅，下官是为了……”

“你这只疯狗，竟闯到本官的府中来了！”

“还请大人息怒，不知大人可知道一些内情？”

“怎么，你难道还怀疑本官是凶手不成？”

“下官不敢，下官绝无此意，只是……”

“只是什么，少在这里聒噪，快滚！”

“景大人，你能让下官把话说完吗？”

“不能！你在我府里多待一刻，本官就多一份嫌疑！”

“但先帝之死一案非同小可，还望景大人……”

“尔等统统给我滚出府去，否则这面铁盾就是尔等的下场！”

大汉随手拿起了身边一张硬弓，熟练地搭上一支利箭。“嗖”的一声轻响，利箭被射出。这一箭极快、极准，刹那间箭头竟没入了铁盾。

和凝见状脸色微变，只得又取出了金牌：

“景大人，陛下的金牌在此，你……”

“哈哈哈，陛下是本官一手扶持的，还想用他来压我？”

景延广见到金牌非但全无畏惧，反而笑了，仰天狂笑。和凝心中恼怒，可脸上却丝毫不显，还想继续询问。凤九天却在一旁看不下去了，刹那间拔出了流云剑。

“景延广，不要仗势欺人，想死想活说句话！”

“哈哈哈，哪里来的小子，也配在此口出狂言？”

“哪来的你管不着，我的耐心是有限的，最好不要让我数到三！”

“哈哈，就是数到三百、三千，你又敢把本官怎样？”

凤九天闻言笑了，笑得轻蔑至极。他向后退了百步，手中的流云剑满是杀气与冷漠。随即流云剑脱手飞出，寒芒在空中一闪，灿若星辰！这一剑的光辉震撼着天地，震撼着演武场上每个人的心。剑影只在空中一闪，瞬间竟把坚不可摧的铁盾彻底击穿。莫说嚣张的景延广，就连和凝与柳问枢也变得呆若木鸡。凤九天见景延广目瞪口呆，笑得更加轻蔑而狂傲。

“这……这位少侠，本官……本官有眼无珠。”

“那你就给我记住一个道理！”

“什么道理？我愿洗耳恭听。”

“那就是山外有山，人外有人！”

“少侠教训得是！只是先帝死因本官确实不知！”景延广说着朝总管招了招手，有些心有余悸地说道：“景福，你快按少侠所说的，刻块石碑放在演武场！”

总管闻言忙点了点头，转身快步安排去了。和凝此时笑着对景延广深施一礼，神情有些歉意。

“小侄年少轻狂，请景大人勿怪。”

“和大人，你这位贤侄当真了得，当真了得啊！”

“多谢景大人夸奖，我替小侄谢过了。”和凝说着又深深施了一礼，笑着带两人离开了景府。

三人一出景府，柳问枢率先笑着开了口：

“师祖，依在下看，景延广说的绝不是假话。”

“哈哈，凤贤侄神乎其技，借他十个胆子也不敢说谎。”

柳问枢此时也笑了，看向凤九天的目光中满是敬佩。三人你一言我一语，有说有笑地相互打趣着。突然，和凝变了脸色，神情间充满了疑惑。

“师祖，您是不是想到什么了？”柳问枢见和凝良久都默然不语，不由得开口询问。

“你们看看现在的天色，是什么时候了？”

两人依和凝所言，抬头看了看天色，只见头顶的太阳早已西斜，天际也显得有些昏暗了。凤九天见天色已晚，不禁也叹了口气，脸上笑容尽敛。和凝此时重重地叹了口气，神情显得有些落寞。

“唉，今天一路走访，却没一点儿结果，奈何，奈何！”

此时就连一向乐观的柳问枢竟也收起了笑容，三人心情犹如此时的天色，虽有光亮，却已经黯淡。他们本是向和府方向走去，突然和凝又站住了。

“师祖，我们不回府了？”

“嗯，我们去附近的茶馆坐坐，或许能听到一些有用的线索。”

“师祖所言极是，一味沉浸其中也不是善法，不如换换脑筋。”

甜水巷灯火辉煌，车水马龙。三人选了个人最多的茶馆走了进去。他们刚落座，和凝就把小二叫了过来：“小二，我们有事向你打听。”

和凝说着从怀中掏出银子，重重地拍在了桌子上。小二看了看三人的打扮，又看了看银子，忙满脸堆笑。

“几位客爷，你们想问什么，我定知无不言！”

和凝见状一笑，有些故作神秘地说道：

“只要是汴州城内的奇闻趣事，你知道什么就说什么。”

“客爷，您算问对人了，汴州城的事没有我不知道的！”

“你都知道些什么，快说，少在这卖关子！”凤九天有些不耐烦地说道。

“客爷您别急啊！前几天老张家的大黄狗生了只大花猫……”

柳问枢闻言笑了，口中茶水喷了小二一脸：

“哈哈，少要在我面前胡说八道！”

“客爷，我真没胡说八道，不信你去张家问问！”

柳问枢正想再跟小二打趣，和凝语气严肃地开了口：

“你可听说过，先帝是死于谋杀？”

“客爷，先帝是死于心疾，并非谋杀。”

和凝点了点头，又继续开口说道：

“你可知道最近城内有什么怪事发生吗？”

小二想了好久，突然兴奋得一拍大腿：

“对了，听说前两年，有人在甜水巷花高价买了个铺子。”

“买铺子有什么奇怪的？难道是花的纸钱不成？”柳问枢闻言，不禁笑出了声，又凑上前来打趣道。

“虽然花的不是纸钱，可房子买下两年了，一直都是空的！”

“少要没事胡编！”凤九天说着瞪了小二一眼，就要替和凝收起银子。

小二见凤九天要收银子，忙开口快速地说道：

“甜水巷寸土寸金，房价之高令人发指！”

和凝闻言不禁眉头微蹙，脸上现出一抹不解之色：

“有人花天价在甜水巷买了房子，却又空了整整两年？”

“没错，客爷！您说这还不算是怪事吗？！”

“是很奇怪！既花天价买了房子，不开店铺却一直空着？”

“可不是嘛，这人一直都不想着怎么回本呢！”小二见和凝终于对自己说的话兴趣感了，都要乐开花了。

“那买房子的人现在何处，是不是已经死了？”

“没有，绝对没有！五天前还有人看见他了！”

“哦！在哪儿见到的？”

“还能在哪儿？当然是透过那间房子的窗户。”

“这么肯定？莫非他长得有什么特征？”

“有！他是个又矮又瘦的瘸子，额头还有道疤。”

和凝笑着拿起那银子，又看了看小二：

“想要这银子？那就带我们去看看那处房子！”

小二起初有些为难，可为了得到银子，只好带他们前往。和凝几人随着小二，很快到了甜水巷最为繁华的地段。和凝来往次数极多，一切早已见怪不怪，凤九天也无心闲逛，柳问枢却是看什么都新鲜。三人只得边走边看，不多时就在一间门房前停下了。甜水巷两旁灯火辉煌，却唯独这间房子没有一点儿亮光。

“几位客爷，就是这间房子了！”

小二此时神情有些紧张，看着房子的目光如见鬼魅。和凝见小二有些畏惧，不由得笑着取出银子放在他手上。小二接过银子道了声谢，随即飞快地跑开了。凤九天与柳问枢见小二如此狼狈，两人同时笑出了声。

“当……当……当……”和凝走到大门前，重重地叩打房门。过了很久，房间内依然没有一点儿声音。

“和伯伯，房中应该没人，我们要不要进去？”凤九天看向和凝，语气有些犹豫。

和凝看着凤九天与柳问枢，略一思忖，点了点头：

“贤侄，你小心些，莫要中了歹人暗算！”

凤九天微微颔首，一掌击开了面前的木门。木门被打开的刹那，一阵灰尘腾起。“咳咳……咳咳……”三人还没做好准备，就被灰尘呛得直咳嗽。

柳问枢一边打着喷嚏，一边强忍着对和凝说道：

“师祖，房间脏成这样，肯定很久没有人来过了。”

和凝闻言摇了摇头，用手指了指杂乱不堪的地面。两人顺着和凝手指的方向仔细地看了过去。他们在满是灰尘的地面上，看到了几行清晰的脚印。

“看来小二说的没错，房主不久前应该来过！”

柳问枢还是那么机灵，和凝闻言不置可否。三人在房间内仔细查看起来。这间房子的结构和寻常店铺一样，看不出有什么区别。引人注目的除了满屋的灰尘外，就是大大小小的榉木摆件，这些榉木摆件在北方干燥的气候里，有些已经变形、开裂。凤九天看到这些摆件不由得一愣，陷入了沉思。

“凤兄弟，这些摆件有什么问题吗？”柳问枢见凤九天神情有异，不禁好奇地询问起来。

“我好像在哪儿见过这种木材，可又想不起来……”

“哈哈，这种木材叫榉木，南方可多得是啊！”

“可我绝对不是在南方见到的！”

“不是在南方？”

“没错，绝对不是！”

“可北方根本不产榉木，你又怎么可能……”

和凝听见两人对话，也缓步走了过来：

“柳公子，榉木也未必只有在南方才能见到吧？”

“师祖，这种木材北方根本……”柳问枢看着眼前这些摆件有些说不出话了。

“我想起来了！我想起来了！”凤九天突然想起了见到血榉的不归村，神秘莫测的不归村。他此时有些兴奋，眼中满是光彩，“可我上次看到的榉木却是红色的，血红色的。”

柳问枢闻言想了想，随后轻轻地点了点头：

“血榉木也是有的，但比之寻常榉木昂贵百倍！”

“那要打一个血榉的书柜，需要多少银子？”

“这个嘛……至少也得近百两吧。”

“这么贵？那就太奇怪了！”

柳问枢与和凝忙出言询问，凤九天却都恍若未闻。三人把店面仔细搜查了一遍，却一无所获，他们又去后院查看了一番，依旧是一无所得。凤九天与柳问枢失去了耐心，都准备离开这里。可和凝却突然笑了，极其愉快地大笑起来。

“哈哈哈，你们快来看，这是什么！”

两人闻言又都来了兴致，连忙都凑了过去。和凝站在后院庭中，看着地上的沙土。两人顺着他的目光看去，看到了沙土中埋着一节花木残枝。凤九天忙蹲下了身，用手去挖地面沙土。很快，一小片沙土被挖开，露出了里面的一节花枝，花枝已残破不堪，花叶基本干枯，枝上也没有一朵花。凤九天不识此花，正要用手去摸，却被柳问枢厉声制止。柳问枢看着这株植物，显得有些畏惧。

“柳兄弟，这花枝有何不妥？”凤九天见柳问枢神情异常，不禁出言询问。

“此乃夹竹桃，生于南方，通体剧毒，千万不要触摸！”柳问枢见凤九天不解，忙出言解释。

凤九天闻言一愣，不禁有些不解地继续询问道：

“柳兄弟，我怎么从未听说过这种植物啊？”

“凤兄弟，你自幼生活在昆仑山，没见过此物也属正常。”

和凝闻言微微颔首，随即陷入了深深的沉思。“榉木……夹竹桃……南方……唐……”他口中喃喃自语着一些词语，脸色变得越来越难看。

“师祖，您想到了什么？难道此事与唐有关？”

和凝闻听两人对话，这才缓缓地回过神来。

“没错！此事定是李昪的阴谋！”

“什么？石敬瑭是被唐人毒死的？”

“可能是，但老夫也不敢确定……”和凝带着两人一边往外走，一边对柳问枢解释道，“晋是契丹属国，我们想要摆脱控制，就必须强大起来……”

“师祖，我明白了！晋是为了强大自己，所以意图吞并唐国！”

“是的，只有吞并了富庶的唐，晋才有可能翻身！”和凝斩钉截铁地说着，眉头紧紧地蹙了起来。

“那李昪派人毒杀石敬瑭，便是为了使晋自顾不暇！”柳问枢此时也豁然开朗起来，神情显得很兴奋。

三人出了房门，凤九天与柳问枢下意识向南行去。和凝的脚步却坚定地迈向北方。

“师祖，我们不回府邸吗？”

“是啊，和伯伯，您是不是走错了？”

和凝停下脚步想了想，最后咬了咬牙：

“我们先去一趟福兴宫。”

“什么！去福兴宫？”

“师祖，石敬瑭的尸体现停在福兴宫，莫非您要……”

“没错，为今之计，只有验尸了！”

“皇帝虽许您便宜行事之权，可验尸恐怕……”

“抗旨是死，欺君也是死，管不了那么多了！”

和凝目光坚定，语气更是不容任何人违逆。凤九天赞成地点了点头，柳问枢却只能摇头苦笑了。

皇宫永远是最神秘的地方。正值先帝孝期，宫内没了往日的歌舞升平，福兴宫更是死一般的寂静。一阵北风吹过，吹在和凝三人脸上，刺骨而阴森。凤九天本想用金牌叫开福兴宫的大门，却被和凝拦住了。

“贤侄，到了你大显身手的时候了。”

“和伯伯，我们不走正门，难道要翻墙进去？”

“是的，师祖所言极是有理。”

“柳兄弟，你也这么认为？”

“凤兄弟，你觉得守灵的太监会让我们进去吗？”

“嗯，恐怕不会让我们进去。”

“没错，那我们又何必吃这闭门羹？”

和凝见柳问枢只说对了一点，于是出言补充起来：

“万一守卫发现有人来过，我们也可推说不知。”

凤九天见两人说得极是有理，神情瞬间变得豁然开朗。他随即看了看宫墙，又看了看和凝两人。

“我同时带两人翻越这么高的宫墙，难免会有闪失。”

“凤兄弟，你只需带好和伯伯一人即可！”

柳问枢说着足尖在地上轻轻一点，人已蹿起数丈。他轻松地翻过了宫墙，落在地上竟悄无声息。凤九天见柳问枢轻功如此卓绝，不由得赞赏地笑了。随即他也夹起和凝，轻松地翻过了宫墙。

福兴宫，永和殿。此时已是红轮西坠，残月东升。朦胧的月光透过窗外的树枝斜照进永和殿。殿内烛火极是微弱，被月光映照得有些斑斑驳驳。通过微弱的烛火与月光，隐约能看见一口巨大的棺木。棺木前有几位守灵的太监，歪歪斜斜地跪在地上，显是已经困乏。

和凝看向柳问枢：

“柳公子，接下来的事情就靠你了。”

柳问枢会意，从怀中取出一根极细的竹管，捅进窗棂纸中。一阵轻烟吹进永和殿，几名守灵的太监沉沉地睡去。

凤九天见状笑道：

“柳兄弟，真有你的！看来今晚你是有备而来。”

柳问枢也笑看凤九天：

“人在江湖走，总要留后手！”

和凝却不理会两人的玩笑，径直向棺木走去。棺木通体檀香所制，还刻着精美无比的龙纹。此时和凝三人正站在这口棺木旁，做着开棺的准备。片刻之后，和凝跪了下来，口中小声说着：

“先帝，老臣为查明真相，现要开棺验尸，还望您见谅。”

和凝一边轻声自语，一边又向着棺木叩了三个头。然后，他起身向凤九天与柳问枢点了点头。两人当即会意，挪开了厚重的棺盖。棺盖打开的瞬间，一股淡淡的尸臭传了出来。和凝久与尸体打交道，习以为常，可另外两人却险些吐了。和凝见状不禁笑了起来。

“哈哈，这么淡的尸臭气，你们就受不了了？”

凤九天闻言重重点头，强撑着开口回答：

“我虽杀人无数，却从未闻过尸臭！”

“哈哈，贤侄以后恐怕少不了与尸体打交道啊！”

凤九天闻言点了点头，努力地屏住了呼吸。两人小心翼翼地把尸体放在地上，褪去了所有的衣物。柳问枢虽懂医药，可和凤九天一样，对验尸一窍不通。只有和凝看到先帝赤裸的尸体后，神情变得有些复杂。他蹲下身，把尸体从头到脚都摸了个遍，摸得很仔细，看得很认真，每一个部位都看了不下十次，最后他还是无奈地摇了摇头。

“贤侄，你身上可有小刀、匕首之类的东西吗？”

凤九天闻言摇了摇头，晃了晃手中的流云剑：

“我只有这把剑，别的东西我一概没有。”

柳问枢忙在身上找了找，随即苦笑起来：

“师祖，我本带了把小刀，可走得匆忙落在您府上了。”

和凝见两人都没带应用之物，只得叹了口气。过了很久，柳问枢的眼睛突然亮了：

“师祖，您还记得一件事吗？”

“什么事？”

“昨日张公公说，石敬瑭死前吃过一盘点心。”

和凝听完柳问枢的话，眼睛不禁也泛起了光彩：

“没错，石敬瑭已年过五旬，齿间定有空隙！”

三人当即撬开了石敬瑭紧闭的牙关。和凝仔细地看向口内，每一颗牙齿都看得一清二楚。起初他还有些失望，可半晌他的眼睛再一次亮了！他已顾不上尸体污浊发臭，径直把手指伸了进去。待他抽出手来，他的大指与食指间赫然夹着一片未嚼碎的花瓣。

“柳公子，快帮我看看，这是什么花。”

柳问枢忙从和凝手中接过了花瓣，仔细查看起来。这片花瓣已腐烂大半，只能依稀看出形状与颜色。过了好一会儿，柳问枢才用极为肯定的语气说道：

“这是夹竹桃！”

和凝笑着点了点头，表情满是敬佩与赞赏：“柳公子当真厉害，如此残破不堪的花瓣，竟也能辨认出来！”他顿时联想起甜水巷中那节夹竹桃残枝，神情变得无比凝重。

凤九天也对夹竹桃有了兴趣，出言询问起来：

“柳兄弟，你可知此物毒性如何？”

“此物通体有毒，少食头晕、恶心，多食则可引发心疾。”

“如此残破的花瓣，你敢确定没有看错？”

“绝对肯定！我绝不可能看错！”

和凝点了点头，变得前所未有的兴奋：

“哈哈哈，此案快破了！快破了！”

凤九天与柳问枢见状也很高兴，都露出了无比愉快的笑容。

红日再次升起，天际泛出鱼肚白。和凝从怀中取出手帕，小心翼翼地包好了花瓣，随后他们又合上了石敬瑭的嘴，把他重新放入了棺木。做完这一切后，三人悄悄地运轻功出了福兴宫。这一夜他们做了很多事，可看起来却像什么都没有发生，仿佛昨夜的一切不过是场梦，一场永远不会被人知晓的梦……

第十五章　白龙化鱼服

龙者，能幽能明，能升能隐。升则飞腾于宇宙之间，隐则藏行于波涛之中。后晋就藏有一条龙，一条隐介藏行的龙。这个人到底是谁？他又要做什么？这一切都被浓厚的迷雾笼罩着，神秘莫测。但和凝相信，终有一天会拨云见日！

晨曦映照着奉膳局，庭院内显得温柔而和谐。院落里不时飘来阵阵米粥的香味，这本该是个安静的清晨，和凝三人悄然撤出了福兴宫，便向奉膳局而来。夹竹桃，点心，瘸子，奉膳局……他们通过一个个线索，终于把这些词汇串联到了一起。这两天所有的行动都是盲目的，唯独这次目标极为明确。

奉膳局的大门是开着的，三人停下了脚步。大门外站着一个衣着整洁的厨子，头上还戴着一顶帽子，他向和凝深深施了一礼。

“小人见过和大人！”

“你一个奉膳局的御厨，怎会认识本官？”

“小人听说您在查案，所以一直在等您。”

“那你是有什么线索要告诉本官吗？”

“是的！和大人，您只知其一，不知其二。”厨子犹豫了一下，靠近和凝的耳边低声说道，“先帝死前不只吃过点心，还喝过一碗粥。”

“一碗粥，一碗什么粥？”

“一碗用玫瑰花瓣熬制的花粥！”

和凝闻言不禁一愣，陷入了深深的沉思。凤九天不便打扰和凝，只得小声问柳问枢：

“柳兄弟，依你看这夹竹桃到底是在粥里，还是在点心里？”

柳问枢摇了摇头，神情间也充满了疑惑：

“这个我也不知道，恐怕只有下毒的人自己知道了！”

凤九天笑了笑，见和凝已走向大门，也连忙跟了过去。

三人还未进大门，奉御就带人迎了出来。众人见到和凝后，都纷纷施礼。

“下官周冰见过和大人！”

奉御周冰一揖到地，却半晌没有听到和凝回话。他有些不解地抬起头，看向和凝。此时和凝的目光越过众人的头顶，紧紧地盯着一个厨子。这个厨子很普通，正站在周冰的身后，但在和凝眼中他却是奉膳局中最特殊的厨子，和别的厨子完全不同。

“贤侄，你还愣着干什么？还不快把他给我拿下！”和凝突然大喊一声，手指向那个厨子。

“师祖，您是不是弄错了，这厨子……”

没等柳问枢把话说完，凤九天的剑已搭在厨子的项间。此时莫说厨子，就连周冰也慌了。

“和大人，您这是为何？王林忠心耿耿，您为何拿他？”

“为何？周大人，你问问他自己就知道了！”和凝嘴角露出一抹微笑，显得有些冷酷。

“师祖，难道他就是我们要找的人，那个毒死先帝的瘸腿厨子？”

“柳公子，你没看到刚才他走路时脚步蹒跚吗？”

柳问枢闻言笑了：

“原来如此！师祖您真是慧眼如炬！”

刚刚还站在周冰身后的厨子已被凤九天拎到了和凝面前，此时那个厨子委屈得快要哭了。

“和大人，小人不是瘸子！我更没有毒死先帝！”

“哈哈哈，你不是瘸子？真是滑天下之大稽！”

凤九天也点了点头，神情极为威严：

“没错，我也看到了！你脚步蹒跚，还敢说不是瘸子？！”

“回和大人，小人的脚昨日扭伤了，不信您尽管查验！”

厨子王林此时也顾不上礼数，竟当众褪下了自己的鞋袜。柳问枢见他神情委屈，忙凑过去，蹲下身查验，只见王林脚踝红肿高大，每转动一下都极为痛苦。莫说柳问枢精通医理，就是寻常人也能看出他的脚确是扭伤，随后柳问枢又摘下他的帽子，拢起挡在他额前的头发。

“师祖，没有伤疤，也没有易容的迹象！”

和凝见状不禁有些歉意，忙让凤九天收起了剑，拉起了王林：

“本官问你，你的脚是何时扭伤的？又是怎样扭伤的？”

“回和大人，小人昨日不慎踩到瓜皮，跌倒扭伤的。”

“昨日？你扭的时间好巧啊！”

“是刘晋和小人开玩笑，把瓜皮放在小人脚下，这才……”

和凝闻言微微颔首，略一思忖，看了一眼身旁的周冰。

“周大人，刘晋是个瘸子吧？头上还有道疤？”

“啊，神了！和大人怎么会知道？”

“他是两年前来奉膳局的，擅长做鲜花馅点心？”

“和大人不愧是当世神探，您说的一点儿没错！”周冰看向和凝的目光变得惊讶而又敬佩。

“先帝驾崩那日，奉膳局是否做过花粥？”

“没有！绝对没有！先帝虽极爱鲜花饼，但却从不喝花粥！”

“那刘晋现在何处？”

“您来前他刚出门，和宫人们上街采买去了。”

和凝闻言不禁大笑，神情极为激动：

“原来如此！本官险些被他耍了！快快缉拿刘晋！”

“和伯伯，您的意思刘晋就是凶手？”凤九天看向和凝的目光中尽是兴奋。

“没错！刚才门口的厨子就是刘晋，他就是毒杀先帝的凶手！”和凝当即传令封闭城门，并唤来了当值的几个门卫：“方才是否有一个戴帽子的跛脚男人出城了？”

几个门卫你看看我，我看看你，一时谁也没有说话。和凝又把刚才的话重复了一遍，脸色已有些难看。北城安远门的守卫原本还有些犹豫，见状开了口：

“和大人，方才卑职的确看到个瘸子，可又不敢确定……”

“快说，此人长得什么模样？是步行还是骑马？”

“回大人，此人又瘦又小，驾着一辆宫里采买的马车。”

“他出城多长时间了？去往哪个方向？”

“回大人，此人一刻钟前驾车出城，沿官道径直向北而去。”

三人闻言赶往北衙，和凝用手中金牌调派人马，吩咐他们四处搜查，而自己则带着凤九天和柳问枢，骑快马出安远门追赶。

汴州城北，官道之上。和凝三人的马速极快，刹那间就把汴州城甩在了身后。他们并非盲目追赶，而是沿着地上一道特有的车辙，可他们追出了十余里，却连马车的影子都没见到。

“和伯伯，马车怎么可能行进得这么快？”凤九天一边策马前行，一边用疑惑的目光看向和凝。

和凝并没有开口，只是轻轻地摇了摇头。三人又向前飞驰数里，这才隐隐看到前面有辆马车。凤九天忙打马赶了过去。他本以为下一秒就能擒住凶手，可结果却让他大失所望。因为眼前的马车竟是辆空车，驾车的人早已不知去向。和凝与柳问枢此时也赶到了，三人费力拦住了马车。

“此马定是受惊了，故此才跑得这么快！”

两人闻言仔细查看，这才在马屁股上发现了一把匕首。匕首几乎整个没入了马屁股，只有一点儿露在外面。此时被和凝派出城的几路人马也都陆续赶到了，显然他们也没追到凶手，神情都有些沮丧。柳问枢见势向四周望了望，缓缓地开了口：

“师祖，汴州城地处平原，凶手恐怕只能藏身在东北的万岁山。”

“柳公子所言极是，立刻封锁万岁山，捉拿凶手！”

万岁山山路崎岖，方圆甚广。柳问枢带着数百精兵围住了万岁山，而和凝与凤九天则带着数十人上山搜查。精兵们身手矫健，做事更是极有经验，莫说一个活人，任何异动都逃不过他们的眼睛。可万岁山丛林茂密，地势复杂，直忙到午后也没有结果。无奈和凝只得独自骑马回宫，向皇帝奏明了案子的进展。皇帝听说已锁定凶手，遂褒奖了和凝一番，并令和凝五日内破案。和凝接旨后，又匆匆忙忙赶回了万岁山。

夕阳挂在天际，晚霞映照着大地。万岁山被红霞染了色。众人此时早已汗流浃背，正伫立于一处瀑布前。这座瀑布气势磅礴，悬挂的水帘宛如一条水龙。瀑布前有一串清晰的脚印，一边深一边浅，只有跛脚的人行走时才能留下这样的脚印。

走在前面的一个军士来报，在瀑布后发现一个山洞。山洞幽暗而狭小，只有身材瘦小的人才能勉强通过。众人都明白，刘晋一定是躲到了山洞里，但和凝没有回来，凤九天胆子再大，也不敢贸然行事。他们等了不知多久，才远远望见和凝的身影向山上走来。

“和伯伯，刘晋定是躲进了这个山洞，要不要进洞抓人？”凤九天朝和凝大喊着，并快步迎了过去。和凝闻言摇了摇头，用手指了指不远处的一个小山包。“和伯伯，您这是什么意思？”凤九天见状有些不解，眉头微微地皱了起来。

“贤侄，你看对面这些土有什么特殊之处吗？”

“和伯伯，这些土好像是被人从什么地方挖出来的。”

两人边走边说，很快就到了那个山包旁边。离得越近，看得越清楚，可凤九天的眉头却皱得更紧了。

“和伯伯，怎么会有人在山上挖土，而且没有留下痕迹？”

“他并非没留下痕迹，相反，痕迹很明显！”和凝说着指了指瀑布后的山洞，脸上露出了微笑。

“和伯伯，这些土是从瀑布后的山洞中挖出来的？”

“没错，一定是从刘晋所躲藏的山洞中挖出来的。”

“可他为什么在山上挖土，而又没有土坑呢？”

“当然是为了挖通一条地道，一条直通城内的密道！”

“但这么长的地道，是在什么时候挖的呢？”

“当然是在他当上御厨后的两年里。”

“那洞中会不会早就存有食物呢？”

“洞中极潮，就算存有食物也早已发霉了。”

“可惜我们无法猜测到出口所在，不然……”凤九天若有所思地叹了口气，随后开口说道。

“哈哈，谁说我们不知道啊？”和凝此时脸上露出了一抹自信的微笑。

“难道伯伯知道出口所在？”

“贤侄，你还记得甜水巷那个空房子吗？”

“您的意思是说出口就在那房子里？”凤九天此时神情无比激动，恨不能立刻赶往甜水巷，和凝并没有开口，只是微微地点了点头……

三日后，月夜。月凉如水，寒风似刀。

这几日中，凤九天与和凝一直都守在甜水巷那间空屋前，他们相信，人是铁饭是钢，刘晋迟早都会扛不住的。只有一件事是和凝担心的，那就是五日的期限越来越近。可接下来发生的事情证明，他的担心是多余的。

房中突然有了细微的声音，是蹑手蹑脚走路发出的声音。原本几人都有些倦意，听到脚步声，立刻打起了精神。和凝做了个噤声的手势，又对凤九天做了个抓捕的手势。凤九天一步蹿进房中，终于见到那个让他们日夜期盼的人。他的腿本来就瘸，加上又饿又累，脚步显得更蹒跚。

“刘晋，你让我们等得好苦啊！”

和凝跟着冲了进来，缓缓逼近刘晋。凤九天手中的流云剑，也搭在了他的项间。

“不愧是北和，果然高明！”刘晋此时虽已饿得无力反抗，但嘴角却挂着一抹冷笑。

和凝上下打量一下刘晋，不由得自言自语道：

“一个丢到人堆里都找不到的人，怎么会是谋杀先帝的主谋？”和凝说罢，对刘晋厉声喝道：

“刘晋，你为何要杀先帝？你的幕后主使又是谁？”和凝的目光紧紧盯着刘晋，刘晋感受到了巨大的压迫感。

“哈哈哈，没有谁主使，这一切全都是老子一人所为！”刘晋依旧冷笑着，看向和凝的目光满是轻蔑。凤九天见刘晋不说实话，剑锋又逼近他的脖子半寸。刘晋的项间霎时渗出滴滴鲜血。“小子，你有本事就杀了我啊！给老子来个痛快！”刘晋此时非但全无畏惧，反而笑得越发狂妄。

“哼！就这样杀了你，实在是太便宜你了！”凤九天冷哼一声，流云剑就要向刘晋的耳朵削去。

和凝见状忙拦住凤九天，随后命令身后的官兵：

“把此人押入天牢，严加看守，待本官亲自审问！”

官兵们连忙把刘晋捆了起来，押着刘晋直奔天牢。刘晋被关进大牢后，任凭和凝如何盘问，宁死也不开口。三人连日辛劳，筋疲力尽，无奈只得暂且回府休息。

次日，清晨。

和凝不敢贪睡，很早就起床，站在院中沉思。这时凤九天和柳问枢一同从屋内走了出来。

“贤侄，柳公子，中午我们去喝庆功酒吧，我请客！”和凝此时显得很轻松，笑着对两人开口说道。

凤九天正要响应和凝，未料柳问枢却抢先开了口：

“师祖，这酒是该喝，只可惜我……”

“哦？莫非柳公子在汴州城中还有其他事情要办？”

“我有个表兄叫薛光，在韩王府当差，我今日想去拜望。”

“那我们改到晚上喝如何？”

“我在汴州耽搁太久了，庄里还在等药材入药，今晚就得动身。”

“唉，那真是太可惜了……”和凝闻言长长叹了口气，语气中满是遗憾。两人又闲聊了几句，柳问枢便告辞向韩王府方向去了。

“贤侄，老夫也该进宫禀明陛下了。”和凝抬头看了看天色，开口向凤九天说道。

凤九天不愿一人待在府中，也陪和凝一起赶赴皇宫。皇宫不是百姓随便出入的地方，凤九天当然也不会例外。和凝进宫后，他便一人抱剑等在宫门前。时间过得很快，眨眼间又到了正午。阳光洒在凤九天俊朗的脸上，他越来越感到无趣，却又不敢随便离开。幸好此时和凝出了宫，两人便一道回了府邸。

两人刚进门，柳问枢就迎了出来：

“师祖，凤兄弟，咱们吃酒去！”

两人见柳问枢回来得这么快，不禁都有些吃惊。“柳公子，你怎么这么快就回来了？也是馋酒了不成？”和凝走了过去，用力拍了一下柳问枢的肩膀。

“哈哈，非也！我那表兄实在太忙，无暇与我闲叙。”

“哦？他在王府当什么差的，竟连会客的时间都没有？”

“他以前只是个普通管事的，可最近几天突然升为总管了。”

“那他一定是勤勤恳恳、做事精细吧？”和凝说着笑了笑，随两人进了会客厅。

“我那表兄除了偷懒耍滑，还没见他有别的本事！”柳问枢坐下后，有些哭笑不得地说道。

可和凝闻言却突然板起了脸：

“柳公子，这样的人怎么可能成为王府总管？”

“因为王府一时没合适人选，所以只能‘宁滥勿缺’了。”

“韩王府有个出名的老总管，在王府干了三十多年了。”

“听表兄说，他与王爷发生了口角，被王爷一气之下撵走了。”

“嗯？谁都知道老总管与王爷情若兄弟，怎会发生这种事？”和凝闻言轻声叹息，不解的神情浮现在他脸上。

柳问枢却笑了起来，神情依旧轻松：

“哈哈，师祖，听你这么说，王爷一定是变了！”

“什么？王爷变了……”凤九天说着看向和凝，和凝的脸色变得更加难看。

“大人，刘大人过府拜望！”门口的守卫跑了进来，朝和凝施了一礼道。

“是知远兄来了！我们快快出去迎接。”刘知远的到来让和凝敢到疑惑，他连忙迎了出去。

“知远兄，你今日怎么有空来我府上啊？”

“哈哈，我这次是无事不登三宝殿啊！”刘知远说着大笑起来，随和凝径直进了会客厅。刚刚落了座，刘知远就迫不及待地开了口：“成绩兄，上次我和你说韩王的藏宝图……”

和凝闻言忙拦住刘知远，摆手让凤九天和柳问枢退下。

“知远兄，你不会把藏宝图送给韩王了吧？”

“哈哈，还是成绩兄了解我，这种好事我焉能放过？”

“可你想过后果吗？如果……”

“只要成绩兄严守秘密，哪会有什么如果呢？”

“知远兄，此事就当我从未听说过，你好自为之！”

“成绩兄，你我兄弟多年，事成后我绝不会亏待你！”

“这钱我绝不会要，也奉劝知远兄就此罢手！”和凝说着站起身来，拂袖径直出了会客厅。

“哈哈，成绩兄，你怎么这样死心眼？哪有人和钱过不去！”刘知远有些无奈地笑了笑，也随着出了房门。

“你若真把我当兄弟，就赶快住手，不要再打藏宝图的主意！”

“可这么大一块肥肉，焉能让韩王一人独吞？”

“越肥的肉越有可能是个陷阱！”

“但藏宝图我已交给韩王，总不能再要回来吧？”

“没有能不能，只有你想不想！”

“哈哈，可我还是……”

“知远兄，我还有事要办，你要没事就先请回吧！”和凝狠狠地瞪了刘知远一眼，恨恨地转过了身。

刘知远苦笑一声，悻悻地离开了和府。柳问枢与风九天跟着进了会客厅。他们以为和凝此时定是闷闷不乐，结果却让他们大感意外。因为此时的和凝显得波澜不惊，整个人陷入了沉思之中。

“韩王……醉月楼大火……藏宝图……总管。”和凝的声音越来越小，眉头也皱得越来越紧。

“师祖，您说这些事情会有关联吗？”柳问枢见和凝沉思不语，不由得好奇地开口问道。

“是有些奇怪，韩王一向沉稳，怎么接连几件事都和他有关？”

“师祖，您是怀疑韩王想私吞宝藏，放火烧死献图之人？”

“我现在还不敢确定，可韩王近日行迹的确有些可疑。”

“师祖，晚辈先不走了，留下来帮您查明真相。”

“哈哈，若真如此，老夫求之不得啊！”和凝闻言彻底回过神来，看向柳问枢的目光中充满了感激。

午后，韩王府。三人悄悄从旁门进了王府，找到了新任总管薛光。薛光见表弟带来的是和大人，不敢有丝毫怠慢。几人在薛光的房间坐下后，风九天紧紧地关闭了房门。

“见过和大人。不知大人找小人所为何事？”

和凝也不客套，开门见山地问道：

“薛公子，请问这几日王府里是否有什么异常动向？”

“异常？王府一切都和从前一样啊！”薛光被问得一愣，感到有些丈二和尚摸不着头脑。

和凝虽然表情严肃，可语气却依旧很柔和：

“真的没有异常？你再好好想想。”

“啊……对了！府内事务一切照旧，可王爷本人却有些异常。”

“哦？有什么异常？你快给本官说说。”

“满京城都知王爷好色，可最近连新纳的美妾都受了冷落。”

“那他是否还常去秦楼楚馆？”

“以前是经常去，可最近不知怎么了，一次也没去过。”

“或许是王爷近日身体不适，也或许是受了那日大火的惊吓。”

“和大人，你别心急，还有更奇怪的事情！”柳问枢有些不耐烦了，不停地催促着薛光快讲，薛光却不着急，慢条斯理地娓娓道来：“王爷以前从不喝茶，可现在却每日都茶不离口。”

“他喝的是什么茶？一日能喝多少？”

“他喝的是上好的雨前龙泓，一日至少也要两三壶。”

“奇怪！实在太奇怪了！”和凝不禁小声嘀咕起来，眉头也皱成了川字。

薛光见和凝沉思，不敢打扰，半晌才继续开口：

“和大人，您是觉得王爷与先帝之死一案有关吗？”

和凝沉默不语，神情极为复杂。三人又盘问了薛光几句，却没有新的收获，他们只得辞别了薛光，悄悄溜出了王府。

和府，会客厅。没等三人落座，和凝就急着开了口：“贤侄，柳公子，依你们看，韩王是否有嫌疑？”和凝的声音虽很小，可神情却比以往更严肃。

“师祖，或许韩王是被大火吓糊涂了吧。”柳问枢看了看和凝，不禁笑着开了口。

“常人就算受到惊吓，也绝不会改变这么多！”凤九天此时神情极为严肃。

“没错！老夫赞同贤侄的看法。”和凝闻言微微颔首，眉头却越皱越紧了。柳问枢见两人神情都无比凝重，笑容也渐渐收敛。

“与其在这里乱猜，不如夜探王府，去看个究竟！”

凤九天的语气很坚定，不容任何人反对。和凝与柳问枢对视一眼，随后都轻轻地点了点头。

夜，寒夜。

王府被月色笼罩着，神秘而清冷。此时凤九天正趴在房檐上，仔细地向下望去。卧房门前的回廊里站着韩王和新任总管薛光，两人正小声地说着话，可却没能逃过凤九天的耳朵。

“薛光，今夜没有本王命令，谁也不许进本王的房间！”

韩王的语气很严肃，让人莫敢不从。薛光还没见王爷这般严肃过，忙毕恭毕敬地退下了。薛光走后，韩王便快速地进了房掩好了房门。凤九天见状，只得小心翼翼地掀起一片房瓦。他从瓦片间的缝隙望下去，整个房间尽收眼底。

此时的韩王径直走到床边，俯下身在床下摸索着。凤九天以为他要做些不可告人的事，可结果却让他感到意外。只见韩王从床下取出一个香炉与几块简易的灵牌，他随手取来了三炷香，并借用灯盏上的火苗把香点燃了。随后他朝灵牌极恭敬地拜了三拜，神情肃穆。凤九天看不清灵牌上的字，也不清楚石敬晖祭拜的是什么人。他只好轻轻地挪了挪身子，调整一下自己的角度。他发出的声音极轻，甚至比天下最灵巧的猫还要轻。纵然这样，凤九天的行踪还是被韩王发觉了。他警觉地抬起头，神情戒备地看向屋顶。此时他的语气和做派，与他平日作风极不相符。

“房上的朋友，何须躲躲藏藏，不如光明正大地下来吧！”

韩王说话的同时，手已按上了腰间的宝剑。他的声音很轻，可在凤九天听来却无异于一声惊雷。凤九天不由得惊呆了，但凤九天就是凤九天，刹那间就回过了神。他足尖轻点，人已消失在了朦胧的月色中……

现在已是深夜，但和凝与柳问枢却都没有睡。此时两人丝毫没有倦意，目光都紧紧地盯着门外。他们在等一个人，一个很可能带回重要线索的人。突然，门外有了极其细微的声音。随着这个声音，走进来一个身着白袍的少年。

“和伯伯，柳兄弟，今日夜探王府，也算不虚此行！”此时的凤九天异常从容。

“哦？贤侄快说说，可有什么发现吗？”和凝与柳问枢闻言，都有些激动地站起了身。

“和伯伯，几年前的今日，可有什么大事发生过？”

和凝先是一愣，后又一惊，脸色变得有些难看：

“要说大事，或许只有七年前的那件事了……”

“师祖，您说的可是前朝灭亡一事？”

“没错！洛阳城破、末帝自焚，正是七年前的今日。”

凤九天听和凝说完，脸色变得更加难看：

“方才韩王在卧房内烧香祭拜，我想恐怕与此事脱不了干系！”

“什么？！韩王在房内烧香密祭，这绝不可能！”和凝此时的脸色变了数遍，语气中满是困惑与惊讶。

“凤兄弟，你知道吗？当年前朝灭亡，石敬晖便是助力之一！”柳问枢的表情说明，他对韩王今夜的行为也极为不解。“那恐怕只有一种解释，那就是真正的韩王已被调包了！”他思索了良久，这才极为肯定地继续说道。

“不光被调包了，而且还是被前朝后裔调的包！”和凝见柳问枢说得有些不够充分，于是开口补充道。

凤九天闻言点了点头，看向和凝询问起来：

“依您看我们下一步该做什么？”

和凝并没有急于开口，而是陷入了深深的沉思……

次日，清晨，醉月楼。

曾经的醉月楼是汴州城外最大的酒楼，可如今的醉月楼，与其说是楼，不如说是座废墟。三人经多方打听，才找到酒楼店家的住处。店家府邸虽比不上那些王公大臣，可在百姓中算是极阔的。

“当当当……”凤九天上前轻轻地叩门，府门很快便应声打开了。出来开门的是一位中年男人，脸上还带着倦意。

“几位是什么人啊？清早找我家大人有事吗？”

和凝微微拱了拱手，语气很柔和：

“本官和凝，有事想见你家大人。”

“您就是和大人！请您稍等片刻，我这就去通报！”男子说着惊慌地跑进了府门，不多时便带着一个人迎了出来。

“您就是和大人吧？小人久闻您的大名啊！”此人说着就要给和凝跪下，和凝忙伸手扶住了他。

“店家，你不必行此大礼，本官只是有些事要问你。”

店家又客气了几句，忙带着三人去了会客厅。三人落座后，店家屏退了下人，关上了房门。

“和大人，您是为了小店走水一事而来吧？”

“没错，本官想了解当时的情况，把你知道的都说出来吧。”

“嗯……大概是一更吧，王爷带了个黑袍人把酒楼包下了……”

“什么？黑袍人？他大概多大年纪，相貌有什么特征？”凤九天想起了多次陷害自己的那个黑影，语气变得极为激动。

“他穿着一顶斗篷，看不清脸，听声音应该是个年轻人。”

“嗯……那之后发生了什么？又是怎么走水的？”

“这个……小人也不知道。”

“你是店家，怎么可能不知道？”

“他们当时在二楼议事，吩咐过任何人都不许打扰！”

“那你可听到什么异常的声音？”

“嗯……着火前的片刻，听到了有人摔倒的声音。”

“那你可知是什么人摔倒？”

“小人当时以为是客人喝多了酒，所以并没在意……”

“被烧死的那个人，尸体现在何处？”

“韩王给了小人几两银子，让我把他给厚葬了。”

“你把那人葬在何处了？”

“葬在万岁山的阳坡了，坟前没立碑，坟后栽了棵松树。”

三人闻言忙出了店家的府邸，直奔万岁山而去。

万岁山，孤坟前。

三人很快就挖出了那具被烧焦的尸体。尸体虽已烧焦，却仍能看出他四肢曲张。和凝忙走了过来，俯下身仔细观察起来。他先后看了鼻腔与口腔，全都积存着一层烟灰，他又看了死者的毛发与牙齿，却突然皱起了眉头。

“柳公子，快把小刀递给我！”

柳问枢连忙从怀中取出小刀，递给和凝。和凝接过小刀，随即熟练地在尸体上割了几刀。尸体的皮肤虽已被烧焦，可露出的骨头却是完好无损的。和凝再三查看死者骨骼，断定绝非是年轻人的。和凝最后得出一个惊人的结论：

“现在的王爷是别人假扮的，死者才是真正的韩王！”

“可凶手如何能在深夜引出韩王，又如何调包的呢？”凤九天闻言不禁一愣，随即向和凝询问道。

“他手里定握有藏宝图，以此为诱饵，引王爷见财起意。”

和凝所言极为有理，两人从心里感到敬佩。

“至于调包就更简单了，你们还记得酒楼店家描述的凶手吗？”

“据店家讲，凶手穿着一顶黑斗篷。”

“是啊，他定是早就易容成王爷的模样，只是斗篷遮住脸，别人看不清而已。”

“可那日的大火与摔倒声又该如何解释？”

“凶手设法让人以为客人是醉酒摔倒，碰翻烛台，从而引发大火。”

“那王爷之死，与石敬瑭之死是否有关？”

“当然有关！凶手毒害先帝既为报仇，更为吸引我们的注意！”

一系列推论看似匪夷所思，但被和凝说出，又让人不能不信。凤九天与柳问枢闻言都大吃一惊，半晌都说不出话来。和凝此时却笑了，一条巧妙的计策浮现在他脑海中……

天牢内永远都暗无天日，消息更加闭塞。这里的囚犯莫说得到外界的消息，就连见到阳光都是奢侈的。刘晋此时浑身是血，静静地躺在一间牢房的蒿草上，他的头发散乱，透过铁栅栏看向外面的眼神很是迷离。两个牢头平日都是一言不发，可今日却都大声地议论着。

“你们听说了吗？现在的韩王是假的！”

“什么？！韩王怎么可能是假的？那他真实的身份又是什么？”

“当然是同王爷一起饮酒的那个外乡人假扮的了！”

“哦？听说外乡人已被烧死，还能死而复生不成？”

“他根本没死，死的那个才是真正的王爷！”

“啊！那他为什么要烧死王爷啊？”

“据说他为报当年大仇，以献图为由杀死王爷！”

“王爷为人一向很好，怎么可能有仇人呢？”

“听说那外乡人是前朝重臣后裔，当年抄斩他满门的就是韩王！”

“啊！这种事你怎么会知道？”

“我不光知道这些，还知道烧死王爷的人，就是刘晋的主子！”

“这么说，他们不光毒死了先帝，还害死了王爷？”

“没错，他们毒害先帝，既为报仇也为转移视线。”

“这些事你到底是从哪儿听来的？”

“哈哈，这件事汴州城中早就传得沸沸扬扬了！”

“这桩大案一定又是和大人破获的吧！”

“天下能破这种奇案的，除了和大人还能有谁？”

“那现在的韩王府，早已被重兵围困了吧？”

“何止围困？假扮王爷的贼人，自知无路可逃，自焚身亡了！”

两个牢头你一言我一语，每句话刘晋都听得一清二楚。刘晋闻言不禁愣住了，脸色变得极为难看。

“不可能！这不可能！这绝对不可能！”他喘气的声音越来越急，额头也渗出了大滴大滴的冷汗。

“卑职见过和大人！”两个牢头突然停止了交谈，变得毕恭毕敬起来。

“刘晋在哪间牢房？快带本官前往！”和凝的话音未落，人已出现在刘晋的视线中。

刘晋的目光并没有停在和凝身上，而是落在他身后的一块木板上。木板上躺着一具尸体，一具被大火烧焦的尸体。此时牢头已打开牢门，和凝带人走进了牢房。抬着担架的几个牢头把担架放在了刘晋的面前。刘晋不待担架落地，就极慌忙地抢过去查看。这具尸体虽已烧焦，可大致的身高胖瘦却还能看得清楚，而且从衣服的残片来看，的确是韩王特有的蟒袍。这一切来得太突然，突然得让他有些措手不及。

“刘晋，你的主子已死，不要再妄想保全他了，还是想想自己吧！”和凝的声音极威严，怒视刘晋的目光中透着浩然正气。

刘晋此时已抱着尸体泣不成声了：

“萧大人……您文韬武略，本应全身而退，为何要做这种傻事？”

和凝见状冷笑起来，望向刘晋的目光中尽是威严：

“刘晋，你主萧俨已死，想活命就从实招来！”

“哈哈哈，你休想让我给你们透露任何线索！”刘晋冷笑数声，趁旁边一个牢头不备，抽出了他腰间的刀。

“刘晋，到了现在你还想反抗吗？！”凤九天大喝一声，流云剑刹那间就出了鞘。

可刘晋还是挥起了刀，不是向和凝，而是向自己项间：

“萧大人，小人绝不苟活，这就来陪您了！”

随着一道血光迸溅，刘晋缓缓倒在地上。和凝见刘晋死了，虽有几分惋惜，可还是长长出了口气。凤九天与柳问枢也觉得心中一块大石终于落了地。

“柳兄弟，我本来还以为用王爷的尸体骗不过他呢。”

“这就叫关心则乱，事实证明师祖此计的确有效。”

和凝吩咐牢头厚葬刘晋，随后扭过头看向两人：

“马上封锁王府，千万不可让幕后真凶漏网！”

两人闻言点点头，忙随和凝等人奔赴韩王府。

韩王府此时已被近千精兵团团围住。在这种局势下，莫说是人，就连一只鸟也难从府中飞出。可当和凝等人进入王府后，却发现假王爷早已不知踪影。他昨晚还在府内从容地祭拜亲人，可此刻却仿佛人间蒸发了一般。

“南萧不愧是南萧，此行圆满又全身而退，老夫佩服！”和凝见幕后真凶已逃，无奈地长叹了口气。

“他叫萧……不，是叫茶仪卿。”

凤九天此时突然想起，那日山下茶铺店家所说的话。他知道自己不能再被动下去了，而应主动出击。纵使南唐是龙潭虎穴，他也要明知山有虎，偏向虎山行！

第十六章　君子淡如茶

喝酒宜浓，品茶宜清。君子饮茶，君子爱茶，君子亦如茶。只有真正的好茶，才是君子之物，因其无邪，初品时只觉平淡，日久方知其中甘醇……

十日后，凤九天到了南唐。他以为在南唐想打听到萧俨不是件难事，可事实却恰恰相反。南唐百姓无一不知萧俨，却也无一人知其所在。萧俨对于南唐百姓便如春风之于万物，无人知其来处，亦无人知其去处，但其温暖却永存心间。凤九天想起了茶棚店家的话，换了个名字打听。功夫不负有心人，多日后他终于打听到茶仪卿身在吴越的消息。

吴越国都，钱塘。

钱塘向来以茶闻名，城中的茶楼更是数不胜数。但论及高等茶楼，逸清楼无疑是公认的第一。凤九天正坐在逸清楼二楼靠窗的座位上。

“小二，来壶茶！”

“客爷，您要什么茶？”

“龙泓茶，上好的龙泓茶，逸清轩的龙泓茶。”

“哈哈，看客爷是外地人，竟也知道逸清轩？”

“我虽是外地人，却也久闻逸清轩主人茶仪卿的大名。”

“哈哈，客爷真是见识广博！小的这就去为您沏茶。”小二说着露出一抹敬佩的笑容，连忙下去沏茶了。

小二走后，凤九天便陷入了沉思中。茶仪卿是否就是萧俨？他是否就是那个害自己的黑衣人？父亲的死是否与他有关？为何他几次三番想要引我前来见他？这一系列问题在凤九天的脑海中回荡，久久挥之不去，直到他听见脚步声与众人激动的喧哗声，这才回过神来。来人不是吴越帝王，不是武林盟主，更不是倾城佳丽，但众人对他的爱戴，对他的崇拜与仰慕，却比对任何人都多。他只是随意地一瞥，便能唤起如浪的欢呼声。虽然他对这一切毫无兴趣，但嘴角还是带着一抹淡淡的微笑。这微笑虽然很淡，却像一阵温暖和煦的春风，沁人心脾。他手中折扇轻摇，缓缓地走到了逸清楼店家面前，逸清楼的店家顿时变得谦恭无比，带着众伙计齐齐向他施礼。

他见店家因自己前来，把顾客都冷落了，不禁摇了摇头：

“远来都是客，切不可因我一人而怠慢了诸位贵客。”

店家慌忙弯腰施礼：

“大东家教训的是，教训的是。”

此人见状微微颔首，脸上再次露出微笑，随后举步上了二楼。凤九天再也坐不住了，把小二叫过来，极为好奇地开了口：

“小二，此人到底什么来头？”

“回客爷的话，此人是茶楼的大东家！”小二此时的眼中，不禁流露出一股仰慕之色。

凤九天闻言把目光再次投向那温润如玉的谦谦君子。就在此时，楼下传来了一阵嘈杂声。凤九天闻声向下看去，只见门前的街路上突然挤满了人。人群分为两伙，泾渭分明。一伙人身着黑衣，身背凶器，目露凶光。另一伙人则衣着贫寒，手持棍棒，悍不畏死。他们不断朝对方怒吼着，随时都可能出手相搏。

身着粗衣的人群中有人大吼起来，吼声直震九霄：

“你们这群黑心商人不许污蔑香茗君子！”

“对，香茗君子最讲道义，你们活该被挤出吴越茶市！”黑衣人首领也不甘示弱，竟朝粗衣人群啐了一口，“呸！他也配叫香茗君子，我看他就是个唯利是图的伪君子！”

粗衣人群们闻言纷纷喊了起来，语气间有愤怒也有不屑：

“你们这是无理取闹，真是既输了生意，又输了人品。”

“无理取闹又怎样？就凭你们这群贱民，还敢和我们动手？”

“动手就动手，我们穷苦百姓誓死也不会让你们重霸茶市的！”

粗衣人群中的带头大汉率先动了手，其他人也随着冲了上来。但黑衣人个个训练有素，又都手持利器，顷刻之间便占了上风。尽管粗衣大汉身强力壮，手中大棍舞动如飞，也难与利器相抗。

“咔咔咔！”黑衣首领手中快刀疾闪，把带头大汉手中的大棍斩成几段，随即他飞起一脚，正踢在大汉小腹上，大汉闷哼一声倒在地上。

“你们就算杀了老子！也休想再重霸吴越茶市！”

“哈哈哈，林仁肇！我们称霸茶市的那一天，你是看不见了！”

黑衣人们纷纷大笑起来，围住了倒地的林仁肇。黑衣首领举起手中快刀，随时都可能斩下他的头颅。茶楼中的百姓纷纷出楼怒斥黑衣人，一时间群情激昂。凤九天此时也按捺不住，右手按在了腰间的流云剑上。此间，只有一人从始至终都纹丝未动，那就是端坐在茶楼内的大东家。

“呼！”黑衣首领手中快刀猛地劈下。凤九天再也忍不住，他不允许有人在他面前如此嚣张。就在他要出手的一刹那，半空中突然出现一阵劲风。这阵劲风落下，一把折扇磕掉了黑衣首领手中的快刀。

方才还波澜不惊的大东家，竟随折扇一道，飘然落下。而那把折扇竟似长了翅膀，盘旋一圈后径直落入大东家手中。神乎其技的一招，不但引起无数欢呼，更引起了凤九天的注意。如此熟悉的招数，凤九天曾在数月前见过。那个月夜，那个黑影，还有那个有点儿神秘的师兄黄皓天……只是大东家手中的这把折扇，运用得更加行云流水、浑然天成。黑衣人们看到大东家现身，都纷纷做了鸟兽散。

只见大东家缓步走到人群中，向大家拱了拱手，随后弯下身来：“林兄弟为了茶某险些丧命，在下实在过意不去。”大东家说着把林仁肇搀了起来，随即向他深深施了一礼。

“多谢公子救命之恩！今日能见到香茗公子，林某死而无憾！”

林仁肇说着就要给大东家跪下，大东家忙出手拦住了他。

“林兄仗义执言，茶某极为佩服，恳请兄台去寒舍小酌一杯。”

“能与公子共饮，林某三生之幸，焉有不从之理？”

两人相视一笑，并肩出了人群，消失在了长街的尽头。看着大东家飘然而去的背影，良久，凤九天才彻底回过神来。他忙找到逸清楼的店家，极为好奇地询问道：

“店家，方才那位大东家到底是何方高人？”

“少侠是外地人吧，难怪不认识我们大东家。”店家看凤九天的眼神充满了同情与不屑，“他就是我们大东家，钱塘城里有名的谦谦君子茶仪卿！”

茶仪卿，凤九天已记不得听多少人提起过这个名字。传闻中的茶仪卿似仙人一般，如同救苦救难的菩萨。直到他亲眼见到茶仪卿才知晓，他比传言中描述得有过之而无不及，因为茶仪卿绝不只是位谪仙，更是位君子，淡然如茶的君子。

逸清轩，天下最闻名的茶庄。

此时是初春，一个充满生机的季节。庄内茶树始吐新芽，一片绿意盎然。采茶女们一边采着新茶，一边唱着动听的民谣。蓝天、白云、春风、佳人，一切都如诗如画。

凤九天扮成了茶商，正穿行在这似真似幻的画卷之中。他很久都没有如此惬意了，嘴角露出了一丝微笑。他放眼观赏一望无际的茶山，瞧见半山腰有一座孤亭，精致优雅，浑然天成。他本能地向这座孤亭走去，本能地想靠近孤亭中的那个人。凤九天离亭子越来越近，亭中之人也越来越清晰。亭中一人一盏，空气中飘着淡淡的茶香。此人头戴银冠，一身白袍，外罩一件鹅黄色的轻衫，阳光照耀下，他宛如一株临风的玉树，一尘不染，神采照人。此时他手中捧着一本书，正在似看非看。“有朋自远方来，不亦乐乎……”他轻轻地吟诵着，随后缓缓抬起了头，对凤九天浅浅一笑。这一笑比春风更暖，比春雨更润，比春茶更韵味悠长……

“你就是茶仪卿？”凤九天拔出流云剑，横在了他的项间。亭中之人轻轻点了点头，对横在项间的宝剑恍若未见。“我想问你几个问题，若有半点儿欺瞒，我绝不饶你！”凤九天双目紧紧盯着此人，手中宝剑缓缓归鞘。

“好，请问吧。”

“首先，你可是那屡次三番欲加害我的黑衣人？”

“不是。”

“如何证明？”

“你还记得那个月夜，黄贤弟救你时用的扇子吗？”

“你和黄师兄是什么关系？”

“我们是挚友，情若兄弟的挚友。”

“他远在千华山学艺，你又怎会认识他？”

“哈哈，他上千华山，正是我的安排。”

“你意欲何为？是想对师父不利，还是想加害于我？”

“他只是为了引你来见我，否则又何必救你？”

“或许是你们联合起来欺骗我！”

“如果我想害你，又为何想方设法把你引来呢？”

“当然是想在自己的地盘杀了我！”

“我若真是那黑衣人，想要杀你又何须在自己的地盘呢？”

凤九天明白茶仪卿所言非虚，他若真是那黑衣人，在自己地盘外动手是更好的选择。因为只要他想，无论何时何地，凤九天都会死得神不知鬼不觉。

“你为何不找我，非要我来见你？”

“我若贸然找你，你必不会信我。”

“难道现在我就会相信你？”

“否则你又怎会收剑？”

“说！我父亲的死到底和你有没有关系？”

“云前辈是我师父，有教养之恩，我怎会杀他，又为何杀他？”

“你真的是萧俨？我儿时的玩伴萧俨？”凤九天此时的声音极为激动，眼中噙着满满的泪水。

“小九，是我……我就是曾和你相处数年的萧俨！”茶仪卿此时的声音也有些哽咽，目光中满满的都是思念。

凤九天已多年没流过泪，但此时却抱住茶仪卿，泪流满面……良久，两人才渐渐地平静下来。凤九天坐在茶仪卿的对面，看向他的目光亦如当年。

“我现在该叫你萧俨还是茶仪卿？”

“我在朝则为萧俨，在野则为仪卿，不过对于你，叫什么都好。”

“嗯……你的化名更好听，以后我就改叫茶兄了。”

“好啊，不过我对你的称呼不会变，你永远都是小九。”

两人相视而笑，气氛温馨而和谐，仿佛又回到了童年时光。

“茶兄，你对我父亲的死，有什么看法？”

“师父去世后，我曾去山上祭拜过，没有发现太多线索。”

“没有太多发现？那就是还有发现咯？”

“嗯……只发现了两个杯子与致命的剑伤。”

“啊！父亲嗜酒如命，那两个杯子也算是线索吗？”

“那两个杯子看似无关紧要，实则暗含玄机！”

“两个普通的杯子会有什么玄机？”

“两个杯子代表两个人，一个是师父，而另一个则是凶手！”

“就不可能是三个人、四个人，或者更多人？”

“不会！玄天楼内狭小，容不下太多人，且人多必会惊动他人。”

“嗯……天下能以一人之力，杀死我父亲的人绝不会太多！”

茶仪卿沉思了一会，缓缓开口说道：

“没错，天下能杀死师父的绝不会超过五个人。”

“茶兄，依你看，能以一人之力杀人又全身而退的会有谁？”

“陈抟……廖楚笙……龙行云……凤怀山……李昇……”茶仪卿一边仔细思索着，一边说出这些绝世高手的名字。凤九天闻言点头，并用桌上的笔墨把这些人名都写了下来。茶仪卿看了看这个名单，思索一下，对凤九天说道：“小九，陈抟老祖乃得道高人，与世无争，想来应不会是他。”凤九天微微颔首，用笔把陈抟的名字勾了下去。

“廖楚笙已死，可你还在找凶手，那就说明他也不是凶手。”

“没错，他不但不是杀父仇人，反而是位值得敬佩的英雄。”凤九天说着从怀中取出了《生死簿》交给茶仪卿。

茶仪卿接过《生死簿》翻看了一遍，脸色也暗沉下来：“没错，这上面的许多事我也彻查过，的确都是真的。”凤九天闻言更加确定下来，提笔又勾掉了廖楚笙的名字。“小九，龙前辈曾是你师父，我不敢妄加品评。”

“茶兄，龙前辈虽有些自大偏执，但确是位正直善良的名宿！”凤九天说着，不假思索地把龙行云的名字也勾了下去。

“小九，我对于凤前辈的了解也远不及你啊！”

“茶兄，我舅父与父亲情同兄弟，凶手绝不可能是他！”凤九天说着看了看茶仪卿，提笔把凤怀山的名字也划了下去。

茶仪卿突然笑了笑，一脸温情地看着名单上最后一个名字。

“小九，现在就只剩下义父李正伦了……”

“什么！你认李昇作义父了？”

“当年师父把我举荐给他，他对我视如己出，故认作了父子。”

“你确定他不会是凶手吗？”

“哈哈，绝不可能！你还记得吗？师父平日只喝一种酒。”

“没错，父亲向来只喝松子酒。”

“义父自幼喝松子酒就会起疹，发作时奇痒难忍，生不如死。”

“茶兄，你怎知他喝松子酒会起疹，可有什么依据吗？”

“只是听义父提起过，并没有什么依据。”

“茶兄，此事连依据都没有，你也相信？”

“义父为人真诚，不会说谎，而且那个时候师父还活着。”

“这……好吧。”

凤九天心中不断盘算着，那日不归村密室内的鲸油与榉木，这两样东西虽非南唐独有，却都是南唐盛产之物。他虽把李昪的名字在纸上划了下去，但心中并未划去……

几日后，南唐金陵城。

萧俨为献藏宝图，带凤九天回了金陵。茶仪卿是朝廷重臣、皇上义子，想见李昪自然易如反掌。而凤九天只好又抱着剑，等在皇宫门前。这次他没等多久，大内总管就亲自传旨把凤九天请进了宫。凤九天在总管秦安的引领下，在宫中转了半天才到了御书房。

此时已是午后，阳光洒满了御书房。房内只有两人，一个是茶仪卿，另一个便是南唐皇帝李昪。两人感情甚好，多年未见更是相谈甚欢。

“父皇，经过六年经营，吴越大半国力已在儿臣掌控之中。”

“卿儿，你果然不负朕的厚望，我大唐东进吴越指日可待！”

“是啊！如今石敬瑭已被我毒杀，暂时不用顾忌晋国了。”

“卿儿，你做得非常好，不愧是朕的股肱之臣！”

“唉，可惜儿臣没能救出刘晋，最终还是让他为国捐躯了。”茶仪卿的声音变得十分悲伤，显然还在为刘晋之死而痛心。

“卿儿，错不在你，毕竟查案之人是与你齐名的北和。”

“北和虽名不虚传，可如果我当时再果断一些，或许……”

茶仪卿正要再说下去，却被一阵脚步声打断。此时凤九天在秦安的引领下进了御书房，向李昇施了一礼。

“在下凤九天，见过陛下！”

秦安见凤九天居然立而不跪，慌忙出言提醒道：

“凤少侠，见到陛下还不快跪下？”

李昇闻言一笑，对秦安摆了摆手，随后亲切地开了口：

“哈哈，久闻贤侄大名，今日一见果然不凡！”

“贤侄？陛下此言何意？”

“哈哈，难道你父亲从未提起过，还有我这样一位师叔吗？”

“我的确未曾听父亲提起过，还请陛下见谅。”

“你不必称朕为陛下，还是叫叔父好。”

“好吧，一切都依叔父的。”

李昇笑了笑，随后看了看凤九天手中的流云剑：

“久闻贤侄剑法卓绝，不知能否让叔父看看？”

“久闻您亦是当世高手，不如你我切磋一番？”

茶仪卿闻言朝凤九天摇了摇头，示意他不要莽撞，谁知李昇却早已拔出腰间游龙剑。

庭院中，两人持剑而立。李昇的神情变得凝重，凤九天的眼中也带着杀意，但他们谁也没有急着出手，而是就这样静静地伫立着。他们都在等，在等对方出手，更在等自己到达巅峰的一刹。谁先到达巅峰，谁就会先出手。

此时天地间满是杀意，比秋风更萧索，比冬雪更凛冽。他们都不愿再等机会，因为他们都知道谁也不会给对方机会。上一秒天地间还生机盎然，下一秒却已变得无比萧索。因为无论是流云剑还是游龙剑，一把足以毁天灭地，更何况他们的剑都已出手，几乎是同时出手！

凤九天的剑向来都不会留情，此刻亦如往日般如风似电。李昇的剑虽久不出手，可却如楚之神鸟，不飞则已，一飞冲天！他们的剑都是杀人的剑，都是凌厉绝伦的剑，都是神鬼莫测的剑。天下武功唯快不破，几乎人人都懂，可真正能做到的人屈指可数。而在这屈指可数的人中，凤九天与李昇绝对算是其中之一。他们的剑如风，他们的人如风，他们的心亦如风。刹那之间他们已使出了数十剑，招招迅捷且致命。在他们眼中，天地万物已不存在，仿佛连自己的肉身也不存在。此刻天地间唯一存在的，只有对方手中那把致命的剑！他们的剑似乎早已不是死物，非但有生命，甚至还有灵魂。莫说秦安，就连茶仪卿也不禁为两人的剑光所动容。

李昇并无伤人之心，他的剑看起来凌厉至极，但却留着情面。凤九天的剑却不放过任何机会，步步紧逼，逼得人喘不过气。若李昇的剑是蛇，那么他已找到了七寸，一时间他稳稳占了上风。不过他还是太天真了，下一秒李昇的剑法竟突然变了。凤九天的剑此时依然像火，永不熄灭的圣火。但李昇的剑却如太阳，再大的火光和太阳比起来也显得微弱。

“这是诛天十三剑！”凤九天有些不可置信地看向李昇，看向他手中那把势不可挡的剑。

“哈哈，贤侄还认识诛天十三剑？难得！难得啊！”李昇有些得意地说着，手中攻势变得更紧。

“当！当！当！”凤九天也使出了诛天十三剑，两把剑相撞，激起阵阵火花。诛天十三剑，顾名思义，是威力足以诛天的十三剑。凤九天刹那间已把招数用尽，却仍未伤敌一分一毫。他知道李昇是故意相让，不然自己早死于他的剑下。但他已无招可用，若重复刚才的招数，不过是困兽之斗罢了。但李昇的招数仍未用尽，他竟然使出了第十四剑！这一剑使出，除了这柄不断震颤的剑外，天地间再无生机。

凤九天几乎从不知畏惧，但此时神情间竟也露出了恐惧。他的剑已无法变化，再多的变化也在李昇这一剑的控制之中。只要李昇想，他的剑随时可以刺穿凤九天的胸膛和咽喉。他这一剑代表死亡，也如死亡般无法被任何力量所阻止。这一剑刹那间逼近凤九天，刺向了他的咽喉。凤九天知道自己败了，自己这次是彻底败了。即使他做再多的抵抗，也无法挽回败局，所以他不再抵抗，不再挣扎，甚至不再思考。他就这样看着刺向自己的利剑，眼中尽是视死如归……

“哈哈哈，贤侄的武功和胆量叔父佩服！”此时李昇的剑虽已抵在了凤九天项间，人却突然大笑起来，随即他收起了掌中的利剑，激动地拉住了凤九天的手。

“您方才使出的那一剑，也是诛天十三剑？”

“虽然也是诛天十三剑，不过却是幻化出的第十四剑。”

“为何舅父没有教过我？为何龙前辈与父亲也没提起过？”

“哈哈，每个人对剑法理解不同，所以每人的第十四剑也不同。”

“那……诛天十三剑，是否还有第十五剑？”

“从未听说过，不过既有第十四剑，有第十五剑便不足为奇！”

李昇说得很轻松，凤九天却陷入了深深的思索之中。他虽练诛天十三剑已久，却从未想过还会有第十四剑，而且第十四剑竟会因每人的不同理解，导致剑法也完全不同。那么杀死父亲的那一剑，会不会是某人领悟出的第十四剑呢？

从古至今，凡事似乎都离不开酒。喜事要饮酒，丧事要饮酒，战事还要饮酒。茶仪卿大功还朝，凤九天叔侄相认，无疑都是喜事，所以李昇自然要设宴，在最恢宏的紫云殿中设宴。此刻李昇早已端坐于紫云殿正中的龙椅之上，而大殿中只有李昇父子二人，显得有些空荡荡的。茶仪卿正跪于殿前，朝李昇行着大礼。

“儿臣多谢父皇隆恩，愿父皇千秋无期。”

李昇见状愉快地大笑数声，随即起身扶起他：

“卿儿，你我父子何须如此，快快平身吧！”

茶仪卿朝李昇笑了笑，然后缓缓地起了身。他刚站起来，身后便传来了一个极熟悉的声音。

“小侄凤九天见过叔父！”凤九天说着也到了殿中，朝李昇深深施了一礼。

李昇微微颔首，看向茶仪卿与凤九天的眼中满是笑意。

“卿儿、贤侄，你们别站着啊，快快入席吧！”茶仪卿点了点头，打量了一下紫云阁中两排席位。李昇见他有些犹豫，笑着指了指自己右手第一张席。“卿儿，你在想什么？怎么不坐呀？”

“父皇，儿臣坐此，恐怕不成体统。”

“哈哈，你是担心伯玉会生气？”

“儿臣虽得父皇信赖，却终归只是义子……”

“无妨！朕让你坐你就坐，不必担心！”

“那……多谢父皇……”

茶仪卿有些犹豫地看看李昇，这才慢慢坐下。凤九天见茶仪卿坐下，也随着坐在他的下手边。

两人才刚刚坐好，外面便涌进了许多皇子和重臣。茶仪卿忙拉着凤九天起了身，和众人一一见礼。众人见到茶仪卿，眼中都是钦佩与和善，唯独有一个人，目光中满是嫉妒与不屑。这是一位身着金色蟒袍、英俊潇洒的少年。凤九天见到此人，心中莫名生出一股厌恶之情。

“茶兄，此人是谁？为何对你如此不敬？”

“他便是李璟，表字伯玉，是义父的嫡长子。”茶仪卿给凤九天介绍完，忙走到李璟面前深施一礼：“皇弟近来可好，愚兄在外也常常挂念你啊！”

“哼！你若不是为了太子之位，会挂念我？”

“哈哈，皇弟此言差矣，愚兄绝无争位之心！”

“只有父皇会相信你的花言巧语，我可不是傻子！”

李璟愤愤地指了指茶仪卿的席位，其意不言自明。茶仪卿只得笑了笑，随即就要拉凤九天起身让座。凤九天并不理会茶仪卿，却朝李璟冷哼了一声：

“哼！此座乃皇上所赐，你说换就一定要换吗？”

“哈哈，我是堂堂皇子，你有何资格质问我？”

“我虽然没有资格，但是叔父总有资格吧！”

“叔父？你叔父又是哪个不开眼的老混蛋？”李璟指着凤九天大笑起来，笑声中满是轻蔑。

凤九天最受不了侮辱，眼中仿佛喷出了两道火光。

“哈哈，哪来的乡野刁民？也配朝本皇子瞪眼！”

凤九天再也无法容忍，握着流云剑的手已变得发白。刚才乱哄哄的大殿，刹那间为他周身杀气所慑，都静了下来。

李昇此刻的脸色很难看，指着李璟大声吼了起来：

“李璟！你这逆子，快给朕滚出去！”

“父皇，我可是您的亲儿子，难道还要受这个竖子的气不成？”

“这位贤侄是我的贵客，你身为皇子，就是这样待客的吗？”

“他是父皇的侄儿？那他的叔父就是父皇您了……”

李璟想起方才说的话，不禁变得有些畏惧起来。他忙朝李昇连连叩头，随即快步退出了紫云殿。即便是这样，他仍不忘朝两人投来很恶毒的眼神。

众人原本兴高采烈，被李璟一闹全都没了兴致。众臣和皇子们，只草草饮了几杯，便纷纷告退了。李昇看着再次空下来的大殿，心中一时五味杂陈。

茶仪卿知道李昇的心事，忙举杯向李昇开了口：

“父皇，伯玉还年轻，您不要因此太过伤心。”

“唉……若伯玉能有卿儿半分，朕死也瞑目啊！”李昇长长叹了口气，过了半晌才继续开口，“卿儿，今夜咱们都未尽兴，不如在御花园重摆一桌。”

“也好，儿臣久在吴越，早想与父皇一醉方休了。”

“哈哈，有如此美酒，小侄自然要奉陪到底！”

片刻后，御花园。

偌大的花园里极安静，全没了白日的喧嚣，只有李昇与凤九天、茶仪卿三人相对而坐。三人面前的石桌上，摆放着一些简单而精致的酒菜。他们一边饮着美酒，一边赏着明月，气氛融洽而和谐。宴至一半，李昇唤人呈上来了几盘葡萄。

“卿儿、贤侄，你们快尝尝这西域特产！”

“哈哈，多谢叔父，我的确多年未曾吃过了。”

“对了，朕都差点儿忘了，贤侄是在昆仑山长大的。”

茶仪卿从未吃过葡萄，不禁有些好奇地吃了一个，他试探着放进嘴里，却偷偷吐了出来。

“卿儿，你吃不惯这个？”

“义父，我的确有些吃不惯，还请见谅。”

“哈哈，无妨！无妨！”

三人相视一笑，同时举杯，再次饮尽杯中美酒。

凤九天已经记不清今晚自己喝了多少酒，但他知道，李昇与茶仪卿都喝醉了，酩酊大醉。凤九天见状，不由得露出了一抹讳莫如深的微笑。“叔父，壶中已经没酒了，小侄这就拿酒去。”随后他轻轻地站起身，快步离开了御花园。片刻之后他又回来了，手中真的拿着一只酒壶：“叔父，今……今晚高兴，咱们……咱们再喝几杯。”

凤九天并没有醉，但却故意发出了醉酒后才有的声音。他缓缓用手中的酒壶，斟满了李昇的酒杯。李昇虽已大醉，但还是朝凤九天笑着点了点头。他伸出有些摇晃的手，接过了凤九天为自己斟满的美酒，随即他看了看酒杯，又看了看明月，不假思索地饮尽了美酒。

凤九天见李昇喝干了杯中酒，看向他的目光中不禁现出一丝杀意。他拿来的是松子酒，按照李昇自己的说法，他喝此酒会起疹。如果李昇真的起疹，那么说明杀害父亲的凶手另有其人。如果他没有起疹，那么此刻正是报仇的最佳时机！

片刻后，李昇的脸色变了，手在身上疯狂地抓了起来。凤九天能清晰地看到李昇皮肤上起了一层密密麻麻的红疹。他有些抱歉，看向李昇的目光变得和善起来。

“叔父，您这是怎么了？莫不是被风吹着了？”

“贤侄，我好像是吃错了东西，快叫太医来！”

李昇的语气虽很平和，但他的表情却极为痛苦。凤九天忙趁其不备，收起了酒壶，这才出了御花园。随后他飞快到了尚药局，把最高明的太医都带了过来。几个太医看了看李昇身上的红疹，又摸了摸脉，随后纷纷叹气。

“陛下，定是您方才的饮食中，有导致起疹的东西。”

“你们既是太医，难道连这点儿小疾也医不好吗？”李昇一向待人平和，此刻却满脸怒意，吓得太医们连忙跪了下来。

“陛下请息怒，您的病虽无法彻底医好，却可暂缓病情。”

“好！你们快给朕医治，如果不能缓解病情，小心你们的脑袋！”

“是……臣等领命……”几个太医磕头如捣蒜，俱是惊慌失措。

不胜酒力的茶仪卿本已醉倒，此刻却已惊醒过来：

“陛下，发生了什么事？有什么是臣能为您分忧的吗？”

“仪卿，为父不知刚才吃错了什么，全身奇痒无比！”李昇说着指了指跪在面前的太医们，继续生气地说道：“这些蠢货全都束手无策，怎能不让为父恼怒？”

茶仪卿闻言正要说话，凤九天却抢先开了口：

“茶兄，传闻素心山庄庄主茉莉的医术极高，我这就把她请来！”

凤九天说着就要走，茶仪卿忙转身拦住了他：

“小九，此行是为陛下治病，还是我们同去为好。”

凤九天点了点头，随后两人快步走出了御花园。

风有时是最好的醒酒汤，此刻两人酒意消了大半。茶仪卿用他那睿智的双眸轻轻地瞄了凤九天一眼，没再说话。两人转瞬消失在朦胧的夜色中……

第十七章　佳人蕙如兰

牙长花飞，白露微微。所谓伊人，在水之湄。川流不息的南溪，似天上飘落的彩带绕山而过。山中住着一位奇女子，一位悬壶济世的奇女子。她像一朵淡雅的茉莉花，默默地散发着阵阵清香。

半月后，楚国。

南溪山地处偏僻，一向人迹罕至。清晨的山间，萦绕着一层薄雾，隐约可见山路上有两匹疾行的马，马上端坐着两个少年。他们长相俊美，气质出尘，却都风尘仆仆。那位略显冷峻的少年有些抱怨地开了口：

“茶兄，我本以为素心山庄很好找，哪知如此难寻……”

“小九，若是你相信我的话，我们又何必跑这么多冤枉路？”

“现在想来虽有些后悔，可若重来一次，我还会这么做！”

“唉，都这么多年过去了，你这脾气一点儿没改啊？”

“怕是这辈子也改不了了！”

冷峻少年说着，一打马向前冲了出去。另一位持扇少年笑着摇了摇头，打马追了过去。

晨曦透过薄雾照下，山中的景色变得有些朦胧。在这样安静的清晨中，素心山庄显得更加幽静，远处疾驰而来马蹄声，惊破了这份静谧。

“茶兄，咱们终于到了！”冷峻少年在庄前下了马，随后长长地松了口气。

“是啊，终于到了，希望陛下还挺得住。”持扇少年一边说着，一边下了马，动作无比从容优雅。

两人缓步走到庄前，持扇少年轻轻地叩响了山庄大门。庄门打开后，露出一个熟悉的面容。

“凤兄弟？你怎么来了？可是刘晋的主子有了下落？”

“柳兄弟，我此次前来，不为破案，是为了求见庄主。”

“凤兄弟，难道你不想报仇了？”柳问枢挠了挠头，有些疑惑地问道。

“仇是一定要报，不过眼下救人更要紧！”

看着凤九天焦急的神情，柳问枢更糊涂了：

“凤兄弟，你要救的人是谁呀？”

“是这位茶兄的义父，也是我的师叔。”

“凤兄弟，你说这人是谁？”

“在下萧俨，字仪卿。”持扇少年说着朝柳问枢拱了拱手，嘴角露出一抹微笑。

柳问枢闻言一愣，随即飞快地关上了大门。不多时又把门开了一个小缝，对两人说道：

“凤兄弟，这前门你们是走不了了，你们需从后门进庄！”

“柳兄弟，快开门，你这是要做什么？”

“不好意思凤兄弟，这是师父的意思，我也没有办法！”

“柳兄弟，快把门打开！柳兄弟，把门打开！”可无论凤九天怎么喊，里面却再也没有回音。“茶兄，这庄主架子太大了！不如咱们翻墙进去当面和她理论！”

凤九天话音未落就要翻墙，却被茶仪卿拦了下来：“小九，不可莽撞行事。”面对庄主的无礼，茶仪卿依然不急不恼。

“茶兄，眼下你还能有什么好办法？”

“小九，刚才柳公子听说来人是我，这才关上大门的。”

“对啊！凭我和柳兄弟的关系，他应该不会。”

“那庄主此举，定是想要考验一下我。”

“没错，至少目前看起来是这样的。”

“哈哈，那我们何不光明正大地去面对呢？”

“是你非要去的，到时候可别后悔！”

“君子一言，驷马难追，我绝不后悔！”

素心山庄，后门。

山庄的后门很小，仅可容一人出入。此时门前站着一位壮硕的少年。他一动不动地站在门前，挡着进庄的后门。

“这位兄台，我们要拜见庄主，麻烦你带路。”茶仪卿说着笑了笑，朝壮硕少年恭敬地施了一礼。

“哈哈，这门外凉爽，我暂时还不想回庄！”壮硕少年笑了，朝旁边挪了挪，把门口挡得严严实实。

“那有劳这位兄台让一让，把后门让开。”

“既是后门，哪能像前门那样说开就开？”

“不知这位兄台要怎样才肯放我们进庄？”

“很简单，你若有办法让我自己走进门，我就让你们进庄。”

凤九天见状不禁大笑，开口说道：

“哈哈，莫说是你，就是千斤的石狮，我一样能搬进去！”

“你们如果碰到我的身体，就算是输了！”

“输了又能怎么样？我们今日非进庄不可！”

“师父最讨厌无礼之徒，你们这样闯进去是见不到她的！”

“哼！你师父虽是老祖的弟子，可架子未免也太大了！”凤九天冷哼一声，手已按在了流云剑上。

壮硕少年见状非但全无畏惧，反而看着茶仪卿冷笑起来：

“这位就是大名鼎鼎的南萧？看来也不过如此！”

凤九天见壮硕少年出言挖苦，就要拔剑相向。茶仪卿却笑着摇了摇头，朝壮硕少年又施了一礼：

“这位兄台，我无法请您进去，但您若进去了，我能让您出来。”

“哈哈，你说真的？我倒要见识见识！”壮硕少年又大笑数声，随后真的依言缓步进了后门，双手抱肩站在那里，“喂！我警告你们，你们可不许耍赖啊！”

“这位兄台，你已经输了，我们何必要耍赖呢？”茶仪卿轻摇折扇，看着壮硕少年缓缓地开口说道。

“什么？怎么是我输了？你没搞错吧！”壮硕少年理直气壮地看向茶仪卿。

“是的，你已经输了！”

“我是怎么输的？你倒是说来听听！”

“你刚才给我们出的题目是什么？”

“如果你有办法让我走进后门，我就让你们进庄啊！”

“哈哈，你现在不是已经走进后门了吗？”

茶仪卿的神情是那么从容，嘴角的微笑更加灿烂了。凤九天看着两人，也笑出了声。

壮硕少年看了看自己，又看了看茶仪卿，顿时泄了气：“唉，南萧就是南萧，没想到这么轻易就把我绕进去了……”壮硕少年马上变得极为恭敬，挪开身子，把门口让了出来。

两人进庄不多时，迎面又撞见一个熟悉的面容。凤九天绝想不到在此会见到这个人，不由得惊叫出声：“寒天师兄，你怎么会在这里？”凤九天虽然神情间还带着歉意，却难掩见到此人后的惊喜。

眼前的刘寒天依旧是一身白衣，依旧是那么温文尔雅，唯一与以往不同的，就是眉宇间多了些许愁绪。

“凤少侠，我早已不是你的师兄，而且也改名叫寒轩了。”

“我知道你是因为苏师姐的事还在记恨我。”

刘寒天并没回答，只是看了看凤九天，苦笑了一声：

“前几日璇天来过，他已把事情的真相告诉我了。”

“什么，牧璇天来过？那他现在人在哪里？”

“他走了，拿着一笺药方走了。”

“他可说过要去哪里？”

刘寒轩闻言后默然不语，只是轻轻地摇了摇头。

“苏师姐现在可好？你们打算什么时候回千华山呢？”

“灵鸿已经不在了，我也脱离了凌霄派，拜茉莉为师了。”刘寒轩的神情看似很淡然，但谁都能看出他目光中的哀伤。

“什么！苏师姐不在了？”凤九天只觉眼前突然一黑，险些晕了过去。茶仪卿见状忙伸手扶住凤九天，目光中满是关切。

“风少侠，逝者已矣，还望你节哀。”刘寒轩的语气就像在说别人的事，好像这种悲痛与他毫无关联：

“风少侠，我此来不是为了叙旧，而是奉师命来守关的。”

“不知你师父是何意？难道求医问药还需要过关？”

刘寒轩并未理会风九天，只看看茶仪卿，又看看身后的月亮门。茶仪卿何等聪明，看见门上写了一半的对联，立刻会意地一笑。

“这位兄台，您的意思是想让在下完成这副对联吗？”

“没错，像这样的对联庄中共有三副，还请萧大人一一完成。”刘寒轩也不客套，一副公事公办的模样。

“既是神医信得过茶某，又岂有推辞之理呢？”茶仪卿说着朝刘寒轩拱了拱手，随后看向对联，“功盖三分却不及卧看涟霞。”他语音未落，目光就看向刘寒轩，露出了一抹微笑：“刘兄，还请借您手中之笔一用。”

刘寒轩闻言不禁一愣，有些不可置信地看向茶仪卿：

“萧大人，您这么快就想好了？”

“刘兄，在下时间紧迫，只能仓促作对，若有瑕疵还请见谅。”

刘寒轩半信半疑地点了点头，把手中毛笔交给了茶仪卿。茶仪卿接笔在手，不假思索地一挥而就：

“戏通五成终未能坐看飞花。”

他对的下联，莫说是风九天，就连刘寒轩也看得目瞪口呆。刘寒轩一反刚才默然的态度，眼中露出了一丝热情。

“萧大人，您非但对得极工整，字迹也是飘逸俊秀啊！”

“哈哈，刘兄过誉了，在下只不过是灵光一闪罢了。”

刘寒轩笑了笑，带着两人进了门，向正房走去。几人很快到了一处院落前，院前有一块石碑。这块石碑上刻着一句上联，一句气势磅礴的上联。

“开张天岸马。”风九天见此联写得有趣，不禁开口读了出来。

“萧大人，这是当年师祖留下的，下联至今还无一人能对出。”刘寒轩看向茶仪卿的眼神，颇有些得意。

茶仪卿只是轻轻地一笑，并没有丝毫为难之色

“陈抟老祖乃人中龙凤，在下只能狗尾续貂了。”

茶仪卿话音未落，竟用扇柄在石碑上刻起字来。这石碑极坚硬，就是世间

最锋利的刀也极难篆刻。可此时石碑却如一张上好的宣纸，而茶仪卿手中扇子便是狼毫。他篆刻的动作优雅而飘逸，仿佛在石碑上作画也全不费吹灰之力，刹那间他就写好下联，目光从容地看向目瞪口呆的两人。

“奇逸人中龙。”刘寒轩与凤九天不约而同地念出了声，目光中满是敬佩。

“萧大人，久闻您文韬武略，今日得见，果真不凡啊！”

“哈哈，刘兄过誉了，在下与老祖相比还差得远啊。”

刘寒轩无言以对，只好笑了笑，带着两人径直向正房行去。三人在正房门前，看到最后一句上联。前两副凤九天还可勉强一试，但这第三副他是全无头绪。这句上联字数虽然很少，却是全天下绝无仅有的一句。茶仪卿这次一反常态，并没有念出声来。

凤九天急不可耐，大声读了出来：

“百本文章树。”

刘寒轩此时不禁笑看茶仪卿，目光中满是期待：

“萧大人，这句上联是由两味药组成，您对出的下联也需有两味药。”

茶仪卿闻言没有说话，只是轻轻地点了点头。刘寒轩见茶仪卿没有立即对出下联，并未感到奇怪。不料，茶仪卿竟朝正房深施一礼，随即开口说道：

“千秋茉莉花。”

刘寒轩闻言，长长地吸了一口气：“萧大人的美意，在下替师父谢过了。”刘寒轩说着朝茶仪卿恭恭敬敬地施了一礼。

“刘兄，不必多礼，不知现在可否拜见尊师了？”

刘寒轩此时的笑容里带着些许的歉意：

“萧大人，实在不好意思，正房内还有最后一道测试。”

“好吧，那在下就去完成这最后的测试。”

正房内整洁而俭朴，只有一张木桌、一个药柜与几个蒲团。此时房内有一位负手而立的老者。

“前辈，不知您这关想考什么？”

老者并没有转过身来，而是声音低沉地开了口：

“萧大人，久闻您是当世神探，老夫有一桩案子想请教。”

“好，那就劳烦前辈把案情和在下说说。”

“嗯……十几年前的一个冬天，一个北方人死在了自己房中，死时门窗都是紧闭的。一个时辰后，邻居发现他的尸体并报官。官府派人赶到案发现场时，尸体仰面倒在地上，并没有中毒迹象，也没有被暗器射中的伤口。他的致命伤在背后，是被利器刺穿身体，而离桌子不远处还残留着水迹，经仵作验尸后排出他杀的可能。请问萧大人，这个人是怎么死的？”

凤九天闻言看向茶仪卿，他的目光中充满了信任。茶仪卿的确是个不会让人失望的人，他果真从容地开了口：

“回前辈，这个人是自杀的，而凶器就是室外的冰。”

凤九天闻言一愣，极为不解地看向了茶仪卿：

“茶兄，他是仰面倒在地上的，又怎会用冰刺入自己的后背？”

茶仪卿像是对凤九天说，又像是对老者说道：

“因为他把一块锋利的冰夹在了两个冰块中间，他背对冰块从桌上向地面倒了下去，所以中间那块冰正好刺入他的后背。”

凤九天略一思索，随后重重地点了点头：

“合理，完全合理！”

老者此时也笑了，转过身来朝茶仪卿深深施了一礼：

“萧大人不愧是南萧，果然非同凡响，老夫输得心服口服！”

“哦，原来是和凝和大人！在下同样心服口服！”茶仪卿淡淡地一笑，也向和凝还了一礼。

凤九天极为冷静地看向和凝：

“和伯伯，您为何会在这里？”

和凝的表情突然凝重起来，长长地叹了口气：

“如今大晋国将不国，老夫又何必再难为萧大人呢？”

“和伯伯，我们才分别数月，究竟发生了什么事情？”凤九天满脸疑惑地看向和凝。

“贤侄，你走后不久，景延广就挑起战火，结果惨败而归。”

“那晋国的疆土岂非要被契丹的铁骑践踏？”凤九天有点儿吃惊地问道。

“贤侄说得不错，如今大晋烽烟四起，百姓民不聊生。”和凝说着，愤愤地看向山的那一边，看向北方，看向大晋。

“良禽择木而栖，大晋皇帝昏庸无道，而我主李昪，雄才伟略，任人唯贤，和大人何不弃暗投明？”沉默良久的茶仪卿终于开了口。

“萧大人不必多言，和某尚无投靠唐国之意！”

凤九天见两人越说越远，只好把话拉了回来：

“和伯伯，您何时来的山庄，又为何当起了考官？”

“我们父女多年未见，甚是想念，难得清闲，故来探望。”提起女儿茉莉，和凝一脸的温情。“哈哈！老夫并非考官，是听闻萧大人到此，想一睹风采罢了！”和凝言罢，几个人都笑了。

“萧大人少安毋躁，小女现在山中采药，一会儿就回来。”

“多谢前辈告知，那在下就在这里等……”

未待茶仪卿把话说完，凤九天却不耐烦地拉了拉他：

“茶兄，我们在这里要等到什么时候，不如我们也上山吧！”

南溪山麓，天上下起了小雨。春雨总是那么细腻而温和，无声无息地滋润着万物。凤九天的心原本很急，可见到此情此景也和缓下来。

“茶兄，你看这里的山、这里的水，实在是太美了！”

“是啊，南溪山的确很美！”

凤九天正想再说点儿什么，却突然闻到了一阵奇香。这香味很奇特，沁人心脾。凤九天顺着香气向前方望去，看向不远处的山巅，只见山巅之上，奇花之畔，站着一位持伞而立的姑娘。美往往不在于距离的远近，有时距离甚至还会产生美。恐怕山巅上的这位姑娘，在任何人眼中都是极美的。凤九天指了指远处那个姑娘，看着茶仪卿露出一抹笑意。

“茶兄，这里不光山美水美，最重要的是人也美啊！”

茶仪卿似乎没领会他言中之意，只是顺着他指的方向看了过去。就在他看向姑娘的刹那，姑娘的身旁突然出现了一条巨蟒，这条巨蟒数丈之长，全身红鳞，头顶还长着两个肉包。茶仪卿本以为这种蟒蛇只有传说中才有，岂料今日竟被他遇见了。此时那位姑娘被巨蟒逼得步步后退，人已到了山巅的断崖边。

“姑娘，别乱动，您千万小心啊！”茶仪卿一边朝山上喊着，一边飞奔过去。

凤九天此时也拔出了流云剑，几个闪身人已到了山脚下。两人正想上山救人，不料那姑娘竟失足跌下了断崖。从断崖跌下的人都会粉身碎骨，绝无生还的可能。可凡事都有例外，这姑娘便是一个天大的例外。

她的身子从空中向下疾落，右手却飞快地打开了一把纸伞，随即梦幻般的一幕出现了，出现得那么意外，又那么动人。这位姑娘竟凭着手中的油纸伞，在空中缓缓地翩然落下。随她曼妙身影同时落下的，还有流星雨般的花瓣。她的动作优美而又典雅，仿佛仙子降落凡尘。

这一幕让茶仪卿一生难忘，倘若真有来世，想必也不会忘怀。茶仪卿呆呆地、痴痴地伸出双手，想接住这朵美丽的“飞花”。缘分向来只看天意，或许茶仪卿与这位姑娘真的有缘吧。所以天意并没有让他失望，姑娘真的落在了他的怀中。

她一身白色长裙，外披绿色薄烟纱，衬得她脸若桃花。肩若削成腰若束，肌若凝脂气若兰。她的美不媚、不俗，也不冷，而是淡雅与纯洁。若把女子比作花，她便宛如一朵盛开的茉莉花，茶仪卿惊她为天人！

“姑娘，你还好吗，有没有伤到哪里？”茶仪卿看向这个姑娘，极温柔地开口询问。

“多谢公子救命之恩，我没事。不过小女子有个不情之请……”姑娘有些羞涩地说着，随后朝茶仪卿深深施了一礼。

“姑娘有何要求，尽管告知在下。”

“公子，您看到山巅上的五帝花了吗？”

“五帝花？姑娘说的可是那朵散发奇香的仙花？”

“没错，此花极其珍贵，百年结一次果，对练武之人有奇效。”

“那姑娘是想让我们帮忙，保住山巅上那朵五帝花吗？”

“是的，还望公子能出手相助。”

茶仪卿与那姑娘你一言我一语，在旁的凤九天有些尴尬。“此乃我辈当为之事，姑娘尽可放心！”凤九天未待茶仪卿答应，便先开口说道。随即他快速地向山巅而去，刹那间已到了五帝花旁。

天上乌云密布，雨也越下越大。突然空中出现一道闪电，利剑般划破天际。巨蟒的身子此时正盘在五帝花旁，目光是那么贪婪。凤九天也已立于山巅，持剑护在了五帝花前。巨蟒非但没有被他吓住，反而不断地朝他吐着红信。凤九天见状冷哼一声，随即拔出了腰间的流云剑。

“孽畜，休要猖狂，看剑！”

他一声长啸，手中流云剑宛如雷霆般刺向巨蟒。巨蟒并没有躲闪，而是迎着宝剑，缠向了凤九天。“当！”流云剑与蟒身相撞，竟发出了金铁交鸣之声。宝剑被蟒身猛撞，巨大的力量震得凤九天虎口发麻。那条巨蟒非但没被斩成两段，反而被激起了杀心。

“咝！咝！咝！”巨蟒硕大的头立了起来，虎视眈眈地看着凤九天。而凤九天此时也持剑而立，看向巨蟒的目光也满是杀气。天地间的一切仿佛都已消失，只余下了一人、一蟒、一剑。巨蟒本就心性顽愚，加之想吞食五帝花，自是无所畏惧。凤九天也同样毫无畏惧，手中的剑更不会有一丝留情。所有人都知道，凤九天与巨蟒只有一个能活下来。今日他们狭路相逢，必要生死相搏，至死方休！

“当！当！当！”凤九天又连出七剑，迅捷而绝情。满天的剑花，满天的剑雨，忽然又化作一道飞虹。七色飞虹，多姿多彩，千变万化，杀机重重。凤九天很有自信，七剑之威绝对可以杀死任何高手。巨蟒虽不是高手，可却比高手更强。它根本不用闪，根本不用避，更不需见招拆招，那身有金石之坚的红鳞，就是它最大的优势与资本。凤九天知道自己伤不了它，但依然不会认输，不会放弃。谁也不知他出了多少剑，也不知他用的是何招数，只知他的攻击已近似疯狂，只知巨蟒依旧毫发无损。此时凤九天的虎口已被震裂，双臂也酸疼发麻。流云剑很轻，可此时对他来说，却有万钧之重，莫说迅捷的挥动，就是举在手中也艰难至极。

“嗖！”一把折扇飞出，带着劲风直斩向蛇头。随即，茶仪卿那儒雅的身影出现在了凤九天的身旁。

“小九，此蟒乃天生神物，极其凶猛，我绝不会让你一人犯险！”茶仪卿的话音一落，折扇已盘旋飞回他的手中。

凤九天看了茶仪卿一眼，目光中尽是感激与信任。他方才已没了力气，此时又重新有了活力。一剑、一扇，看似各自为政，实则你中有我，我中有你。这样的配合，这样的默契，这样的攻势，举世无双。想要达到这样的境界，就必须要有知己，甘为对方而死的知己。凤九天与茶仪卿的感情，绝非一朝一夕，又岂在一朝一夕？

巨蟒被两人多次击中，已经恼怒。这孽畜虽然心智未开，但却也能分清强弱。凤九天与他交锋已久，自然体力要差上许多。所以它并不理会茶仪卿的攻势，而是孤注一掷地对付凤九天。它那巨大的身躯，坚硬的鳞片，无疑是天下最好的武器。若对手是人，莫论他武功多高，凤九天都有必胜的信心。可这次他的对手却是条巨蟒，刀枪不入、力大无穷的巨蟒。此时他的剑法已散乱，就连目光也有些迷离，这样斗下去，他的体力就会耗尽，甚至连性命都难保。巨蟒此时张开了大口，想要一口生吞凤九天。而凤九天已无处躲避，也无力再躲避。巨蟒真的把他吞进了口中，吞进了那巨大而散发着腥臭的口中。凤九天随时都可能被巨蟒咽下，随时都可死于非命。

茶仪卿愣住了，那姑娘愣住了，凤九天自己也愣住了。生机往往浮现在死亡的边缘，希望也常常出现在绝望的彼岸。此时的凤九天已经绝望，而且也已经无限接近死亡，这同时也意味着他已到了生机的边缘，希望的彼岸……

凤九天的目光本已迷离，此刻却突然亮了。他眼中有了两道光，两道希望的光。他已被巨蟒吞了下去，周身仿佛已被融化。但是他没有放弃，只要还有一丝希望，就绝不放弃。打蛇打七寸，无论是大蟒还是小蛇，全都一样。所以他的头脑在飞速运转着，飞快地计算着距离。此刻他离蛇的心脏已经很近，生与死就在这刹那间。凤九天居然缓缓地站了起来，缓缓抬起了头。他知道自己现在已在蛇的心脏处，也在生死的岔路口。突然，流云剑猛地向上一刺，刺入了巨蟒柔软的心脏。巨蟒不断地翻腾着，想把凤九天甩出来，但他的剑却越刺越深！

良久，巨蟒停止了挣扎。凤九天虽已没了力气，但还是慢慢地向外爬着。他每爬一下，都觉得全身的骨头如被火烧。但他不会停下，不能停下，他也不敢停下。纵使再艰难，再痛苦，他也要活着。他不知道自己爬了多久，终于爬到了巨蟒的大口中。“啊！”凤九天一声大喝，使出全身最后的力气，才撬开了巨蟒的嘴。随即他眼前一黑，整个人陷入了昏厥，彻底失去了意识……

“小九，你不许死，我不许你就这样死！”

茶仪卿把满身是血的凤九天抱在腿上，泪水不断地坠落。他平时有多从容淡雅，此时哭得就有多肝肠寸断。父亲不在了，师父也不在了，除了李昇和凤九天外他再无亲人。如果凤九天真的死了，他也无法独活于世。

“公子，不必难过，这位少侠或许还有救。”姑娘见茶仪卿如此悲痛，不禁凑过来开口说道。

茶仪卿闻言转过了头，眼神宛若看着救世的菩萨：

“姑娘，您有办法治好他？您若能治好他，在下愿……”

“不必，救人于危难，正是我杏林中人当为之事。”

那姑娘说着在凤九天身边蹲下了身，为他按揉人中穴。随后她又从怀中取出了一个玉瓶，从玉瓶中取出了一粒丹药。这粒丹药晶莹而芬芳，宛如观音洒下的一滴甘露。她帮凤九天把药服下，随即微笑着看向凤九天。

“这位少侠快醒醒吧，不要让你的朋友伤心啊。”

随着她那澄澈空灵的声音响起，凤九天真的缓缓睁开了眼睛。他看了看眼前的姑娘，又看看眼角带着泪痕的茶仪卿，生死一瞬的感觉凤九天常有，可恍如隔世的感觉却是第一次。他微微地笑了笑，笑容是那么轻松而美好。

“小九，你现在感觉怎么样？”茶仪卿此时也已破涕为笑，眼神中满是关怀。

“茶兄，我死不了，你放心吧。”凤九天缓缓地说着，随后他拍了拍茶仪卿的肩。

茶仪卿点了点头，看向姑娘的眼中尽是欢喜与感激：

“多谢姑娘大恩，此恩此德茶某永生难忘。”

姑娘被他这样的目光盯着，如玉的脸不禁有些红了：“不，是我连累了两位，要谢也是我谢你们。”姑娘看着完好无损的五帝花，欣慰地笑了。凤九天此时已缓过大半，勉强站起了身。“现在天上还下着大雨，我们还是先避避为好。”姑娘见凤九天已能行走，这才缓缓地开口说道。

茶仪卿方才对大雨浑然不觉，此时才想起了避雨之事。

“请问姑娘，附近可有避雨的地方吗？”

“有，白龙洞离此最近，不如一起进洞避雨吧。”

姑娘说着把油纸伞给了凤九天，自己则与茶仪卿并排前行。

片刻后，白龙洞。

洞内虽阴冷潮湿，但和洞外的大雨相比，却要好上百倍。三人本想站在洞口避避，却被洞中传出的一阵恶臭气所吸引。

“什么味道！简直臭不可闻！”凤九天紧皱眉头，说着便要独自出洞。

茶仪卿也闻到了臭味，本能地看向那个姑娘：

“好像是尸臭！怎么会有人死在这里？”女子本应是胆小之人，可眼前这姑娘却比任何人的胆子都大。她不待茶仪卿与凤九天反应过来，人竟已顺着臭味寻了过去。

凤九天此时也走了过去，茶仪卿随后也跟了过去。他们走出不远，果真在地上见到了一具尸体。凤九天见到尸体后，感到的不是恶心，而是前所未有的疑惑。因为这具尸体他认识，就算是化成灰也绝不会认错。他就是那个盛气凌人的牧璇天，与凤九天斗了一年多的牧璇天！

“这怎么可能！他怎么可能死在这里！”凤九天此时眉头紧蹙，满脸都是疑惑。

茶仪卿见凤九天神情有异，不禁开口问道：

“小九，你要是身体不适，千万别勉强。”

“不！这个人我认识，他不应该死在这儿！”

“这个人你真的认识？那他又是谁啊？”茶仪卿与那个姑娘同时看向凤九天，异口同声地问道。

“他曾是我的师兄，也与我父亲的死脱不了关系！”

“难道他是牧璇天？黄贤弟和我多次提起的牧璇天？”

“没错，他就是牧璇天！”

姑娘不再理会两人，而是径直来到牧璇天的尸体旁。这具尸体全身皮肤变得发白，散发着阵阵恶臭。最恐怖的还是他的神情，如见鬼魅一般的神情。但姑娘注意的不只是这些，还有他怀中露出一角的纸笺。她轻轻取出那张纸笺，仔细地看了起来，随后长叹一声。

“唉，寒轩的药方没有开错，他本不该死的，只可惜……”

“姑娘可是有什么发现？您说的可惜又是什么意思？”茶仪卿有些不解地看向姑娘，极温柔地开口询问。

“死者中了九幽鬼境的百日索魂散，而纸笺上正是解药方子。”

“他既有解药，又怎会毒发身亡呢？”

“因为天下敢服这剂解药的人，绝对寥若晨星。”

凤九天闻言一惊，忙拿过了姑娘手中的纸笺。他虽然对医药一窍不通，但对毒物却略有研究。所以他看到药方的刹那也愣住了，彻彻底底地愣住了。这药方上开出的分明不是解药，竟是一味味毒药。

茶仪卿看到这张纸笺上的内容，也倒吸了一口凉气：

“姑娘，您是不是弄错了，这上面分明都是剧毒之物啊。”

“公子，你错了！你只知其一不知其二。”

“哦？莫非断肠草、孔雀胆等物，还会是解药不成？”

“没错。欲解此等奇毒，只有以毒攻毒！”

“那如果用寻常草药去解毒，会有什么后果？”

“寻常草药基本无解，就算解了也势必反受其害。”

茶仪卿正要继续说话，却被突然袭来的一阵咳嗽止住了。他咳得极重，声声都撕心裂肺，面色也瞬间白了，他用手捂着自己的嘴，生怕两人见到他咳出的血迹。但咳嗽声还是引起了凤九天的注意，姑娘也有些惊异。

“公子，莫非你也曾中过百日索魂散？”

“没错，让姑娘为在下担心了。”

“唉，只可惜你已用药草强行解过此毒，再想根除就难了。”姑娘的语气里除了遗憾，更多的却是难过。

“我自知活不过二十年，早就做好了赴死的准备。”

茶仪卿的神情依旧从容，可凤九天却感到五内俱焚。良久，他故作轻松地对茶仪卿说道：

“茶兄！你不会有事的，世间一定有人能医好你的！”

“无妨，若能报得师仇，助义父一统天下，我死而无憾。”茶仪卿目光看向远方，仿佛已看到壮志尽酬的那一天……

春雨渐停，素心山庄的房檐上还滴着水珠。此时三人已到了庄前，柳问枢与刘寒轩迎了出来。不料他们见到姑娘后，全都毕恭毕敬地深施了一礼。

“师父，您回来了。刚才萧大人……”柳问枢正向姑娘汇报，可突然见到她身后的茶仪卿，连忙住了口。

凤九天与茶仪卿此时却都愣住了，甚至有些目瞪口呆。以柳、刘二人的辈分和老祖的年纪来算，茉莉本该是个老妪。可眼前的姑娘分明是个少女，一个兰心蕙质的妙龄少女。

“姑娘难道真的是神医茉莉？”茶仪卿的语气虽然很平静，可谁都能看出他神情中的惊讶。

“没错，小女子正是茉莉，想必公子便是萧大人吧！”

“姑娘果然冰雪聪明，在下正是萧俨。”

茶仪卿说着朝茉莉施了一礼，这时凤九天也开口说道：

“我是凤九天，想必姑娘也听两位兄弟提起过吧。”

“小女子久闻凤少侠大名，也是仰慕已久了。”

“好说。不过要劳烦姑娘，随我们一起回唐。”

“哦？萧大人亲自出马，莫非是唐国皇帝李昇得了奇病？”

茶仪卿闻言微微颔首，有些担忧地开口说道：

“没错，义父全身起疹，举国上下却无一人能彻底医好此病。”

“今日幸得两位公子相救，小女子义不容辞。”

“那就有劳姑娘了！”

“哈哈，这等小疾我定手到病除。”茉莉一直不矜不伐，此时语气间却满满的都是自信。两人随茉莉进了正房，都与和凝见了一礼。茉莉有些歉意地开口说道：“父亲，您刚来女儿就要走，实在是对不住您老人家。”

“哈哈，无妨！你为正伦治病是大事，不必记挂老夫。”

茶仪卿闻言点了点头，极为敬佩地朝和凝施了一礼：

“和大人，您非但智谋过人，还公私分明，在下佩服。”

“哈哈，若萧大人能助正伦一统乱世，老夫死也瞑目了！”

半个时辰后，素心山庄外。

三人上了马，柳问枢、刘寒轩都出门相送。茉莉看了看柳问枢，又看了看刘寒轩，露出了满意的微笑。随后她又看了看素心山庄的大门，目光中竟有一丝留恋。她的神情让人感到奇怪，全不似临时出诊，却像是一去不回。不知过了多久，她好像才下定决心，打马向东南方向而去。

“和姑娘，您这是怎么了，是不是想到什么了？”茶仪卿见状有些不解，极为关心地打马追了过去，开口问道。

“没什么，让萧大人费心了，而且我并不姓和……”

“您是和大人的女儿，怎么会不姓和呢？”

“我是和大人的养女，生父姓贺。”

“那你的亲生父亲呢？难道他也已经……”

“是的，我还在襁褓中时，他便已经战死了。”茉莉的神情变得更加哀伤，显得是那么楚楚可怜。

“姑娘不必伤感，你还有养父，有两位好徒弟，还有我和小九。”茶仪卿见茉莉神情哀伤，不禁极温柔地出言劝慰道。

茉莉闻言脸却有些红了，露出了无比娇羞的笑容。随即她使劲地打了一下马，刹那间消失在了路的尽头……

十日后，南唐金陵。

茶仪卿带着凤九天与茉莉进了皇宫。他们很快见到了已经有些脱相的李昪。此时的李昪，龙袍残破，隐约可见道道血痕。

“卿儿，贤侄，你们终于回来了，若是再晚几日……”

“陛下，我们回来晚了，还请您恕罪。”

“哈哈，你说的这是什么混账话！”李昪指着茶仪卿大笑数声，神情愉悦。

“茶兄，您是不是忘了正事？”凤九天见两人光顾着说话，不禁出言提醒道。

茶仪卿闻言朝凤九天微微一笑，随即对李昪说道：

“神医请来了，陛下的病有救了！”

茶仪卿说着，把目光转向了默立良久的茉莉。他话音刚落，茉莉就上前几步要给李昪跪下。李昪见到茉莉，忙摆了摆手，笑着说道：

“你是来救朕的，无须下拜，要拜也是朕该拜你啊！”

茉莉见到李昪后，本还有些紧张，此刻却缓和下来。“小女茉莉，见过陛下。”她缓缓说着，显得极为恭敬。

李昪见茉莉如此美丽又谦恭有礼，不禁满意地点了点头。随后他看了看茶仪卿，又看了看凤九天，露出了一抹微笑。凤九天恍若未觉，但茶仪卿的脸却微微有些发红。

“神医，你看朕的病还有救吗？”

茉莉闻言忙上前为李昪搭脉，稍后有些为难地说道：

“陛下，起疹之疾小女可医，只是这百日索命散却难以根除。”

“什么？！叔父也中了百日索命散？”凤九天有些愣住了，不禁想起了茶仪卿与牧璇天。

“哈哈，何止是朕，满朝文武几乎都未幸免。”

“不可能！这怎么可能！”

“叔父没有骗你，我们真的都中了此等邪毒。”

“叔父，您可知下毒之人是谁？”

“不知。”

“那您知道是怎么中的毒吗？”

“也不知。”

凤九天此时已说不出话，全身都似被浇了一盆刺骨的冷水。南唐之强，天下屈指可数，竟会被一个神秘人所控制着。这件事细思极恐，无论是谁，只怕都会难以置信吧！茉莉并不理会这些，而是从背后药篓中取出了一个玉瓶。

“陛下，此药每日一丸，三日后便可痊愈。”

李昇接过了玉瓶，轻轻打开瓶塞，即刻一阵清香扑鼻。他不假思索地倒出一粒，放入口中，服药片刻，他便觉奇痒渐止，而且灵台一片清明。

“哈哈哈，不愧是神医，不愧是神医啊！”李昇喜上眉梢，不停地夸赞茉莉。

“小女不过略通皮毛而已，神医之名实不敢当。”茉莉言罢，又从背篓里取出一个药瓶，双手递给茶仪卿：“萧大人，这里有两粒参苓龟鹿丸，它能迅速压制你体内毒性，但不到万不得已，不可轻易服用，因其药性刚猛，会损减你的阳寿！”

茶仪卿接过药瓶，深施一礼：

“多谢姑娘赠药！”

茉莉见李昇病情大好便要辞行，秦安却突然跑了进来。“陛下，陛下大喜啊！”房内几人都顺着声音，向刚刚跑进房门的秦安看去。“陛下，龙武卫大军已按藏宝图指示，找到了末帝宝藏！”

“哈哈，现世的宝藏到底有多少？”

“一尊金佛，纯金的，高逾六尺！”

李昇闻言后，异常兴奋地站了起来，似是病已痊愈：

“天降祥瑞，国宝重光，实是寡人之幸，大唐之幸啊！”

茶仪卿与凤九天都笑了，这时茉莉却朝李昇施了一礼：

“陛下，您一定要按时服药，日后切莫再服松子。”

“朕知道了，多谢你救了寡人的命啊！”

“陛下严重了，治病救人是小女的本分，小女这就告辞了。”

茶仪卿有些不舍，偷偷地看了看李昇。李昇当即会意，微笑着开口说道：

“神医，你千里而来，何必急着回去？”

“庄中还有琐事要处理，而且老父与徒弟都在等我。”

“那也不急于这几日吧？朕还要尽尽地主之谊啊！”

“这……”茉莉不禁有些为难，走也不是，不走也不是。

茶仪卿忙朝茉莉深施一礼，有些腼腆地说：

“在下也望神医能暂且留下，与我们共赏金佛。”

凤九天笑着看向茶仪卿，随后也出言帮起腔来：

“没错，到时候我们送你回去便是！”

“那……好吧，恭敬不如从命了。”茉莉只得点了点头，羞涩地看向了茶仪卿。

温柔的人也难逃爱的宿命，这一眼或许便是永恒……

第十八章　销声匿影踪

天下需要寻找的东西很多，值得寻找的东西也很多。无论是找人还是找物件，都一样困难。人是活的，再难找的人，也会有相见的可能。而物是死的，一旦丢失，便可能再也寻不回来……

十五日后，深夜。

凤九天睡得很香，却被突然而来的一阵脚步声吵醒。

“小九，你快醒醒，快醒醒！”

凤九天闻声惊醒，很不情愿地看向茶仪卿：

“茶兄，都这么晚了，有事明天再说。”

“义父急召，不可耽搁！”茶仪卿的神情很凝重，语气更让人莫敢违逆。

“叔父找我们？出什么事了？”

“不知，但他要你随我同去。”

“也罢，我随你去就是。”凤九天说着披衣而起，随茶仪卿出了门。

片刻后，御书房。

李昪端坐在龙椅上，脸色出奇地难看。旁边伺候的太监、宫女，无不战战兢兢。

“秦安，卿儿怎么还没来！”

“陛下，萧大人此时应在路上了，或许马上就到。”

李昪闻言无奈地点了点头，长长地叹了口气。他正要看书打发时间，茶仪卿的声音却已响起。

“父皇，您连夜传唤我们，是出了什么大事吗？”

李昇见到茶仪卿，神情才略显和缓。随即他脸色又变了，变得比方才更难看。

“卿儿，出事了，出大事了！”

“父皇，到底出何事了？”

“是啊叔父，快说来听听！”

李昇随手拿起书案上一张奏折，递给了茶仪卿：

“卿儿，你还是自己看吧！”

茶仪卿闻言微微颔首，飞快地打开奏折读了起来。惊讶与疑惑往往与所记述的文字多少无关。有时，甚至文字越少，越隐藏着天大的秘密。此时两人的脸色也变了，变得比李昇更难看。

“父皇，龙武卫乃禁军精锐，怎会全军覆没？！”

“没错，实在太匪夷所思了！”李昇点点头，又摇摇头，苦笑数声，“哈哈，国宝不翼而飞，龙武卫全军覆没……”

“父皇，您找我们可是为了寻回国宝？”

“当地刺史无能，只好辛苦卿儿与贤侄了。”

“如此大案，总不能没有一点儿线索吧？”

“只有两样。”

“哪两样？”

“惊马与诅咒。”

“惊马？诅咒？”

“没错，惊马、诅咒！”

茶仪卿的脸色极为凝重，手不自觉地摇起折扇。这是茶仪卿的习惯动作，每遇疑案时的习惯动作。李昇见状苦笑了几声，有些无奈地看向茶仪卿：

“卿儿，难道你也害怕诅咒？”

“非也，儿臣是在等父皇一句话。”

“一句话？”

“一句极重要的话，只有父皇才有权说的话。”

“好，朕就许你便宜行事，全权调查此案。”

“多谢父皇，儿臣定不负父皇所托！”

“没错，有我凤九天在，一切邪魔外道杀无赦！”

李昇轻轻地点了点头，看着两人笑了……

萧府，东厢房。

月光斜斜照进屋中，映照着如玉的佳人。“挑兮达兮，在城阙兮。一日不见，如三月兮……”茉莉坐在窗前，痴痴地看着门口，若有所思。突然一阵脚步声，打断了她的思绪，随后，门口传来一阵叩门声。叩门声很轻，却声声叩着她的心扉。她知道来的人是他，只有他才会让自己心动，但她不知该不该出去，去见一见那个让她思念的人。

“神医，您休息了吗？在下前来辞行。”茉莉闻言一愣，连忙起身打开了房门。此时此地相见，两人不免有些尴尬，脸都微微红了。“神医，在下有事要外出几日，还请见谅。”茶仪卿缓缓说着，随即深施了一礼。

茉莉有些愣住了，语气间尽是疑惑与不舍：

“萧大人，你要去哪里？是不是出了什么事？”

“义父急召，令我们外出办案。”

“一定是出了大事吧？”

“龙武卫在江州全军覆没，国宝不翼而飞。”

“你们这就要走？”

“此事紧急，不容耽搁。”

“那……那我可否随你们同去？”

“此行只怕危机重重，神医还是留下为好。”

“我虽文不及萧大人，武不及凤少侠，但却精通医道、尸检。”

“可……万一……”

“没什么万一，为了萧郎，我纵死不悔！”

“你……你叫在下什么？”

“没……没什么，萧大人听错了吧。”

“我没听错，我一定没听错。”

“既然让你听到了，那我就叫一辈子……”

茉莉的脸红得已不似桃花，而像娇艳欲滴的玫瑰。茶仪卿轻轻拉住她手，拥她入怀……

五日后，彭蠡泽畔。

江州刺史早已带人在此等候。他在等茶仪卿，更在等证明自己清白的机会。他们并没有等太久，茶仪卿三人便已到了。

“刺史大人，前方就是案发现场吧？”茶仪卿与刺史见了礼，随即开口问道。

刺史点了点头，有些战战兢兢地开了口：

“没……没错，大军就是在前面全军覆没的。”

“大军为何不走大路，偏偏选择崎岖难行的小路？”

“因为前几日彭蠡泽发了大水，把大路彻底淹没了。”

“发了大水？是天灾还是人祸？”

“依下官看，此事当属天灾。”

“你可有根据？”

“想来是近日连发大雨，彭蠡泽水满为患，方酿此灾。”

“刺史大人平日就是靠臆想来治理州郡的吗？”

“下……下官失职，罪该万死。”

刺史闻言面现惶恐，全身发抖，冷汗如雨。他正要出言辩解，可眼前的一幕，却让他无话可说。堤坝决口处的砖石，断裂得太过整齐。被水冲毁的堤坝，绝不会如此整齐，只有被人凿开，才会如此。

“哈哈，这就是刺史大人所说的天灾？”凤九天见状不禁冷笑几声，目光中满是愤怒。

“下官罪该万死，罪该万死啊！”他连忙给茶仪卿跪了下来，叩头如同捣蒜。

茶仪卿无奈地摇摇头，长叹口气，把他扶了起来。

“刺史大人就算万死，也于事无补吧？”

“这……下官……”

“好了，先带我们去庐山看看案发现场吧！”

刺史重重地点点头，感激涕零地带着众人直奔庐山。

庐山，山势崎岖，直插云霄。若看山下云深处，直是人间路不通。凡事都不会太绝对，任何事都会有例外。正如此山，路虽极少，却偏偏有一条直通池州的小路。茶仪卿三人已到了这条小路上，方圆数十里唯一的小路。

“这里景色、风水俱佳，难怪李太白在此建凌霄派！”茶仪卿看着周遭景物，感到一阵心旷神怡。

很快众人到了林中的开阔处，眼前早已变成一片焦土，横七竖八倒着数不尽的尸体，尽是龙武卫官兵的尸体。尸体都已被烧焦，身上的盔甲也被烧得发黑变形。虽无法辨认他们的容貌，却依然能看到官兵们死前的痛苦与恐惧。这里原本是一方美丽的净土，此时却变成了人间地狱。

“刺史大人，这些士兵是怎么死的？”

“萧大人，依下官看……他们定是中了末帝的诅咒！”

凤九天怒视着战战兢兢的刺史，冷笑数声：

“哈哈，中了狗屁诅咒！简直一派胡言！”

刺史见状忙朝茶仪卿施了一礼，开口解释道：

“大人，有一件事您或许有所不知。”

“何事？”

“这些尸体刚被发现时，身上都有类似符篆的图形。”

“符篆图形？那现在为何消失了？”

“下官不知，经仵作勘察后也没有结果。”

“你仅依此断定此案是鬼怪所为？”

“大军此等死状，绝非人力所能及啊！”

“难道非人力能及之事，就一定是鬼怪所为不成？”

“那依大人看，这些官兵是怎么死的？”

“这……”茶仪卿被问得一时语塞，下意识地看了一眼茉莉。

“大军死前定是遭遇了雷击。”茉莉不假思索地走上前，极为自信地开口说道。

“这位姑娘，您说话可是要有根据的。”

“消失的图形与现场尸体都可证明。”

“姑娘，雷击最多死一两人，可死者竟达数百！”

“地下一定有铁，而且有大量的铁！”

“姑娘，庐山极少产铁，根本不足以引雷。”

“地下之铁难道非要当地所产？”

“姑娘是说有人预知大军路程，并提前在此设伏？”

“这有何不能？”

“大军路程乃是绝密，而且临时改道，这绝无可能。”

“刺史大人，大军为何会临时改道？”

“因为大水泛滥，大路不通，又急于进京。”

“致使大水泛滥之人与在此设伏之人，若为同一人呢？”

“这……这恐怕太匪夷所思了吧！”

“是我异想天开还是事实如此，只需挖开焦土，一看便知。”

“好，我这就派人挖土检验！”刺史说着，朝身后几个士兵挥了挥手。

众士兵们当即领会，随即取来锹镐挖掘起来。他们动作熟练迅捷，转眼间焦土便被挖开厚厚一层。土被挖开后，地面真的显露出几块巨大的铁板。刺史此刻已惊得目瞪口呆，看向茉莉的眼睛都直了，仿佛他眼前不是个普通的少女，而是个未卜先知的神女。

“姑……姑娘，您真神了，这下面真的有铁！”刺史的声音有些发抖，可随即却又问道，“不对呀！龙武卫官兵有近千人，剩下的都去哪儿了？”

茉莉闻言正想说话，茶仪卿已径直向前方行去。

几丈外，山石旁。

巨大的山石前有许多杂乱无章的脚印。从脚印行进方向看，这些人是从案发处径直走入了石中。人不可能穿石而过，但眼前的事实却偏偏如此。茶仪卿静静伫立于石前，不断地摇动着折扇。

“茶兄，人怎能穿石而过？”

“萧大人，依你看到底是怎么回事？”凤九天与刺史都懵了，纷纷出言询问。

茶仪卿并没说话，对两人的提问恍若未闻。他的手在大石上摩挲着，似在寻找什么东西。茉莉见状凑了过来，随即也伸出手摩挲起来。

“莉儿，你知道我在找什么？”

“知道，我当然知道。”

“哦？”

“你在找机关，开启大石的机关！”

“你真聪明，不过我们都忘了一件事。”

“何事？”

“那就是机关一定不会在大石外。”

“为什么？”

“因为凶手不敢确定外面的人是否都死了。”

“若还有人活着，就会打开机关，救出里面的人？”

“不然呢？难道还会见死不救吗？”

茉莉点了点头，神情说不出是愉快还是悲伤。刺史听见两人对话，忙让手下士兵凿开大石。“轰！轰！轰！”随着大石被逐渐挖开，真的显出了一个漆黑的山洞。漆黑往往代表不祥，代表恐惧，更代表死亡。洞口常常象征未知，象征危难，也象征绝境，而漆黑的山洞，岂不正是潜藏杀机的险地吗？

欲探险地，必要高手。只有高手才会探，才能探，才敢探。而凤九天无疑是高手，是屈指可数的高手。不管迎接自己的将是什么，他第一个步入了步步杀机的险地。但他知道，迎接自己的绝对不会是美酒、美食与美人。迎接他的只可能是死亡，别人的死亡，甚至是自己的死亡！

他的运气一向不佳，但这次的运气却很好，好得让他有些无奈、有些苦恼，还有些自嘲。因为他真的猜对了，眼前的一切与他所想完全一致。这里真的没有美酒、美食与美人，只有无数龙武卫的官兵，无数死去的官兵。这些官兵全身发紫，七窍流血。他们死前的神情极为痛苦，但仔细观察，嘴角又似带着微笑。

“茶兄，其余的官兵都死在这里了！”

茶仪卿此时也看到了这触目惊心的一幕。他转身询问茉莉：

“莉儿，依你看他们是怎么死的？”

“中毒而死。”

“是何种毒？”

“含笑销魂烟，九幽鬼境的含笑销魂烟！”茉莉的语气非常肯定。

凤九天闻言，想起了不翼而飞的阿鼻，脸色变得极难看。

“看来九幽鬼境真的还有余孽残存于世？”

“小九，你当时除了《生死簿》，还有何发现？”

“鬼境少了一样东西，一样至关重要的东西！”

“难道……难道是阿鼻？”

“没错，冥尊信物阿鼻！”

“这一切难道和九幽鬼境有关？”

“可冥尊已死，又怎可能……”

“廖楚笙或许已被架空，而架空他的人才是幕后真凶！”

“这……看上去匪夷所思，却又天衣无缝！”

几里外，山道旁。

道路越来越窄，窄得仅能容一辆马车通过。金佛通常会带来好运，运佛的马车也该平安通过。可它现在却斜倒在路边的草丛中，残破不堪。拉车的两匹马早已安静下来，低头默默地吃草。一切都显得有些凄凉而萧索。茶仪卿蹲在倾倒的车体旁，仔细地查看着。他看得很仔细，生怕漏过一点儿蛛丝马迹。四下鸦雀无声。良久，他的脸色变了，变得无比愉快。他兴奋地从断裂的辕杆下取出了一条丝绸。众人见状都连忙凑了过去。茶仪卿朝茉莉招了招手，把那条丝绸递给了她。

“莉儿，你能看出这丝绸产于何地吗？”

“虽看不出准确产地，却能看出是江南一带的丝绸。”

“嗯，凶手定是江南富贵之人。”

凤九天见到这条丝绸时，却彻彻底底地愣住了。接下来他笑了，极愉快地大笑：

“哈哈哈，明白了！一切都明白了！”

茉莉痴痴地看向凤九天，宛如看着个疯子。茶仪卿也极为不解地看着他，满眼都是疑惑。

“小九，你明白什么了？莫非知道凶手是谁了？”

“知道了，就连杀害父亲的凶手，我也知道是谁了！”

“什么？！到底是谁？”

“林金生！不归村的林金生！”凤九天说出这个名字时，变得异常兴奋，可其他几人却是一头雾水。

“小九，不归村在哪儿？林金生又是谁？”凤九天只好把自己在不归村的遭遇全都说了一遍。“小九，你确定凶手就是林金生？”茶仪卿听完凤九天的经历，有些将信将疑地说道。

“完全确定，只有他穿过这样的长衫！”

“天下相同布料极多，不能凭此就断定凶手吧？”茉莉失望地说着，脸上露出一丝苦笑。

“可林金生至少有嫌疑，而且嫌疑极大！”凤九天白了茉莉一眼，斩钉截铁地说道。

茶仪卿看看茉莉，又看看凤九天，轻叹口气：

“都别争了，查明了丝绸产地，一切都会迎刃而解。”

“嗯……萧郎说得有理。”

“没错，这才是当务之急！”

五日后，淹城。

古城虽然大多破旧，却永远比新城有故事。老人虽然大多老迈，也永远比少年有阅历。

淹城是座古城，春秋时期已存在的古城。城中有位姓王的裁缝，人送外号裁缝王。他是一位老人，一位博览群布的老人，见识足以在裁缝中称王。无论是多难设计的花式，多难认出的布料，他都能迎刃而解。所以想打听丝绸的产地，自然要找这位大行家。

三人此时牵着马，漫步在淹城的街市中。他们走得不快，脚步也有些沉重。前途再未知、再艰难、再凶险，他们也不会迟疑，但此刻他们却迟疑了，只因身后那些甩不掉的“尾巴”。

“茶兄，自出了庐山，就有一群苍蝇跟着我们！”

“萧郎，你看会不会是江州刺史的人？”

凤九天和茉莉都看着茶仪卿，有些焦虑地小声说着。茶仪卿却从容地摇着折扇，似乎并没有发现有人跟踪。

“茶兄，你快说话啊！到底要不要……”凤九天说着手不自觉地按上了腰间流云剑。

茶仪卿只得轻轻摇了摇头，小声开了口：

“小九，不要莽撞行事！甩掉这些人就好。”

可他并没有疾行，没有绕路，更没有上马狂奔，而是径直走进了一家客栈，一家很大的客栈。然后他要了两间上房，两间有窗的上房。茶仪卿进了房间，很满意地端坐在椅子上。而凤九天与茉莉都有些坐卧不宁。

“茶兄，这都什么时候了，你还有心情住店？”凤九天不耐烦地开口问道，神情甚是急切。

茶仪卿只是笑了笑，很从容地笑了笑：

“小九，你急什么？还怕裁缝王飞了不成？”

“可咱们身后那些人，随时都可能……”

“可能什么？杀了我们吗？”

“他们虽杀不了我们，却能杀了裁缝王！”

“哈哈，我正是怕他们对裁缝王下手，才在此落脚。”

茶仪卿淡定地笑着，同时为自己倒了一杯茶。茉莉略一思忖，随即也露出微笑，坐了下来，随后她也倒了杯茶，笑着看向凤九天。

“凤少侠，你也快坐呀。”

“都什么时候了，你们还有心情品茶！”

凤九天看着两人从容淡定的神态，急得快要疯了。他打破头也想不明白，这两位葫芦里到底卖的什么药。

“小九，我问你几个问题好吗？”茶仪卿轻轻地吹着杯中热茶，慢条斯理地开口说道。

“好！茶兄请问吧！”

“首先，你现在为何这般焦急？”

“因为我怕他们杀了裁缝王！”

“你怎么知道他们找得到裁缝王？”

“他们难道不认识裁缝王？”

“当然不认识！至少现在还不认识！”

“你怎么知道？莫非是他们告诉你的？”

“是的，就是他们告诉我的。”

“他们会告诉你？！这怎么可能？”

“他们虽然没说出来，却在用行动告诉我。”

“行动？什么行动？”

“他们现在在做什么？”

“当然是在跟踪我们！就像一群烦人的苍蝇！”

“对啊，若是他们找得到，还会跟着我们吗？”

“嗯……他们若认识裁缝王，想必他现在已是死人了！”

“你说的很对，所以我不会让他们找到裁缝王。”

“那我们到底该怎么办？”

茶仪卿又笑了，给凤九天倒了杯茶，又指了指窗户：

“晚上就从这里出去，保证神不知鬼不觉。”

“那我们现在要做什么？”

“现在？当然是慢慢享受清茶与窗外的阳光了。”

夜，月夜。

猫是一种既慵懒却又极警觉的动物。此时凤九天三人便像猫一样，三只不折不扣的猫。他们整个下午都过得很惬意，但现在却变得很机警。茶仪卿悄悄起了身，看了两人一眼，又指了指窗户。两人当即会意，运轻功出了窗户，翻过了不高的院墙。三人的轻功都很好，好得绝不会有任何人发觉。

裁缝王住在外城，一个很偏僻的巷子里。德不孤，必有邻，可他家周围却一户人家都没有。茶仪卿见到这间不大的房子后，神情变得很亲切。

“王叔父，快开门吧！”他一边说着，一边轻轻叩打裁缝王家的门。

不多时，房门从里面打开了，出来一个瘦小的老头儿：

“是仪卿啊，你都多少年没来看我这个叔父了。”裁缝王的神情显得极为亲切，宛如见到亲人一般。

“王叔父，你看我给你带什么了？”茶仪卿说着从怀中取出两包上好的茶叶。

裁缝王笑着接过茶叶，拿到鼻子下嗅了嗅，一脸享受。

“哈哈，这是今年上好的雨前龙泓吧！”

“叔父的鼻子还是那么灵啊！”

“那是，也不看看你品茶的功夫是和谁学的。”他说着打开了大门，把三人迎了进来。

裁缝王虽是个成功的裁缝，却不是个成功的男人。成功的男人不在于有多少钱，多少名望，而在于有没有约束自己的能力与一颗追求完美的心。自律的人、追求完美的人，绝不会让自己的屋子杂乱不堪。而裁缝王的房间却极其杂乱，乱得就像个猪窝。若非茶仪卿说他是个奇才，打死凤九天也不会相信。

“叔父，我们是无事不登三宝殿啊。”

“你找我这个老头子能有啥事，莫非又要和我下棋？”

“非也，我是想让叔父帮我看看这块丝绸。”茶仪卿一边说着，一边从怀中取出了那条丝绸。

“哈哈，看丝绸？那你小子算是找对人了！”

裁缝王当即接过了丝绸，仔细地端详起来。茶仪卿以为他会马上说出丝绸产地，可他却良久都没有开口。一刻钟过去了。凤九天变得有些不耐烦起来，甚至沉稳从容的茶仪卿也变得有些急躁。

“叔父，您看这丝绸到底产自何地？”茶仪卿见裁缝王半晌不语，开口询问道。

裁缝王此刻眉头皱得很紧，对茶仪卿的话恍若未闻。

“我以为裁缝王多厉害，不过浪得虚名而已。”凤九天再也忍不住了，不耐烦地脱口说道。

裁缝王闻言非但没生气，反而笑了，愉快地大笑：

“哈哈哈，老朽一世自负，现在却不得不承认浪得虚名了。”

“叔父，您可是裁缝王，难道连您也……”茶仪卿看向裁缝王的眼神有些失望，却还是不愿放弃。

裁缝王见状不禁又神情变得很是自信：

“老朽虽不能立刻断定，但何时说不能断定了？”

“您的意思是能认出来了？”

“年岁大了，光线又昏暗，恐难辨别，但明早一定可以！”裁缝王的语气极为肯定，让人不容有一丝质疑。

“那我们先告辞了，明早再见。”

“好，老朽一定不会让你们失望的！”

夕舍萤飞思悄然，孤灯挑尽未成眠。

当晚，三人相对而坐，一夜未眠。直到天微微发亮，凤九天才坐着睡着了。茉莉看着茶仪卿，温柔地开了口：

“萧郎，我们什么时候去找裁缝王？”

“嗯……还是等小九醒了，再去不迟。”

“好吧，那我先去弄些早饭来。”茉莉说着站起了身，缓步出了房间。

良久，凤九天才醒了过来。他看向茶仪卿，有些不解地问道：

“茶兄，你一夜未眠还撑得住？”

“还好，昨夜想了很多，一直无法入睡。”

“想了很多？都想到什么了？”

“首先，跟踪我们的人一定不是刺史府的人。”

“何以见得？”

“有三点证据，三点铁证。”

“都是什么？”

“第一，刺史不会傻到在自己境内犯案。”

“没错，他境内出了大案，他定难辞其咎。”

“第二，若真是他所为，他绝不会跟踪我们。”

“嗯，不会有人作案后，还生怕别人不知道的。”

“第三，他没有作案动机。”

“没有动机？金佛价值连城，他怎会不动心？”

“因为他是刺史，若想要钱，只需搜刮民脂民膏即可。”

“有道理。他若只为钱财，的确不必如此冒险。”

“所以，跟踪我们的绝不是刺史府的人。”

“那他们到底是什么人……”凤九天正要再问下去，茉莉端着木盘回来了。

“凤少侠，你醒了？那就一起吃点儿东西吧。”茉莉朝凤九天微微一笑，随后把木盘放在了桌子上。

“莉儿，你怎么去了这么久？”茶仪卿见茉莉回来了，有些关切地问道。

茉莉闻言微微一愣，随即露出一抹歉意的微笑：

“啊……天太早了，伙计还都没起来，所以耽搁了。”

茶仪卿闻言看了看天色，缓缓地点了点头，随后三人草草地用过早饭，再次翻窗出了客栈。

清晨的古城人很少，少得寥寥无几。空荡荡的街路被化不开的大雾笼罩着。白茫茫的迷雾中，几乎伸手不见五指，半空中却突然出现无数亮光，比闪电还亮的光。这些亮光分别袭向三个人，三个飘逸不凡的人。这三人却像是瞎了一般，对面前万千寒芒浑然未觉。就在寒芒袭到他们身前的刹那，凤九天终于出了剑，随宝剑出鞘的还有一声龙吟，其音直震九霄！“当！当！当！”他的剑迅捷而冷酷，袭向漫天寒芒。流云剑与寒芒相撞，无数暗器纷纷坠下。

“无耻之辈，有胆就出来一决胜负！”凤九天的声音很冷，冷得就宛如三九天的寒冰。他语气间充斥的杀意随时都可能爆发，他身后的两人，眼神中同样显露出了杀机。

“哈哈哈，既不怕死，我们就奉陪到底！”

随着几声夜枭般的狞笑，巨大的戾气顷刻弥漫于天地之间。人都是有脚步声的，不论武功多高都在所难免。但从大雾中走来的四个黑衣人，却几乎没有一点儿声音。他们就这样突然出现在三人面前，宛如幽灵鬼魅。

“什么人！速速报上名号！”凤九天剑指这四个蒙面的黑衣人，怒火中烧。

“我们是谁不重要，你们只要知道一件事就够了。”

“何事？”

“那就是你们已经快死了，而且会死得极惨！”四人再次狞笑起来，笑声中充满了嘲弄与轻蔑。

凤九天闻言不禁笑了，狂傲地大笑。“哈哈哈，我看要死的人是你们吧！”随后，他的剑寒光一闪，便化出了万道光华。

他的剑挥出的瞬间，四个人突然都消失了。可下一秒，他们竟同时出现在三人身后，长剑齐齐袭向姑娘。茶仪卿见状，忙挥动折扇上前相护。这次几个黑衣人没有再消失，而是与茶仪卿缠斗起来。凤九天此时也已回身，流云剑流虹般击向四人。黑衣人并没有丝毫怯意，反而主动迎了上去。他们的剑法忽快忽慢，忽左忽右，忽虚忽实。这样的剑法，绝不是威力最大的，却是最刁钻阴毒的。人多力量大，何况四人又是少有的高手呢？

是人都会疲倦。良久之后，三人都已筋疲力尽了。穿梭在他们身旁的四个

“幽灵”，却犹显游刃有余。“幽灵们”似乎体力丝毫无损，永远也不会感到疲倦。

“哈哈哈，你们不要再做困兽之斗了！”四人一边迅捷地出剑，一边疯狂地狞笑着。

凤九天的额角虽已见汗，却发出了一声惊天的长啸。随着啸声，他手中流云剑的招数更加惊人。方才两人对付他便绰绰有余，现在却显得极为吃力。所以他们放弃和凤九天缠斗，全都围攻那个姑娘。三人中茉莉的武功最弱，刹那间便已险象环生。茶仪卿与凤九天只得纷纷出手相护，局势片刻陷入被动。

“咳！咳！咳！”茶仪卿突然猛咳起来，吐出一口鲜血。

凤九天不禁分了神，极为关心地看向他：“茶兄，你怎么样，还能撑住吗？”茶仪卿极为关切地说着，手中招数却已散乱。

“小九，你不用管我，快护住莉儿！”

凤九天正要再说什么，茉莉已被逼得步步后退。她手中持伞还在不断抵抗，但却显得有些力不从心。突然，一把长剑挑飞了她手中的纸伞。与此同时，左侧的另一把长剑已点向她的胸口。纵然茉莉再淡定，此时此刻也已慌了手脚。这种局势虽算不上绝杀，却也避无可避。她知道再做任何反抗都是徒劳，只能选择闭目等死。

“莉儿小心！”茶仪卿大叫一声，飞身替她挡下了致命的一剑。

凤九天见状已近癫狂，手中流云剑更快、更猛、更狠。人不到最危难的关头，永远不会知道自己有多强。方才四人与三人交手尚且轻松，此刻与他一人缠斗方显不敌。四人你看看我，我看看你，有些进退维谷。

就在这时，远处传来一声呼哨，一声惊破战局的呼哨。四个黑衣人闻声迅速撤离，眨眼之间消失得无影无踪，仿佛刚才从未有人出现过，一切不过是场幻觉。凤九天想追赶，怎奈见茶仪卿受伤，只得作罢。他回过身，见芸莉已把茶仪卿抱在腿上，不断地哭泣着。

“萧郎，你真是太傻了，我根本不值得你……”

茶仪卿朝茉莉吃力地笑了笑，紧紧地握住了她的手。“情之所至，生死可轻，为了你我纵死无悔。”他虽装作很从容，声音却极为虚弱。

凤九天见茶仪卿胸口不断渗着血，急切地开了口：

“茶兄！你现在感觉怎么样？”

“小九，我没什么大碍，休息几天就好了……”

凤九天轻轻地点了点头，看向还在哭泣的茉莉：

“你是当世神医，为何还不出手医治茶兄？”

茉莉闻言这才回过神来，忙从怀中取出了一瓶丹药，随后倒出了两粒药丸，给茶仪卿服了下去。

茶仪卿服下药后，有了一些精神，看向凤九天。“小九，你认识这些人的招数吗？”茶仪卿有些奇怪地问道。

“不认识！似乎不属于任何门派！”

“萧郎，他们的招数我也从未见过。”

茶仪卿无奈地看向凤九天，虚弱地开口说道：

“小九，裁缝王怕是凶多吉少，还要麻烦你……”

“茶兄和我客气什么？我这就去找裁缝王！”他说着转身而去，很快就消失在了大雾中……

裁缝王家本就很乱，此刻更加凌乱不堪。屋中满是鲜血，红得触目惊心。裁缝王倒在血泊中，早已没了呼吸。而他的尸体边竟然放着一朵妖艳至极的泣血梅。在凤九天的记忆中，此花只有昆仑山舅父的花圃里才有。这到底是怎么回事？凤九天的内心几近崩溃！

他跟随和凝与茶仪卿数月，深知勘查现场的重要。他不断地在屋内搜寻着可能发现的蛛丝马迹，又检查了尸体的伤口及所有物品，可依然是一无所获，他不禁有些失去了耐心。他本想一走了之，可又不甘就此放弃。

功夫不负苦心人，凤九天终于有所发现。他从裁缝王紧握的右手中，发现了一张纸条。这是张已经发皱的纸条，沾满血污。纸条上没有长篇大论，只有简单的八个小字：山行，二十；江雪，十六。

这几个字看似毫无关系，凤九天根本不知所云，但他相信裁缝王临死前还紧握着这张纸条，其中必有深意。他只得带着纸条、红花与满腹的疑惑，回到了客栈。

茶仪卿是个饱学之士，更是个值得信赖的人，无论凤九天有多大的疑惑，他都从不会令其失望。此刻茶仪卿正静静地倚在床边，仔细查看纸条。凤九天与茉莉则静立在旁，一句话都没有说。不知过了多久，茶仪卿终于缓缓地开了口：

“小九，这朵红花我不认识，但纸条之意我已明了。”

“茶兄，你真的明白了其中深意？”

“是的，我已经彻底明白了。”

“萧郎，那你快说说，纸条到底什么意思？”

“《山行》和《江雪》是两首诗。”

“《山行》第二十字和《江雪》第十六字，就是谜底？”凤九天不禁大喜，脸上露出了一抹微笑。

“是的……咳咳咳……”茶仪卿虚弱地点点头，随后又是一阵撕心裂肺地咳嗽。

茉莉轻叹口气，看向凤九天，缓缓开了口：

“凤少侠，你会背《山行》和《江雪》吗？”

“当然会！”

“那你应该也想到谜底了吧？”

“没错，我已经想到了。第二十字是林，第十六字是独。”此时凤九天脑海中再次浮现出林金生的面庞。

“裁缝王是在暗示我们，此布料乃林金生独有。”凤九天看向茶仪卿，斩钉截铁地说道。

茶仪卿满意地点了点头，轻声说道：

“小九，看来你是对的，此案的确和林金生有关。”

“茶兄，你一定要快点儿好起来，让那奸贼血债血偿！”

茶仪卿轻轻地点了点头，嘴角露出一抹微笑。此时三人都略显激动，好像夜晚迷路的人见到了一丝曙光。无论前方多么崎岖坎坷，他们都要向着光亮走去……

第十九章　求株须蔓引

凡事欲知本源，必须蔓引株求，顺藤摸瓜。国宝案当然也是如此，甚至比其他事情更要如此。若把丝绸比作蔓，那这根藤蔓此时已在三人的掌握之中。接下来要做的，是沿着这条藤蔓去寻找那不为人知的根须。

一月后，祖山。

黄昏总是最美的，却又最短暂的。天色已晚，三人只得在山脚下投宿。“当！当！当！”凤九天轻叩着一家农户的房门。不久，门中走出个老妇人。茶仪卿忙上前施礼：

“老人家，想在贵宅借宿一晚，不知是否方便？”

老妇看了看茶仪卿和凤九天，一时默然不语。茉莉一笑，凑上前来，从怀中取出了几两银子。

“老人家，我们不是坏人，还请您行个方便。”

老妇见状摆了摆手，慢慢地把大门打开了。三人朝老妇行了一礼，这才进了大门。

晚饭时，桌上摆放了几盘野菜与一碗羹汤。老妇指着桌上这些菜肴，苦笑着开了口：

“老妇家里贫寒，没什么好吃的。”

茶仪卿却笑了笑，夹起一大口野菜放入口中：

“麻烦老人家了，我等实是感激不尽。”

老妇闻言笑了笑，随即开口问道：

“以老妇拙见，几位不是本地人吧？”

没等茶仪卿答话，凤九天抢先开了口：

“我们的确不是本地人。”

“你们是要去临潢府，路过此地吧？”

“非也，我们三人要上祖山。”

老妇听罢吃惊不小，全没了刚才的沉稳：

“祖山？！那可不是说上就上的！”

“怎么？此山别人上得，我们就上不得吗？”

老妇脸色突变，用小到几乎听不见的声音讲述道：

“此山闹鬼，五年前就没人敢上山了！”

“闹鬼？你亲眼看到了？”

“年轻人，要是能看见鬼在闹腾，那就没什么可怕的了。”

“到底是什么事，让老人家谈鬼色变？”

“浮霞村，单只浮霞村就够吓人了！”老妇凑到凤九天耳边，悄声说道。

“浮霞村？在下只知山上有座不归村，却未听过浮霞村。”

“浮霞村就是不归村，不归村就是浮霞村。”

“浮霞村何故改为不归村？”

“五年前，浮霞村百户人家，一夜间全都死光了！”

“百户人家，竟然一夜间全都死了？”

“是啊，一夜间死了那么多人。”

“老人家可知道他们是怎么死的？官府又是如何结案的？”

“结案？官府早就不敢再查此案了！”

“为何不敢查案？”

“官府只要调查此事，村子周围就会有人离奇死亡！”

“那就更应该查下去了！”

“既然人都死了，难道还要因为死人而连累活人吗？”茶仪卿闻言长长叹了口气，老妇也随着叹了口气，语重心长地看着眼前三个年轻人：“唉，我劝你们还是原路回去吧。”

茉莉显得有些害怕，满脸畏惧地看向茶仪卿：

“萧郎，我们还是回去吧，不然……”

凤九天看了茉莉和老妇一眼，斩钉截铁地说道：

“难道因为惧怕邪祟，押宝的大军和裁缝王就要白白牺牲吗？”

“凤少侠，留得青山在，不怕没柴烧，若是我们也……”

“哈哈哈，我明日定要上山，你若是怕了尽可不去。”

“可你们万一遇到邪魔……”

“邪魔？一切邪魔外道遇到我，都只有死路一条！”

凤九天语气坚决，就是九头牛也拉不回来。一向儒雅的茶仪卿，此时眼中也充满了殒身不逊的光芒。茉莉与老妇知道改变不了两人的主意，只得默默在心中祷告……

次日清晨，祖山。

故地重游，物是人非。凤九天对不归村的印象，一生都挥之不去。此次重探不归村，不仅要寻找凶手，还要破解心迷。他决定按照原来的路线重走一遍，包括上山的路线也绝不改变。此刻他又到了那座破庙前，所有噩梦开始的地方。

“后有靠山，左有青龙，右有白虎，前有案山，中有明堂……”茶仪卿一边看着周围地势，一边喃喃自语起来。

“茶兄，你有什么发现吗？”

“嗯……此地非但不是极阴之地，反而是块宝地。”

“什么？！阴森诡异的不归村会是块宝地？”

“是啊，萧郎，我们还是不要……”茉莉见茶仪卿要进村，不禁害怕地拉住了他的衣袖。

“莉儿，你久与尸体打交道，还会怕鬼吗？”茶仪卿看向依偎在自己身边的茉莉，温柔地笑了笑。

“茶兄，我们不忙着进村，还是先进古庙看看吧。”

“小九，这三座庙并非古庙，不过是做旧的而已。”

“这庙是做旧的？这不太可能吧！”

“不信你看这些砖瓦的断裂处，都能看出新碴呢。”茶仪卿指向几块残砖断瓦，自信地开口说道：

凤九天虽不怀疑茶仪卿的断言，但还是跑过去查看了一番。随后他朝茶仪卿笑了笑，极是赞赏地竖起了拇指。

“茶兄果然慧眼如炬，实在让我佩服啊！”

“哈哈，什么时候小九也学会拍马屁了？”

三人相视一笑，方才凝重的气氛瞬间变得轻松许多。可很快凤九天就收起了笑容，一脸困惑地看着茶仪卿：

“茶兄，可那日灵雪突然昏倒又该如何解释？”

“很好解释，她定是中了别人的暗算。”

“若真是那样，又怎会没有察觉？”

“因为背后之人轻功奇高，而且一击得手。”

“可他轻功再高，也不可能瞬间就消失得无影无踪吧！”

“谁说他无影无踪了？你们不是在古庙中碰面了吗？”

“茶兄，你怀疑那个胆小的老头儿就是凶手？”

“不然还有比这更合理的解释吗？”

“可他见天色已黑，吓得连筐都忘了拿，如此胆小之人，又怎会是凶手呢？”

“因为他在演戏，为了找个理由把筐留下。”

“他把筐留下有何用？”

“因为筐内一定有两样东西，两样很重要的东西！”

“到底是何物？”

“一样是致幻的迷药，一样是给尚清天的指令。”

“难道尚清天真的是……”凤九天此时神情很复杂，连说话都有些欲言又止。

“小九，你太天真了，感情用事会使你做出错误的判断。”茶仪卿轻轻叹了口气，有些语重心长地说道。

凤九天闻言点了点头，可随即又叹了口气：

“茶兄，人非草木，孰能无情？”

“感情虽重要，却不可因其迷失了头脑与心智。”

“茶兄，我此生怕是做不到了。”

“做不到也好，活得太明白了，何尝不是一种痛苦呢？”

凤九天与茶仪卿都明白，自己与对方永远不会是一种人，但这并不妨碍他们惺惺相惜，往往互补才是知己，才是绝配。

三人进了村，村内屋舍俨然。凤九天吃惊地发现，这里全没了当日的繁华，此刻街路上空荡荡的，没有一个人。

“茶兄，这里怎么会变成这样？”凤九天对眼前景象感到疑惑，下意识地出言询问。

“此处定是歹人的据点，知道我们会来，故此销声匿迹了。”

“可上次我来的时候，不归村分明是座废墟！”

茉莉闻言不禁一愣，随即仔细看向身边的房舍。

“废墟？可此村怎么看也才荒废不久啊！”

“我何必要骗你们？”

“这到底是怎么回事？难道真的有鬼……”茶仪卿轻摇折扇，抬头看向不远处的山峰，“或许这里有两座村子，而且一盛一衰。”

“茶兄，你是怎么断定的？”

“我并不是在断定，只是做了个假设而已。”

“萧郎，你的假设是不是太匪夷所思了？”

“或许是吧，我们还是先在附近看看再说。”

凤九天与茉莉点了点头，神情戒备地向前行去。不多时，三人便到了那日遇见林金生的酒馆。凤九天的手不自觉地按上宝剑，显然还心有余悸。茶仪卿却显得从容淡定，默默地伫立在门前。

“茶兄，我们要不要进去？”

“好，我们进去看看。”

茶仪卿点了点头，带着两人进了酒馆。凤九天本以为他会先检查店面，结果却让他出乎意料。因为茶仪卿既没有检查柜台，也没有检查厨房，而是径直向酒馆后走去，走进了停货的院子里。

“茶兄，你来此是何意？”

“那依小九看，我们现在该去哪里呀？”

“当然是柜台和厨房！”

“你觉得凶手会把线索留在那么显眼的地方吗？”

“这……或许不会……”

“恐怕他们不会想到，我们会查看堆满荒草的后院吧？”

凤九天点了点头，目光中满是认同与敬佩。随即三人打量起这间后院，这里除了堆积如山的稻草外，并没有太多东西。凤九天有些失望，也有些不解。茉莉好像也没发现什么，有些心不在焉。唯独茶仪卿紧盯着那些稻草，仿佛看到了宝贝一般。

“茶兄，你怀疑这草堆里有鬼吗？”凤九天看向茶仪卿，既好奇又觉得好笑。

茶仪卿并没有回答，而是反问道：

“小九，你说这些稻草是做什么用的？”

“想来是喂牲口用的吧。”

“那每日会有多少人带牲口住店？”

“这种荒山野岭间的小店，几月能来一个就不错了。”

“是啊，那他们何必要准备这么多稻草呢？”

“或许是留着以备万一吧。”

“可附近没有农田，想弄这么多稻草恐怕并不容易。”

“山下不远处有几个村子，想弄也并非不可能。”

“此山奇陡，店家难道会为了万一，就如此大费周章？”

“茶兄，你就别绕圈子了，有什么话直接说吧！”

“好吧，小九，那我告诉你，这些稻草是用来掩盖马车的。”

“马车？马车！马车……”凤九天彻底惊呆了，痴痴地看向茶仪卿。

茶仪卿见状不禁一笑，朝他招了招手：

“小九，还不快过来，帮忙一起清开稻草？”

凤九天这才回过神来，忙帮着茶仪卿清开了稻草。稻草被清走一大半时，里面果真露出了一辆马车。

“茶兄，这里为什么会有马车？”

“当然是迷倒你们之后，载你们去荒村用的。”

“可我怎么可能是被迷倒的呢？”

“你检查过酒菜，那你检查过杯子吗？”

“难道杯子上还会有迷药？”

“若作案的人若是我，我一定会这样做。”

“那就是说，我们真的不是在做梦，也不是撞邪了？”

“世上哪有那么真实的梦，又哪有那么多邪祟？”荼仪卿轻摇折扇，显得那么自信。

一个时辰后。三人在几里外真的发现一座村子，荒废破败的村子。直到此刻，凤九天才彻底相信荼仪卿的话。那日他真的不是在做梦，更没有撞邪，而是进入了敌人的彀中，并且毫无察觉。此时三人来到那口曾涌出淋淋鲜血的枯井旁。凤九天见此，不禁又是一阵恶心。

“荼兄，这就是那口会冒血的枯井！”

茉莉本静伫于井边，闻言忙跑到荼仪卿身边：

“萧郎，我们还是去别处吧，这井……”

荼仪卿笑了笑，不顾两人的提醒，径直走向井边。井的外部与寻常古井相同，并无异处，他探头向井内看去。井旁的两人以为荼仪卿必会恶心、畏惧，可结果却让他们出乎意料，甚至有些匪夷所思。荼仪卿既没呕吐，也没惊叫，更没晕倒，他竟然露出了微笑。

“小九、莉儿，你们不要自己吓自己好不好？”

“荼兄何出此言？这口枯井真的会涌血！”凤九天一边大声地说着，一边朝枯井走了过来。

“小九，你还是先来看看井壁再说吧。”

凤九天有些好奇，连忙把头探进了井口，他的头从井口抬起时，竟也笑了起来。茉莉见两人都在发笑，不由得极为好奇。

“你们到底在笑什么？难道真的撞邪了吗？”

“我们非但没有撞邪，而是破邪了！”

“破邪？你们又不是正一派的道士，怎会破邪？”

“不信你过来一看。”凤九天一边笑着，一边朝茉莉招手。

茉莉用力摇了摇头，向后退了几步：

“我才不要看什么会冒血的井呢！”

“你是当世神医，难道还怕血不成？”

“我虽然不怕血，可也要看是什么血……”

茉莉嘴上虽说不看，脚步却下意识地向井边移着。她到了井边，小心翼翼地向井内看去。这口枯井内虽没有好笑的东西，却有两个特殊之处，那就是井底不是沙石构成，而是一块厚实的铁板，而井壁上竟然还露出了一根铜管。

“你们就是因此发笑？”

“没错！”

“铜管输血，铁板承血，这有何可笑？”

“这难道不可笑吗？”

“这难道很可笑吗？”

“天下还有什么比发现自己的愚蠢更可笑的事吗？”

凤九天一边笑着，一边看着身旁的茶仪卿。茶仪卿早已直起了身，目光正瞟向不远处的大宅。

三人进了大宅，径直到了正房，那串诡异的风铃依然挂在房檐下。那套雪白的瓷具却已不翼而飞。那把洁净如新的椅子，落了厚厚的一层灰尘。眼前的一切让凤九天不由得想起了那日的事，也想起了那日的人。他的脸色变得十分复杂，甚至有些苍凉。茶仪卿似乎没注意到他神情的变化，只是静静地看着那串风铃。

“小九，这就是那串无风自动的风铃吧？”

“没错，就是这串风铃。”

“那你还记得，这串风铃响前发生了什么事吗？”

“发生了什么？一切好像都……”凤九天努力回忆着那日的情景，回忆着每一个细节。

良久，他快步走到那把椅子旁，用手拍了拍椅子的扶手。突然，屋中发出了一阵轻微的“咔咔”声，声音过后，那串诡异的风铃竟又无风自动起来。凤九天此时已经明白，这串风铃无关邪祟，而是有机关操控。那日尚清云看似无心地拍打，实是触发了这串风铃的开关。这个问题刚解，另一个问题又浮现在凤九天的心头。

“茶兄，瓷壶和瓷碗怎么会自己消失了呢？”

“不是自己消失了，而是被人拿走了。”

“这种荒山野岭，居然还会有人来？”

“不是外来之人，而是常驻于此之人。”

“你怎么会知道？”

“我不知道，不过只有这样才是最合理的解释。”

“茶兄为何这么说？”

“难道天下会有杀人屠村，霸占土地，却又不苦心经营的吗？”

“可他们经营这样的荒村有什么用？”

“你还记得佛堂密室里的泥土和铁碎吗？”

凤九天闻言点了点头，似乎明白了什么……

佛堂密室，泥土和铁碎犹在。茶仪卿看着书架与灯盏露出了微笑。

“小九，这就是你说的血榉和鲸油吗？”

“没错，就是这个书柜和灯盏。”

“你是因此才怀疑义父的吧？”

“是的，能拥有这些贵重物件的人，天下绝不会太多。”

“那你就错了，大错特错了。”

“我错了？难道这不是榉木，也不是鲸油？”

“当然不是，这些都是仿造的。”

茉莉闻言仔细看了看木柜，最终摇了摇头：

“萧郎，我久在南方，绝不会连榉木都认错。”

“凶手仿造得十分高明，险些连我也骗过了。”

“仿造的？萧郎可有证据吗？”

“油的颜色不对，木纹也是用漆做出来的。”

“什么？！用漆做出来的！”

凤九天十分惊奇，挥起流云剑削下了书柜的一角。柜角被削下后，凤九天的眼睛都直了。断裂处的木质，非但不是血榉，甚至连榉木都不是。任何明眼人都能认出，这血榉竟是用黄花梨仿造的。

“茶兄，那这鲸油如何能仿？”

“用油鱼，岷江上游产的油鱼。”

“油鱼？可油鱼油怎么可能燃烧这么久？”

“这么久？这油不过是一天一加罢了。”茶仪卿一边说着，一边不断地研究着书柜。

凤九天也有些好奇地伸出手，想把灯盏拿起来仔细看看。可无论他使多大力气，灯盏却似焊在桌上一般纹丝不动。茉莉见状走了过来，伸手想帮凤九天。凤九天却摇了摇头，目光看向还在研究书柜的茶仪卿。

“茶兄，这个灯盏为什么拿不起来啊？”

“拿不起来？这就对了，机关一定在这里！”

茶仪卿说着回过身，快步来到灯盏旁。他仔细查看眼前的灯盏，手中又摇起了折扇。凤九天见状，知他是在思考，并没有急着追问。

茶仪卿手握灯盏，向左转了三圈，又向右转了一圈，灯盏每扭动一下，便随之传出轻微“咔咔”的声响，响声停止后，整个书柜竟转到了一旁。书柜后惊现一个石梯，一个直通地下的石梯。凤九天和茉莉不由得一愣，随即同时看向茶仪卿。

“茶兄，我们是否下去探查？”凤九天持剑在手，已经迫不及待想下去探个究竟。

茉莉却显得有些害怕，拉住了茶仪卿的衣袖：

“萧郎，下面也许会有机关，我们还是不要下去了吧。”

茶仪卿略一思忖，看向凤九天，微微地点了点头：

“小九，里面恐怕极为凶险，你千万要小心！”

“哈哈，区区一个石梯而已，料也无妨！”

凤九天说着倒提宝剑，大步走了下去。茶仪卿温柔地看向茉莉，然后做了个请的手势。茉莉见两人如此坚决，也只得随着下了石梯。

这段石梯很长，越往下走越黑。凤九天晃亮火折，神情戒备地走在最前面。人对黑暗的畏惧，往往都源于对黑暗中事物的未知。此时三人借着微弱的光亮，向下缓缓行走。他们不知走了多久，终于踩到了一块平地上。凤九天晃动手中的火折，向脚下看去。

地面是由黄土和岩石构成的，上面有几道深深的车辙。车辙并不宽，也没有马蹄印，显然是手推车留下的。能在如此坚硬的岩石上留下车痕，车上运的到底是什么重物呢？此时不仅凤九天愣住了，就连茶仪卿也愣住了。

“茶兄，什么人会在如此隐蔽的地方，运这么沉重的东西？”

“我现在无法回答你，我们还是往前看看再说吧。”

凤九天信任地点点头，继续前行，他握剑的手也越来越紧。三人又向前走了一段路，发现地上的铁屑越来越多。他们沿着铁屑方向快步行进，不多时出现一座开采过的铁矿。这座铁矿极大，四周的原石上都留有新开凿的痕迹，而地上还放着几把锹镐，显然是用来装车的。凤九天走到原石旁查看，半晌后，脸色变得亦忧亦喜。

“茶兄，我敢确定，庐山地下引雷的铁板，定是产自这里！”

“小九，你确定自己没看错？”

“哈哈，我绝不会认错。”

“你这么有自信？”

“我自幼在昆仑山长大，对铸铁造剑一道，早就有所涉及。”

茶仪卿摇着手中折扇，赞许地点了点头。茉莉此刻却陷入沉思，半晌，不解地开了口：

“萧郎，如果庐山的铁真是来自这里，他们是怎么运过去的？”

凤九天此时也想到了这个问题，不由得疑惑地开口询问：

“路途遥远，又有重重关卡，怎会神不知鬼不觉呢？”

茶仪卿只淡淡地笑了笑，很从容地开了口：

“这实在不能算是件难事！”

“这还不是难事？”

“难不在路途遥远，也不在关卡重重，只在于是否进得了城。”

凤九天与茉莉相互看了一眼，同时露出了一抹轻松的微笑。可茶仪卿的眉头却又微微皱起，口中喃喃自语起来。

“歹人们会用剩下的铁做什么呢？”

“茶兄，你觉得歹人还会继续用铁做文章？”

“当然会，他们屠村的目的就是为了这铁矿。”

“茶兄，铁只能打造雕像，做些兵器农具什么的。”

“雕像？兵器？他们要这些东西做什么？”

“哈哈，连茶兄都不知，我就更不知道了。”

茶仪卿也笑了笑，可神情间却有种隐隐的不安。三人见再没有其他收获，便顺着原路出了矿洞。

村外的乱坟岗白日里仍显得阴森诡异，那个雨夜在凤九天心里埋下巨大的阴影。这里是三人唯一没有查看的地方，也是最可疑的地方。流云剑离奇消失，林金生是生是死，这些疑点都与这片一望无际的乱坟岗有关。想要揭露这些秘密，就必须先找到林金生，无论他是生是死。此刻三人来到林金生坟前。

“小九，那日你的剑就是在这里丢失的吗？”

“没错，简直是不翼而飞！”

“那你是否听到了什么，或是看到了什么？”

“我只看到了闪电与鬼火，并无其他。”凤九天一边说着，一边仔细回想当日情形。他想了很久，眉头也皱得很紧，却再也没想起什么。

茶仪卿知他定是遗漏了细节，只得围着坟包检查起来。这座坟包无论是大小、形状都和其他坟包无异。偷剑之人能在坟边瞬间消失，此坟定有不同寻常之处。茶仪卿在坟包正面没有收获，只得绕到坟包后面，他尚未站稳，脚下突然发出“咔咔”几声轻响，顷刻间脚下露出一个大洞，他整个人径直向下落去。

“茶兄！”凤九天大喊一声，忙跑过去拉住他的衣袖。

茶仪卿被凤九天一拉，当即借力向旁越出几丈。凤九天见茶仪卿有惊无险，一颗悬起的心这才放了下来。

“茶兄，你总让我小心，自己却如此大意？”

“哈哈，智者千虑必有一失，多谢小九救命之恩。”凤九天笑了笑，随后痴痴地看向林金生的坟。

“茶兄，你觉得这坟内真的会有尸骨吗？”

“嗯……我认为真的林金生应该已经死了。”

“你能确定？”

“不能，至少开棺验尸前还不能。”

“好，那我这就去取把锹。”凤九天一边说着，一边快步向大宅方向走去。

茉莉见凤九天走了，不禁微微地笑了笑：

“哈哈，凤少侠总这样，想到哪儿做到哪儿？”

“唉，我在与不在，他完全是两个人”

“萧郎，他实在是太信赖你了。”

“是啊，我们自幼同甘共苦，实在不分彼此。”

两人有说有笑，看着凤九天的背影渐渐远去。

凤九天的脚步一向很快，甚至比他的剑更快。两人才说了几句话，凤九天便拿着一把锹回来了。他没有多说什么，低头快速地挖开林金生的坟。不多时，坟便被挖开，露出了里面的棺木。凤九天没有理会太多，使劲推开了厚重的棺板。厚厚的棺板下面，露出了一具森然白骨。凤九天这才回头看向茉莉，朝她招着手。

“嫂子，验尸的事你是行家，快过来啊！”

茉莉闻言先是一愣，随后害羞地开了口：

“凤少侠，我和萧郎还没……”

茶仪卿也尴尬地笑了，看向茉莉的眼中满是爱意：

“莉儿，验尸之事，有劳你了。”

“萧郎，你和我还客气什么！”茉莉嘴上说着，人已缓步走了过来。她蹲在棺木旁，仔细地查看着棺中这具骷髅。这具骷髅周身骨骼完整，没有一点儿碎裂的地方，只在项间的骨头上有一道明显的劈痕，极深的劈痕。“萧郎，死者是被快刀斩杀的，而且一击致命！”

凤九天狠狠地紧咬牙关，双眸中满是怒火：

“歹人真是丧尽天良，仅为了一处铁矿，就如此草菅人命！”

茶仪卿的脸色也有些难看，长长地叹了口气：

“唉，看来浮霞村真的是一夜之间被屠村了！”

凤九天突然想到了一个问题，一个天大的问题：

“真的林金生已死，假扮之人又会是谁？”

茶仪卿与茉莉谁都没有说话，同时看向凤九天。凤九天略一迟疑，恍然大悟，拎起铁锹向村口跑去。茶仪卿与茉莉见状也连忙紧随其后，跑向村口。凤九天很快便跑到尚清天坟前，手指坟包高声喊了起来：“是他，一定是他。一定是他假扮的林金生。”凤九天一边挖着尚清天的坟，一边大声说道。

“凤少侠，难道你怀疑林金生和尚清天是同一人？”

“没错，因为林金生和尚清天从未在同一时间出现过。”

“仅凭这一现象，并不能说明两人是同一人。”茶仪卿此时却摇了摇头，缓缓开口说道。

“萧郎，是与不是，开棺验尸后便知。”

茉莉说着走到近前，向已露出棺盖的坟坑中看去。坟坑中埋着一口白桦木棺。凤九天打量一下木棺，随即用剑撬开了一个缝隙，他用力推开了厚重的棺盖，一阵尸臭气从棺中传出。茉莉没有因此退缩，而是缓缓蹲下身来查看尸身。尸体已经腐烂，面目也无法辨认了。死者的指甲呈青黑色，七窍都有血迹。

“此人是中毒而死，而且是九幽鬼境的九阴催命散。”茉莉言罢，抬头看向茶仪卿和凤九天。

“尚清天那日确是中毒而死。”

凤九天不禁想起那日种种，心中隐隐有一丝愧疚。茶仪卿虽已料到会是这个结果，却仍不免有些失望。他只好带着两人进村，又仔细查看了一番。但除了无数足以致命的机关外，并无任何发现。凤九天心中越来越疑惑。诡异的村子，歹毒的机关，莫测的高手。这一切的背后到底隐藏着什么惊天阴谋？凤九天想到这些，惊出一身冷汗。

“茶兄，那人武功奇高，又有机关掩护，却为何不杀我？”

“因为他认识你的剑。”

“他既然想要我的剑，又何必再还给我？”

“他的目的不是剑，而是人。”

“不是剑，而是我？”

“是的，他偷剑是要确认你的身份。”

“可天下认识流云剑的人少之又少。”

“能因为你的身份而不杀你的，更是少之又少。”

“既认识我的剑，又认识我的人，却又不杀我，除非他是……”

凤九天脑中出现一个老者的面庞，熟悉至极的面庞，他困惑了。他知道不该怀疑他，就算怀疑茶仪卿也不该怀疑他，但老人的面庞、熟悉的名字、妖艳的泣血梅都浮现在他眼前，久久挥之不去……

第二十章　无征焉可信

凡事想取信于人，皆要拿出足够的证据。有时证据是物，有时证据是人，有时证据只是语言。这样的言语虽不能毁天灭地，却能直指人心，让人不得不怀疑，让人不得不困惑，让人不得不相信。

五日后，夜。

这期间他们走得很快，早已远离不归村。三人虽已走出祖山，却没走出心中的疑惑。尤其是凤九天，这几日似乎一直在不断思考着什么。人的忍耐总是有极限的，凤九天再也不想独自承受心中的困惑。所以三人一进客栈，他就有些迫不及待了。他看了看茶仪卿，困惑地开了口。

“茶兄，我这几天一直在想一个问题。”

“哦？小九，你在想什么？”

“林金生、尚清天和凶手，三者是什么关系？”

“或许是同一个人，也可能毫无关系……”茶仪卿一向料事如神，此刻端起茶杯的手却停在了半空中，神情显得有些犹豫，“小九，我还有一件事要告诉你。”

“何事？”

“那就是林金生坟后翻板下，不可能有致命的机关。”

“你怎么知道的？”

“你还记得那天夜里偷你剑的人吗？”

“当然记得！一辈子也不会忘记！”

“坟地十分空旷，你以为真有人能在刹那间消失得无影无踪？”

“难道他是躲在翻板下面？”

“没错，他一定躲在你面前的翻板下面。”

“翻板下？那下面会是什么？”

“下面是一间密室。”

“也就是说，你如果落下也不会死？”

“是的，决计不会。”

“那你为何说我救了你？”

“这是个秘密，暂时还不能告诉你。”

“你我之间不该有秘密！”

凤九天起初诧异，随即眼中泛起一丝怒意。茶仪卿却恍若未觉，吹灭灯盏，独自睡下了。凤九天越想越气，怒气冲冲出了房门。他仰头看向血红的夕阳，心中想着刚才两人的对话。茶仪卿是除了舅父外，凤九天最信赖的人。他本以为彼此间不会有秘密，可他却有事瞒着自己。翻板下到底是什么？他为何要瞒着自己？凤九天想不通，就是打破头也想不通。为今之计只有独自返回不归村，去看个究竟。他脑中不断思考着，脚已下意识地走出了客栈。

今夜的月光很朦胧，显得神秘而阴郁，不知不觉间凤九天已到了祖山余脉的一片密林之旁。突然他停下了脚步，小心翼翼地看向林中。“沙！沙！沙！”林中隐隐传来响动，仿佛有人在林中穿行。凤九天拔出了流云剑，警觉地步入林中。

“何人会在深夜来此，难道又是那伙歹人？”凤九天小声喃喃自语，脚步却越来越快。他寻着响声走了很久，却始终没能追上它。他不甘心就此放弃，仍然不断地向前搜寻着。突然，他的眼前出现了一个狭小而隐蔽的山洞。凤九天心中不禁有些好奇，站在洞口侧耳细听。洞中似乎有细微的声音，和刚才一样的“沙沙”声。凤九天眉头紧皱，将手中的流云剑握得越发紧了。他看了看头顶月色，随后极为警惕地缓步进了山洞。

山洞里很潮湿，洞壁上不断有水滴落下，发出“滴答滴答”声。阴冷的风从洞中吹出，发出宛如鬼哭的声音。除了凤九天，恐怕不会有人敢在深夜独自进洞。但凤九天就是凤九天，他永远不会退缩。他并没有因为洞中潮湿、骇人，便停止前进的脚步。

今夜月色本就朦胧，洞中更是漆黑一片。凤九天只能晃亮火折，借着微弱的火光前行。在山洞中行走，没了日月星辰，人很难知道时间。这样的地方一瞬便是永恒，永恒也只是一瞬。凤九天就这样快步向前走着，盲目而困惑。他走了很远，竟连人的影子也没看见。可他知道，倘若找到那个人，或许就能得到有用的线索。不归村、南唐国宝案、父亲之死，也会随之迎刃而解。

功夫不负有心人，在大多数情况下是真理。凤九天虽然没有停下脚步，可前面的声音却已停下。他借着火光，看清前面是条弯路，转弯处竟真的有个身影。凤九天连忙停下脚步，探头向那个身影望去。这道身影静静地伫立着，矮小而瘦削。这道身影的旁边是一条一望无际的地下暗河。

“什么人！不要再鬼鬼祟祟的了！”凤九天灭掉手中火折，随后发出一声大喝。他脸上带着杀意，正气凛然地走了过去。

前面那个身影听到喊声后，身体似乎发起抖来。凤九天的剑已然刺出，流云剑宛如流霞。天下能躲过此剑之人很少，决计不会超过十个。就在剑离那道身影一寸时，凤九天瞬间把剑收住了。因为这道身影已转过了身，口中还发出了“吱吱”的叫声，这样的叫声绝不是人类能发出的，倒像是一只山间的猿猴。凤九天连忙再次晃亮火折，朝面前的黑影照了过去。他借着微弱的火光，终于看清了眼前之物的面容。随即他脸上也露出了笑容，无奈而又自嘲的笑容。

“唉，我追了这么久，原来只是一只猴子！”凤九天一边失望地说着，一边就要转身离开。就在他转身的刹那，目光却突然被眼前的地下河抓住了。“与其这样无功而返，不如看看此河通向哪里。”

他在怀中摸了摸，摸到了几条备用的绳子。随即他快步出了山洞，回到洞口前那片密林中。他用流云剑砍了些树木，制成一个木筏，他把木筏放在河面上，然后缓缓站了上去。木筏先是向下一沉，很快又浮了起来。他右手握着一根又长又细的树枝，飞快地向后划着水，左手重新晃亮了一个火折，顷刻照亮了四周的石壁。木筏在暗河中平稳行进着，而且越来越快。凤九天看着四周怪石与脚下木筏，不由得露出一抹微笑……

不知走了多久，木筏终于靠到岸边。他放下了手中的树枝，随后把木筏拉了上来。凤九天借着火光继续向前行走，迎面吹来一阵阴风。山洞中有阴风吹出，往往说明附近就有出口。他此时的心情有些复杂，不知是愉快还是紧张。

很快，他发现前面真的出现一个洞口，更加狭小的洞口。凤九天不知道洞口后是哪里，又是否潜藏着危险，但他还是毅然决然地弯下了腰，侧身进了洞口。

洞口越走越窄，起初还能侧身行走，接近出口只能硬挤。凤九天被好奇心驱使，已顾不得衣衫破烂、筋肉疼痛，费了九牛二虎之力，才挤出狭小无比的洞口。此时他已经筋疲力尽，一屁股坐在了地上。他仰头看向天空，天际已泛出鱼肚白，微弱的日光照耀着大地。他又回身看了看被荒草掩盖的洞口，不禁愉快地笑了，随后他的目光看向前方，不远处是一座巍峨的大山。此山峰峦陡峻，山势雄伟，群峰林立，怪石嶙峋。“嗯……这山我怎么觉得有点儿眼熟？”凤九天见到此山，心中不禁感到有些奇怪。

他连忙站起身向山上行去，心中疑惑却越来越甚，直到看见山顶上那三座破败的庙宇，他才恍然大悟。原来自己又回到了祖山，又回到了不归村。平常要走五六日的路程，他竟只用了一夜！

半个时辰后，林金生墓前。

凤九天伫立在坟墓前良久，似乎有些犹豫。他不知翻板下是什么，更不知道下去后是生是死，但强大的好奇心驱使他下去一探究竟。翻板本是歹人用来暗施毒手的地方，凤九天却主动站了上去，就在他站上翻板的瞬间，那串熟悉的“咔咔”声再次响起。响声才发出须臾，凤九天的脚下就裂开一个大洞，他的身子猛地向下疾落，转瞬就消失在了洞中。

密室里往往都是漆黑一片，可此处却有微弱的火光。凤九天借着墙上火把的光线，粗略地打量了一下四周。不看还好，一看之下他有些愣住了。下面不是歹人的据点，也不是囤货的仓库，而是一座极小、却极保险的监牢！

这间牢房有极粗的铁栅栏、极重的铁索和众多的看守。如此阵仗的牢中，却只关着一个囚犯，一个看上去早已有些脱相的囚犯。凤九天虽不知此人是谁，但却本能地想把他救出来。看守们见有人进来，先是一愣，随即纷纷亮出了兵器。为首之人是个瘦削的中年人，手中拿着一条钢鞭。

“小子，就凭你一人，竟敢闯不归村？”

“有何不敢？”

“难道你不怕死？”

“你们就那么自信能杀得了我？”

“哈哈，老子杀不死的人还没生出来呢！”

“那我们打个赌如何？”

“打赌？有趣！老子倒要看看你想赌什么？”

“就赌我的剑鞘落地前，你们是不是还活着！”

“哈哈，好！老子今天就和你赌了！”

“不过你们一定会输，死了可别怪我。”

凤九天露出一抹轻蔑的笑容，缓缓拔出了流云剑，然后左手把剑鞘高高抛起，右手却紧紧握住了剑柄。下一秒他的人影突然模糊起来，在牢前穿梭如风，而他手中的流云剑，也变得如星光般璀璨夺目。人影晃动，剑气纵横，无数血肉横飞开来。这一刻时间静止了，所有看守的心脏都静止了！“咚！咚！咚！”随着一连串倒地声，无数人倒下了，地上激起一片尘埃。这些人的生命对于凤九天而言，亦如尘埃般微不足道。

此刻剑鞘仍未落地，而看守们都已倒地。凤九天把剑举到面前，吹了吹剑上的鲜血。随后他看看离头顶还有半寸的剑鞘，缓缓把剑插了进去，脸上露出了十分惬意的微笑。

“唉，我就说了你们一定会输，何必非要赌呢？”他一边说着，一边走到那个中年人的尸体旁。吸引他目光的，是尸体旁的一朵花，一朵妖艳至极的花。如此妖艳的红花，只应是昆仑山的泣血梅，即将绝迹的泣血梅。凤九天想把这朵花拿起来，手却颤抖着不听使唤。他只好走到监牢的大门前，看向牢里被关押的囚犯。“喂！这位老兄，你是谁，为何被关押在此？”

牢中囚犯披着头发看不清脸，却能看清他的眼睛。这双眼睛很漂亮，本该炯炯有神，此刻却目光发直。他看向凤九天的目光，竟分明像是看着一位神仙。

“诶，这位老兄不会是个哑巴吧？”

“我……我是李璟，放……放我出去……”

“李璟！你是唐国皇子李璟？”

“没错，我父皇就是国君李正伦。”

凤九天闻言先是一惊，随即生出一股厌恶之情。这牢中无论关的是谁，凤九天都会把他放出来。天下唯独有两个人，他纵然是死也不会搭救，一个是杀害父亲的凶手，另一个就是公开羞辱过自己的李璟！

“求求你了，你一定要救救我！”李璟如此傲慢的人，此刻却跪在了凤九天面前。

凤九天见状不由得一愣，心中不免生出一些怜悯之情。他犹豫再三才对李璟开口说道：

“想让我救你可以，不过先要回答我几个问题。”

“凤少侠，您尽管问，我一定知无不言！”

“首先，你是被谁抓来的？”

“我……我不知道……”

“不知道？那你就在这里待到知道再说吧！”凤九天说着冷笑几声，随后就要转身离开。

李璟见状忙喊住他，就如溺水者努力要去抓救命的稻草：

“不！我知道！我当然知道！”

“哦？那你倒是说说看。”

“我被他们抓来途中，隐约听他们说……”

“隐约听他们说什么？！”

“他们背后的老大好像来自昆仑山。”

“昆仑山？！这不可能，绝对不可能！你休要胡说！”

凤九天闻言眼前一黑，整个人险些昏倒过去。他明白昆仑山代表着什么，更明白泣血梅代表着什么。但他无论如何也不会相信、不能相信，更不愿相信。舅父对他来说既是严厉的师父，更是慈祥的父亲。他是世上和自己最亲近的人，也是他最信任的人。若连他都想要自己死，自己又何必再苦苦活于世间呢？

“凤少侠！你不能见死不救呀！”李璟见凤九天愣神，忙出声大喊。

凤九天闻言渐渐回过神，随即用剑斩落了铁锁：

“锁已打开，你快回唐国去吧！”

凤九天说着又要转身离去，李璟却再次叫住了他。

“凤少侠，你好人做到底，求你送我回国！”

“送你回国？难道你自己没长腿吗？”

“凤少侠，不归村危机重重，仅凭我的武功，恐怕插翅难飞。”

“唉，我真是自找麻烦，早知如此我就不救你了。”

李璟闻言如遇救星，高兴得险些手舞足蹈起来。凤九天却长长叹口气，缓缓地转过了身，寻找密室出口。很快，两人便发现了一条石阶。他们顺着石阶向上爬，片刻就走出了密室。天色已经大亮，耀眼的阳光洒满大地。凤九天手搭凉棚，看了看时辰，随后快步向来时的地下暗河行去。他走得很快，身后的李璟只能勉强跟上。

“凤少侠，你不是在父皇身边吗，怎会突然到此？”

“我的事不用你管！我倒是想问，你是被何人劫来此地的？”

“我那日负气离开紫云殿后，就被一伙歹人劫走。”

“原来如此，难怪你不知国宝丢失一事。”

“凤少侠，你说什么？国宝丢了？快和我说说。”

“你对兄长如此冷漠，对国宝倒是很感兴趣！”

“我是大唐皇子，自然应该了解国家大事。”

“你说的不错，但我无可奉告！”

“凤少侠，你对我定是有什么误会吧？”

“误会？我这种乡野刁民可不敢和你有误会！”

凤九天没好气地说着，不自觉地加快了脚下速度。李璟见状微微一愣，随即也加快了脚下的速度。片刻之后，他们到达山洞旁。李璟此刻已停住脚步，目光看向凤九天。

“凤少侠，难道我们就从这里出去？”

“不从这里出去，你还想从哪里出去？”

“可这洞口如此狭小，我堂堂皇子焉能失了体面！”

“洞口自然没有皇宫大门宽敞，你不愿走尽可不走！”凤九天一边说着，一边当先就要挤进洞口。突然，他听到身后传来一声凄厉尖叫，仿佛撞到了鬼：“李璟，这是什么时候，你少摆皇子的臭架子……”凤九天极不耐烦地转过了身，冲李璟大声喊道。

可他的话还没说完，却倏然之间抽出长剑。因为他看到了四个黑衣人，宛如鬼魅的四个人。这四人他认识，正是上次在淹城伏杀自己的四人。四人的武功虽不算独步天下，却也是少有的绝顶高手。他们同时出手凤九天已难招架，更何况武艺低微的李璟呢？

“凤少侠，你快救我啊！”李璟此刻被一黑衣人用剑横在项间，随时都可能丧命。

凤九天见状先是一惊，随即手中流云剑竟刺向此人咽喉。黑衣人见流云剑来势凶猛，只得舍了李璟向后退去。凤九天趁机拉过李璟，并接住了还在半空的宝剑。

“尔等奸贼屡施毒手，难道把我凤九天视若无物吗？！”

“哈哈哈，谁让你自投罗网，纵然再厉害，也休想活着出山！”四人又发出一阵如夜枭般的笑声，笑声中间尽是不屑。

凤九天心中怒火本就无处发泄，如今如火山般喷薄而出。他的剑往日便如风似电，此时更是快得鬼神莫测。四人并不理会他的剑，目光却一直在李璟身上打转。凤九天本就极厌恶李璟，而今却把他严严实实地挡在身后。四人只得在凤九天身边来回穿梭，寻找夺回李璟的时机。他们的剑法阴损刁钻，他们的配合更是天衣无缝。凤九天一时间根本无法破解笼罩在周身的层层剑影。

有了上次的教训，他再也不敢和他们长耗下去。他一边想着破解之法，一边还要护着李璟，一时落于下风。虽然他手中流云剑依旧杀气淋淋，额头却已见了汗水。他见身前一人的剑法有些散乱，眼睛不由得一亮。凤九天明白，想破这样的剑阵，就必须先打开一个缺口，而眼前之人剑法已乱，岂不正是最好的缺口吗？凤九天来不及多想，连出数剑直逼向此人。此人不敢与凤九天硬拼，只得不断后退。凤九天见他退缩，自不会放过良机，向前步步紧逼。此人的剑法此时更加散乱，似乎随时都会有性命之忧。凤九天的嘴角不自觉地露出微笑，继续不断向前逼近。此人头脑仿佛也已有些混乱，竟用手中长剑磕向流云剑。两剑相撞发出“咔咔”声，流云剑刹那将对方的剑斩成数断。

凤九天见状笑容更加灿烂，手中的剑也更加迅捷、致命。他知道自己最多再出三剑，此人必定死于自己剑下。可他突然想起了背后的李璟，下意识地侧头向后看去。他不看还好，一看之下不禁心头一惊，只见另外三人已围住了李璟，并轻松制服了他。

“你们要动手冲我一人来，不要伤害李璟！”凤九天大吼着向后一跃，手中流云剑顷刻连出数招。他还是没来得及救下李璟，眼睁睁看着他被人带走。凤九天心中越发恼怒，一腔怒火尽数发泄向他身后之人。此人武功本就最弱，又失去了长剑，变得手足无措起来。凤九天没费太多力气，流云剑便已搭在他的项间。“你想活还是想死，说句话！”

“我当然想活！”

“那你就老实回答我的问题。”

“唉……你问吧。”

“首先，你们为何屡屡要置我于死地？”

“我们奉主人命令杀你，至死方休！”

“裁缝王是你们杀的吧？”

“没错，主人可不愿让你联想到不归村！”

“尚清天、林金生和劫夺国宝的凶手是什么关系？”

“他们是同一个人。”

“胡说！尚清天和林金生都已经死了！”

“哈哈，不过是借尸入土罢了。”

“那大唐丢失的国宝现在哪里？”

“国宝在闽国拱宸军使连重遇的府中。”

“为何在连重遇的府中？”

“因为真的连重遇早就死了，而现在的连重遇是尚清天所扮！”

“如此瞒天过海，你们好大的胆子！”

“哈哈，有一个天下无敌的老大，我们有什么好怕的？”

“天下无敌的老大？此人到底是谁！”

“没有人见过他的真面目，只知道他来自昆仑山！”

“什么！昆仑山，又是昆仑山，难道舅父真的是……”

凤九天彻底愣住了，他虽不愿相信，却又不能不信。他不相信舅父是这样的人，可这一桩桩的事情却不由得他不信。被挟持之人见凤九天愣神，忙向后纵出六七丈，随即他足尖轻点，刹那之间便已消失得无影无踪。方才还热闹无比的山麓，片刻间只剩下凤九天一人。他脑中关于舅父的一切，怎样努力都挥之不去……

两个时辰后，客栈。

凤九天不知道自己是怎么回来的。他的眼神是那么迷茫，没了往日的神采，不知道的人还以为他病了，而且病入膏肓。他确实是病了，不是实病而是心病，药石妄及。

“小九，你去哪儿了？你的衣服怎么弄成这样？”茶仪卿笑着迎了出去，见到凤九天的模样后，他变得很担心。

“是啊凤少侠，你再不回来，我们就要去找你了！”茉莉此时也站在茶仪卿身后，关心地说道。

“我没事，让你们为我担心了。”

“小九，你有事不便和别人说，难道还要瞒我？”茶仪卿的语气里带着一丝不悦。

“你们慢慢聊，我去给凤少侠弄点儿吃的。”茉莉见状，快步向店面走去。

茶仪卿拉凤九天进屋坐下，很是忧虑地看着他。

“茶兄，我现在还能再相信你吗？”

“小九，此话从何说起？看来你又去不归村了，对吗？”

“对，我是去了，并且下了翻板。”

“哦？你真的下了翻板？”

“没错，我现在明白你当时为何不让我下去了。”

“你明白什么了？”

“因为你知道下面关的是李璟，你不希望我救他！”

“什么？你在翻板下面看到了李璟？”茶仪卿方才还十分淡定，此刻却变得目瞪口呆。

凤九天见状冷哼一声，眼神有些不屑：

“哼，你就是个伪君子，不必再装了！”

“小九，你一定是误会我了！”

“你若不是因为知道李璟在下面，为何不下去？”

“敌在暗，我在明，实不宜多听多看啊！”

“我不是三岁孩子，休想轻易让我相信你的话！”

“小九，我无法让你信我，你可不再信我。”

“可……可父亲的案子……”

“你可以去找和凝大人，我不会阻拦你的。”此刻茶仪卿的脸色少了往日的温润，多了些许谨慎与沉稳。

“不，我不去！天下再也没有我能相信的人了！”

“小九，你不是这样的，你一定要冷静啊！”

“冷静？连你和舅父我都不敢再信了，让我怎么冷静？”

“你不信我就算了，怎么又扯上凤前辈？”

“为什么一切都指向昆仑山，泣血梅到底在暗示着什么？”凤九天用手不断揪着自己的头发，朝茶仪卿大喊着。

茶仪卿也彻底愣住了，用极陌生的眼神看着他。他不知凤九天究竟怎么了，纵有通天本领他也无能为力。

“咳！咳！咳！”茶仪卿突然狂咳起来，咳声撕心裂肺。他咳出了很多鲜血，手掌被浸染得殷红一片。但他仍然在劝说凤九天，仿佛咯血的人并不是他自己。

“小九，凡事一定要冷静，不要折磨自己。”

凤九天见状缓缓抬起了手，轻轻地拍上茶仪卿的背。男儿有泪不轻弹，但此刻凤九天的眼眶却有些发红。

“茶兄，我刚才不该说那样的话，对不起……”

“无妨，只要你不再折磨自己，任何困难我们都能守望相助。”

这时候茉莉端着几个小菜，缓缓地走进了房间。她把菜放在桌子上，看向正痴痴发愣的凤九天。

“凤少侠，你快吃点儿东西吧，不然身子扛不住。”

“多谢，我不饿。”凤九天朝茉莉点点头，心中仍想着不归村的一幕幕。

当晚，月光皎洁。凤九天已平静下来，独自赏着月色。茶仪卿轻摇折扇，缓步走了过来。

“小九，你还在想那些烦心事吗？”

“是啊，我无论如何也想不通呀！”

“你有什么想不通的，说来我听听，或许我能为你分忧。”

“唉……算了，但有一件事我必须告诉你。”

“哦？你说。”

“国宝已有下落，现在闽国拱宸军使连重遇府中。”

“连重遇？他怎会与此事有关？”

“你认识此人？”

“认识，但不太熟。”

“他是一个什么样的人？”

“有些才能，却常弑主夺权！”

“你知道他为何会弑主夺权吗？”

“不知，或许是人性使然吧。”

“你错了，并非人心都向恶，就像你我。”

“难道你知道答案？”

“我知道，现在的连重遇是假的。”

“假的？这怎么可能？”

“真的连重遇早已死去，现在是尚清天假扮的。”

“尚清天真的没死？”

“是的，他非但没有死，还成功混入了闽国的朝堂中。”

“那林金生、尚清天和凶手是何关系？”

“他们是同一个人，坟中都是替死鬼。他背后的老大是……”

凤九天突然不想再说下去，无论是谁他都不愿再说。茶仪卿虽然很好奇，但并没有再开口追问。因为他了解凤九天就如同了解自己，知他定是因此事而烦闷。既是他的挚友，就绝不该亲手揭开他心中的伤疤，所以他选择沉默，没有再说话，只默默陪凤九天赏着月亮……

半月后，闽国都城长乐府。

凡事没有证据便不能确信，所以探查连重遇的府邸正是当务之急。三人此刻漫步于街头，像是他乡而来的远客。

“闽国地处东南，疆土虽小，兵力却不弱……”茶仪卿一边轻摇折扇，一边向两人介绍着闽国局势。两人听着茶仪卿的介绍，脚下不知不觉间到了连府门前。连府外观无比奢华宏伟，甚至比之皇宫也毫不逊色。三人并没有在府门前停留，而是快步到了连府围墙旁边。凤九天看看高大的围墙，又看了看身边的茶仪卿：

“茶兄，这里就是连重遇的府邸吧？”

“嗯，看规模应该就是这里了。”

凤九天点了点头，不假思索地就要翻墙入府。茶仪卿忙一把拉住了他，朝他轻声开了口：

“小九，你要做什么！不可莽撞行事！”

茉莉也朝他摇了摇头，随后用手指了指旁边的客栈：

“凤少侠，我们还是先歇息一会儿，从长计议吧。”

凤九天叹了口气，有些悻悻地随两人走入了客栈。三人走进客栈，要了间安静的上房。茶仪卿落座后，目光看向一旁的凤九天。

“小九，连府守卫森严，你觉得刚才那样行得通吗？”

“行不通。可我们别无选择，不然还能怎样？”

“或许有一个办法，可以轻易混入府中。”

“什么办法？”

“你还记得清逸楼下的林仁肇吗？”

“隐约有些印象。”

“他有个哥哥叫林仁翰，是连重遇手下亲信。”

“你的意思是要我易容成他？”

“没错，这样可保你平安。”

“恐怕没有这个必要吧？”

“连府有重兵把守，你一人进府搜查，还是小心为上。”

“我一人进府？难道你们不进去？”

“我们必须在外面策应，以防惊动大批官军。”

凤九天虽然觉得有理，可还是不太情愿地点点头。

“凤少侠，你稍等一下，我这就去准备易容之物。”茉莉说着忙站起身，快步走出了房门。

茶仪卿笑着点点头，又小声嘱咐了凤九天几句：

“小九，遇事要随机应变，千万不可莽撞行事。”

“茶兄，我明白，不必再说了。”茶仪卿见凤九天有些不耐烦，于是不再开口。

很快，茉莉就拿着东西回来了。茶仪卿极擅易容，顷刻间就大功告成。凤九天摸摸自己的脸，又好奇地在镜前照了照。这是一张虽算不上英俊却充满正气的脸。凤九天对自己这张假面有种莫名的好感，却又为他的主人可惜。今晚如果真动起手来，恐怕他就会做个冤死鬼。茶仪卿又模仿几个林仁翰的习惯动作，凤九天一一记在心中，于是自信地离开了客栈。

凤九天的轻功极好，轻易就翻过了连府高高的围墙。府内门亭无数，楼台高耸，花木参差。莫说他从未来过连府，就是熟客也难免迷路。但他并没因此退缩不前，而是警惕地向前探查着。他不知道自己绕过多少道门，终于在后院发现一间佛堂。

这间佛堂很大，供桌前点满了大大小小的红烛。烛芯被晚风吹动，不断地前后摇曳着。供桌上真的供着一尊巨大的金佛，一尊六七尺高的纯金金佛。佛堂中有一个貌似老家奴的人，正在认真地打扫着。凤九天想看得仔细些，只得把脚步放得极轻。他本是小心翼翼地靠近佛堂，却还是被那个老人发现了。

“外面是什么人呀，鬼鬼祟祟的！”老人一边大声喊着，一边快步走了出来。

凤九天闻言先是一慌，随即又淡定下来。他并没有闪身躲藏，反而大步朝老人迎了过去。“本将是林仁翰，奉连将军命令来检查金佛！”他一边不断回忆其弟林仁肇的声音，一边有些生硬地说着。

“哈哈，我当是谁，原来是仁翰啊！”

凤九天本以为老人会有些惧意，不料老人却显得很亲近。他在心中暗道倒霉，表面却只得继续演下去：

“老伯，连将军在找您，您还是快过去吧。”

“大人找我？可这佛堂还没打扫完呢……”

“没事，这里我替您打扫，您别让将军等急了。”

“那多谢仁翰了，我这就过去！”老人说着双手在衣服上擦了擦，随后快步出了佛堂。

凤九天见老人被诳走了，心中不由得偷笑起来，随后他抬眼看了看供桌上的金佛，不由得长长叹口气。

“唉，这尊金佛如此庞大，我一人决计搬不走。”

他正在心中盘算着对策，突听身后传来了一阵脚步声，很明显是一个人的脚步声，一个轻功极高的人。凤九天知道自己想躲已来不及了，只好镇定地转过了身。面前站着个威风凛凛的中年人，凤九天心中已猜出了大半。

“末将林仁翰见过连将军！”

“仁翰，本将何时招你进府了？”连重遇双目怒视着凤九天，语气间充满疑惑。他正要再问下去，却突然看到了凤九天手中的流云剑。

凤九天知道自己的身份已暴露，索性不再隐瞒下去：

“尚清天！你我就不必再演戏了吧？”

“凤九天，你的确很有胆量啊！”

“哈哈，千军之中斩杀李佐琳尚且不惧，又岂会怕你？”

“哼！你还是那么胆大包天、肆无忌惮！”

尚清天说着手中长剑出鞘，直点向凤九天咽喉。凤九天向旁一躲，便已到了尚清天身后，随即他抬脚踢向尚清天后腰，直把他踢出两三丈。尚清天被他猛地一踢，手中剑收势不住，直刺向金佛。铁剑与金佛相撞发出“当”的一声，佛身竟出现一点儿小凹陷。尚清天心中恼怒，回身举剑刺向凤九天。

“尚清天，我以为你我不相上下，结果真让我失望！”

凤九天说着轻叹口气，轻松地又躲过了一剑。尚清天见凤九天又躲开了，手中剑变得更加迅捷、凌厉。凤九天依然向旁一闪，又轻易躲过了他的第三剑。

“凤九天！你为何一再让我，是藐视我不成？”

“非也，我让你三剑是有原因的。”

“什么原因？”

“第一剑，我要感谢你以往对我的帮助。”

“帮助？我不过是要害你罢了！”

“第二剑，毕竟你我曾是朋友，从此恩断义绝！”

“哈哈，朋友？这真是世间最虚假的字眼！”

“第三剑，你我曾是同门，此后再无瓜葛！”

“好个再无瓜葛！受死吧！”

尚清天大吼一声，手中长剑化出无数剑光罩向凤九天。凤九天却只是一笑，流云剑刹那便把长剑斩为数段。随即，流云剑搭上了尚清天的项间。

“尚清天，事到如今我再劝你一句，回头是岸！”

“回头？我还能回得了头吗？”尚清天忽然笑了起来，笑容中尽是无奈与自嘲。凤九天杀人无数，此刻却无论如何也下不去手。“凤九天，你我恩断义绝、再无瓜葛，为何还不动手？”

“尚清天，难道你一定要执迷不悟吗？”

“你以为我想做坏人吗？我也是迫不得已……”

“迫不得已？那你背后之人到底是谁？”

“没有什么背后之人，我就是背后之人！”

“难道裁缝王是你杀的，也是你用哨声调走那四个黑衣人？”

“没错，就是我！”

“你绝非幕后之人！你十分清楚我是谁，又何必偷剑验明身份。”

“算你聪明，但我只能告诉你一句话。”

“什么话？”

“这个案子你不要再查了，老大也不是你能惹得起的！”

他说着毅然决然地举起断剑，用力刺进了自己的咽喉，鲜血霎时从他的咽喉中狂喷而出。尚清天重重地倒在了地上，有些不舍地看向凤九天。凤九天明知他死有余辜，眼眶却还是微微发红。他抱住了尚清天，紧紧握住了他的手。

“凤……凤九天，我……我求你不要再查下去了。”尚清天神情无比恳切，用尽最后的力气说道。

凤九天用力地点点头，目光中除了悲伤还有一丝疑惑。他正想再说什么，却突然觉得握着自己的手松开了。他连忙看向尚清天，发现他已经绝气身亡了。

“尚清天，若有来世，希望你我能做真心朋友。”凤九天说着缓缓放下尚清天，神情有些落寞。谁说敌人就不能是朋友，朋友就不会是敌人呢？

凤九天还沉浸于悲伤中，身后却又传来脚步声。这次来的人很多，显是惊动了连府内的卫兵。

“佛堂里是什么人？何事喧哗！”为首队长拔出长剑，朝凤九天大声喊起来。

凤九天不想和他们硬拼，只得快速翻出后窗。这些官兵见人已逃走，纷纷追到了窗户旁边。队长当先警惕地看向窗外，却连一个人影也没看到。他仿佛人间蒸发了，刹那消失得无影无踪……凤九天出了连府，默默回了客栈。他不假思索地推开房门，看向正在品茶的茶仪卿。茶仪卿见他回来了，笑着起身迎了过来。

“小九，金佛找到了？”

“是的，就在连府佛堂。”

“嗯，那我们明天可以回去了。”

“明天回去？难道我们不把金佛一起带走？”

“以我们三人的力量根本带不走。”

凤九天点了点头，没再多说什么。他此刻心中满是悲伤与困惑，不断地想着昆仑山。虽然他明白无征之事不可信，但他无论如何也想不通。李璟被劫、神秘人的口供、多次出现的泣血梅以及尚清天的死，这一幕幕景象在他脑海中久久盘旋，挥之不去。他不知道凤怀山是不是幕后真凶，也不知道凶手势力到底有多大。但凤九天知道，这背后定然隐藏着阴谋，一个惊天的阴谋！

第二十一章　相煎何太急

半月后，南唐金陵城。

七月的骄阳如火，炙烤着大地。天气越来越热，人心也越来越浮躁。德明宫虽是皇宫禁地，却依然难逃暑热的侵袭。

御书房，李昪端坐于龙椅之上，他面前站着位温文儒雅的少年。他们的脸色都有些阴晴不定，亦如七月的天气。

“卿儿，你确定国宝现在闽国？”

“是的，九天亲眼所见，不会有错。”

“那朕就命你为帅，带兵荡平闽国，夺回国宝。”

“父皇，恕儿臣抗旨不遵。”

“卿儿，这可是立功良机，你为何不愿带兵出征？”

“父皇，您该知道，乱世中百姓最想要的是什么。”

“卿儿，你说百姓最想要什么？”

“和平，当然是和平。”

“朕出兵伐闽，不正是为了一统天下，终结战乱吗？”

“一统天下是正道，可出兵却要有名啊。”

“闽国夺朕国宝，欺辱大唐，难道这还不够？”

“不够，当然不够！这不过是一己私利罢了！”

“你敢说朕是为了一己私利？真是好大的胆子！”李昪重重一拍龙书案，双眼怒视着茶仪卿。

茶仪卿并没有丝毫畏惧，而是继续劝谏：

“父皇，您是一代明君，万万不可轻动刀兵啊！”

“朕定要出兵闽国，夺回国宝，你当如何？”

“那儿臣只有以死相谏了！”茶仪卿一改往日的温润儒雅，变得无比刚正严肃。

李昇不由得长长叹了口气，缓步到了茶仪卿身边：

“卿儿，你知道朕为何希望你领兵出征吗？”

“儿臣明白，是因为太子之位。”

“唉，你明白朕的苦心就好。伯玉性情傲慢，恐难当大任呀！”

“父皇，您再信任儿臣，儿臣毕竟也只是义子啊。”

“你虽是义子，可朕一直把你视如己出！”

“儿臣多谢父皇错爱，但绝不敢觊觎太子之位。”

“朕百年后，倘若伯玉继位，只怕大唐危矣！”

“父皇千秋无期，不可口出不详之语。”

“哈哈，千秋无期？世上哪有千秋无期之人啊！”

“纵使父皇龙驭上宾，儿臣也定会全力辅佐伯玉的。”

“知子莫若父，朕料定他不会让你辅佐！”

“倘若他放不下对儿臣的成见，儿臣就此归隐便是。”

“归隐？那我大唐岂不是真的要亡了？”

“这……总之儿臣绝不会出征，更不会做出有违人臣之事。”

李昇看着神情诚恳的茶仪卿，无比哀伤地苦笑数声，随后他看向身边总管秦安，叫他召李璟进宫。秦安闻言忙点了点头，快步出殿传唤去了。茶仪卿见秦安走了，便要向李昇道别。

“父皇，您不接受儿臣劝谏，儿臣便告辞了。”茶仪卿的目光中虽有些不甘，但还是转过了身。李昇见茶仪卿要走，连忙叫住他：

“卿儿，你不要走，朕还有事要求你！”

“父皇是九五之尊，儿臣自当为您赴汤蹈火！”

“伯玉短于谋略，只怕他难以当此重任。”

“唉……若父皇执意要出兵，儿臣也只好监军了。”茶仪卿的语气有些勉强，李昇却满意地点了点头。

“卿儿，你真是天下最知朕的人，也是朕最信任的人。”

茶仪卿正想答话，却被身后一阵急促的脚步声打断了。

“父皇，您急召我来，是有什么事吗？”这时李璟快步向殿内走来，大声说道。他突然看到茶仪卿也在殿内，不由得冷哼了一声。

“愚兄见过伯玉贤弟。”茶仪卿不顾李璟的蔑视，主动向他深施一礼。

李昪见李璟如此傲慢，竟不顾礼数，没好气地开口说道：

“朕召你来，是想和你商议出兵伐闽之事。”

李璟闻言看看茶仪卿，发出一声冷笑。

“父皇，您既已召了他来，为何还要再召儿臣？”

“卿儿不愿挂帅，故此才找你前来商议。”

“父皇，闽国连年内乱，国势羸弱，他为何要放弃这建功良机？”

“贤弟，我们不可为一己之私便罔顾两国百姓生死！”茶仪卿闻言忙朝李璟摇摇头，开口解释了起来。

“哼！我在问父皇，几时论到你来解释？”

“恕愚兄多嘴，但贤弟必须明白这个道理！”

“少跟我讲你的大道理，我只听父皇一人的命令！”

李昪见两人又要吵起来，只得向他们摆了摆手。

“伯玉，你从未独自带兵出征，朕能相信你吗？”

“父皇尽管放心，儿臣只需五千人马，定可马到成功！”

“五千人马？闽国虽小，却也不可如此轻视啊！”

“父皇放心，儿臣若不能夺回国宝，甘愿军法处置！”

“好吧，那朕命祖全恩为副帅，萧俨为监军，陪你一起出征！”

“祖将军勇冠三军，确是一大助力，至于萧俨嘛……”李璟一边说着，一边不屑地朝茶仪卿瞥了一眼。

“怎么？伯玉对卿儿做监军，有什么不满吗？”

“儿臣不敢。只是他身为大理寺卿，不该参与战事吧？”

“贤弟，你不满意我可以，怎能违逆父皇呢？”

“是啊，难道璟儿也要抗旨吗？”李昪极为严肃地望着李璟，李璟无可奈何地笑了笑。

“好吧，那儿臣领旨就是。”李璟说着朝李昪施了一礼，然后充满敌意地看向茶仪卿。

李昇见李璟同意茶仪卿做监军，这才露出了略感欣慰的笑容。“好了，朕累了，至于具体事务，你们自己商议吧。”他有些疲惫地说着，随后朝两人轻轻挥了挥袖子。

两人会意，都朝李昇深施一礼，随后一起退出了御书房。刚走出房门，茶仪卿便讳莫如深地笑了，他看了看身边的李璟，有些神秘地开了口：

“贤弟，这些日子过得可还好吧？”

“哼，不劳挂心，好着呢！”

“请问半月前，贤弟在哪里呀？”

“我在东郊狩猎，有何不妥吗？”

“那贤弟听说过不归村吗？”

“我从未听过！真是莫名其妙！”

李璟有些奇怪地瞪了茶仪卿一眼，当先快步出了皇宫。茶仪卿见他生龙活虎，确定被关在不归村的人一定不是他。

不久后，萧府。

宽敞的书房里，此刻坐着两个人，两人脸色都有些凝重，显是在商议着要事。

“小九，过两日我就要出征了。”

“是要出征闽国吗？”

“没错，父皇执意要夺回金佛。”

“夺回金佛何必兴师动众？我只需带些高手足矣。”

“你错了，尚清天佛堂自尽后，金佛一定被转移了。”

“那就去闽国再探，这有何难？”

“不可，闽国定有防备，我们不知底细，不能冒险。”

“嗯，有道理，此番出征何人挂帅？”

“当然是李璟，他是父皇钦点的元帅。”

“李璟！他与你素来不和，若是在战场上对你不利，如何是好？！”

“我命系于天，伯玉又焉能害我？”

“不如我陪你同去，也好护你周全！”

“不必，你还有自己要做的事，无须担心我。”

“我要做什么事？此案我一人可查不了！”

“小九，你仔细想过现在的态势吗？”

“想过，不止一次想过。”

“你想到什么了？”

“一切证据都指向我舅父，这就是态势！”

“不，你难道没发现，现在的事态很眼熟吗？”

“眼熟？”

“是啊，你刺杀廖楚笙前，不正是这样的态势吗？”

凤九天闻言先是一怔，随即重重地点了点头。

“没错，当时所有证据都指向了廖楚笙。”

“那你杀了廖楚笙，灭了九幽鬼境，却又得到了什么？”

“得到了教训，得到了一个天大的教训！”

“所以，你不要被表象迷了心智，而要设法看清背后的真相。”

“可怎样才能看清真相？”

“你先想一个问题，一个很重要的问题。”

“什么问题？”

“现在的李璟应该是本尊，而你遇到的李璟很可能是假的。”

“什么！我遇到的李璟是假的？”

凤九天感到很惊讶，可再想想确实有很多破绽：比如李璟被囚多日，绝不可能跟上自己的脚步；比如他的神情和语气，似乎没有往日那样傲慢无礼；再比如他被劫持时，只发出了尖叫，却丝毫没有反抗的声音。凤九天越想越觉得茶仪卿绝非危言耸听，他有些担忧地看向茶仪卿，神情肃然。

茶仪卿见他认同自己的判断，这才继续开口说道：

“那你可知，假李璟是做什么用的吗？”

“一定是歹人想让你指真为假，从而挑拨离间。”

“这是其一，还有一个更重要的作用。”

“什么作用？”

茶仪卿并没有直接回答，而是反问了他一个问题：

“你还记得石敬晖和连重遇吗？”

“记得，我当然记得！”

“他们两人有什么共同之处？”

“都是被人趁乱杀死，并以假乱真了！”

“是啊，恐怕这个假李璟，也有异曲同工之妙！”茶仪卿言罢，担心地看向东南方，那是李璟府邸的方向。

凤九天此刻变得有些急躁不安，神情也显得有些紧张。

“茶兄，你不在的这段时间，我该做些什么？”

“你要做一件大事，一件天大的事！”

“何事？”

“你要寸步不离金陵，寸步不离义父。”

“难道会有人刺杀叔父？”

“凡事不怕一万，就怕万一！”

凤九天的神情有些不快，却还是轻轻地点了点头。茶仪卿见状脸色渐渐和缓下来，露出一抹信任的笑容。

三日后，清晨。

天际方亮，东城门前已经旌旗招展。江南人多温良，俱非好战之徒，却也非惧战之辈，更何况是在江南一带实力首屈一指的南唐呢？明亮的铠甲、锋利的刀枪、整齐的军阵，无不透着威风与杀意。这样的军队，虽未必百战百胜，却必定无坚不摧。在浩浩荡荡、一望无际的大军前面，立着三匹骏马，三匹马排成三角形，显得无比和谐而雄壮。左边马上是威风凛凛的祖全恩，右边马上是淡雅睿智的茶仪卿，正中一匹马上之人，正是傲慢而自负的主帅李璟。凤九天与茉莉站在茶仪卿马前，正在依依惜别。

“茶兄，此战关乎案件真相，你一定要胜利归来。”

“小九，有我在你放心吧。”

“我相信你，只是他……”

凤九天的目光看向骄傲的李璟，欲言又止。茶仪卿当然明白他的意思，却仿佛什么也没有听到。茉莉的眼眶有些发红，看向茶仪卿的眼神里满是不舍。

“萧郎，你的病情实不宜如此劳顿啊！”

“为人臣者，必尽其忠；为人子者，必尽其孝……”

“唉，这些我都懂，只是你此去若是……”茉莉说着泪水夺眶而出，声音也变得有些哽咽。

“莉儿，你放心吧，我一定会平安回来！”茶仪卿有些不忍，却无可奈何地继续说道。

茉莉闻言，平复一下情绪，随后十分坚定地开了口：

“萧郎，你此去若遇不测，妾身绝不独活，必相随于地下！”

李璟一副跃跃欲试的模样，可眼前三人的对话让他很是不爽。他侧过身，不屑地看了看三人，随后鼻中发出一声冷哼。

“哼！萧俨，你成心延误军机，是轻慢本帅吗？！”

茶仪卿闻言没有言语，凤九天的眉毛却向上挑了挑。

“李璟！你若胆敢加害茶兄，我定饶不了你！”

“你不饶我？就凭你这乡野刁民也配！”

凤九天闻言眼中满是怒火，就连握剑的手都捏得咯咯作响。任何人都能感到他的震怒与周身越来越重的杀气。李璟见状不禁有点儿惧意，只得狠狠地瞪了茶仪卿一眼。随后他拔出腰间宝剑，向南一挥，带着军队有些悻悻地去了。

“凤少侠，你真的放心……”茉莉见军队走远了，有些担忧地说着。

凤九天缓缓点了点头，脚步却没有停留。

“我想李璟应该不会嫌他自己的命太长了吧？”

这句话若是在别人口中说出，无疑是要贻笑大方的。但在凤九天口中说出，却显露出自信与杀机。茉莉像是被他的话震住了，一时间默默无语，直到凤九天消失在街角，她仿佛依旧没有回过神……

诚者，天之道也；思诚者，人之道也。自古英雄必守信，无信之人焉能立于天下？凤九天虽是个热爱自由的人，更是个守信之人，他既然答应了茶仪卿，就决不会出尔反尔，答应了寸步不离金陵，他便不会踏出金陵半步，答应了寸步不离李昇，他便不会离开皇宫分毫。他每日除了练功、喝酒，其余时间几乎都陪在李昇身边，李昇对他很好，好得让他感觉又回到了舅父身边。

陪伴李昇期间，有很多怪事让他百思不得其解。首先，每过三个月，李昇就要服用一种神秘的药物。凤九天不知此药的来历，却知道李昇对其视若生命。除此之外，李昇还越来越迷恋丹药，笃信道士。他的脾气也变得暴躁，时常莫名的暴怒。两年中李昇变了太多，变得让凤九天有些诧异。若非他每日都陪在李昪左右，绝对会认为李昪被调包了。凤九天无力改变这一切，只盼着茶仪卿能早点儿回来……

时光如水，转瞬两年。两年里，凤九天每日都在关心战局，更关心茶仪卿的安危。闽国是个小国，却绝对不是个弱国。茶仪卿不只是个值得信赖的朋友，更是个谋略超群的智者。大军虽未连战连捷，却也仅吃过一场败仗，随后越挫越勇，几乎将闽国疆土尽数纳入版图。自古无不散之席，亦无不决之战。捷报传来，大军得胜凯旋。明日就要回到国都金陵。

夜，月夜。

凤九天躺在床上，久久难眠。“茶兄、李璟、尚清天、四个神秘人、金佛……”他口中喃喃自语，重复着许多看似无关，实则有关的词语。谁也不知他究竟在想什么，甚至连他自己也不清楚。他心中总有些不安，一种隐隐的、无法形容的不安。随着大军离金陵越来越近，这种不安越来越强烈起来！良久，凤九天终于睡着了。他近来频频做梦，今夜又做梦了。这是一个无比离奇、无比清晰、无比真实的梦……

昆仑山，玉虚峰。

满天飞雪，地势高耸，雪峰突兀。这里没有艳丽的花海，也没有恢宏的宫殿，但在凤九天心里，这里的冰雪却是天下最美的风景。他恍惚又回到从前，回到了一别数年的故乡。凤九天此刻心情有些复杂，愉快中带着一丝不安。这种感觉来自不远处的几间草屋，几间他熟悉的草屋。

这里是舅父的家，也是他从小长大的地方，但本能却在告诫他，千万不要靠近这些草屋。因为草屋会给自己带来危险，致命而莫测的危险，但他控制不了自己，更控制不了自己的脚步。他明知草屋会带来危险，却还是不由自主地靠近……

“舅父！”凤九天进了草屋，激动地喊了起来。

屋中有一位飘逸出尘的老者背门而坐。老者闻声缓缓转过了身，朝凤九天招了招手。凤九天情不自禁地凑到老者身边。突然，他面前出现一道光，一道剑光！这道剑光径直刺入凤九天的胸膛，一剑贯穿。凤九天难以置信地看着老者，难以置信地看着那把剑。

“舅父，你为什么……为什么……”

“哈哈哈，没有为什么！只怪你知道的太多了！”

“我是你的外甥，是您一手带大的啊！”

“那又如何？我不允许任何人阻挡我的大业！”老者狞笑着拔出了剑，熟悉的面庞瞬间变成了狼脸，贪狼！

“啊！”凤九天一声尖叫，从梦中惊醒。他全身衣裳已被冷汗湿透。这梦境无比真实，真实得根本不像是做梦。有所思，才会有所梦。梦中的画面无疑是凤九天心中最不愿接受的结果。无论凶手是何等高手，他都有勇气拼死一搏，但他唯独不愿凶手是舅父，从小把他带大的舅父。在他年轻的生命中，早已失去了无数本该属于他的东西，而他现在真正拥有的，只有茶仪卿、舅父以及流云剑。此刻他的心中，不仅仅是不安，还有后怕与烦躁。

迷茫中，他披衣而起，踱出房门，迎接天际第一缕曙光。曙光是希望之光，能抹平人心中的创伤。凤九天的心渐渐平稳下来，神情变得轻松许多。这两年中，他几乎毫无作为，就像一把被闲置已旧的利剑，但他十分清楚，随着茶仪卿还朝，自己势必再露锋芒！

两个时辰后，天已大亮。往日冷清的东城门，今日却被人群围得水泄不通。城中百姓奔走相告，大军就要得胜回城了。凤九天两年未离开皇宫，此时也挤进了人群。以敌人的行动作风来看，他们绝对会做最后一搏的。所以他不只是来迎接茶仪卿，更是来保护金佛的。

“哒！哒！哒！”无数马蹄声从远处传来。声音宛如闷雷，金陵城的地面都随之颤抖。马蹄声虽然常见，可如此雄壮的马蹄声却少之又少。除了人彪马悍的契丹外，有如此军势的，恐怕只有唐了。随着马蹄声越来越近，大军的脚步声也逐渐清晰起来，片刻过后，浩浩荡荡的大军出现在东城门外。

走时仅有五千人的队伍，凯旋之时已达万人。队伍中最引人注目的，是几位主将及马车上的一口木箱。木箱虽很寻常，却极是庞大，被三匹健壮的骏马拉着。众人虽看不见箱内的东西，却都知道一定是那尊传说中的金佛。上万人的队伍井然有序，对沿途百姓秋毫无犯。这样的军队怎能不受百姓的爱戴！

谁料在光天化日之下，偏有人要当众犯大军的晦气！光，剑光！道路两旁的人群中，突然出现数十道剑光。这样的剑光必定来自利剑，而挥动利剑之人，通常都是高手。剑光泛起时，人群中跃出数位黑衣人，拦住了行进中的军队。

“什么人！竟敢在京城截杀大军？”祖全恩率先举起大刀，怒喝着面前这伙人。

这些人仿佛都是聋子，竟对祖全恩的话恍若未闻。他们眼中只有那口木箱，根本没把上万大军放在眼里！他们兵分两路，一伙人持剑而上，直奔木箱。其余几名刺客分头袭向马上几员大将。祖全恩正欲下令放箭，人群中又跃出一伙黑衣人直冲进队伍中，南唐大军实力虽强，却也从未见过这样的阵势。

李璟看看身边几员大将，有些惊慌地大喊起来：

“你们还愣着干什么，还不快给我拿下！”

他的话音未落，其中一名刺客竟已到了他的马前。这人明显是刺客中的首领，也是刺客中武艺最高的。他毫不慌张地指挥着其他人去抢金佛，自己却腾出手要杀李璟。这样的人无疑很可怕，因为他们都是亡命之徒。亡命之徒皆看轻生死，不只别人的生死，还有自己的生死。他们从来不知畏惧，剑法冷酷而绝情。这是把少有的利剑，绝对可以一击致命的利剑。这把利剑已然刺出，化作寒芒，直点李璟前胸。李璟此刻很慌张，纵然是在战场上，也从未如此慌张。他知道自己根本躲不开此剑，只能不甘地闭上了眼睛。

“当！”一道劲风与寒芒相撞，火星四射。劲风尽收寒芒，又回到了一人手中。有如此反应、如此身手、如此忠心的人，绝对不多。但茶仪卿偏偏是其中一个，而且是距离李璟最近的。刺向李璟的剑被挡下，刺客的脸色变得十分难看。但茶仪卿的脸色更难看，难看得十五个人能看上半个月。不仅因为他们欲在光天化日下截宝杀人，更因为他们的剑法！这种剑法茶仪卿虽不认得，但给他的印象却无比深刻。因为淹城截杀他和小九的四个神秘人，使的正是相同的剑法。只是他们俩比起淹城那四个神秘人，显得差些火候。

“是谁指使你们来劫金佛的？”

“当然是我们老大！”

“你们老大又是何方高人？”

“你已是将死之人，死人不需要知道这些！”这人说着向茶仪卿连刺数剑，剑招迅捷而阴损。

茶仪卿在马上行动不便，只得纵身跃起。他猛地俯冲而下，右手挥扇向下斜劈，看似飘逸的折扇瞬间化成一道疾风。这道疾风利过神兵、快似闪电、寒若玄霜。刺客纵然武功再强，见到此招，神情也变得凝重而焦灼。他正不知该如何应对，茶仪卿的攻势却猛然一滞。

“咳！咳！咳！”茶仪卿明白，此招如果得手，必能斩下敌人的首级。可他却突然咳了起来，咳声前所未有的撕心裂肺，随后，他喷出几口鲜血，霎时染红了衣裳。几个刺客像嗜血的恶魔，见茶仪卿吐血，纷纷兴奋得挺剑逼近。茶仪卿知道自己凶多吉少，却仍用身子死死护住李璟。

“你们要动手冲我一人来，不要伤害伯玉！”茶仪卿此刻虽已有心无力，却还是朝他们大声喝道。

刺客首领闻言一阵冷笑，看向茶仪卿的眼神满是轻蔑：

“就凭你现在这个样子，也想护主？实在是痴人说梦！”

他身边几个刺客也随着冷笑，仿佛听见了天大的笑话。突然，他们的笑容都僵住了，彻底在脸上凝固了，因为他们听见了一个冰冷的声音，没有一丝感情的声音。这样的声音不像是人发出的，却像是九幽索命的恶灵。

“你们这些死人，有何资格在此放肆！”随着话音，一个白衣少年缓步而来，从容得宛如闲庭信步。

上万军队都无法轻易摆平的刺客，他却全未放在眼中。茶仪卿见到此人，凝重的脸色变得和缓下来。他眼中放出了两道光，两道充满希望的光。他知道自己得救了，李璟得救了，金佛也不会有事了。这种绝对的信任是挚友间才有的，着实让无数人羡慕。刺客首领不是弱者，更不是轻易屈膝之辈。他虽为白衣少年的气势所慑，却绝不会轻易认输。

“凤九天，你少多管闲事！”

“还算有点儿见识。”

“你以一人之力灭了鬼境，江湖中人谁不认识你？”

“既认得我，就该知道一件事！”

“何事？”

“你既然来了，就走不了了！”

凤九天说得很自然，仿佛说的是件再平常不过的事。刺客首领收起了冷笑，额头渗出了冷汗。无论是江湖也好，还是整个天下也罢，凡是强者说出的话，看似不切实际，但却不会被当成玩笑。

瞬间，寒芒一闪，血光乍现！刺客首领已然倒下，咽喉被一剑刺穿。在场众人谁也没看清他的剑。凤九天不是个不切实际的人，从来都不是，只要他想，他的剑就永远是那么鬼神莫测。他说过要一个人死，这个人就绝对不可能活。十大高手如此、李佐琳如此、萧赞如此，就连廖楚笙也如此！更何况刺客首领再强，比起这些人也是天壤之别！南唐百姓无不振奋，众刺客无不心惊胆战。刺客本就不擅长公开群战，此时更是变成一盘散沙。

李璟见状不禁大笑起来，无比愉快地大笑起来。他朝众人一挥手，兴奋地大声喊了起来。

“这些贼人已是强弩之末，还不速速给本王拿下！”

众军兵立即行动，只片刻工夫，剩下的刺客尽数伏诛，无一漏网。南唐众人无比喜悦，看向凤九天的目光满是敬佩。只有李璟和茶仪卿的脸色仍显得不太好看。李璟的脸上满是嫉妒，而茶仪卿的脸上满是责怪与担忧。

“茶兄，你怎么了？”凤九天有些奇怪，不解地看向茶仪卿。

茶仪卿却指了指刺客的尸体，又指了指皇宫。凤九天弯腰看了看这些尸体，脸色陡然变了。因为他看到了一朵花，一朵无比妖艳而熟悉的花。

“泣血梅！又是泣血梅！”凤九天低声喃喃自语，精神似乎到了崩溃的边缘。他不愿相信这一切是真的，可又偏偏无力反驳！

“我不是让你不要离开义父吗？”茶仪卿注视着凤九天，语气有些生硬。

凤九天心中有些委屈，可却没有多说什么。他明白茶仪卿的意思，自己可能犯了致命的错误。或许这些刺客只是为了吸引他们的注意，而真正的目标却在皇宫。如果真是这样，恐怕凤九天两年的努力就要毁于一旦。茶仪卿并没有再责怪他，只是快步向皇宫方向而去。两人相处了这么多年，凤九天还是第一次见茶仪卿生气。

他正不知如何是好，突然看到一个熟悉的身影。他记得两年前在清逸楼下，曾见过这个不凡的大汉。那时他还是个粗衣百姓，现在却成了威风凛凛的将军。此时凤九天没有心情上前搭话，而是急匆匆去追赶茶仪卿了。

茶仪卿刚进宫不久，李璟与祖全恩也到了。他们向李昪交代完了战果，就都打算出宫了。李昪一向不太喜欢李璟，可这次却把他单独留了下来。茶仪卿察言观色后，也小心翼翼地告退了。他才走出皇宫大门，就见凤九天从宫门外迎了过来。

“茶兄，你还在生我的气？”

“没有，只是有些事情我需要好好想想。”

“有事要想想？”

“是啊，我有一种不祥的预感！”

如果说一个人有预感，或许只是杞人忧天而已，可两个人同时都有预感，事情恐怕就没有那么简单了……

半晌后，萧府。茶仪卿与凤九天默默无言，并肩步入府门。府门两侧此刻摆着十几盆红梅，已渐凋零。红梅虽能傲雪凌霜，却终要化作一地落红。一个小厮此刻正拿着把精致的剪刀，修剪着花枝。

“阿言，这些花是谁买的？”

阿言闻言猛地抬起头，望着茶仪卿露出兴奋的笑容：

“大人，您终于回来了！这些花是陛下送来的。”

“陛下送的？”

“是啊，陛下冬日送来的，刚来时好看得紧呢！”

茶仪卿踏着满地落红，缓步走到近前欣赏。方才一直沉默不语的凤九天，此时突然笑了。

“茶兄，这些红梅像泣血梅呀，只是不够妖艳。”

茶仪卿正要去折一只梅花，手却突然停住了。他望着余韵尚存的红梅，露出了一抹微笑。

少顷，两人坐在书房中，一切宛如两年前。他们本以为这一天到来时，会变得轻松一些，可他们都发现自己错了，却又不知错在哪里。

“小九，你知道莉儿去哪儿了吗？”

“不知，你走后她也离开了，我也两年没见她了。”

“两年中你是否离开过皇宫？”

“没有，你让我保护叔父，我怎会擅离职守。”

“那宫中可有什么事发生吗？”

“没有，一切正常，只是……”

“只是什么？”

“叔父好像变了，跟以前判若两人。”

“我也感觉到了，你确定义父还是从前那个义父？”

“我确定，我愿以性命担保！”

“我信你，可这又该如何解释？”

“或许和神秘的丹药以及那些道士有关。”

“丹药？道士？”

“是的。”

“什么丹药？何处得来？”

“不知，但叔父每隔三个月都要服用！”

“那些道士是否可疑？”

“不可疑，最多骗些钱财而已。”

“那就怪了，实在是太奇怪了！”

“还有一件更奇怪的事。”

“何事？”

“这两年间我几乎与叔父寸步不离，但那一夜……”凤九天说着脸色变得越发凝重，竟有些欲言又止。

“那夜发生了什么？”

“那夜叔父让我回房休息，自己却见了一位神秘人！”

“神秘人？你知道他是谁吗？”

“他披着一件黑斗篷，我看不清他的脸。”

“他有什么特征吗？”

“没有，但直觉告诉我，我一定认识他。”

“他与千华山那日的黑衣人可是同一人？”

“不，一定另有其人，或许侦查此案的还有第二股力量！”

“希望如此，不然一切只怕都要彻底失控了。”

茶仪卿与凤九天四目相对，眼中都蕴含着隐隐的不安。他们之间的气氛，以往都是愉快或是凝重的，可这次却有些古怪，让人说不清道不明的古怪！突然，门外传来细碎的脚步声。脚步声很轻，随之而来的还有一股淡香。茶仪卿知道是谁来了，可又觉得似乎哪里不对。房门被轻轻推开，茉莉飘然进来。

“萧郎，你去了这么久，害我一直担心你……”

不待茶仪卿答话，凤九天的双眼已紧紧盯着茉莉。

“说，这两年你去哪儿了？”

“我还能去哪儿？当然是回素心山庄。”

“你回去做什么？”

“看病、采药、教徒弟。”

“你只做了这些？”

“不然我还能做什么？”

“那你怎知茶兄今天回来？”

“人家关心他，一直托人打听，方知大军今天还朝。”

“可大军路线乃是机密，你怎会提前知晓？”

凤九天还想再问下去，茉莉有些生气地打断了他：

“难道我是犯人吗？”

“你和城门外那些刺客一样准时，难道只是巧合？！”

茉莉微微一愣，随后快步向茶仪卿走过去。

“萧郎，发生什么事了，凤少侠因何这般蛮不讲理？”

凤九天本能般的逼上近前，正要继续质问，却突然说不出话。他不可置信地望向茉莉裙边，彻底怔住了。在这一刻，他不知道眼睛和朋友哪个才更可靠。因为在茉莉裙摆飘过的地方，惊现了一朵梅花。世间的梅花很多，但妖艳得几欲滴血的梅花却只有一种：泣血梅！

光，剑光。耀眼的剑光闪动，森然的杀气泛起。流云剑刹那间出鞘，一剑直劈向茉莉头顶。与此同时，一把花伞也以迅雷不及掩耳之势迎向流云剑！剑伞相击，剑势微微一滞，花伞便已力竭。

“啪！”花伞落地，流云剑带着劲风直劈而来。凤九天要杀的人纵逃到天涯海角，也只有死路一条。茉莉无奈地叹了口气，缓缓闭上了双眼。

“小九，不要鲁莽！”茶仪卿大喝一声，凤九天闻声放下了手中的剑。

“茶兄，如今证据确凿，你为何让我住手！”

“证据？”茶仪卿弯腰捡起地上的花朵，叹了口气，“你已被仇恨蒙蔽了双眼，这只是陛下送来的红梅。”

茉莉闻声也捡起了自己的花伞，双眸望向茶仪卿：

“萧郎，凤少侠既怀疑我和凶手是一党，你就让他杀了我吧。”

茶仪卿轻抚着茉莉，神情间满是怜爱与自责：

“莉儿，小九他报仇心切，一时误会，还望见谅。”

“可凤少侠他……”

凤九天缓缓收起了剑，竟朝茉莉微微施了一礼：

“方才是我一时莽撞，还请见谅！”

“唉，凤少侠还是老样子，见谁都觉得可疑。”茉莉有些不太高兴，却还是无奈地笑了笑。

凤九天像是想起什么，突然开口打断他们的对话：

“茶兄，我听说你们途中吃过一场败仗？”

“是啊，那次是我失算，否则营寨不可能失火！”

“到底是怎么回事？”

“没什么，对方有几个高手趁夜放火。”

茶仪卿脸色本已缓和下来，此刻却突然变得凝重。凤九天和茉莉见到他的神色，不禁都吓了一跳。

“茶兄，你想起什么了？”

“那晚大火之后，我在营外看到了泣血梅！”

“又是泣血梅！为何现在的一切都和泣血梅有关？”

“只有两种可能。”

“哪两种？”

“要么有人频繁以泣血梅来诬陷凤前辈，要么……”

“要么什么，你说下去。”

“要么凤前辈确是神秘组织老大，并以泣血梅为标志。”

“不会的！舅父不可能是这样的人！”

这种可能性凤九天并非没想过，而且想过无数次，可此时听茶仪卿说出来，他心中还是有些无法接受。

“咳咳咳……”茶仪卿突然一阵咳嗽，脸色刹那间变得全无血色。凤九天闻声忙回过心神，担忧地望着茶仪卿。茶仪卿举袖拭干额角薄汗，随后径直走向后院。凤九天忙站起身，紧随着茶仪卿出了房门。茶仪卿听见身后脚步声，微微叹了口气。

“小九，今后切莫这般莽撞行事了。”

凤九天的神情有些落寞，默然无语，相随而去。

萧府虽不算奢华，却精巧别致。无论是自然还是园林，向来无水不灵。茶仪卿一直觉得后院该挖个荷花池，但又恐劳民伤财。可当他转过回廊，穿过一道月亮门后，却被眼前的景象彻底惊呆了。因为他眼前竟真的出现了一片荷塘，优美而清新。荷塘旁陈设着一方大石，还有几块高大精美的假山石。这样的景色是他梦寐以求的，也曾是他多次幻想过的。震惊过后，随之而来的不是愉快，而是一阵费解。他清楚自己府中之人绝对没有胆子背着自己修建荷塘，但如果不是府中之人修建，那眼前荷塘又怎会凭空出现呢？

"小九，你知道这片荷塘是怎么回事吗？"

"这是叔父下旨修建的。"

"义父为何要下这样的旨？"

"听说是为了和天佑寺、齐王宫，形成风水局。"

"天佑寺是什么地方？"

"是为了迎奉金佛特意修建的一座寺庙。"

"这是谁的主意？"

"不知是何人给叔父的提议。"

"现在已经落成？"

"天佑寺与荷塘并非同时开工，却是同时竣工的。"

"唉，义父一生勤俭，不料老来却如此……"茶仪卿有些无奈地摇摇头，发出一声长长的叹息。这叹息背后是臣对君、子对父的无奈与惋惜。

夜，月色凄清。

茶仪卿躺在床上，双目紧闭，面无血色。茉莉坐在床边为他把脉，半晌都默然无言。凤九天怀抱着流云剑，面露焦急之色。

"茶兄的病……"

凤九天一句话还没说完，却被茶仪卿吓了一跳。茉莉把脉的手，也不由自主地微微一抖。

"知道了，我知道了！"茶仪卿费力地坐起身子，双眸中泛着熠熠的光辉。

"茶兄，你知道什么了？"

“我忽然想起多年前金陵的一件要案。”

“难道那个案子凶手的作案手法与此案相同？”

“虽不相同，却有异曲同工之妙。”

“那你知道凶手是谁了？”

“不，我只是忽然想到可以从何处下手了。”茶仪卿说着望向凤九天，随后悠悠地叹了口气。

“茶兄，你想说什么？”

“我想让你去大理寺取多年前的案宗，可你这性子，万一……”

“茶兄，你是怕我和大理寺的官员吵起来？”

茶仪卿笑着摇摇头：

“不，你从不爱吵架，通常只爱杀人。”

“茶兄，你……”凤九天本想辩驳几句，一时却无言以对。

茶仪卿不再调侃凤九天，目光转而望向茉莉：

“莉儿，此事或许只有你去最合适了。”

“萧郎，你真的让我去？可我走了，你的病……”

“无妨。此事至关重要，必须马上办！”

“那萧郎你说的是哪份卷宗啊？”

“你就说十五年前的金陵大案，他们自会明白。”

“好，我这就去。”

“快去快回，能否破案全关乎这份卷宗了！”

茉莉点点头，快步出了卧房，转瞬消失在黑暗中。茶仪卿望着茉莉远去的背影，脸上不禁露出一抹微笑。

“吱嘎。”不多时茶仪卿卧房的门从外面被推开。凤九天警觉地看向门外，茶仪卿也缓缓睁开了眼睛。

“萧郎，我回来了。”茉莉手中拿着一份卷宗，快步走到床边。

茶仪卿接过卷宗，忙展开仔细查阅。凤九天和茉莉齐齐望向茶仪卿，一时间鸦雀无声。茶仪卿翻着卷宗，每读一句都若有所思。不知过了多久，茶仪卿才把薄薄的卷宗读完。他读完卷宗发出的不是笑声，而是一声长长的叹息：

“这两件案子看来相似，实则全无关联，看来是我错了。”

茉莉听完茶仪卿的话，不禁也叹了口气：

“萧郎，此案扑朔迷离，一时之间恐难水落石出。”

“是啊，这次倒是我心急了。”茶仪卿说着把卷宗递给凤九天，语重心长地说道：“小九，夜深了，你把卷宗送回去吧。”

“好，你安心养病，我去去便回。”

茶仪卿缓缓点头，随后慢慢闭上了眼睛。

次日，清晨。茶仪卿刚披衣而起，老总管便叩响了房门：

“大人，齐王亲自带人拜望！”

茶仪卿并没有惊讶，从容地开了门：

“齐王前来所为何事？”

“好像是来传旨的。”

这时凤九天和茉莉缓步走入房中。凤九天望望茶仪卿，目光间满是疑惑。

“茶兄，你昨日刚见过叔父，李璟为何还要传旨？”

茶仪卿并未答话，而是悠悠地叹了口气：

“他是不是带来了御酒？”

老总管一惊，神情瞬间变得万分诧异：

“大人，您真神了，他的确带来了三杯酒。”

“什么酒？”

“三杯上好的葡萄酒。”

“唉，伯玉竟不容我至斯……”茶仪卿口中轻轻喃喃，不自觉地轻摇折扇。

茉莉神情虽显意外，却没有急着开口。凤九天有些沉不住气，困惑地看着茶仪卿。

“茶兄，李璟此举何意？”

“很简单，他认为狡兔已死……”

“你怎么知道的？”

“义父知我不喜食葡萄，又怎会赐葡萄酒？”

凤九天的手下意识按上宝剑：

“他若敢对你不利，明年的今天就是他的祭日！”

茉莉的脸色也有些难看，不知所措地望着茶仪卿：

“萧郎，如果你死了，我也……”

茶仪卿却朝两人笑了笑，笑容依旧从容儒雅。谁也不清楚他是胸有成竹，还是视死如归……

萧府，大门前。

李璟此刻正负手而立，身后还跟着两个侍卫，一人双手捧着圣旨，一人手端金盘。金盘上没有黄金，没有白银，也没有珠宝，而是放着三杯酒，三杯紫红色的葡萄酒。

“本王亲自过府传旨，萧俨为何还不出来？！”李璟趾高气扬地盯着门卫，甚是不悦。

门卫正要答话，茶仪卿已带着两人迎了出来：

“伯玉，愚兄未能远迎，还望见谅！”

李璟见到茶仪卿，脸上倨傲之意越发重了几分：

“萧俨，少要废话，还不速速跪下听旨？”

“臣萧俨听旨！”茶仪卿大声说着，随即缓缓跪在李璟面前。

李璟见茶仪卿跪下了，嘴角露出了无比得意的笑容：

“萧俨足智多谋，监军有方，朕甚欣慰，特赐御酒三杯，钦此！”

“多谢陛下夸奖，儿臣萧俨万分惶恐。”茶仪卿朝李璟连叩三下，双手接过了圣旨。

“好，你既已接旨，就饮下这三杯御酒吧！”

李璟随即露出一抹狞笑，朝身后侍卫招了招手。侍卫当即会意，缓步走到了茶仪卿的面前。茶仪卿缓缓站起了身，看向李璟，两人四目相对。没有硝烟的战争，往往比金戈铁马的战场更残酷。战场之争，杀的不过是身，兄弟之争，诛的却是心！

天地寂静，气氛凝至冰点。此时一句话、一个动作、一个眼神都至关重要，决定的已不只是个人性命，而是国家社稷的安危。茶仪卿竟还是那么从容，从容得让人困惑。

“伯玉，义父是因伐闽一事赐的酒？”

“没错，你劳苦功高，故此赐酒！”

茶仪卿闻言点了点头，伸手举起了第一杯酒。茉莉不忍心看，连忙转过了身，眼眶一片湿润。凤九天按剑的手也按得更紧，随时都可能出剑相搏。李璟见状更加得意，笑得越发嚣张起来：

“萧俨，你怎么还不饮酒，要抗旨不成？”

“非也，只是此酒我不当饮。”

“你不当饮？”

“是啊，这第一杯酒当祭我军死难的将士！”茶仪卿神情肃穆，说着便以酒酹地。

李璟见状不由得一愣，却立刻回过神来：“你所言不错，是该祭死难将士。”他的目光仍紧盯着茶仪卿，用手拿起了第二杯酒，“但这第二杯，你该饮下了吧？”

“第二杯酒，我同样不该饮。”

“为何？”

“此战成功，乃父皇洪福，此杯当敬父皇！”茶仪卿说着接过了第二杯酒，朝皇宫方向拜了三拜。随后他再次把酒倒在地上，神情无比恭敬。

李璟的脸色变得十分难看，气势汹汹地说道：

“萧俨，你已经让了两杯，这第三杯……”

茶仪卿却不待他说完，便打断了他的话：

“伯玉，这第三杯，我同样不当饮。”

“这又是为何！”

“此战你为主将，我又岂敢贪功？”

茶仪卿笑着举起第三杯酒，双手捧着递给李璟。李璟表情瞬间变得无比尴尬，但还是慢慢伸出了手。他的手此刻有些发抖，接酒时故意碰落了酒杯。第三杯酒同样洒在地上，染红了原本朴素的地砖。

“伯玉，此乃御酒，你实在太不小心了……”茶仪卿见酒杯落地，有些可惜地叹了口气。

李璟的神色难看至极，甚至有些气急败坏。茉莉见茶仪卿安然无恙，长长松了一口气。凤九天也露出了笑容，有些讽刺地看向李璟。但李璟并非懦夫、莽夫，更不是傻子。他又把手伸进了怀里，又取出了一份圣旨。

“萧俨，这里还有一张圣旨！”

“儿臣萧俨接旨！”茶仪卿一边说着，一边再次跪了下来。

“萧俨志虑忠纯，才堪此大任，特封庐陵王，望勿负朕心！”

“这……”

“怎么，你难道要抗旨不成？”

“不敢，只是这庐陵王……”

“哈哈，庐陵王并不是个虚名，可是有封地的！”

“封地？莫非是我的故乡庐陵？”

“没错，明日你便准备启程吧！”

“好……萧俨接旨！”茶仪卿有些犹豫地说着，脑中不断盘算着其中玄机。

李璟把圣旨交给茶仪卿，随后得意地离开了。茶仪卿望着他远去的背影，叹了口气。随后转身看向凤九天和茉莉，有些难过。

“小九、莉儿，我此去路途遥远，归期遥遥，你们欲将如何？”

茉莉闻言率先开了口，有些害羞地说道：

“萧郎，我此生绝不离开你！”

凤九天也用力点点头，笑着看向茶仪卿：

“没错，你去哪儿，我就去哪儿！”

茶仪卿略一思忖，随即露出了一抹欣慰的笑容：

“好，我们共赴庐陵，同去同归！”

第二十二章　灵狐夜杀人

明月皎，白狐妖。

夺魂魄，千里遥。

造孽债，得恶果。

纵天涯，何处逃？

光和影总是相伴。越是光明处，越会有阴影。庐陵，南唐的疆域，神探的故乡。这样的地方本该安定和谐，现在却迷影重重。连环的命案、妖媚的白狐、骇人的童谣。这背后到底是鬼怪作祟，还是隐藏着惊人的阴谋？

晨曦。

庐陵并不大，清晨格外静谧，此刻一辆马车由远处驶来，打破了小城的沉寂。这是一辆精致而宽敞的马车，富贵之人才可拥有。曙光渐渐照亮大地，照进挂着丝绸车帘的马车。车内坐着三个人，三个与众不同、气质出尘的人。白衣少年有些冷峻，正低头擦拭着一把宝剑。绿裙姑娘痴痴看着另一位公子，似乎若有所思。那位公子则用折扇挑起车帘，向外看着，神情复杂。马车刚接近庐陵，就听到那首被传得沸沸扬扬的童谣，到底作者是谁、始于何时、是何目的？他虽不知道答案，却明白这背后定是个阴谋。一个至今仍未止息的噩梦！

“吁！”赶车之人一声呼哨，马车缓缓停在一群孩童旁。这些孩童天真烂漫，口中正欢唱着那首诡异的童谣。“明月皎，白狐妖。夺魂魄，千里遥……”

随着马车停稳，车夫把身子探进车厢。他朝儒雅公子拱拱手，露出一抹微笑：

“公子，我们到了！”

儒雅公子似在想着什么，对车夫的话恍若未闻。白衣少年见状，用手拍了拍儒雅公子的肩：

“茶兄，你在想什么？该下车了！”

“啊……我们到庐陵了？”

车夫点了点头，朝四下指了指。儒雅公子略一思忖，微微颔首，出了车厢。车厢中其他两人，也随之缓步走了出来。

儒雅公子听见童谣微微一愣，随即快步走过去：“孩子们，是谁教你们唱的这首童谣啊？”他缓缓俯下身，语气无比和蔼可亲。

众孩童见他不像是坏人，纷纷开口回答：

“是村东头的小六子教我们的！”

“这首童谣是他写的吗？”

“不是，听说是位云游道士教他的。”

三人听说又是云游道士，不禁想起金陵的风水局。姑娘看看儒雅公子，有些犹豫地开了口：

“萧郎，这道士定不简单，我们要不要……”

白衣少年不待她说完，便急着想去寻找那位道士。儒雅公子却笑着摇摇头，目光径直看向不远处的县衙：

“我们去寻道士是大海捞针，不如先去县衙问个明白！”

三人缓步来到庐陵县衙门前。此刻天色尚早，竟有许多百姓聚此围观。县令陈谯正端坐堂上，提审案犯。犯人是位女子，徐娘半老却风韵犹存，只见她浑身是血，人已憔悴到几近崩溃。

“下跪者何人？”

“大人……您已问过数次，何必再问？”

陈谯重重一拍惊堂木，双眼怒视着此女子：

“大胆！本官问话安敢不答？”

“回大人，民女翠莺，是春风阁的店家。”

“灵狐杀人一案的死者，是否都去过你店里？”

“是的……但人不是我杀的！”

“哈哈，分明是你谋财害命，还想狡辩？”

“他们虽都是离开小店后遇害，但此事真的和我无关！”

“大胆刁妇！事到如今还敢抵赖！”

“民女冤枉！纵然屈打也绝不认招！”

“杀人偿命，莫怪本官无情！”陈谯朝一旁师祖招招手，师祖当即捧来一纸公文。他抓过公文扔向翠莺，眼中尽是不屑之色，“此乃州中批文，你自己看看吧！”

翠莺忙一把捡起公文，看后神情变得越发绝望：

“我何罪之有竟被判斩，天理何在？”

“你连杀三人，难道罪不该死？”

“大人，民女真的没有杀人啊……”

翠莺还要申辩，陈谯却不耐烦地摆摆手：

“你这刁妇，公文在此，你就替死者偿命吧！”

两旁衙役见状大步走过来，不由分说就把她往堂下拉去。百姓见案犯要被正法，个个欢欣雀跃起来。翠莺本想据理力争，怎奈身单力薄无力反抗。她一边被衙役推着向外走，一边大声哭喊起来：

“昏官！昏官！若萧大人在，我怎会含冤而死？”

衙役见她聒噪，抬手就要打，就在手将落未落之际，突然被一把折扇拦住。持扇的是位公子，一位儒雅不凡的公子。此处虽是县衙大堂，他却依然从容优雅。

“小子！此处是县衙，你要造反吗？”

“造反？我要造反不去皇宫，来此何干？”持扇公子微微一笑，衙役刲被问得满脸通红。

陈谯见有人搅闹公堂，连忙吩咐衙役动手抓人。众衙役都人高马大，手持水火棍，非常人能敌。但见这位公子丝毫不慌，只是朝门口轻轻点点头，门口突然出现一道身影与漫天寒芒。刹那间人影站定，寒芒收敛，所有棍棒尽数断裂，方才还凶神恶煞的衙役们，此时个个倒地呻吟。陈谯、翠莺以及众百姓，全被眼前一幕彻底惊呆了！

“你……你们要做什么？”陈谯指着持扇公子，战战兢兢地问道。

持扇公子从容地一笑，语气显得很轻松：

“在下不想做什么，只想和您评评理。”

“评理？评什么理？”

“不讲别的，就先讲讲她！”他说着指了指翠莺，脸上略显同情与怜悯。陈谯不知面前之人是何方神圣，一时有些愣住了。“陈大人，您为何不说话了？”

“本官秉公断案，有何不妥之处？”

“您或许真在秉公执法，但却抓错了人！”

“抓错了人？你的意思真凶另有他人？”

“没错！凡是杀人者，必要先有动机。”

“谋财害命不算动机吗？”

“陈大人，请问死者都是些什么人？”

“经本官调查，都是两月前才来此地的外乡人！”

“庐陵绝非大城，为何会突然来许多外乡人？”

“这……这本官就不清楚了！”

“死者都多大年纪？是男是女？”

“都是三十岁左右的健壮汉子。”

“若她能杀死这些人，刚才还会无力反抗？”

“这……她应该是给死者在酒里下毒了！”

“应该？就是说您也只是猜测了？”

“本官不知，此事只有她自己才清楚！”

“你一问三不知，就敢随意判斩？”

“本官查不出来，难道你能查出来？”陈谯轻蔑地看向持扇公子，目光咄咄逼人。持扇公子点了点头，更加轻蔑地看了一眼陈谯。陈谯嘴角泛起的冷笑，逐渐凝固在脸上。他半晌默然，许久才一字一顿地开了口：“你若真有这本事，此案任由你处置！”

“好！但希望大人能给我行些方便。”

“三日内你可便宜行事，但若逾时就一同法办！”

“三日之内，我必给百姓一个交代！”

当晚，三人找到此案幸存者大林。三个月前他突然出现在庐陵，并于半月内在当地成了亲，但好景不长，不久灵狐杀人案就在庐陵爆发了。大林未能幸免，虽然活了下来，但自此神志错乱。虽然请了当地最好的郎中，却也只能苟延残喘。想破案，证人无疑是关键。茶仪卿正想叩门，一个女人先走了出来。她见到茶仪卿不由得一愣，随即给他跪了下来。

“萧大人，求您一定要想办法找到真凶啊！”

“本官未着官服，你又如何认得本官？”

“我是庐陵本地人，多年前曾见过您一面。”

“原来如此！本官今日前来正为此事。”

“啊！萧大人愿意出手，此案定能水落石出！”

妇人面露欢愉之色，茶仪卿却若有所思。

“这位妇人，你是大林的妻子？”

“妾身正是其妻崔氏。”

“你是两个月前嫁给大林的？”

“是的，大人。”

“你当时为何要嫁给他？”

“这……”崔氏顿时面露难色，变得欲言又止起来。茶仪卿见状轻摇折扇，目光仍紧盯着崔氏。“大林是个金匠，有不少钱，所以……”

“他是个金匠？”

“是啊，他是个极高明的金匠。”

“可这样的小城，能有几人花钱雇工，金匠恐怕不会太有钱吧？”

“他是外地人。”

“他是哪里人？有多少钱？”

“他好像是金陵一代的，少说也有几十两银子。”

“金陵一代？几十两银子？”茉莉见茶仪卿若有所思，不禁感到有些好奇。

“萧郎，你是不是想到了什么？”

“没什么，只是感到有些奇怪。”

“是啊，一个金匠随身带那么多钱干什么？”

“只有一种可能……”

茉莉似乎没明白茶仪卿所言，凤九天却明白了：

“除非有人高价雇工做些违法勾当，事成后逼其远走他乡。”

“小九言之有理。”

“可到底是何人雇工？又为何雇工？”

“不知道，只有先见见大林再说。”

屋中空气浑浊，味道令人几欲作呕，室内陈设简陋，可谓家徒四壁。床上躺着一个人，已经不像人的人。他的头发蓬乱，衣衫不整，全身已经溃烂。若非他呼吸时胸膛微微起伏，真的不像还活着。茶仪卿小心翼翼地靠近，想看得再清楚些。大林看似连呼吸都很困难，显是已经奄奄一息，此刻却突然从床上弹起，恶狠狠地扑向茶仪卿。

“狐妖！不要动我娘子，我和你拼了！”

以茶仪卿的身手，又岂会被他轻易扑中！只见他身子一侧，脚步微晃，刹那退出丈余。崔氏满怀歉意地看看茶仪卿，然后慢慢走向大林：

“相公，你冷静一下！他是萧大人，不是狐妖。”

“他……他真的不是狐妖？”

“真的不是，真的不是！”崔氏忙用极肯定的语气说着，同时伸出手扶住他。大林有气无力地点点头，随后缓缓躺了下去。上一秒还力有千斤，此刻仿佛又变回一具尸体。“相公，萧大人有事问你，你快起来……”崔氏说着就想拉他起来，茶仪卿却忙摆了摆手。

“不必！本官这样问话便可。”

“好，那您尽管问。”崔氏十分信任地说道，然后退出了房间。

茶仪卿依旧从容地走向床边，好像刚才的事情从未发生过。他明白自己肩上的责任，绝不能让庐陵百姓失望。“你叫什么名字？”茶仪卿看向大林，缓缓询问起来。

大林此刻神志清醒，有些费力地答话：

“我叫林永，别人都叫我大林。”

“你以何为业？”

“金匠。”

“你的手艺如何？”

“尚可。”

“你上次做活，是在哪里？”

“金陵城外云台山。”

“在山上？打造何物？”

“不知道……不知道……我不知道……”大林的神情忽然变得无比痛苦，像是想起了一个噩梦。

茶仪卿知道在这种情况下，自己什么也问不出来。但他不愿就此放弃，于是只得换了个角度：

“你听说过一首童谣吗？”

“什么童谣？”

“明月皎，白狐妖……”

“狐！白狐！狐妖，你是狐妖！”大林的呼吸变得越发急促不安，眼中尽是恐惧。

茶仪卿却没有理会，而是继续问着：

“被夺走魂魄的，都是你的同伴吗？”

“夺走魂魄……狐妖真能夺走魂魄！”

“你亲眼所见？”

“是的，那晚我们一起到了青魅林。”

“你们为何要去那里？”

“我也不知道，只记得好像昏倒了……”

“你醒过来之后，就发现同伴们都死了？”

“是的！都死了！他们都死了！”

“那你醒了之后，做了什么？”

“我太害怕了，没敢在外停留，一口气跑回了家！”

茶仪卿闻言略一迟疑，随即继续提问：

“那你同伴的死状是什么样？”

“面目狰狞，没有伤口，也没中毒迹象……”

凤九天的眉头皱了起来，对茶仪卿小声询问：

“茶兄，他已病入膏肓，怎会对死者记得这么清楚？”

“这倒不奇怪，因为他们是朋友。”

“朋友？”

“如果我死了，我的死状，你一辈子也不会忘记。”

凤九天点了点头，茉莉却噘起了嘴：

“萧郎，你胡说什么！你才不会死呢！”

“哈哈，人终有一死，我活不过二十年。”

“不……不会的……”

“好了，我们还是办正事要紧。”茶仪卿把视线重又落回大林身上，茉莉只得点了点头。“你们在何处招惹的狐妖？”茶仪卿的神情很和蔼，语气却不容人违拗。

大林在他逼问之下，不得不去回忆那段噩梦。

“我们在云台山的一个山洞里。”

“为什么要去山洞？”

“因为一个神秘人，花高价雇我们为他做工。”

“神秘人？你知道他是谁吗？”

“不知道，口音像是昆仑山一带的。”

凤九天听到昆仑山，紧皱眉头，未发一言。

“那你们又是怎么遇到狐妖的？”

“当时它还不是妖，是普通的白狐，是它自己闯进洞来的！”

“你们对它做了什么？”

“把它杀了！老张还剥了皮！”

“为什么要杀它？”

“我们伙食太差，干活没有力气，而且……”

“而且什么？！”

“而且它的皮是世上最完美的狐皮！”

“完美？”

“是的，它全身似雪，毛皮柔顺得像绸缎。”

“现在它的皮在哪里？”

“老张送给了他的妻子，后来不翼而飞了。”

“不翼而飞？这怎么可能？”

“不但不翼而飞了，而且老张也死于非命。”

“你怎么知道是狐妖？”

“因为它……就是那只被剥了皮的白狐！”

“它出现时，有皮还是无皮？”

“有皮！还是那身完美无瑕的狐皮！”

“那怎么知道它是妖？”

“因为它不但能索魂，还能口吐人言！”

“口吐人言！这怎么可能！”茉莉闻言神情都变了，连茶仪卿的脸色也变得铁青。可瞬间他的脸色就缓和下来，依旧云淡风轻。“嗯，本官大致明白了。”茶仪卿说着望向茉莉，语气很温柔：“莉儿，你帮他把把脉，看他还有没有救？”

茉莉依言走了过去，伸手想要为大林搭脉。大林却突然又从床上弹起，缩在角落里，瑟瑟发抖。

“你是狐妖！你不要过来！不要过来！”他朝茉莉大喊着，神情无比恐惧，如见鬼魅。

凤九天见状并不理会，径直上床按住了他。茉莉也连忙凑了过去，不顾他的反抗，搭上了他的脉。可随即她的脸色变得很难看，朝茶仪卿摇了摇头。

“萧郎，恐怕……”茉莉看着茶仪卿，遗憾地说道。

茶仪卿叹了口气，只好带着几人出了房门，迎面遇到崔氏。她的神情有些复杂，兴奋而又担忧：

“萧大人，我相公的病……”

“唉，很抱歉，本官只会破案，却不会治病……”茶仪卿有些歉意地说着，并从怀中取出几两银子，“这些银子你先拿着，不够再找本官拿。”

崔氏拿着银子千恩万谢，跪送几人越行越远。三人行出一段，茉莉不解地开口了：

“萧郎，为何所有人都死了，只有大林还活着？”

凤九天也疑惑不解，希望茶仪卿道出玄机。茶仪卿露出一抹微笑，不假思索地回答：

“因为凶手需要一个活口。”

“需要活口？”

“没错，借他之口，把我们引向幽冥。”

“也就是说并非狐妖作案？”

“一定不是，只是我还没有证据。”

“那我们下一步去哪儿？”

“我们去青魅林！”

城外三十里，青魅林。这是一片竹林，幽深而静谧的竹林。风吹动竹叶，发出呜呜声，宛如鬼泣。此刻尚是白日，众人靠近竹林都觉不寒而栗，更何况不会武功的醉汉在晚上独自前来呢？

众人绕着竹林，仔细查看一番。他们本以为会有所收获，结果却一无所得。茉莉变得有些泄气，无奈地看向茶仪卿。

“萧郎，这里好像没什么线索啊！”

凤九天也在旁附和，茶仪卿却不为所动。他相信凡是案发现场，就必定会有线索可寻。所以他并没有轻易放弃，而是绕着竹林走了很多圈。林子很大，一圈至少十几里，他却没停下脚步。哪怕他中途累得吐了一次血，也依旧坚持着。他本就儒雅俊秀的脸，平添了几分坚毅与执着。

“萧郎，我们还是先回去吧，明日再探不迟。”茉莉不忍看茶仪卿劳累，语气间尽是央求。

茶仪卿坚定地摇摇头，没有丝毫停下的意思。茉莉只得又看向凤九天，期待他出言相劝。

“茶兄，天色不早了，你的身子……”凤九天的话还没说完，茶仪卿却固执地摇摇头。

他虽没有直接说明，言中之意却无人不懂。凤九天只得长长叹了口气，陪着他走下去。对于茶仪卿而言，人命永远是关天的。这是他的使命，对天下百姓的使命，却独独对他自己的命是例外的。既领官饷、负盛名、怀苍生，又怎能徇私废公？鞠躬尽瘁，死而后已，才是茶仪卿的胸怀。

天色越来越暗，眼见日落西山，一行人除了疲惫与绝望，一无所获。茶仪卿尽管已经脚步蹒跚，却还是坚持不懈。苍天永远不会辜负一种人，就是苦心之人。就在茶仪卿想要放弃的刹那，他眼中突然放出了光。他正蹲在一个小土坡前，紧紧盯着一株竹子看着。

“茶兄，你找到线索了？”凤九天不由得有些激动，连忙也凑到近前。他也蹲在茶仪卿身边，顺着他目光看了过去。那是根很寻常的竹子，怎么看都没什么不同，但在茶仪卿眼中，这竹子却似乎隐藏着惊人的秘密。

“小九，有一件奇怪的事情你发现了吗？”

“的确有件奇怪的事。”

“你发现了什么？”

“发现了一个绝顶聪明的人，在干一件无比愚蠢的事。”

“绝顶聪明的人？无比愚蠢的事？”

“你盯着再普通不过的竹子看个没完，难道不奇怪？”

“小九，我没心情和你开玩笑！”

“那你就快告诉我们，你究竟在干吗！”

“你没发现这株竹子已经枯萎了吗？”

“这有什么奇怪的吗？”

“很奇怪，竹子只有老去后才会枯萎。”

“那又如何？”

“你觉得这几株竹子，到了老去之时吗？”

凤九天站起身，看看这些还不太高的竹子，摇了摇头：

“这些竹子应该还没长大，不应现在枯萎。”

“是啊，而且就算枯萎，也不该枯萎得如此古怪。”

茉莉和凤九天听得一头雾水，不约而同地开了口：

“古怪？这有什么古怪的？”

“你们难道没发现，竹干变得斑斑驳驳吗？”

两人依言又仔细看了看，这才发现其中古怪。“的确，竹子像是被什么东西腐蚀了！”凤九天有些激动地说着，而神情却无比困惑。

“没错，一定是沾染了毒粉，才变成了这样。”

茉莉听着沉思了片刻，最后还是一脸疑惑。

“毒粉？萧郎，你越说我们越糊涂啊！”

“这种毒粉很特殊，能让人昏迷但不致命，却能腐蚀树木。”

“你怎么知道的？”

“因为这里没有痕迹。”

“痕迹？”

“人若被烈性毒药腐蚀，必定留下挣扎和呕吐的痕迹。”

“痕迹或许已被外力抹平了。”

“事发距今才两天，这里又如此僻静，谁会来抹平？”

“可……可能是凶手。”

“凶手？难道狐妖还会做这些？”

“是啊，妖狐绝不可能会做这些事。”

“而且你们有没有想过一件事？”

“什么事？”两人无比好奇地盯着茶仪卿，不约而同地问道。

“你们还记得大林刚才说的话吗？”

“什么话？”

“死者没有伤口，且没有中毒迹象。”

“没错，若是腐蚀致死，一眼就能看出。”

“所以，这种毒粉一定是迷幻药，但不会致命。”

“可死者究竟是怎么死的？”

二人的神色都极为期待，等着茶仪卿道出原委。茶仪卿却只是轻摇折扇，无奈地笑了笑。

“不要这样看我，我也不知道！”

当晚，县衙停尸房。

停尸房中没有一丝生气，一片死寂。屋内除了四个人，还停着三口棺材。这些棺材板都很薄，棺盖也敞开着。

“莉儿，你验出什么了吗？”

“萧郎，这些人的死状确如大林所言。”

“没有伤口？也没有中毒？”

“是的，仔细看了很多遍，全都这样。”

茶仪卿缓缓点着头，若有所思地看着这些尸体。这些尸体有的还算完好，有的已经开始发臭了。茶仪卿缓步走到一具尸体旁，用手仔细摸索。他把这具尸体从头到脚摸了一遍，有些失望地摇了摇头。他又来到第二具尸体旁边，检查后依然没有结果。茶仪卿虽不信鬼神，但验完尸后，神色也变得困惑。

“难道真的是狐妖……”他虽不相信，可还是不由自主地喃喃自语。

仔细的人、追求完美的人，永远都是不会轻易放弃的。茶仪卿自然是这种人，不到最后绝对不会放弃。他一具具检查，一次次摇头，又一次次重复。凤九天、茉莉都用期待的眼神看着他，直到剩下最后一具尸体，他们依旧相信他能有所发现。

最后一具尸体，身材健硕，除了没有温度，略微尸僵，其余和活人无异。茶仪卿的手在他身上不断摸索，绝不放过任何一寸肌肤。他检查得很仔细、很彻底，连一根毛发都不放过。他摸过头顶、额头、脸颊、下颚、脖子，摸上胸膛。男人的胸膛平坦而坚实，可两个乳头却比平常男人略大些。他为了查明真相，只能用手轻轻地按压着。突然他的手停住了，停在尸体左边乳头上，脸色有一丝异样。

“茶兄，你发现什么了？用不用帮忙？”凤九天有些兴奋地说着。

茶仪卿没有回答，手却继续向下摸着。他用了很久才摸完第二遍，最终发出一声无奈的叹息……

次日，清晨。

凤九天被一阵敲门声惊醒。他有些迷糊地披衣而起，打开了房门。房门一开就见到茶仪卿那张儒雅俊秀的脸。

“茶兄，你难道不用睡觉吗？怎么总是起得这么早？”凤九天一边打着哈欠，一边有些不解地问道。茶仪卿却笑了，笑容中透着一丝疲惫。

“我已想到破案之法！”

“快说来听听！”

“你还记得昨天大林的反应吗？”

“他畏惧狐妖的反应？”

“不！当问及是否还有幸存者的时候。”

“那时候？他有异常的反应吗？”

“他犹豫了！”

“那又能说明什么？”

“如果他没有瞒我们，何必犹豫？”

“就算还有幸存者，可我们去哪里找？”

“他们都来自外地，很可能有先有后。”

“没错，那样我们更是要大海捞针了！”

“事到如今只有放手一赌了！”

当晚，春风阁。

小城人口不多，酒馆也很少。春风阁是庐陵唯一开在郊外的酒馆，到了晚上更是顾客盈门。一个邋遢的客人走进酒馆，选了张中间的桌子坐下。

“小二！三壶好酒，两盘小菜！”

“客官，看您好面生，不是本地人吧？”小二说着快步进柜台取了壶酒，放在那位客人面前。

“我是个金匠，刚从云台山来！”

“您也是从外地来的金匠啊！来到此地难道不害怕吗？”

“老子从来不知道什么叫害怕！”

“不害怕？你不要命了吗？”

“老子天不怕地不怕，什么人能杀得了我？”

“前些天死的那几个人，胆子也都不小，还不是死了？”

“小二，你怎么这般啰唆！我是来喝酒的，不是来受惊的！”

“哈哈，那您慢慢喝，我不打扰您了。”

“去吧，去吧，别在这儿碍眼！”他朝小二不耐烦地摆摆手，随后给自己斟了一杯酒。

谁都能看出他那紧锁的眉头与那悲伤的神情，小二没再多言，悄悄地走出了春风阁的大门。不久，窗外竟出现一个人，想要杀人灭口的人！酒既能消磨意志，也能消磨时间。不知不觉已近三更，客人全都散去了。只有那位愁眉不展的客人还在独自饮酒。

“客官，小店要打烊了，您……”

“你在赶我走？”

“我哪敢呀？只是天色太晚了，万一您也遇上狐妖……”

“万一我遇上狐妖？”

“是啊，我这也是为您着想。”

“唉，那我现在就走，现在就走。”他一边说着，一边不情愿地起了身。

醉汉的脚步都会踉跄，但他的脚步更加踉跄。他举步维艰地到了门口，打开门，消失在街头。“明月皎，白狐妖。索魂魄，千里遥……”街道四下没有灯火，只有十分朦胧的月光。在这样的夜里莫说认人，就连男女都难分辨。金匠向家的方向走去，嘴上不屑地唱着那首童谣。突然，他身后响起轻微的脚步声，声音比猫还轻。

这个脚步声的主人是个身手不错的蒙面人。这么轻的声音，正常醉汉绝不可能听得见。脚步声离醉汉越来越近，刹那间就来到了他的身后。金匠似乎喝醉了，此时突然倒在了地上。身后蒙面人发出几声低低的冷笑，把他扛在了肩上。他再醒来时，人已到了青魅林。幽幽的月光透过茂密的竹林倾泻而下。白日都让人不寒而栗的竹林，此刻更加令人毛骨悚然。

“你剥了我的皮，还不快自裁谢罪！”一个幽幽怨怨的声音响起，虚无缥缈，似真似幻。

金匠寻声看去，全身不由得微微一震。因为说话的根本不是人，也不是鬼，而是一只灵狐。这只灵狐通体雪白，神态妖媚而高傲，绝非凡物。金匠正不知如何是好，灵狐又开始说话了：

“既然你不愿自裁，那就让本仙送你一程！”

随着灵狐那骇人的声音响起，四下突然漫起了大雾，不是寻常的雾，而是绿色的烟雾，并带着一股甜甜的香气。雾气顷刻笼罩了金匠，他痛苦地捂住了鼻子。

“张洪，你的命本仙取了，我们算是两清了！”灵狐悠悠开口，语气中除了轻蔑便是愤怒。它的话音一落，金匠倒在了地上。

大雾渐渐散去，白狐消失了。而白狐站过的地方出现了一个洞口，此处有一个翻板，很隐蔽的翻板。白狐体轻根本无法触动，只有人才能上下。

此刻洞口真的出现了一个人，是方才那个蒙面人。显然所谓的狐妖会说话，不过是场绝妙无比的双簧。蒙面人小心翼翼地靠近醉汉，脚步十分轻盈。这脚步声与刚才的脚步声相同，显然属于同一个人。蒙面人缓缓走到了金匠身边，用力踢了他几脚。这样的力度常人根本无法忍受，金匠却没有任何反应。

蒙面人见状，笑着从怀里取出了一根细长的钢针。随后他目显凶光，毫无顾忌地撕开了金匠的衣服。蒙面人高举钢针，对准金匠左胸，恶狠狠刺了下去。这根钢针如果真的刺入，必定会刺穿人的心脏。朦胧的月光、诡异的气氛、恐怖的竹林、致命的钢针。这一切可怕得不像人间，宛如十八层地狱！

“你想活还是想死？”就在钢针将要刺入的瞬间，突然传来一个冰冷的声音。

蒙面人闻言全身一震，手中钢针跌落在地上。

“谁！谁在说话！有本事就出来！”

“我一直就在这里！”

“在这里……难道……”

蒙面人本能地看向金匠，眼中满是恐惧与困惑。他慢慢地蹲下身，贴紧金匠，想看个究竟，忽然，他的脖子被人用力掐住，五指似乎要嵌入肉里。随后那人伸出左手，摘下了这人蒙脸的面纱。

“大林！果然是你这人面兽心之辈！”

“你……你没中毒，你也……也不是张洪！”大林感觉自己的脖子快断了，但还是惊讶地喊了出来。

金匠笑着缓缓坐起身，神情间满是讽刺：

“我只披散了头发，简单改扮一番就不认识了？”

“你……你到底是谁？我们何怨何仇？”

“我们虽然没仇，但天下人必管天下事！”

“我见过你吗？”

“见过！”

“什么时候？”

“昨天，昨天上午。”

“难道……难道你是萧俨身后的白衣人？！”

“就是我。记住了，我叫凤九天！”

“凤九天？你就是凤九天！”

“没错！你为何要杀人？”

“收人钱财，与人消灾，天经地义！”

突然，竹林中传出一阵拊掌声与脚步声。脚步声越来越近，转瞬间就出现在他面前。

“好个天经地义，这等伤天害理行径也能如此理直气壮！”

“萧……萧俨！”

“没错，正是本官！”

“你怎么可能在两天之内破案？”

“阁下手法虽高明，可惜漏洞百出！”

“我有什么漏洞？”

“首先，你对案情说得太清楚了！”

“我和死者是朋友，应该清楚！”

“你若真能记得那么清楚，还用在床上躺着？”

“这……”

“第二，你若真神志不清，如何能找到家？”

“我也不知道，就想着逃命……”

“哈哈，你的妻子很爱你，你不该回家拖累她吧？”

“那我应该去哪儿？”

“随便找个深山，待一切平静后再回去！”

“每个人想法不同，这又有何不妥？”

“想法虽会不同，但下意识却都一样！”

“可昨日你还说我无异？”

“我昨日若说有异，今日你焉能落网？”

“我还以为萧俨浪得虚名，原来是稳军之计！”

“没错，而且你还有更致命的漏洞！”

“什么！”

“金匠双手劳作，你只右手有茧，而且不算太厚！”

“这……这又能说明什么？”

“说明你不是金匠，而是个杀手！”

“为什么一定是杀手？”

“右手有茧，左手无茧，且无其他体征，还会是什么？”

“你是如何料到我今晚会去酒馆？”

“因为凤九天对小二谎称自己来自云台山。”

“那又能怎样？”

“酒馆只有翠莺和小二，也只有他们便于下毒！”

“难道不会是翠莺下毒？”

“庐陵郊外就她一家酒馆，毒死客人有何好处？”

“那小二毒死客人有何好处？”

“他既为你杀人，自然能挣一大笔封口费！”

“太可怕了！你实在太可怕了！”

“不过你险些瞒过了我，倒也算有些手段！”

“你不必再问下去，我宁死也不会供出老大！”

“哈哈哈，老大？你这是在不打自招吗！”茶仪卿的笑容变得越发灿烂，大林的脸却一片铁青。他本想捡起钢针自尽，怎奈为凤九天所控，无力动转。“小九，把他带回县衙，让他招供！”

两人押着大林直奔县衙。月光仍然朦胧，案情却已明朗。茶仪卿在心中长叹一声，惋惜而又欣慰。他再次不负南唐，不负百姓，不负天下！

第二十三章　晴天现霹雳

凡守信之人必愿赌服输。真凶归案，陈谯只得认输。翠莺无罪释放，大林被关进监牢。直到茶仪卿亮出身份，陈谯才真正服气。

县衙大牢昏暗而潮湿，偌大的监牢中灯火昏暗，微弱的光亮照进牢房，照在一个男人的脸上。这人衣衫不整，面容憔悴，双手被麻绳牢牢绑住，整个人被吊了起来。一张毫无表情的脸，已和装病时的大林判若两人。

“恶贼！你到底招是不招！”狱卒怒视着大林，狠狠地给了他一记耳光。

大林嘴角渗出鲜血，却依然得意地冷笑：

“哈哈，想让我招供？痴心妄想！”

狱卒冷哼一声，举起烙铁，在大林眼前晃了晃。烙铁已被烧得发红，不断发出滋滋声响。“哼！我倒要看看，是我的烙铁硬，还是你的嘴硬！”狱卒说着露出一抹狞笑，猛地举起了发红的烙铁。

大林对烙铁视若无睹，依旧在冷笑。

“哈哈哈，你就是打死老子，也休想让我招供！”

狱卒的烙铁已到他胸前，随时都可能落下。

“住手！”

突然传来一声大喝，狱卒手中的烙铁停在了半空中。刚才还凶狠如狼的狱卒，此刻却温顺似羊，只因来人他惹不起，就连县令都惹不起。

“萧……萧大人，这个贼人嘴太硬……”

“嗯，本官知道了。”茶仪卿说着朝狱卒摆摆手，狱卒识趣地退了出去。

大林见到茶仪卿，变得越发倨傲，冷笑数声：

“哈哈，萧俨！老子就是不招，你奈我何？”

“大林，你主子给你多少好处，你竟以死相报？”

“这事你管不着，反正我是不会出卖主子的！”

“你宁死也不愿交代吗？”

“哈哈，我此生唯老大马首是瞻，无怨无悔！”

“你老大究竟是谁！”

“你真想知道？那就把耳朵凑近点儿。”

茶仪卿笑着摇摇头，有些讽刺地看着他：

“你当我是傻子吗？我可不想缺只耳朵！”

“哈哈哈，耳朵？一只耳朵算什么！我老大会将你粉身碎骨！”

“想把我粉身碎骨的人有很多，结果他们的尸骨却堆成了山！”

这时，牢中突然响起脚步声。这脚步声来自一个轻功高手。茶仪卿听见脚步声，严肃的脸色和缓下来。

“小九，你们怎么来了？”

“茶兄，这贼人难道还不招供？”

“是的，他的嘴硬得紧！”

凤九天闻言却笑了，极愉快地大笑。大林对诸般刑具全无惧意，此刻身子却有些微微发颤。世上最可怕的永远不是明枪，而是未知的暗箭。

三日，很短也很长。对于滴水未进之人，绝对是个极限。此刻大林明显瘦削，眼中全无生机。人是铁饭是钢，再有骨气之人也难忍受。让大林最难以忍受的是牢门外飘来一股浓浓的香味。这种香气不是药、不是花，也不是脂粉，而是一种不该属于这里的香味——肉香！“咕嘟，咕嘟，咕嘟……”牢房外不知什么时候架起了一口煮肉的锅。此刻，香气正从锅中源源不断地冒出。这种香味连饱腹之人都会垂涎，更何况饿得将死之人呢？

“哎呀，肉真的好香啊！”凤九天笑着掀开锅盖，用力地嗅着香味。他的神色十分愉悦，宛如一个出色的大厨。他用碗盛了一大块肉，还舀了些汤汁，缓缓走到大林面前。但他并不急着说话，而是饿死鬼般紧盯着那块肉。他用筷子慢慢地夹起一小块，放在嘴里细嚼慢咽起来。凤九天的举动让大林抓狂，他的精神几近崩溃。向来攻身为下，攻心才为上。对付饥饿之人，还有比这更好的办法吗？

“凤九天！你这无耻之徒！”大林声嘶力竭地怒吼着，若非他被关在牢里，又饿了三天，此时定要和凤九天拼命。

凤九天却不恼，只朝他笑了笑，声音十分亲切：

“大林，你饿不饿，要不要也吃点儿？”

“我……我……我……”大林连饿带气，眼睛向上一翻，险些昏倒过去。

“唉，你何必为了老大，让自己活活受罪？”

“你这歹人，想让我出卖老大？除……除非……”任何人都以为他定会放些大话，结果却出人意料。他一字一顿地说了五个字：“给我吃块肉！”

凤九天笑了，十分愉快地大笑：“哈哈，这就对了，识时务者为人杰。”他此刻很有成就感，内心无比满意，就连茶仪卿都无法让其开口，自己却做到了。“哈哈哈，你早这样该多好，何必受罪？”凤九天说着把碗递给他，又给他舀了一勺肉汤。大林接过碗飞速地吃了起来，连汤也喝得干干净净。“好了，肉也吃过了，该回答问题了。”

“你……你问吧。”

“首先，你叫什么名字？”

“我叫什么并不重要。”

“那你的老大是谁？”

“我不知道。”

“不知道？难道你要出尔反尔？”

“我真的不知道。”

“那你知道泣血梅又代表什么？”

“泣血梅代表逆鳞，也代表死亡。”

“逆鳞？是个组织的名字？”

“是的，一个杀手组织，神秘的杀手组织！”

“组织内都有什么人？”

“上有老大，下设四煞，四煞各统百人。”

“四煞？他们叫什么名字？”凤九天脑中出现了那四个神秘的黑衣人，这四人的武功世间屈指可数，必是所谓的四煞无疑。

“修罗、离忧、断梦、破魂。”

“他们的真名叫什么？”

“既入逆鳞，便已非人，何来姓名？”

“他们在加入逆鳞前，究竟是谁？”

“是九幽鬼境的四王，而我就是破魂。”

“九幽鬼境？四王？难道你们……”

“是的，九幽鬼境没有死绝，而是化为了逆鳞。”

“阿鼻莫非是被……”

“是的，被我们老大带走了。”

“也是他架空了廖楚笙，并提前带走了你们？”

“没错，不然你以为自己还能活到今日？”

凤九天闻言全身一震，脑中响起一声炸雷。他在刹那间愣住了，竟然有些不知所措。突然他的身后传来一个声音，声音熟悉至极，凤九天没有回头，也知道是茶仪卿和茉莉来了。

“小九，他开口了吗？”

“他……”凤九天正想答话，却被瓷碗破碎的声音打断。他寻声看去，大林竟已打破瓷碗，并拾了一块碎片。“你要做什么！快放下！”凤九天大喊着打开牢门，却终究为时已晚。大林竟用破碎的瓷片，硬生生割断了自己的咽喉。凤九天见状，神情不解而郁闷。他有些不悦地看向两人，语气有些不快：“茶兄，你们再晚来会儿，一切就水落石出了！”

“唉，为什么看到我他却自杀了，这实在是……”茶仪卿脸色不太好看，自责中隐隐透着困惑。

“凤少侠，这事不能怪萧郎呀，我们哪知道……”

“怪谁已不重要了，关键是下一步该怎么办？”

“刚才他说什么了？”

“本来已说到杀手组织的事，结果被你们打断了。”凤九天很是不悦，茉莉却看向沉思中的茶仪卿。

“萧郎，他受尽折磨，想来不会说假话……”

茶仪卿闻言微微颔首，随即陷入了更深的思索……

一月后，金陵。

此刻还是如火的夏日，举国上下却一片惨白。因为南唐皇后去世了，永远告别了纷乱的人间。皇上李昪本就虚弱的身子，变得越发日薄西山。举国服丧、皇子送葬、朝臣恸哭，筹备已久的盂兰盆节，也随皇后的离去戛然而止，远在庐陵的茶仪卿也赶回金陵奔丧。

茶仪卿一直视皇后为母，感情深厚。未能见母后最后一面，是茶仪卿此生的遗憾。此刻，他泪洒皇后陵寝，痛不欲生，无奈使命在身，不能久留，他祭拜完毕，便出了陵地。凤九天快步迎了过来，语气难得的柔和：

“茶兄，逝者已矣，千万节哀。”

“小九，你放心吧。我……咳咳咳……”茶仪卿说话间突然一阵咳嗽，又吐出几口鲜血。

茉莉连忙扶住他，无比担忧地替他号脉。

“萧郎，你心情千万不可太过起伏，不然……”

“无妨！为了义父、师父，我死又何惧？”

“你太自私了！”

“我自私？”

“是啊，你想过凤少侠和我吗？”

“你们……”

凤九天看看茉莉，斩钉截铁地开了口：

“没错，你若死了，我可不愿苟活！”

茶仪卿闻言眼眶发红，却一句话也没有说，而是把目光看向南方，看向不远处的天佑寺。

天佑寺恢宏庄严，刚刚落成的大殿更是气派无比。三日后李昪要驾临此地，防卫自然极为周密。

“三位，天佑寺乃皇家寺庙，谢绝游览！”茶仪卿三人刚到寺门，就被门口侍卫拦住。

“本官是萧俨，按例巡查，还请行个方便。”

“您是神探萧大人？也是庐陵王？”

“没错，正是本官！”

“王爷稍后，小人这就去禀报大统领！”侍卫闻言变得很客气，随后快步走进寺内。

三人等不多时，有人迎了出来。来人是位大将，身披重甲，威风凛凛。凤九天在皇宫三年，与他虽无深交，却也常见。

“末将见过庐陵王、凤少侠！”大统领看到茶仪卿和凤九天，连忙上前施礼。

“赵统领无须多礼，快快平身。”

“多谢萧大人，只是你们此来……”

“我虽只是义子，却也应替陛下分忧。”

“分忧？陛下何忧之有？”

“暂时虽无忧，可难保永世无忧。”

“萧大人，您莫非信不过末将赵迥？”

“非也，赵统领乃义父亲信，我焉敢质疑？”

“质疑也好，不质疑也罢，想进寺需拿出圣旨。”

“本官来得匆忙，未请圣旨，还请通融一二。”

“末将并非不近人情，只是事关重大，萧大人还是请回吧！”

“义父三日后便要临幸此处，只怕……”

赵迥不待茶仪卿说完，朝三人一躬身，做了个请的手势。凤九天有些不悦，茶仪卿却已笑着向府邸行去。

深夜，萧府。

凤九天躺在荷塘边大石上，独自喝着闷酒。他不是南唐臣子，自然可以饮酒，酒虽不能解决烦恼，却可暂时把它遗忘。他真的不知该如何面对舅父，是报仇还是宽恕。当然他也不知道，舅父是否会念及养育之情，饶过自己。如果那天的梦成了现实，自己该何去何从？

酒不醉人人自醉。凤九天此刻已酩酊大醉。他看着流云剑，露出微笑，落下泪滴。笑与泪本不该同时出现，却偏偏同时出现了。这种心情恐怕天下极少有人能懂，少得寥若晨星，而且懂者必定同样可怜，同样也是天涯断肠人。

“舅父，我们中真的只能活一个吗？”凤九天的神情无比苦涩，笑容很是讽刺。曾经情若父子、相依为命，如今却要你死我活，天下有什么比这更可悲，比这更伤人的吗？凤九天强撑着石头，想要站起身来。可他喝得太多，多得已用不上力气，竟摇晃着落入池中。不通水性无疑是他此生最大的弱点之一，纵然面对万千高手仍能谈笑自若，此刻却变得无比慌张。

“茶……茶兄，救……救命……”凤九天用手不断扑腾着，嘴里灌进很多水。他一生从未喊过救命，这时却努力地高呼着。池水便如案情，寻常中暗藏杀机，让人无力自拔。这种情况下只有两条路，而且不容人选择，一种借助外力，一跃出渊，俯视众生；另一种就是自生自灭，沉沦其中，死无葬身之地！凤九天的命向来不错。所以他等来的是第一种。茶仪卿真的听见了他的喊声，赶了过来。

“小九，你别慌！快把手给我！”茶仪卿大声喊着，并朝凤九天伸出了手。

溺水之人莫说是一只有力的手，就是一根稻草也可救命。凤九天依言也伸出了手，紧握住他的腕子。茶仪卿用力把他拉了上来，担忧地看着他。

“小九，你感觉怎么样？要不要紧？”茶仪卿说着猛拍他的后背，直拍到他吐出几大口水。

“茶……茶兄，你要是再晚来一点儿，我就……”

“我知道，你以后不要这样喝酒。”

“唉，可舅父……”

“我是外人尚且相信凤前辈，难道你却怀疑他？”

“可大林的话，让我如何不信？”

“若他的话可信，为何要自杀？”

“这……我不知道。”

“或许他在说谎，故意骗你，却怕我听见。”

“这的确是种可能，但他为何开始不说？”

“他若开始就说，你还会信吗？”

茶仪卿的话虽极为肯定，但脸上却隐隐有种担忧。他知道自己说的不是假话，却也不一定是真话。世上事本就非真既假，更何况人总要寻求自我安慰呢？

次日，天际才泛鱼肚白。茶仪卿负手立于廊下，目光望向远方。他又是一夜未眠，面颊越发消瘦。皇后的死对他打击很大，额角竟生了几丝白发。他自幼父母双亡，直到遇见皇后才感到母爱。可他常年在外办差，与皇后相处的时间很短。他本没有在意这些，总觉得来日方长，直到噩耗传来，自己连皇后最后一面也未见到。树欲静而风不止，子欲养而亲不待，其中多少辛酸与无奈……

他想着心事，无意间走向荷塘。现在时辰尚早，府院中很少有人走动。平日此时这里没人，但今日是个例外，他还未近池边，就远远望看见一位丽人，这位丽人正弯着腰，似乎在小心翼翼地寻找什么。

“莉儿，你今日怎么起得这么早？”

茉莉突然被他叫住，竟下意识地微微一颤，随后她慢慢直起腰，朝茶仪卿笑了笑。

“哈哈，是……是萧郎啊，你吓了我一跳。”

“你在干什么，这么聚精会神？”

“没什么，只是发现了一些奇怪的东西。”她说着在地上捏起一小撮黑色粉末，递到茶仪卿面前。

茶仪卿接过粉末，放在鼻子下嗅了嗅，脸色突变：

“这是……这是火药！可这里为什么会有火药？”

“什么？！萧郎你说什么？”

“陈抟老祖精通炼丹之道，你却不识火药？”

“并非不识，只是有些百思不得其解。”

“是啊，我也在想，这其中定有蹊跷……”

茶仪卿怔怔地盯着掌中一撮火药，不知想到了什么。茉莉见他半晌不语，不敢打扰，只得暂时离开。半晌，茶仪卿才回过神。他仔细查看周围，发现火药主要散落在假山石周边。假山石上部有多处孔洞，茶仪卿垫脚向里看去。寻常的假山石即便孔洞再多，也绝不会是彻底中空的，而这几块大石非但中空，而且残留着火药味道。茶仪卿心中一惊，他似乎突然明白了什么。他正要再查看是否还有线索，身后传来极轻的脚步声。

“茶兄，你看到我的剑了吗？”风九天的声音打断了茶仪卿的思绪。

茶仪卿缓缓转过了身，朝他轻轻摇了摇头。

“我不知道，难道没在你房中吗？”

“没有，我找过了。”

“那会不会……”

茶仪卿还在努力帮他回想，凤九天却突然打断他的话：

“我想起来了，一定是昨晚落入池塘中了！”

“落入荷花池了？”

“是啊，你快派人帮我把剑捞出来！”

“好，我这就派人！”

茶仪卿喊来老总管，让他把府里水性最好的阿言找来。老总管是个波澜不惊的人，此刻脸上却很慌张。

“大人，阿言……好像出事了。”

“出何事了？”

“阿言不见了，他在两个月前就失踪了。”

“为何不早点儿告诉我？”

“您从闽国回来一直没闲着，谁敢打扰您？”

“唉，我一心操劳国事，却忽略了家事。”茶仪卿长长叹息一声，随后疑惑地看向老总管，“他失踪前说过自己要去哪里吗？”

“如果说了，还算失踪吗？”

“他可有反常的言语或举动吗？”

“只有一样，不知道算不算。”

“什么？”

“他常去荷塘边看修池人干活，却总被那些人呵斥。”

“被呵斥？为何被呵斥？”

“他们仗着是皇上派来的，一向目中无人。”

“义父派何人前来监工？”

“是禁军大统领赵迥的部下！”

“他们每日都是几时开工？”

“起初是辰时至酉时，后改为戌时至丑时，最后改回最初时间。”

“这太不合逻辑了，除非……”

“难道大人认为其中会有隐情？”

“没错，其中绝不简单！”茶仪卿看向荷塘方向，朝老总管挥了挥手。老总管当即点了点头，快步下去吩咐了。

“茶兄，你觉得这里有何不妥？”凤九天不解地看着茶仪卿，语气极为困惑。茶仪卿并没有答话，而是让府中几个用人下了荷塘。

“大人，您让我们下荷塘，是为了找什么？”

“一口宝剑，一口很珍贵的宝剑。”

众人虽不明白其中原委，却都依言而行。江南之人大多水性奇佳。莫说是一人高的荷塘，就是渡江也如履旱地。他们一会儿潜入池底，一会儿把头露出水面，很快就有人在水中站起，把手高高举起来。

“大人，您说的宝剑就是这口吧？”用人手中举起一把刻有白色凹凸云纹的宝剑。

凤九天见到剑，不由得喜上眉梢，伸手就要去接。阿力却笑了笑，有些抱怨地开了口：

“大人，陛下派的修池人，怎会如此偷工减料？”

“偷工减料？”凤九天闻言一愣，十分好奇地重复道。

“是啊，这荷塘刚修两个月，池壁就向里凹陷了！”

“阿言和工人口角，人突然消失，池壁向里凹陷……”

茶仪卿突然觉得事情没那么简单，甚至比自己想象的更复杂，于是向水里挥了挥手。在场众人见状更是不解，纷纷瞪大眼睛看向他。老总管实在无法理解他的举动，十分好奇地开了口：

“大人，您刚才不是说要找剑吗？”

“没错。”

“剑已经找到，您还让我们找什么？”

“挖开凹陷处，找到阿言的尸体。”

“您难道认为阿言……”

“阿言一定死了，而且是这伙人下的手！”

茶仪卿的话斩钉截铁，老总管彻底愣住了。这话换作别人说，都会被当成一个天大的笑话。但此刻出言的是茶仪卿，就变得让人不容置疑。所有人的脸色都变了，仿佛荷塘里面隐藏着索命的水鬼。凤九天看着茶仪卿的面庞，欲言又止。茶仪卿目光如炬，总能捕捉到每个人神情的细微的变化。

“小九，你想说什么？”

凤九天摇了摇头，许久才一字一顿地开口道：

“茶兄，我有种不祥的预感，越来越强烈了。”

茶仪卿并没有笑，反而若有所思地点了点头。他神色虽依旧从容，却难掩目中那抹忧虑……

“大人，要不要挖开看看？”阿力甚是好奇，大声向茶仪卿请示。

茶仪卿略一思索，轻轻地点点头。众人见茶仪卿点头，连忙纷纷上前帮忙。他们虽不是习武之人，但论到干活却都是把好手，很快池边就被挖开，挖出的泥土堆积在旁。突然，阿力惊呼了一声。他的声音极为惊恐，仿佛白日见鬼。

“大人！大人！阿言的尸首……”

所有人都大吃一惊，目光中充满了惊惧。唯有茶仪卿神色依旧从容，仿佛早已料到。

“阿力，把尸体抬出来，然后继续挖掘。”

“是……是，大人。”

很快阿言的尸体就被捞出，摆在了地上。所有人看向茶仪卿的目光，除了诧异便是敬佩。他并不理会旁人目光，只是从容地摇着折扇，只有真正了解他的人，才知他内心的焦虑。火药、荷塘、阿言，这三者到底是什么关系？茶仪卿在心中想了又想，却依然没有一个答案。他只得走到近前，蹲下身查看尸体。这具尸体虽被潮气侵蚀，项间伤口却一清二楚。

“凶器显然是禁军专用的佩刀。”茶仪卿虽是喃喃自语，但语气却极为肯定。

“茶兄，禁军再蛮横，也不敢随便杀人吧？”

“他们不是随便杀人。”

“不是随便杀的？难道他看到了什么？”

“一定是，至少他看到了工人在运送火药。”

“运送火药？为何要运送火药？”

“一定是要炸毁什么，具体的我也不知道。”片刻，茶仪卿眼睛突然一亮，似乎想到什么。他快步朝东北角的院墙走去，并向众家丁招手。“你们过来，从这里继续向东北挖掘！”

“是，大人！”

所有人虽不明所以，却也不敢违拗其意。众人上到平路后，手上变得更加麻利起来，很快他们就发现，这里的地下同样有挖掘过的痕迹。想到很快就会有所发现，众人都很兴奋，连茶仪卿也这么认为。可事实证明他们错了，直忙到夕阳西下仍是无果。凤九天怔怔地看着堆积如山的泥土。茶仪卿也有些无奈地叹了口气。

“茶兄，依你看是什么人在此处挖洞？”

“不是逆鳞的人，就是伯玉的人。”

“那他们到底想要做什么？”

“从这里向东北，不远处是排商铺，然后是……”

“天佑寺！”凤九天与茶仪卿四目相对，异口同声地说道。茶仪卿刹那间似乎把一切都穿了起来。他纵然平时再从容，此刻额头也冒出了冷汗。

“茶兄，你识破其中阴谋了？”凤九天的神情有些激动，声音也很急切。

茶仪卿有些发呆，对他的话恍若未闻。半晌，他才回过神，悠悠地开了口：

“这是一个无比巧妙而阴毒的计划！”

“你快说说！”

“凶手利用修池运进大量火药，并以假山石为掩体。”

“这个我已经知道了。”

“那你知道火药现在何处吗？”

“难道放在天佑寺的地基下？”

“这条被回填的地道，是距天佑寺最近的。”

“凶手是想用火药炸死叔父？”

“不光是陛下，还有文武百官。”

“那凶手会用什么手段引爆火药？”

“不知道，为今之计只有探探天佑寺了！”

“那还等什么？现在我们就去请圣旨！”

“地道口设在我府中，只怕会被当作贼喊捉贼！”

“难道我们硬闯进去？”

“如果硬闯，又无实据，必被认作谋反。”

“这也不行，那也不行，究竟要怎么办？”

茶仪卿浅浅一笑，指了指正在挖掘的地道。凤九天忙寻着看去，随即也会心地笑了。

两日后，地道终于挖通。此时距李昇临幸天佑寺，仅仅只有一夜。今夜没有月光，乌云漫天，大雨将至。茶仪卿的脸色仿佛今晚的天气，有些阴晴不定。老总管神态十分恭敬，垂手立于茶仪卿面前。

“萧吉，我想把一件十分重要的事情交给你去办。”

“大人，您尽管吩咐，我拼尽性命也不负您所托。”

“你务必在半刻内，把这封信交到父皇手中。”

“这封信是……”

“你不需要知道，但此信事关本官生死。”茶仪卿说着从怀中取出一封信，交给老总管萧吉。他交出去的不只是信，更是自己的身家性命。

“我进过几次皇宫，一定不会有误的！”老总管信誓旦旦地说着，目光中露出许久未有的郑重。他说完话朝茶仪卿拜了拜，随即转身直奔皇宫。

萧吉还未走远，凤九天就来了。茶仪卿见到凤九天，指了指地道，出言叮嘱：

“小九，下地道后切莫莽撞，看我眼色行事。”

“茶兄，你放心吧，我又不会随便杀人。”

“哈哈，你的脾气干出什么事来我都不觉得奇怪！”

“正事要紧，你就别拿我打趣了。”

茶仪卿点了点头，朝凤九天轻轻挥了挥手。两人当即下了地道，向里面快步摸索前行。不知过了多久，一股极浓的火药味传来，呛得人有些喘不过气，两人知道此时已到了地基下方。凤九天见周围有数个木箱，于是小心地打开了一个，木箱被打开的瞬间，火药味顿时更加浓郁。凤九天咬了咬牙，有些恨恨地开了口：

“到底是什么人，居然如此歹毒？”

“是啊，凶手实在丧心病狂！”茶仪卿一边小声说着，一边轻轻地推开头顶木板。

“吱嘎！”木板被推开，两人小心地爬了出来。好在天公作美，风雨雷声掩盖了他们发出的微响。茶仪卿晃亮火折，缓步踱到了佛像之前。他虽然一路护送金佛，却还是第一次仔细观赏。这是尊无比精巧的观音像，每个细节都栩栩如生。

“茶兄，这尊佛像除了名贵，还有什么特殊之处吗？”

“菩萨手中玉瓶可以转动，柳枝随之滴出甘露。”

“真有这么神奇，我倒真想见识见识！”凤九天说着纵身一跃，便要伸手去转玉瓶。他猛然发现金佛的手掌比佛身暗淡了很多，于是他伸手摸了摸，又放到鼻下嗅了嗅：

“茶兄！不好了，我明白了！”

“小九，你想说什么？语无伦次的。”

“玉瓶上有磷粉，菩萨手中涂有硫黄。”

“凶手实在恶毒至极！”

“这样产生的火苗极弱，恐怕毫无用处。”

“佛像体内一定装有大量炸药，这样大殿内将无人生还。”

“茶兄，你们一路护送，难道没有发现异样？”

“途中并无异样，定是金佛回京后被人调包了！”凤九天突然想起连府那一幕，连忙向佛像下部看去，“果然如此，佛像上的小坑不见了！”

“我明白了！金佛是庐陵死去的金匠们伪造的。”

“这些凶手实在心狠手辣、丧心病狂！”凤九天震惊之下，声音不由自主地大了起来。茶仪卿正想提醒他，门口突然出现脚步声。

“大人，我们说好不再相见，你……”禁军统领赵迥一边说着，一边小心翼翼地进了屋。

茶仪卿知道已经来不及躲避，只得迎了过去：

“赵迥！尔等奸贼，可知罪吗？”

“萧俨，居然是你！”

“没错，正是本官！没想到吧！”

“你擅入天佑寺，又诬陷本将，是何道理！”

“哈哈，你死到临头还不自知吗？”

“我死到临头？倒要请教请教！”

“你勾结匪类，试图谋反，又杀害良民，难道不该死？！”

“萧大人，你说话要有证据！”

“地基下的火药、被调包的金佛、池壁里的尸体都是证据！”

“这些事与本将何干？”

“那我问你几个问题可否？”

“你问吧！”

“首先，没有你的支持，地基下的火药怎能埋得进去？”

“他们是夜里偷偷做的，本将怎会知道？”

“哈哈哈，夜里？最后的几日，可是在白天！”

“这……这最多说明我玩忽职守罢了！”

“非也，你非但没有玩忽职守，相反是兢兢业业啊！”

“萧大人，你此言何意？”

“没有你的帮助，上千斤的佛像怎会被调包？”

“我不知道！”

“在你眼前做这么大的事，你却不知？实在自欺欺人！”

“依你说，本将只需在寺中行事，何必挖地道？”

“因为你想嫁祸本官，我说得不错吧？”

“那我又为何要杀死你府中家丁？”

“因为他发现工匠们运送火药，所以你们杀人灭口！”

“你确定阿言是被灭口了？”

“不打自招？你实在太蠢了！”

“萧俨，你我往日无冤，近日无仇，何必多管闲事！”

“你身为人臣，却要谋害陛下，我焉能置若罔闻！”

“哈哈哈，既然你非要做忠臣，就莫怪本将无情了！”赵迥大笑数声，拔出佩刀，虎视眈眈对着两人。

茶仪卿却笑着用扇子点指他，神情无比从容自信：

“如果我们死了，你如何向陛下交代？”

“就说你们私闯禁地，不幸被本将误杀了！”

“倒算是个不错的借口，只是可惜了。”

“可惜什么？”赵迥紧握手中佩刀，有恃无恐地冷笑着。

一直没有说话的凤九天，此刻冷冷地开了口：

“可惜你的对手是凤九天！”

凤九天的话很冷，他的剑光更冷。对于敌人，他从不留情。正与邪的对决，尽在刀光剑影中。流云剑轻灵如风，流畅似水，灿烂若星。这样的剑招未必完美，却绝对致命。赵迥手中佩刀也势沉如山，刚烈似火，耀眼若日。赵迥的武功绝非天下无双，却也足矣让武林震惊。“当！当！当！”金属交鸣声不断响起，清脆却刺耳。这样的声音，纵有暴雨雷霆，也决计无法掩盖。

“小九，速战速决！”茶仪卿轻喝一声，持扇欺身而上。

江湖中比武、决斗，自然要公平合理，但抓捕犯人，却绝不可拘泥于此。前者不过一人之荣辱，但后者关乎一国之存亡。

赵迥被两人围斗，瞬间便落于颓势。但他毫不慌张，而是朝外面大喊起来：

“来人啊！有刺客夜闯天佑寺！”

随着他的呼喊，紧闭的殿门顷刻间便被撞开，无数持弓举枪的士兵把门口团团围住。如果他们乱箭齐发，只怕再强的高手也必一命呜呼！

“茶兄！我们要不要硬拼？”凤九天脸色变得凝重，手中丝毫不停。

茶仪卿神情依旧从容，仿佛视众人为无物。赵迥向后猛纵数丈，嘴脚泛起冷笑。

“哈哈哈，萧大人！末将不能不佩服你啊！”

“佩服我什么？”

“当然是佩服你视死如归啊！”

“视死如归？死的人是你！”

茶仪卿的神色无比镇定，话音无比肯定。他的神态绝非装出来的，而是绝对的成竹在胸。莫说赵迥百思不得其解，就连凤九天也困惑不已。再淡定的人面临生死，也总会有一丝波澜。能如此波澜不惊，除非他早有后招！

“陛下驾到！”大内总管尖细的嗓音，划破寂静的夜空。

伴随着他的声音，寺外出现了无数官兵，官兵正中，赫然是一顶九龙黄绫肩舆。这样的肩舆南唐只有一人能乘，一人敢乘。那必定就是文治武功的皇上李昇！

“逆贼赵迥，在朕面前还敢造次？”李昇一声大喝，人刹那间已到了赵迥身侧，这份轻功，放眼整个江湖，也绝对首屈一指。

赵迥似乎不甘就此认输，竟用刀猛劈李昇面门。这一刀斩出，快如闪电，隐隐有风雷之声。此招无疑是赵迥的绝招，一刀之下必分胜负！“当！”赵迥的刀竟落在地上，发出悲鸣，而李昇的五指，早已紧紧扣住他的脉门。李昇是何时出手的，如何出手的，几乎无人看清。真正的高招从来不是用来看的，而是用来决定胜负的。赵迥的确是位很强的高手，强到让举国震惊，只可惜他的对手是李昇，一生未尝败绩的李昇！

“来人啊！把逆贼给朕捆起来！”李昇缓缓侧过身，朝身后官兵命令道。

数个精兵得令，连忙上前，捆住了赵迥。赵迥被缚，他手下众人慌忙弃械受缚。李昇怒视着这些禁军，愤怒地挥了挥手。

“把这些叛党给朕拉下去，一律斩首！”

众官兵闻言一愣，变得有些迟疑。茶仪卿见状忙上前几步，跪在了李昇面前。

“义父，请您念及往日功劳，饶恕他们吧！”

“卿儿，他们要杀你，你却让朕饶了他们？”

“没错，还请您下旨！”

“可他们却想让朕死无葬身之地！”

“义父，主谋是赵迥，与他人无关。”

“这……也罢！一人杖打五十，永不录用！”

茶仪卿正想再劝，但李昇的脸色无比坚决，他只得闭上嘴，却在心中默默替他们叹息。

“卿儿，赵迥就押在你大理寺吧！”李昇说着轻轻咳嗽起来，神情有些疲惫。

茶仪卿略一思忖，随即坚定地开了口：

“义父，赵迥决不能押在大理寺。”

“为何？”

茶仪卿没有回答，而是反问了一句：

“义父，您今日为何会来此地？”

“你写信求救，朕焉能不来？”

“大理寺又是归谁统辖？”

“当然是你。”

“一切都是儿臣所为，恐遭人非议！”

“嗯，你所言有理，那就押在天牢吧。”

李昇已有些不耐烦，转身径直上了肩舆，一行人很快消失在苍茫的夜色中。

茶仪卿朝皇宫方向连拜了三拜，随后他缓缓直起身，看向凤九天。凤九天此刻有些愣神，似乎在想着什么。

“小九，你在想什么？”

“我在想自己和叔父的差距。”

“地位差距？”

“不，武功差距！”

“义父的武艺出神入化，却也并非遥不可及。”

“没错，我早晚有一日会比他更强！”

“这些事回府再想，我们还有正事。”

“我明白，恐怕路上会不太平。”

两人四目相对，万千心意尽付不言中。

茶仪卿也是人，是人就难免犯错。他本以为路上会有人截杀，必定会有一番大战，但直到把赵迥押入天牢，一切都出奇的顺利。两人办完差事，回到府中，天际又已泛白。这夜他们只做了一件事，却具有非凡的意义，或许逆鳞的秘密、云松青之死，都将水落石出……

第二十四章　横殃临飞祸

人事总无常，福兮祸所伏。

闭门家中坐，横殃飞祸临。

清晨，茶仪卿刚刚睡下。他因思虑太多，睡眠一直不好，所以每次他熟睡后，就没人敢来打扰。可凡事都有例外，今日无疑是个例外。

“大人，您快醒醒！出大事了！”老总管快步到了床边，朝茶仪卿大声喊着，他神情焦急，声音慌张，显然是出了大事。

“怎么了？出什么事了？”茶仪卿缓缓睁开眼睛，目光有点儿朦胧。

“李璟带兵包围了府邸，口口声声要捉拿您！”

“什么？伯玉要抓我？”茶仪卿一向料事如神，此刻也变得有些不解。

“是啊，大人！您快起来看看吧！”

“小九在哪儿？你快叫他离开！”茶仪卿一边大声说着，一边飞快地换好衣服，他的脚步依旧从容，仿佛什么都没有发生。泰山崩于前而不变色，这就是茶仪卿的素养。

萧府，大门前。

李璟腰斜长剑，趾高气扬。他身后的众官兵也个个气焰嚣张。茶仪卿平静似湖水，与他们形成了鲜明的对比。

“伯玉，请问你此来，所为何故？”

“何故？少要揣着明白装糊涂！”

“我若真明白，又何必装糊涂？”

“因为你不敢认罪！”

“认罪？我何罪之有？”

“你谋害父皇，又擅杀忠臣，当诛九族！”

“哈哈哈，我孑然一身，何来九族？”

“这……我管不着，有话和父皇说去！”

“好！我这就去父皇那里讨个公道！”

茶仪卿大袖一挥，昂首向皇宫方向而去。君子一贯坦荡荡，小人向来长戚戚。纵然皇宫是龙潭虎穴，于他又有何惧？

阳光普照，光明四方。南唐皇宫恢宏壮丽，此刻越发神圣。李昪议事最喜欢的地方是御书房，无论是抑制吴越还是出兵伐闽，都出自此间。此刻李昪坐在龙椅上，面沉如水。以往他遇事都会找茶仪卿来商议，那时候他觉得很寻常，也觉得很幸福，可这次他却不能与其商议了，或许永远不能了。因为茶仪卿成了犯人，犯人永远没有话语权。

“卿儿，你太让朕失望了！”李昪指着茶仪卿说道，说不出是愤怒还是悲哀。

茶仪卿的神色也很复杂，从容中透着困惑：

“父皇，儿臣做错什么了？”

“你想谋害朕！还杀了赵迥灭口！”

“什么！我想害父皇，还杀人灭口？”茶仪卿无法淡定了，语气极为震惊。不只是他，恐怕任何人都会觉得李昪疯了。

此时李昪面色阴沉，绝对不像是在开玩笑：

“卿儿，朕当年说的话你还记得吗？”

“父皇和儿臣说过太多的话，不知是哪一句？”

“朕说过，百年后帝位是你的，还记得吗？”

“儿臣记得，但绝不敢……”茶仪卿说着忙恭恭敬敬地跪下，态度无比诚恳。

李昪却长长叹了口气，打断了他的话：

“可你为何企图用炸药谋害朕？”

“父皇，您说的是天佑寺地基下的炸药？”

“没错，你为何要串通赵迴，谋害寡人？”

“儿臣绝对没有，还望父皇明鉴！”

“那你府中为何有通往天佑寺的地道？”

“这是歹人要嫁祸儿臣！”

“那赵迴死在天牢，也是有人嫁祸不成？”

“赵迴死在天牢？儿臣根本不知道。”

“卿儿，你不承认也没用，朕有证人！”

李昪说着看向李璟，李璟忙重重地击了三下掌。掌声刚落，一个孩童从御书房门口跑了进来。跑进来的是个小男孩，一个五六岁的小男孩。他小小年纪却气质非凡，眼中闪着智慧的光。茶仪卿见到他不由得一愣，神情变得更加凝重。

“小普，不要怕，杀你父亲的凶手是他吗？”李璟一向嚣张跋扈，对这个小孩儿却格外温柔。

小孩儿看到茶仪卿后，全身不由自主地发起抖来：“是……就是他……我不可能认错！”他的声音虽很稚嫩，但却斩钉截铁，不容置疑。

“赵普！你虽小，可这些事却不能胡说。”茶仪卿紧紧盯着小孩儿，一字一顿地说道。

赵普虽然身子抖得厉害，可他的目光竟没有一丝示弱。“就是你！我亲眼看到的！”赵普指着茶仪卿，眼露恨意，大声喊了起来。

“那我问你几个问题好不好？”茶仪卿耐下心来，用十分亲切的口吻说道。

赵普略一犹豫，轻轻地点了点头：

“你问吧！我不会怕你的！”

“首先，我是什么时候动手杀人的？”

“大概今早寅时！”

“我在哪里下的手？”

“当然是在牢房里！”

“我是用什么手段杀死他的？”

“你用毒酒毒死他的！”

“那我就更加奇怪了。”

“你奇怪什么？我亲眼看到的！”

“你虽是赵迥的儿子，可也不能在寅时进入天牢吧？”

“是……是李叔父带我进去的！”

“那他为什么带你去那里？”

“因为我想父亲了，我很担心他。”

“可伯玉怎么会知道，难道你们住在一起？”

“你不要问我，这些事你问李叔父好了！”赵普丝毫没有慌张，从容地指了指身边的李璟。

荼仪卿望向李璟，淡定地继续为自己辩护：

“伯玉，我可以伏法，但你要和我解释清楚。”

“有何解释的？我和赵迥关系不错，替他照顾孩子实属正常。”

“难道他护卫天佑寺这段时间，都是你替他照顾孩子？”

“不是天天去，但也经常要去的。”

“也罢！那你觉得我与受缚的赵迥，孰强孰弱？”

“他已被缚，当然是你强！”

“那我为什么还要选择下毒呢？”

“你如果用扇子，就会暴露身份！”

“哈哈哈，可按你说，我用毒酒还是暴露了呀！”

“那是你没想到我会去，所以没有防备。”

“你的这番说辞，倒是让我哑口无言啊！”

“那就好！事实面前，不容抵赖！”

“但你似乎忘了一件事！”

“什么事？”

“你回答得太顺了，就像是提前背好了词！”

“这……事实如此，还用犹豫吗？”

本该寂静的御书房，此刻却仿佛开了锅。“啪！”李昪已经不耐烦了，重重地拍打书案。两人只得暂时闭上嘴，但仍紧盯着对方。他们的目光都有些复杂，似乎都各揣心事。

“萧俨！你不必再说了！”

“父皇，儿臣真的冤枉啊！”

“一切人证物证都指向你，还谈何冤枉？”

“这是奸人嫁祸，父皇不可轻信！”

“伯玉是与你不合，却也不必置你于死地吧？”

“他担心我觊觎皇位，才想除之后快。”

“朕已决定立他为太子，并且方才已传过旨了！”

“哈哈哈，我无话可说，父皇好自为之吧！”茶仪卿突然大笑起来，笑声中尽是无可奈何。

“来人啊！把萧俨打入天牢！”李昪暴怒着站起身，朝外面士兵喊道。

几个官兵应声跑进来，伸手要抓茶仪卿。

“父皇，他能在天牢杀人，难道就不能越狱？”李璟见状连忙高声喊道。

李昪略一犹豫，随即十分自信地开了口：

“由朕的大内侍卫看押，他纵有通天本领又能如何？”

李璟正要再说些什么，李昪却挥手打断了他。茶仪卿恭敬地朝李昪拜了三拜，苦涩地笑了笑。不待几个士兵近前，他已决然地走了出去。他的动作无比从容，从容得让在场众人一生难忘……

君让臣死，臣不得不死，父叫子亡，子不得不亡。李昪对于茶仪卿，既是君也是父，无论他下什么样的命令，茶仪卿都不会反抗，哪怕真的让他死，他也不会有一点儿犹豫。他只是感到有些可悲，也有些可惜。他不悲自己早夭，而悲自己无能，无能劝谏父皇。他不惜自己短命，而惜自己无力，无力勘破真相。但他纵有再多的想法，或许都已太迟了，就连上天也不知道，他是否还有机会走出天牢弥补遗憾。但谁都知道，他纵然真的死了，也心甘情愿！

夜，深夜。萧府厅中坐着两人，神情焦急。他们往日漠视彼此，此刻却是唯一的依靠。

“不行！我这就进宫救茶兄！”

“凤少侠，你千万不要冲动啊！”

“除了硬闯，你还有别的办法？”

“你这样做不但救不了萧郎，连自己也会死无葬身之地！”

“为了茶兄，死又何惧？”

“你就算不怕死，可也要死得有价值吧！”

“难道我们就眼睁睁看着茶兄死？”凤九天已经彻底失去耐心，大步向门外走去。救人如救火，晚到一刻都可能悔恨一生。

“不，或许你可以去找一个人。”茉莉连忙开口，叫住了他。

“谁？”凤九天闻言转过身，眼中放出光彩。

“李昇！”茉莉的声音极为肯定，像是有万全的把握。

凤九天深深皱起眉头，十分费解地看着茉莉：

“就是他下的旨，我再去求他又有何用？”

“只有他能救萧郎。”

“这我并不否认，可他怎会收回圣命？”

“你知道他最需要什么吗？”

“什么？你知道？”

“当然，还是听你说起的。”

“听我说的？”

“是啊，这两年他一直在寻找什么？”

“寻找灵丹妙药。”

“我又是做什么的？”

“杏林高手。你的意思是……”

“没错，只有这颗灵丹能救萧郎！”她说着取过一方锦盒，交给了凤九天，“他中毒已深，只有这颗丹药能救他！”

“你确定？”

“这粒丹药极珍贵，我一直带在身边以备万一，如不是情况紧急，我是不会拿出来的！”

“好，我相信你，希望你没有骗我！”凤九天接过丹药，瞬间出了大厅，消失在朦胧的夜色中。

皇宫，寝殿。

屋内灯火微弱，死气沉沉。李昇躺在床上，面色十分难看，似乎无比疲惫，连呼吸都很困难。在他枕边放着一个玉瓶，盛有丹药的玉瓶。

“陛下正在休息，任何人不许打扰！”外面的侍卫低声呵斥，拦住了凤九天。

“我今天必须见到叔父！你们不想死就闪开！”

“凤少侠，您不要难为我们……”

李昇听见外面吵闹声，撑着床榻坐了起来：“外面是贤侄吗？让他进来吧。”他的声音很虚弱，显得有气无力。侍卫闻言只得打开门，放凤九天进去。

“叔父！你……你怎么了？”凤九天正想出言质问，结果吃了一惊。昨晚还生龙活虎的李昇，此刻竟已奄奄一息。

李昇见到凤九天，勉强挤出个亲切的微笑：

“贤侄，叔父恐怕快不行了……”

“这怎么可能！”

“叔父两年间误食大量丹药，背上早已生疮。”

“您为何那么痴迷于长生之术啊？”

“长生？朕只是以此为名，寻找解药罢了。”

“解药？百日索魂散的解药？”

“是的，朕为购解药，国库已快亏空了。”

“什么？！您花了那么多银两？”

“唉，朕不想死，满朝文武更是无辜的……”

“可昨晚您分明还神采奕奕啊？”

“唉，有些事你还是不知道的好。”

“叔父，我一生从不求人，今日却要求您一件事。”

“求朕？是为了卿儿吧？”

“没错，叔父无论如何不能杀茶兄！”

“哈哈，你真的以为朕要杀他，朕忍心杀他？”李昇笑容变得苦涩，有些话在嘴边欲言又止。

凤九天紧皱眉头，十分诧异地盯着李昇：

“叔父，您不杀茶兄，为何把他打入天牢？”

“只有天牢能护得住他。”

“难道有人要杀他？”

“是的，有人嫁祸他，要置他于死地。”

“这人是谁？我这就取下他的人头！”

“就凭贤侄你？不要痴人说梦了！”

“叔父，不论成与不成，您都和我说清楚吧！”

“朕若说了，真不知是帮你还是害你……”

“帮也好，害也罢，我绝不怪您！”

李昇闻言点点头，目光变得凝重。他仿佛回忆起了过往，并不愉快的过往。

“贤侄，你知道你父亲的同门师兄弟都有谁吗？”

“不知，从未听父亲提起过。”

“是啊，这段往事没有人愿意提及。”

“叔父，我父亲的师兄弟到底都是谁？”

“是五个绝顶高手，每个都足以叱咤风云。”

“除了您和舅父，另三个我认识吗？”

“应该认识两个！而且其中一人，就死在你的剑下！”

“什么？！我杀了自己的师叔？”

“是的，你太重表面的善恶，误杀了他！”

“难道……难道是廖楚笙？”

“没错，正是你的廖师叔。”

“我虽知他不是坏人，可万万没想到他是我的师叔！”凤九天震惊之下，忽然想起了那日廖楚笙的一些举动。当初他以为廖楚笙是在诱敌，心中还无数次咒骂于他。可现在想想，岂不正是长辈才该有的表现吗？

“叔父，那另外一人是谁？”凤九天半晌才开口，声音微微发颤，唯恐下一个名字会让自己更震惊。

“另外一个就是你师父！”

“我师父？莫非是龙前辈？”

“没错，就是他！”李昇神情更加凝重，凤九天恍然大悟地点点头。龙行云常说自己是故人之子，今日才彻底明白原委。他随即想到了另一个问题，隐隐有些担忧。“叔父，这才四个人，另一个是谁？”

“另一个……另一个叫谭安洺。”

“谭安洺？为何从来没听说过此人？”

“因为他死了，二十五年前就死了！”

“死了？可故去的大侠们，也常常有人提起啊！”

“他是个例外！他的死是全江湖的禁忌！”

“二十五年前，江湖上到底发生了什么巨变？”

“朕不能说，你也不必再问了！”李昇突然变得很激动，并开始疯狂地咳嗽。

凤九天仍不甘心，又开口问道：

“叔父，百官中毒之事……”

“咳咳，这件事朕也不知道。”李昇一边咳嗽，一边有气无力地说着。

“那您是到何处求得解药？”

“不必问了，朕最后再告诉你一句话。”

“什么话？”

“你若想了解真相，就回昆仑山吧……”

凤九天早已想到这种可能，心头却还是震惊不已。此话由敌人说出，可能是嫁祸，但李昇的话他无法不信。凤九天半晌才回过神，想把带来的丹药交给李昇。李昇见了却摇了摇头，无视他手中的丹药，而是伸手拿过枕边玉瓶，取出一粒灵丹服下了。这粒丹药不愧是灵丹妙药。李昇不再咳嗽，而且再也不会咳嗽了。世上只有一种人永远不会咳嗽，那就是死人！此刻李昇的七窍突然开始流血，脸色变得铁青。

“叔父！您千万不能死！”凤九天正想为他运气，李昇却忽然笑了。他指了指李璟的太子宫，笑声中满是讽刺与不甘。随后他重重地倒在床上，就此龙驭上宾！“叔父！”凤九天大吼一声，泪水夺眶而出。

这两年中，他们朝夕相处，感情日渐深厚。他知道人迟早会有一死，皇上也不例外。却无论如何也没想到，李昇竟会走得这么突然，突然得让他诧异，让他措手不及，让他来不及悲伤。

“凤九天，好大的胆子！竟敢毒杀父皇！”他正震惊之际，背后突然传来了一声怒喝。这个声音他太熟悉了，熟悉得绝不会听错。

“李璟！一定是你害死了叔父！”凤九天怒气冲冲地转过身，拔出了腰间流云剑。他此刻义愤填膺，就是绝顶高手也难当一击！

“哈哈，笑话！你手里拿着毒药，反而诬陷我？”李璟忽然大声冷笑起来，用手指着风九天手中那方锦盒。

风九天早已失去理智，更确切地说是失去耐心与顾忌。往日茶仪卿无事，李昇尚在，他自然不敢动李璟。可现在李昇已逝，茶仪卿危在旦夕，反倒没了顾忌。当年他有多想杀牧璇天，现在就有多想杀李璟。

“李璟！是你一再逼我，休怪我绝情！”风九天说着就要出剑，刺出绝对致命的一剑。

李璟却从容地向后退着，笑声变得越发得意：

“风九天，你要清楚自己是在哪里！”

“在皇宫又如何？”

“你以为自己能敌得过数千禁军？”李璟说着朝门外面大喝一声，无数禁军刹那围住寝殿。

风九天右手倒垂宝剑，剑锋泛出骇人的寒芒。他眼中布满血丝，声音冷得没有一丝温度：

“我不知道，但不妨试试！”

他的话音一落，人已追出。李璟脸色不由得一变，忙朝众侍卫挥挥手。大内高手们虽非风九天的对手，却也绝非弱者。他们刹那间刀剑齐出，凌厉非凡。风九天也是人，若被乱箭击中，必死无疑。但他又不太像人，人怎能使出这么快的剑！常人想连出三剑尚且困难，又何谈连出十剑呢？风九天这十剑迅捷、精妙、冷酷、绝情。面对这样的剑法，就算再强的高手也绝难抵挡。

“当！当！当！”兵器落地声，刀剑铺满了地面，宣告了死亡。“咚！咚！咚！”尸体栽倒声，血光溅红了寝殿，浸染了宫闱。两种声音此起彼伏，交相混杂在了一起。这样的声音是残酷的，却又偏偏透着希望。人想在绝境中生存下来，唯有杀出一条血路！

双拳难敌四手，好汉架不住人多。九幽鬼境虽群魔拱卫，却各自为政。南唐皇宫高手如林，且众志成城。风九天不知出了多少剑，早已大汗淋漓，他明白李璟没有说错，自己无法以一当百，但他绝不甘心就此死去，不论如何都要活下来。邪魔一日不除，自己便一日不能死。他脑中盘算着何去何从，手中力道却依然未减半分。“最危险的地方，就是最安全的地方！”风九天喃喃自语，偷眼看向太子宫方向。

“来人啊！给我射死他！”李璟见久未得手，朝身后弓箭手大喊。

众侍卫闻言忙向后撤退，给弓箭手让出空场。无数弓箭手持着精良的硬弓，搭上了锋利的羽箭，他们连闽国都能轻易攻下，更何况区区凤九天？但凤九天没有一点儿慌张，反而长出了一口气。他是个很有本事的人，更是个自信的人。在他看来，多快的利箭也赶不上自己的双腿。在众弓箭手拉弓拔射的片刻，他已纵身上了殿顶。无数利箭齐发，如雨般落下的刹那，他竟飘然出了宫墙。

月光皎洁，照耀着金陵。凤九天对这里很熟，却从未登高俯视。从这个高度他能看清每条街道，城中有无数巡逻的官兵。此刻城池为盘，街道为线，人人为子。李璟手下的众官兵，早已布下天罗地网。凤九天想要突出重围，就必须下赢这盘棋，所以他在高矮不一的房顶穿梭，目标只有一个，那就是看似最危险的地方——太子宫！

东宫，夜色仿佛更深。

夜色最深之时，也是黎明将至之时。凤九天伏在后墙，小心翼翼地向里看去。他虽在金陵城住了两年，却从未进过太子府。后院没有灯火，没有人声，也没有犬吠。这里若非屋舍俨然，谁都会认为此处早已荒废。凤九天正想寻机下去藏身，突然见厢房中走出一个人来。此人一身下人打扮，手中还拎着一个食盒，他刚刚走出大门，就飞快地把房门锁上了。这一切凤九天看得很清楚，他眉头微蹙，嘴角微笑。“莫非这里关着人？或许破局就在此人！”他一边小声嘀咕着，一边翻身下了墙头。凤九天的轻功十分好，落地时全无声响。

“别动！把钥匙交出来！”凤九天瞬间到了这人身后，把剑横在他项间。

这人只觉项间发凉，不由自主地颤抖起来。

“大……大侠，饶……饶命啊！”

“饶命可以，钥匙呢！”

“钥匙在我腰间，就这一把。”

凤九天在他腰间取出钥匙，又押着他到了门前：

“说！这房中关的是什么人！”

“这……这小的不敢说……”

“不敢说？看来你是活腻了！”凤九天的剑逼得更近，这人抖得更加厉害。

“好……好，我……我说……”

“快说！”

“里面……里面关的是……是李璟！”

“少要骗我！李璟现在皇宫！”

“不……不！皇宫里是假的，这里面才是真的。”

“你若敢骗我，休想见到明天的太阳！”

“我不敢，我哪敢骗您啊！”

凤九天轻轻点点头，打开了门上的锁。他全神戒备，缓步进屋。屋中肮脏而混乱，蛛网密布，除了缩在墙角的一个青年外，屋内没有一丝人气。

“你是谁？为什么被关在这里！”

“呸！你们把本王抓来，还问本王为何在此！”此人十分不屑地轻唾一口，不耐烦地说着，可他猛然意识到眼前的白衣人似乎是熟识之人。

“你是凤九天？你怎么会找到本王？”这人拢拢头发，仔细打量凤九天，试探着说道。

凤九天微微颔首，冰冷的声音中透着几分亲切：

“没错，我是凤九天！纯属误打误撞。”

“原来如此！你也是来看本王笑话的吧！”

“我没有这个心情，也没有这个兴趣！”

“难道你是来救我的？”

“我可以救你，只要你答应我两件事。”

“好！莫说两件，就是答应你二十件又有何难？”

“首先，你要回答我的问题。”

“你尽管问！”

“你是什么时候被抓的？”

“一年前，伐闽途中，军营失火的那天夜里！”

凤九天眉头锁得更紧了，脸色变得万分凝重：

“也就是说，这一年中，宫中一直都是假李璟在充当太子！”

“是啊！我被关在这儿，哪来的真李璟？”

“两年前你去过不归村吗？”

“你和萧俨真是莫名其妙！那地方本王听都没听过！”

“那他们为何不杀你？”

“杀我？他们杀了我，如何彻底了解本王？”

“没错，不彻底了解，再高明的易容也会漏洞百出。”凤九天说着点点头，眼睛却看向了他身后的金佛和箱子。

“这箱子里是什么？”

“箱子里是火药，听说是城内烟花厂运来的。”

“烟花厂？就是专供皇室庆典的烟花厂？”

“没错，是用来庆贺几日后的盂兰盆节。”

“那尊金佛又为什么会在这里？”

“所有秘密之物放在一起，当然是为了便于保管。”

“嗯，的确有些道理。”

“喂！你那些奇怪的问题，问完了吗？”

“问完了，我已经彻底明白了！”

“你明白什么了？”

“我明白假李璟要做什么了！”

“他要做什么？”

“他第一次出现，是想挑起你和茶兄的矛盾。”

“那第二次呢？”

“第二次为了毒杀叔父，并代你继位，控制大唐！”

“什么？！我父皇现在有危险？”

“唉……太晚了，叔父再也不会有危险了。”凤九天一生很少愧疚，此刻却面带歉意。

李璟见状激动起来，不断地摇晃着凤九天：

“凤九天，你快告诉我！我父皇到底怎么了？！”

“叔父……叔父已经晏驾……”

“不！这不可能！这绝对不可能！”李璟瞬间像疯了一样，大声朝凤九天吼着，“你和萧俨不是很厉害吗？怎么能让父皇死了！”

凤九天长长叹了口气，十分抱歉地看着李璟：

“我们无能，中了假李璟的奸计……”

“萧俨在哪儿？本王要杀了他！”

“茶兄已被关进天牢，性命危在旦夕！”

李璟闻言颓然坐下，眼中的疯狂化为绝望。

“父皇死了，萧俨入狱，我大唐完了！”

“不！大唐不会就此覆灭的！”

“哦？难道你有办法？”李璟似乎看到了点儿希望，把凤九天当作救命稻草。

“只要你我还在，大唐就不会完！”

“就凭你和我？”

“没错，我们可以逆转一切！”

两人目光相对，四只手紧紧相握。敌人与挚友看似天差地别，有时却只在一念之间。

大风忽起，宫灯忽明忽暗。南唐亦如宫灯，在狂风中摇摆不定。假李璟负手立于正殿之前、甬道之上。此时禁军头领带着小队官兵，来到他的面前。

“太子，属下无能，没有找到凤九天……”头领深施一礼，低着头畏惧地说道。仿佛他面前的不是太子，而是嗜血的恶魔。

“啪！”假李璟抬手就是一掌，重重打在头领的面颊上：“一群饭桶！本太子留你们这些废物何用！”他正想再出言教训，突然被一个声音打断了。

“助纣为虐之人都该死，你也不例外！”这声音十分冰冷，冰冷中透着狂傲与霸气。随着话音落地，寒芒骤起，血光迸溅，方才活生生的一队禁军，顷刻变为满地尸骨！

“什么人！”假李璟略显惊慌，瞬间拔出长剑。

白衣人却不慌不忙，手中倒提流云剑。鲜红的热血从剑尖滚落，滴滴坠于大地。冰冷的人、锋利的剑、犹温的血，无不晕染着杀意。如水的月光倾洒下来，显得他越发冷傲。他嘴角勾起一抹冷笑，一字一顿地说了四个字：

“杀你的人！”

假李璟持剑当胸，手不由得颤抖，但他的语气却故作淡定，似乎稳操胜券：

“凤九天！我是太子，你敢杀我？”

“你若是太子，那我是什么？”声音来自阴暗的角落里，随之走出一人，他虽蓬头垢面，衣衫不整，仍难掩高贵与倨傲。

“你……你是假的！你竟敢假扮本太子！”假李璟声音发颤，连连朝身后挥着手，“你们还愣着干什么！快把他们拿下！”

凤九天正要再出剑，李璟却拦住了他，只见李璟咬破了中指，把血抹在了胸膛上。众侍卫正想依言上前拿人，见状脸色竟都变了，随即他们纷纷跪下，恭敬地高呼起来：

“太子千岁！千岁！千千岁！”

假李璟转身，大吼起来：

“你们在做什么！还不快抓人！”

“哈哈，可笑至极！”李璟冷笑数声，指了指自己的胸膛。

假李璟顺着他的手看去，额头不禁渗出了冷汗。他的胸膛上赫然出现了一条龙，栩栩如生的龙。

“你这是什么妖法？怎么可能会这样！”

“此乃大唐皇室独有的文身，遇血才能现形！”

凤九天指着假李璟，也发出了讥讽的冷笑：

“假扮一个人，却连最重要的体征都没摸清，佩服佩服！”

假李璟握剑的手变得惨白，双目似要喷火：“真如何，假又如何？只要你死了，我就是真的！”随着他的话音，长剑出鞘，刹那绽出无数光华。这样的攻势本该无懈可击，可惜他的对手是凤九天！

倏忽之间，银光乍泄，光华收敛。漫天的剑光，竟抵不过他随手一剑。假李璟不甘失败，剑招越发凌厉，快如风，逸如云，势如雷。这样的剑法未必最强，但凤九天的脸色却变了。

“云雷剑法！你是凌霄派的人？”

两人停了手，假李璟傲然地大笑起来：

“哈哈哈，没错！你该叫我一声六师兄！”

“不！这不可能！尚清天已经死了！”

“死？你还没死，我又怎敢死去？”

假李璟说着揭下人皮面具，露出了本来面目。这是一张眉清目秀、略显清癯、目光疯狂的脸。他的长相虽不算特殊，但凤九天永远都不会认错。面前之人真的是尚清天，两次诈死的尚清天！凤九天紧盯着尚清天，横眉冷对。往日再多的情谊，至此也湮没于过往。两人再次相对而立，心中尽是杀意。

“尚清天！今番定叫尔死无葬身之地！”

“凤九天！明年今天，就是你的祭日！”

两人再次出剑，再也没有任何情面与顾忌。尚清天的剑像云似雷，凌厉中带着飘逸。凤九天的剑如日若星，致命中带着光辉。他们的招数无人能看清，但杀意却无处不在。这样的剑、这样的人，世间永远只能有一个。生死不过概念，招数不过寄托，正邪从不两立。所有人都知道，今日一战必有人血溅紫微！“当！”长剑落地，尘埃激荡。天下没有不散之席，亦没有不决之战。两人已经过了百招，方才分出胜负。流云剑抵在尚清天项间，锋刃尚泛寒芒。

“凤九天！你的确很强，我败了……”尚清天缓缓说着，声音中满是震惊与不甘。

凤九天的嘴角微微上扬，傲然地开了口：

“尚清天！你既不义，也休怪我不仁！”

他的剑正欲向前刺出，却被一个熟悉的声音打断。

“小九！剑下留人！”随着一声轻喝，一位持扇公子翩然而至。他面容略显憔悴，神采却依旧照人。在他身后，还跟着一个姑娘和无数禁军。

尚清天见势仰天大笑，笑声中尽是绝望。

“哈哈哈，我尚清天聪明一世，不料落得如此下场！”随即他收住了笑声，竟突然跪下，朝西北方拜了三拜。他的神情无比虔诚，虔诚得宛如一个执着的信徒。金陵城西北方万里之外，岂不正是昆仑所在？

“奸贼，你到底是受何人指使？”茶仪卿手指尚清天，神色间正气浩然。

尚清天只冷笑几声，从怀中取出一把匕首：

“萧俨，想让我出卖老大？痴心妄想！”

他说完大吼一声，把匕首狠命刺入咽喉，霎时鲜血喷溅，身体重重倒在地上。凤九天忙上前阻止，可惜还是晚了一步。一切真相本已近在眼前，所有谜底也将揭开。可随着尚清天的死，所有的努力又似化为虚无……

“唉，我们又晚了一步……”茶仪卿掩面摇头，无奈地长叹一声。

凤九天脸色也不太好看，目光中尽是不甘：

“我刚才如果不那么冲动，或许就不会这样！”

“凤少侠，这也不能怪你。”茉莉的眼神很亲切，语音也很柔和。

茶仪卿也微微颔首，出言劝慰：

“小九，他的死与你无关，不必自责。”

“或许天意如此，我们只能去昆仑山了！”

茉莉闻言脸色微微一变，有些担心地开了口：

“凤少侠，万一凤前辈真是凶手……”

“不入虎穴焉得虎子，我岂是贪生怕死之辈！”凤九天脸色前所未有的凝重，说得斩钉截铁。

茶仪卿闻言犹豫良久，才微微颔首，目光笃定。

“萧郎，你也要陪凤少侠同去吗？我不许你去冒险！”茉莉急切地说着，谁都能看出她对茶仪卿的关切与担忧。

“没错！唯有前往昆仑，方能力挽狂澜！”茶仪卿的声音无比果断，望向远方的双眸满含坚定。

“就凭你们几人，恐怕难如登天，需要本太子出兵吗？”李璟目光仍很倨傲，但言中之意却满含关切。

茶仪卿闻言忙深施一礼，语气极诚恳：

“伯玉，我们此去远离大唐，你万不可轻动。”

“轻动？为了你萧俨，纵横扫六合，又有何惧？”

“也罢，微臣危难之时，便劳烦伯玉了。”

“好！十万大军就在金陵等你，危难时刻随叫随到！”李璟说着握住茶仪卿的手，万语千言尽付心中！

人外有人，天外有天。此去昆仑，谁也不知将面临何种危险。但无论前方是刀山还是火海，只要迷未解、剑在手、血尚热，他们便要披荆斩棘、勇往直前！

第二十五章　孤勇险峰行

距离产生美，而美来自朦胧。美的背后是丑，而朦胧的背后是真相。对于寻求真相之人，永远不能沉溺于美好的假象，而是要勇于上前一步，彻底把真相看清楚。此案的一切真相，或许真的就在昆仑山！

半月后，昆仑山下。

一路走来，凤九天前所未有的纠结、痛苦，日日心神不安，夜夜辗转无眠。近乡情更怯，不敢问来人。这种感觉不只属于旅人，更属于现在的凤九天。眼前的一花一草，似乎越来越熟悉，可他心中的疑惑与惆怅，却变得越来越强烈。舅父与父亲究竟孰亲？育恩与生恩究竟孰大？真相与亲情究竟孰重？凤九天心中始终没有答案，天底下又有几人能知呢？

破庙，残月，孤星。一人痴坐庭中，唯有酒剑相伴。这样的画面很美，却美得凄清、绝望。“舅父，若您真是凶手，我该怎么办……”凤九天抬头望着远山，不由自主地轻轻呢喃。

“真相未明，迷案未破，不可自乱心神！”

远山自然不会说话，能说这样话的永远都是挚友。茶仪卿眉头微蹙，但语气仍十分从容。三年里凤九天认识了很多人，更见识了太多鬼蜮人心。若说天下还有人能相信，或许就只剩下茶仪卿了。

“茶兄，你怎么没去陪她？”

“她说明日要一同前往，故此早早休息了。”

“是啊，明日就要上山了，我真的怕……”

“怕是天下最无用的情感。”

“可若真的失去了舅父，我将一无所有！”

“不！你还有我！”

茶仪卿的眼眸澄澈，宛如夜空中最亮的星。凤九天看着他的目光，似乎找到了一线支撑。纵亲人尽去，只要挚友还在，天就永远不会塌！

“什么人！”凤九天轻喝一声，人已跃出数丈。

茶仪卿也看到不远处的人影，一闪即过的人影。这道人影飘忽不定，夜里看来如鬼似魅。若凤怀山真是凶手，这人影便绝不简单。他们追着人影翻山越岭、穿林过溪，许久未歇。

忽然，前方丛林间出现一道岔路口。宛如鬼魅的黑影在这一刹愈发不太像人，身影竟只一闪，就在两大绝顶高手面前消失得无影无踪。

“小九，我们分开追！”茶仪卿不顾体内气血翻涌，警惕地向西边小路追去。

凤九天此刻也拔出流云剑，急匆匆地向北急掠。但两人追了很久，却谁也没有见到那道黑影。他似乎真如九幽的阴魂，凭空在人间消失了。

天光微亮，四野幽静。凤九天此刻已筋疲力尽，轻微喘着粗气。他任由一袭白衣被汗水与晨露浸湿，也恍若未觉。突然，他似乎看到远处有一个人！他本能地提剑逼近，这才看清此人竟是茶仪卿。茶仪卿此时衣衫略显凌乱，胸前还染着血迹。他本想坐在林间大石上稍歇，看到凤九天却忙开了口：

“小九，我们快回去，这是在调虎离山！”

“纵然调虎离山，也要问个清楚！”

“咱们问不出什么的。”

“难道一夜白追了？”

“再不回去，或许就后悔莫及了！”茶仪卿的语气十分坚定，不容凤九天反驳。

凤九天只得点了点头，转身随着他赶回古庙。晨曦映照古庙，四下薄雾弥漫。迷雾中遥遥走来两人，步履略显疲惫。他们轻声议论着，脚下速度却丝毫不减。茶仪卿持扇来到一间禅房前，轻轻叩响房门：

“莉儿，你还好吗，昨夜是否平安？”

伴随着叩门声，房内隐约传出一阵“窸窣”声。片刻之后房门打开，茉莉缓步走出了房门。

“萧郎，我没事，让你担心了。”

茶仪卿闻言微微颔首，目光却被她脚上的鞋子吸引了，鞋帮上有些泥土，好像还略微有些水迹。

“莉儿，你昨晚到哪儿去了？”茶仪卿的声音满是关切，眼睛紧盯着茉莉。

茉莉被他看得有些不自在，低头捋着鬓边秀发：

“萧郎，我一直在睡觉呀，门还是你帮我关的呢。”

“是吗？我可不喜欢有人对我说谎！”

“好吧，我昨晚是出去了。”

“你去哪儿了？是否看到了一道人影？”

“人影我没看到，只是发现你们不见了，独自找了很久。”

“那你刚才为何要骗我？”

“我只是不想让你担心……”

“以后不许孤身犯险，更不许骗我！”面对为了自己不顾危险的姑娘，茶仪卿还能再说什么呢？

茶仪卿说罢，在庭中踱起步来。他的头脑从来都很清晰，此刻却有些糊涂了。风怀山是否真是凶手？那道人影又是谁？他的出现意味着什么？他不断地思索着，不知不觉忘记了时间。突然，他好像意识到了什么，脸色变得无比紧张。

“不好！出大事了！”

“萧郎，怎么了？”茉莉闻声出了房门，疑惑地看向茶仪卿。

“小九呢？刚回来就没看见他！”

“风少侠不会一个人上山了吧……”

昆仑山，玉虚峰。

此峰巍峨灵秀，常隐于虚无缥缈之中，峰上堆了厚厚一层积雪，显是昨夜又下了大雪。风九天自幼在此长大，这些年又屡屡梦回。眼前的风雪、山峰、草庐，他无不熟悉至极。可这一切并没勾起他心中的亲切感，反而让他觉得无比陌生，让他更陌生的无疑是此间主人，曾日夜相伴的舅父。或许他这次回昆仑山，便再难活着离开……

“当！当！当！”凤九天立于雪中，叩响凤怀山的房门。他不知道迎接自己的是笑脸还是利剑。既来之则安之，他本就没想过活着下山。

“凤九天！你这恶贼，还有胆子回来？！”他身后突然传来脚步声以及愤怒的呵斥声。

凤九天很疑惑地转过身，一脸无辜地看向身后几人。这些都是凤怀山的弟子和门童，也曾是凤九天的朋友。可他们的长剑尽数出鞘，显然已不把凤九天当作朋友了。

“万兄弟，许久未见，我以为你回隐峰山庄了。”

“你这奸贼，也配和我称兄道弟！”一个英俊的少年目光犀利，手中宝剑更加犀利。隐峰山庄藏有无数宝剑，少庄主的剑自然不会差。若他真想杀凤九天，或许并非痴人说梦。

“万兄弟，到底发生什么事了，让你们恨我至此？”

“少要装糊涂！你昨晚做的好事，现在就忘了吗？”

“昨晚我一直在追人，哪有时间做什么好事？”

“呸！你杀死对你恩重如山的舅父，却在此装无辜！”

“什……什么？！舅父死了？！”

“尸体还停在房中，自己去看！”

凤九天闻言打开房门，踉跄地冲了进去。

房间并不大，没有太多杂物。窗边的一张木床上，赫然蒙着一块白布，白布下果真躺着个人，他再熟悉不过的人。凤九天跌跌撞撞地到了床前，小心翼翼地掀开白布，他多希望那些人说的是假话，可惜眼睛却骗不了自己。在掀开白布一角后，真的露出了那张让他魂牵梦绕的脸。这世上他谁都可能认错，只有三张脸是他永远认不错的，对他来说，亦师亦父的凤怀山无疑是其中之一。凤九天眼前忽然一黑，一口鲜血直喷出来。他想过此行的无数种可能，却偏偏没想到这种。谁料当年下山前那一面，竟成了两人的最后一面。

凤九天并没有哭，反而冷静得骇人。大恩无谢，大爱无言，大悲无泣。他只痴痴地看着尸首，看着他咽喉处的剑痕。这一剑无疑又是诛天十三剑。他不知道如何唤回舅父，更不知如何洗刷冤屈。为了不连累茶仪卿，凤九天才特意独自前来。可现在他深深地后悔了，前所未有地后悔。若他在，自己怎会如此无力，如此无奈，如此无助？

“凤九天！现在你还有何话说？”万玉龙指着凤九天，再次大声怒喝。

凤九天缓缓回头，眼中已经布满了无数血丝：

“万兄弟，我杀谁也不会杀舅父的！”

“我昨晚亲眼见到的，你还想抵赖吗？”

“你看清杀人的是我了吗？”

“不但看清了，还听到师父喊你名字！”

“一定是有人易容成我的样子，对舅父暗下毒手！”他突然想起那个假廖楚笙，岂不是也会用诛天十三剑？

“易容？你的样子化成灰我都认识！”

“你若不信就给我两个时辰，我定能自证清白！”

“好！就给你两个时辰，若不能证明休怪我们无情！”

“好！到时你们不动手，我也定自裁谢罪！”凤九天说得诚恳之至，众人只得暂时散去。

从来栽赃陷害易，自证清白难。两个时辰，莫说凤九天，就是茶仪卿也难找到线索。可他既然说了两个时辰，便连一刻都不能耽搁。他目光仍停在凤怀山身上，想起从前的点点滴滴，幼时玩闹的画面、练功习剑的画面，纷纷涌入了他脑海。他一直以为舅父对自己毫无隐藏，永远知无不言。可现在看来，他还是瞒了自己很多，一些秘密至今未知，而且这些秘密大到连龙行云和李昇都欲言又止。到底会是什么事，让三个泰山北斗都不能畅所欲言？

很多地方都会有禁地，昆仑山也有。但禁地不在山洞，不在密室，更不在地下，而是远在天边近在眼前，就在凤怀山的草庐旁。那里不宏大，也不阴森，只是一间小小的仓房。这间仓房就在众人眼前，可里面有什么没人清楚。凤九天已顾不了许多，下意识闯进这间仓房。

房子多年没人收拾，早已落满了尘埃，结着蛛网，室内除了一些杂物外，居然一无所有。凤九天彻底愣住了，甚至露出了匪夷所思的苦笑。小时候曾多次想进来看看，都被舅父拦住了，而且平时和颜悦色的舅父，总会因此大发雷霆。那时他对这间仓房充满想象，长大了才渐渐淡漠。他以为里面肯定有值钱的宝物，或是什么惊天的秘密，直到此刻他才知道，自己那个时候是异想天开了。

凤九天回屋取了块抹布，擦拭起这些杂物来。他知道无法自证清白，倒不如从容接受。在死前替舅父打扫一下仓房，似乎是他现在唯一能做的了。他一边擦拭着各种杂物，一边回忆着舅父的音容笑貌。“舅父，我不该怀疑您，之前是我太傻了……”凤九天轻声叹着，随手打开了房角的一个破木箱。这个木箱里面放着几把生锈的剑，应该是出自凤怀山之手。凤九天把这些剑都取了出来，未及擦拭，却突然愣住了。因为木箱最下面竟放着一本小册子，已经微微泛黄。他隐约记得舅父好像拿起过，并且常对着它长吁短叹。凤九天好奇地打开册子，一个二十五年前的故事映入眼帘。

庐山，九叠屏。凌霄派大殿圣洁无比，与自然相得益彰。而殿内气氛却十分紧张，众人各个义愤填膺。

“掌门！请您下令诛杀奸贼谭安洺！”所有弟子都高声请求着，其中凤怀山最积极。

“山儿，为父想把掌门之位传给安洺，你便如此嫉恨他？”说话的是掌门凤逸尘，他虽略显年迈，但仍貌若神人。

“父亲，孩儿并非嫉妒他，而是实话实说！”

“难道当初为父让他带走《诛天十三剑》，真的错了？”

“他说要借掌门秘籍打入鬼境，三月内必大功告成，可结果呢？”凤怀山十分气愤地说着，眼角除了愤怒还有杀意。

“结果他三年音信全无，定是早已卖身投靠了！”云松青的神情也很愤怒，出言为凤怀山帮起腔来。

“你们说得有理，或许真是为师看走眼了！”凤逸尘脸色无比凝重，眼中尽是无奈与惋惜。

“师父，眼见方为实，不如您派我们去鬼境一探究竟！”李昇和廖楚笙看向高高在上的师父，齐齐说道。

凤逸尘思索良久，这才十分郑重地开了口：

“正伦、楚笙所言有理，若他真是投身邪派，定斩不饶！”

众人闻言都恭恭敬敬施了一礼，随后各自下去准备了。整个过程中，唯有龙行云一言不发，似乎一切都和他无关。凤逸尘不禁有些奇怪，特意把他留在了殿中。

“行云，你一向最有主见，今日为何一言不发？”

“师父，您与家父曾有过节，故此弟子不便多言。”

“昔年唐梁交战，我与你父恨天各为其主，为师才不得已杀了他，转眼这么多年了，你仍无法原谅为师吗？”

“师父，您在我流浪时收留了我，我又岂能再恨您？”

“那你就说说对此事的看法吧。”

“此事关乎掌门人选，我对此没有丝毫觊觎之心。”

“有也好，没有也罢，尽管下山一试身手吧。”

“不！弟子不想下山！”

“你不想下山？那你要做什么？”

“我只想留在山上，时时伺候在您身边。”

“这……这样也好，只是委屈你了。”凤逸尘看向龙行云的目光越发慈爱，仿佛已把他视若己出。

武当山，紫霄岩。一对侠侣牵马缓行，甚是甜蜜。

“谭哥哥，你说凤前辈真能容下我和父亲吗？”

“你虽是冥尊之女，却诚心向善，他定会接纳你们。”

“万一他嫌弃我的出身……”

“不会的，师父一定会接纳我们的。”

“如若凌霄派容不下我们父女，我就与谭哥哥远走昆仑山。”

“我既能说动你和岳父归顺正道，就能说动师父接纳你们。”

“哈哈，这倒也是，你的剑厉害，嘴更厉害！”

“可是有一件事，我无论如何也说不动你啊！”

“你是说孩儿临渊，随我姓魏这件事吧？”

“可不是嘛，我一世英名颜面扫地啊！”

“哼！谁让你是上门女婿，孩子当然跟我姓了！”

两人有说有笑情意甚浓之际，突见数道寒芒从天而降，数把长剑配合极佳，自然而然组成了一张剑网。剑网恢恢疏而不漏，把两人进退之处尽数封死。

“紫英，这是凌霄派的剑阵，你千万小心！”谭安洺说着拔出长剑，魏紫英也抽出了一条软鞭。

“谭安洺！你勾结邪派妖女，我们奉师命前来清理门户！”凤怀山长剑指向谭安洺，目光之中杀意滔天，另外三位师兄弟也倒提长剑，愤恨之色溢于言表。

“凤师弟，紫英不是妖女，她已被我说服，改邪归正了！”

“鬼境冥尊之女若能改邪归正，太阳就能从西面出来！”凤怀山朝三人一挥手，四把长剑再次齐齐刺出。

“紫英，你千万别动手，我……”

“谭哥哥，这些人不讲道理，我们不能束手待毙！”

魏紫英说着长鞭一挥，宛如毒龙，空气似都随之碎裂。她武功未必天下无敌，却也绝非常人能及。怎奈凤怀山人多势众，又个个武功奇高，魏紫英刹那落于下风。谭安洺见状只得暂时撕破脸皮，出剑保护爱妻。六人一阵混战，直杀得天地动荡，日月无光。此战竟连着打了一天一夜，方在第二日黎明决出胜负。魏紫英毕竟是个女子，此时早已筋疲力尽。凤怀山虽也疲惫不堪，仍拚尽最后力气刺穿了她的胸膛。魏紫英胸膛被刺穿，鲜血喷溅，身子缓缓倒下。

“紫英！紫英！你不要死，我不许你死！”

谭安洺见爱妻性命垂危，不由得分了心神，再强的高手心智也有极限，顾此难免失彼。此刻谭安洺身上露出数处破绽，廖楚笙焉能放过？他长剑倏然刺出，宛如游龙，直点谭安洺咽喉。就在谭安洺侧身躲避之际，云松青长剑却伺机刺入他的腹间。长剑绝情刺入，谭安洺闷哼了一声，身子倒在地上。

“谭哥哥！我们生已再难相爱，死却要共赴黄泉！”

“紫英，我此生欠你太多，只能来世再还了……”

两人用尽全力向对方爬去，只为最后再牵一次对方的手。可惜他们受伤太重，鲜血染红大地，早已没了力气。他们的手只差一寸，短短一寸，却是梦想与现实的距离。他们最后一个愿望，都未能如愿以偿……凤怀山见两人死了，长长松了口气。几人的脸色虽都和缓下来，可却各怀心腹事。

“《诛天十三剑》乃武功绝学，他定会随身携带。”云松青出言提醒凤怀山。

他抢先一步过来翻动尸身，师父虽未明言得秘籍者即为掌门，可谁不明弦外之音？果真如云松青所料，秘籍真在谭安洺怀中。他取出了一本极古朴的书，还有一袋花籽。这本秘籍早已泛黄，若一不小心，书页就会破碎。李昇看看两人尸体，目光又停在另几人身上。

“三位师兄，依你们看这两具尸首……”

凤怀山不屑地瞥了一眼，轻蔑地冷笑数声：

“这两个恶贼死有余辜，难道也配入土为安？！”

“可……可他毕竟曾是我们的大师兄啊！”

“李师弟，善恶从不两立，何必妇人之仁？”

李昇闻言半晌默然不语，心中显是五味杂陈，良久之后他朝三人拱拱手，语气有些复杂：

“三位师兄，我看不透江湖之事，从此别过了。”

“师弟，你难道不回凌霄派了？”

“师父可是极看重你，日后必会重用。”

“是啊，下任掌门之位或许是你的。”

三人多次出言挽留，李昇却只摇了摇头，决然向南而去。他此去结识了南吴权臣徐温，从此走上仕途之路。其他三人自然向东，回庐山九叠屏复命。

数日后，庐山。

此时正当盛夏，山上草长莺飞，花团锦簇。可凌霄派大殿内外却尽是白色，白得死寂而肃杀。不是雪的白，不是石的白，也不是花的白，而是孝服与灵幡之白，世间最让人悲伤的颜色。凤怀山三人见状加快了脚步，很快就到了正殿之中。正殿庄严肃穆，一口上好的棺木停于殿中。殿内只有两人，两个痛哭失声的人。

“师父，弟子无能，愧对您的养育之恩啊！”

“父亲，女儿无用，实在枉为人女……”

三人闻言全都愣住了，不愿相信这是事实。

“妹妹，父……父亲他……”凤怀山目中含泪，声音也变得哽咽起来。

两人闻言缓缓回过头，愧疚地看向凤怀山：

“哥哥，我对不起父亲，我没照顾好他！”

凤怀山闻言身子晃了晃，险些昏倒在地。云松青尽量压制悲伤，开口询问：

“凌筠，师父怎么死的？”

“你们走后父亲病了，数日水米未沾……”

“师父是病死的？难道没请陈抟前辈前来救治？”

龙行云强行止住泪水，轻轻摇了摇头，出言回答：

“不！师父只是偶感风寒，并非病逝。”

“那你快说呀，师父究竟怎么死的？！”

“他昏沉之际，碰翻了灯盏，葬身火海……”

“你一直在他身边，为何不照顾好他！”

“当时……当时我出去取药，哪知就发生了意外。”

凤凌筠默默地点点头，一切都没有丝毫反常。

“凌筠，师父临终前说过什么吗？”

“他说对不起谭师兄，不该下追杀令！”

几人闻言都有些怔住了，凤凌筠忙取出一封书信。这封信是谭安洺写给师父凤逸尘的，一封看似荒唐的信。信上所述，竟是一件千百年少有的奇事，堪称匪夷所思。

谭安洺趁冥尊闭关之际，成功打入了鬼境，并凭借三寸不烂之舌与《诛天十三剑》取得了魏紫英的信任。后来两人真心相爱，魏紫英甚至甘愿为其改邪归正。而此时闭关的冥尊提前出关，却因旧伤复发而受制于谭安洺，随后谭安洺说服了冥尊，使其甘心投奔凌霄派。谭安洺于信中再三言明，自己并未忘本，而且很快就要回山。只可惜这封信未及交到凤逸尘手中，他们夫妻却已死于非命。四人读完此信心情更是沉重，沉默无言良久。

几日转瞬即过，众弟子为凤逸尘立了坟茔。凤凌筠见景生情，伤心欲绝，于是辞别众人和云松青回了涟霞山，剩下廖楚笙与凤怀山并立坟前，两人神色甚是悲痛。

“廖师弟，父亲已死，你以后有何打算？”

“我要杀了龙行云，为师父报仇！”

“父亲死于意外，与龙师弟何干？”

“师兄，你是师父之子，难道连你也糊涂了？”

“我的确糊涂了，被你说糊涂了。”

“师父长年睡眠不佳，何时榻边有过灯盏？”廖楚笙的语气斩钉截铁，任何人都难以质疑。

但凤怀山却摇了摇头，神态极是失魂落魄：

“廖师弟，没有证据，不可妄动杀念！”

“这……师兄，难道你真认为龙行云是好人？”

“他虽是龙恨天之子，却绝非奸恶之人！”

“哈哈哈，师兄既然不信，那就好自为之吧！”廖楚笙无奈地苦笑数声，转身拂袖而去。他当夜竟不辞而别，接连几日都杳无音信。

五天之后，凌霄派大殿。所有弟子不分辈分，全都聚集于此。龙行云则立于高阶，俯视着殿中众人，而凤怀山站在他对面，两人面色都无比凝重。良久，龙行云开口打破了沉寂的气氛。

“师兄，师父临死前，曾有意让我接任掌门……”

“龙师弟，你若接任掌门，恐怕难以服众吧？”凤怀山仗着自己是掌门儿子，自然有恃无恐。

“凤师兄所言甚是，我绝不敢觊觎掌门之位。”凤怀山以为龙行云会据理力争，不料他竟郑重地点了点头。

“那你就把掌门信物交给我吧！”

“师兄指的是那把剑？”

“没错，父亲的云涯剑！”

龙行云笑了笑，朝身边低阶弟子出言吩咐：

“你们快去，把宝剑取来！”

一位弟子应了一声，快步出了大殿。所有人都以为，凤怀山必定就是下任掌门了。片刻后，那弟子却跑了回来，神色紧张，说话都不利索了：

“龙……龙师兄，大事不好了！”

“出了什么事？”龙行云眉头微蹙，双目紧盯着这名弟子。

“云涯剑昨夜被人偷走了！”

“什么！云涯剑失窃了！”

所有人脸色都变了，有震惊，更多的却是疑惑。凤怀山紧盯着龙行云，语气间隐隐带着质问之意：

“龙师弟，父亲死后剑由你保管，为何这般大意？”

“这……”龙行云被问得略一迟疑，转头看向那名弟子，“你快说，宝剑是被何人盗走的？”

“我……我不知道……也不敢说……”那弟子怯生生地扫了凤怀山一眼，

显是欲言又止。

凤怀山心头一惊，随即双目怒视着那名弟子：

“你的意思是我贪图掌门之位，盗取宝剑？”

“凤……凤师兄……你何必再演戏……”

“我演戏？你有何证据是我所为？”

“看守宝剑的张师兄死了，伤口是诛天十三剑留下的！”

众弟子都看向凤怀山，宛如万把钢刀直刺凤怀山的内心。凤怀山愤怒地抓住那名弟子，双眼似乎要喷出火来：

“少要妖言惑众，小心你的脑袋！”

这时殿内响起一阵喧哗，众人都在指责凤怀山。

“凤师兄，你恶迹败露，就要杀人灭口？”

“师父喜欢龙师兄，你妒火中烧，想篡派夺权？”

“你人品如此不堪，难怪师父不爱亲子，却喜欢弟子。”

此类议论、诽谤之声大作，宛如浪涛般此起彼伏。凤怀山自知无力反驳，双眼紧紧盯着龙行云。龙行云道：

“眼见为实，快把张师弟尸体抬上殿来。”

他话音刚落，数位弟子便把尸首抬了上来。所有人都凑过去查看，之后怒骂与呵斥声更甚。诛天十三剑众人虽不会用，却大多见掌门凤逸尘练过。尸首咽喉处的那道剑痕无疑正是诛天十三剑所留。这世上唯一可能会这路剑法的，只有一人——凤怀山！

“不！凤师兄不会是这样的人！”龙行云见群情激愤，连忙大声喊道。

众人却都不给他面子，依旧是不依不饶。凤怀山无奈地笑了，笑容中满是痛苦与嘲讽。

“哈哈，我杀人夺剑？篡夺掌门之位？无稽之谈！”

龙行云用力地点点头，极为关切地开口询问：

“师兄，你到底会不会诛天十三剑？”

“我会！”

“师父何时传与你的？”

“并非师父所传，而是归途中偷习的。”

“什么？！凤师兄，你不可能是这样的人！”

“我的确偷习了剑法，却绝未杀人夺剑。”

“你夺也好，未夺也罢，掌门之位都是你的！”龙行云眼含怒意，横扫众人，威严之意溢于言表。

“龙师兄，你纵威望再高，也不能如此庇护奸贼！”

“我今日纵血溅大殿，也要护师兄周全！”

龙行云怒不可遏，拔剑就要与众人拼命，众弟子也不甘示弱，纷纷抽出了随身兵刃，双方剑拔弩张，气氛刹那降至冰点，大战一触即发。风怀山怎忍父亲尸骨未寒，众人就因掌门之位而血战。

“龙师弟，你不可动手，他们都是无辜的。”

“我无力保护师父，却决不能再让师兄有闪失！”

“你不必管我，我从此离开就是。”风怀山说着朝四方拜了拜，随后从容地走出大殿。他的从容写在脸上，悲伤与无奈却只能藏于心中。

当夜，月残星稀。风怀山在山下酒馆里独自喝着闷酒。抽刀断水水更流，举杯销愁愁更愁。往昔凌霄派的种种，在他的脑海中不断浮现。记忆的闸门打开，他自然想起了廖楚笙。“廖师弟现在何处？为何不辞而别？若他在一定信我！”此刻还能相信自己、敢相信自己的，只有龙行云了。而且廖楚笙走之前，不也提到了他吗？风怀山当即站起身，默默地潜回了凌霄派。往日他仗着自己亲子身份耀武扬威，此时却只能畏缩如鼠。一日之间，一事之因，处境竟会天差地别。风怀山越发理解谭安洺，心中满是愧疚与悔恨。

凌霄派，一处隐蔽的山穴。穴内狭窄而阴森，平日绝无人迹，但此刻却隐隐传来阵阵怒骂与冷笑声。

“龙行云！你这卑鄙小人，休想让我为你效命！”

“我卑鄙？为报父仇，何错之有？”

“若真想报仇，为何不投身他派门下，公平决战！”

“哈哈，你们人多势众，如何公平？”

“呸！你以为师父也是不讲信义之人吗？”

“哦？你言外之意，是我不讲信义咯？”

“你烧死师父、残害同门、逼走师兄，丧尽天良！”

“你对我如此痛恨，我又何必再留你性命？”

“哈哈，我廖楚笙死于你手，实在天意弄人！”

凤怀山听到此处再也听不下去，倒提宝剑直入洞穴。无论龙行云究竟是善是恶，都要与他当面对质。刹那间，他已到了洞穴尽头。廖楚笙被缚于木架之上，双手鲜血淋漓，地上的两节断指，更是触目惊心。龙行云的宝剑此刻已到了廖楚笙的咽喉。

“龙行云！你这蛇蝎之辈，休要猖狂！”

龙行云闻言全身一震，不可置信地回过头。廖楚笙也抬起了头，看向正气凛然的凤怀山。

“凤怀山，你已离开凌霄派，此事与你何干？”

“你杀我父亲、污我清白，与我无关？”

“这……这不过是他一面之词罢了！”

“一面之词？你当我不认识云涯剑吗！”凤怀山怒火中烧，用手指着龙行云手中宝剑。

龙行云脸上略一尴尬，随即轻蔑地冷笑起来：“哈哈，既然你非要逼我，就莫怪龙某无情！”龙行云手中宝剑陡然出鞘，泛起的光华宛如天星。

“这……这是诛天十三剑！你怎么可能……”凤怀山神情无比惊诧，声音也有些颤抖。

龙行云点点头，嘴角那抹冷笑显得越发得意：

“你以为我为何要在老东西身边待这么多年？”

“难道你偷阅过《诛天十三剑》？”

“何止是偷阅，我早已心领神会！”龙行云说着从怀中取出一本书，在凤怀山面前一晃，“这是我记录下来的，与原谱全无二致！”

“你！你！你！奸贼拿命来！”

凤怀山刹那抽出长剑，刺出冷酷而绝情的一剑。这一剑也是诛天十三剑，不折不扣的诛天十三剑。兄弟相残本已讽刺，用掌门绝学相残，便越发讽刺。

这一战究竟战况如何，凤怀山并没有记录，只知道最后胜利者是他，龙行云终究还是败了。但全派弟子无人相信凤怀山，往事也终归成了往事。廖楚笙为报大仇，投了九幽鬼境，成了凶名赫赫的冥尊。凤怀山则赌气找到云、李两人，传授了诛天十三剑。随后心结寒冰的他，从此远离江湖，隐于昆仑山。为了纪念父亲和大师兄，他在玉虚峰种下了泣血梅。每次他看到泣血梅时，总是悲伤中带着欣喜，似乎他们还在人世，似乎又回到了往日时光……

凤九天读完故事，眼中泛起泪光。他终于知晓了当年的秘密，知晓了凌霄派凄凉与无奈的过往。他除了悲哀，更多的是对龙行云的不耻与痛恨。他也终于明白，千华山为何迷雾重重，自己为何屡遭冤屈。而且他也明白，为何舅父让他去凌霄派索要剑谱，甚至他有理由相信，父亲也是惨死于龙行云的剑下！他知道自己剩下的时间不多，已无暇容他细思了。

他在杂物中继续穿行，希望能再发现点儿什么，直到他把这间屋子都翻遍了、擦过了，仍无线索。他又回到正室，回到那具熟悉的躯体旁。“舅父，我一生言而有信，或许很快就要去陪您了！”这一刻，天无言，地无言，雪无言，人亦无言。茫茫宇宙间，似乎只剩下凄凉与死寂……突然，脚步声惊破沉寂。凤九天苦笑，只当来的是万玉龙等人，当他打屋门后，竟有些大喜过望。

“小九，你又如此莽撞。”又是那熟悉的声音、熟悉的面庞、熟悉的称呼。这样真心对自己的，或许世上只剩下一个人。

“茶兄……”凤九天亲切地叫着，声音哽咽，泪眼婆娑。

茶仪卿轻轻拍着他的肩，声音无比柔和：

“小九，人死不能复生，还望节哀。”

“人死不能复生……可人死后仇恨难道也会被随之淡忘吗？”

“自然不会，小九此言何意？”

凤九天的脸上此刻不再是悲伤，而是愤怒，怒意滔天：

“龙行云杀我外祖父，可我父母和他们的师兄弟们为何都坐视不管？他们作为弟子，就是这么对师父尽孝的吗？”

茶仪卿微微一怔，望向凤九天的目光惊诧中带着欣喜：

“小九，你是发现了什么吗？”

凤九天把方才翻看的册子随手递给茶仪卿。茶仪卿连忙查阅起来，随即神情间流露的不是愤怒，却是无奈。

“我明白了，我终于明白了……”

凤九天见茶仪卿发出一声长叹，不禁有些意外：

“茶兄，你明白了什么？”

“我终于明白为何师父的腿会跛，为何我从未见过师母，为何廖前辈要放弃凌霄派，改投九幽鬼境，并与龙行云不死不休，为何我义父宁可背负篡位夺权的骂名，也一意孤行要建立大唐。”

“到底为何？茶兄快告诉我！”

“因为他们和你我一样，想为父辈报仇。”

“报仇？可他们分明什么都没做！”

“不，他们做了，做了很多。”

“那为何我们这么久都没查明，为何江湖上也无人提起？”

“因为所有人都误解了他们，自然便无法领会他们的用意。”

“茶兄，你快把事情给我讲清楚！”

凤九天显然十分焦急，可茶仪卿却再次发出一声叹息：

“小九，师父之所以跛脚，师母之所以早逝，一定是因为他们回过凌霄派，试图找龙行云报血海深仇。可惜龙行云势大，这才导致师父右腿受损，师母身负重伤。这时风前辈赶来救援，虽救出了师父师母，却也受了内伤，从此才一蹶不振。”

“茶兄，你的意思是说我母亲也死在龙行云手中？”

“我不敢确定，但多半便是如此。”

“廖楚笙之所以投奔九幽鬼境，是因为正道已被龙行云彻底蒙蔽，这才不得已选择这种方式为师父报仇？”

“没错，不然廖前辈为人磊落，又怎会改走邪道？”

“可我不明白，你义父身为帝王为何不出兵剿灭凌霄派？”

“龙行云虽奸狡，可凌霄派却未必都是邪魔外道吧？”

“刘师兄、苏师姐、灵雪，他们的确都不是坏人。”

“而且义父出身凌霄派，又怎忍心亲手将其毁去？”

“嗯，纵然他下得去手，也势必会被江湖辱骂，诸国耻笑。”

“还有最重要的一点，就是凌霄派所在之地是契丹。契丹不但自身强悍，而且与唐国间隔着同样强大的晋国。义父未称帝前，或许与小九一样，认为只要能执掌一方强国，便能为师父报仇。可后来他才发现诸多阻碍，他不愿用举国生灵的性命，去做自己复仇的筹码，这才不得不放弃报仇。”

凤九天点点头，面色间却仍有不甘：

“那我外祖父的仇就没人为他报了吗？”

“我们的父辈虽无法为他报仇，但我们可以！”

“我们可以？可我连舅父为何让我上千华山，又为何让我要剑谱，这么简单的事都始终参不透。如今舅父死了，此事彻底成了无法知晓的谜团……”

“或许凤前辈怀疑龙行云是凶手，并认定他必在剑谱上留下了第十四剑。如果他肯给你，凶手多半不是他，若他不肯则很可能是他。”

“唉，是与不是已经不重要了……”

“什么？难道你不想为父报仇，还江湖一个公道了？”

“不，我或许也快死了……”

“什么？你此言何意？”

凤九天尽量平复语气，把方才的事情重复一遍。

“放心吧，有我在就不会让你有事。”茶仪卿的声音柔和却坚定，凤九天心头一暖，若他是位姑娘，恐怕此时定要投入茶仪卿怀中。

“凤九天，两个时辰到了！”万玉龙怒气冲冲地踢开门，带人涌了进来。

凤九天正要拔剑，茶仪卿却拦住了他。

“诸位，不知可否听在下一言？”

“你是谁？凭什么听你的！”

“就凭你们理亏！”

“我们理亏？你开什么玩笑！”

“凤前辈尸骨未寒，你们却如此不敬，还不理亏？”茶仪卿说着指了指凤怀山尸身，神情极为恭敬。

众人闻言虽都冷笑起来，神色却无不收敛。“你是谁？到底想说什么？”万玉龙盯着茶仪卿的眼睛，一字一顿地说道。

茶仪卿目光丝毫不避，很是理直气壮：

“小九是被人冤枉的，而真凶正逍遥法外！”

“你也觉得凶手是易容行凶？”

“没错，除此没有更好的解释。”

“我不相信，昨晚我亲眼看见的！”

“小九一直在我身边，根本没有上山！”

“你们是一伙的，自然要为对方开脱！”

“那我想问，我们为何要杀凤前辈？”

“你……你们为何杀人，我们如何得知？”万玉龙被问得无言以对，只能强行狡辩起来，“总之一命偿一命，不找到凶手，他就必须死！”万玉龙指着凤九天，咬牙切齿地说着。

“一命偿一命？你父亲的命，我找谁偿？”一个女子的声音悠悠传来。来人正是茉莉。

万玉龙见到茉莉一愣，突然想起了十二年前的事。

“原来是神医到此，有失远迎！多谢您当年救了我父亲。”

“你父亲欠我一命，可否抵过凤少侠的命？”

“这……一码归一码，岂可混为一谈？”

屋内人声嘈杂，屋外风雪漫天。而在漫天风雪中，竟有数千人聚上山来。有剑侠，有乞丐，有道士，有和尚，不一而足。

“凤大侠，你所言之事确为实情，我等特来道歉！”

凤九天闻言有些疑惑，趁几人不备闪出门去。

“我舅父所言何事，竟能惊动四大掌门？”

“你是何人？与凤大侠是何关系？”四位掌门目光被凤九天吸引，几乎不约而同地问道。

凤九天并不想做介绍，只淡淡地说了三个字：

“凤九天。”

众人闻言忽然一片喧哗，大多投来敬佩的目光。“莫非是以一人之力剿灭九幽鬼境的凤九天？”丐帮帮主乔建贤目光炯炯，似对凤九天钦佩已久。

凤九天却也不以为意，只是缓缓地点了点头：

“乔帮主，到底是何事惊动了四大门派？”

“凤少侠难道不知？”

“我若知道，何必明知故问？”

“那你应该见过泣血梅吧？”

凤九天听见“泣血梅”三字，脑中宛如响起炸雷，若非泣血梅，自己焉能怀疑舅父？或许他也不会惨死。“泣血梅是舅父独有，也只能在昆仑山存活。”

“我们曾经也这么想，故此误会了凤大侠。”

“你们也听说了泣血梅的事？”

“此事江湖中人知之不多，但我们却查清楚了。”

“那你的意思是，还有人会养泣血梅？”

“有伙歹人在昆仑山余脉种植此花，以此诬陷凤大侠。”

“那伙歹人是谁？现在哪里？”

“他们早已取下花朵，并将花匠杀人灭口了！”

“可余脉至江南甚远，如何才能让其保持娇嫩？”

“当然是用特殊药物，具体配方不得而知！”

“多谢乔帮主告知，让我茅塞顿开！”凤九天一向狂傲，此刻却恭敬地施了一礼，若对有助自己之人还傲慢，岂非成了天大的混蛋？

“阿弥陀佛，凤施主可在草庐之内？”少林寺方丈同光大师双手合十，显得慈祥而庄严。

凤九天就在他面前，所以他问的凤施主自然是凤怀山。

“不瞒大师，我舅父已于昨夜故去了！”

“什么！凤大侠因何而死？”神龙派掌门李瀚阳眉头一蹙，诧异中带着悲伤，正一派天师慈妙真君口念道号，悲伤之情溢于言表。

凤九天正要答话，万玉龙却怒气冲冲大喝起来：

“诸位前辈，恩师正是惨死于凤九天之手！”

他的语气万分肯定，不容置疑。众人看凤九天的目光，瞬间从敬佩转为敌视。

“凤九天，我还当你是善类，不料如此狼心狗肺！”

李瀚阳与乔建贤怒目圆睁，似乎随时都要出手。凤九天恭敬之色瞬敛，脸上仿佛凝了冰霜：

“万师弟，你冤枉我就罢了，真要置我于死地吗？”

“凤九天，你不但该死，还当食肉寝皮！”

万玉龙咬牙切齿地说着，当场无数人齐声附和，此刻大多数人都不再把凤九天当成英雄和朋友，而是视之如同魔头，十恶不赦的魔头！对待十恶不赦的魔头，正道中人只有一种态度，那就是群起而攻之，不除之誓不罢休！

“诸位，此事尚未查明，不可贸然动手！”茶仪卿带着茉莉出了屋，朝数千弟子大声高呼。

李瀚阳见来人竟是茶仪卿，不由得微微一愣：

“说话的莫非是大理寺卿萧大人？”

“李掌门好眼力，在下正是萧俨！”

“萧大人，你不在唐国办差，何故来此？”

“我此来既是为私，也是为公！”

“哦？莫非你是凤九天的朋友，来此调查泣血梅？”

“没错，李掌门果然一语中的！”

“那你自然要护着凤九天，说的话不值一听了！”

“凡事虽要讲情，却更要讲理吧？”茶仪卿一字一顿地说着，目光紧盯着四位掌门。他此言虽然有理，乔建贤却颇不以为然。

“萧大人，那依你看凤大侠是怎么死的？”

“多半是凶手易容杀人，意图栽赃嫁祸！”

“易容？莫非你当我们不知韩王之事吗？”

茶仪卿闻言脸色变了变，竟被问得有些难以应答。凤九天发出一声冷哼，正眼都不看乔建贤一眼。

“乔帮主，茶兄为何要假扮韩王？”

“是……是为了除掉奸贼。”

“没错，他不顾自身，为天下除贼！”

“那又如何？那也不能否认其手段卑鄙！”

“舍身除贼卑鄙？那乔帮主有何不卑鄙的建树呢？”

乔建贤被问得脸发红，同时发红的还有他的双眼，双眼发红的他，只会做一件事——杀人！不是自己杀了别人，就是让别人杀了自己！掌如疾风，势如雷霆，世罕匹敌。若非绝顶高手，怎配作第一大帮之主？凤九天却似乎全未看到，没有一丝动作。乔建贤不由得停掌，生怕他会使用阴招。

“凤九天！你为何不拔剑？”

“我习剑不为杀人！”

“不为杀人？那习之何用？”

“不为杀人，而为卫道！”

“卫道？”

“只有邪魔外道，才该杀无赦！”

“我没空和你贫嘴，受死吧！”乔建贤说着口中一声暴喝，就要再出掌。

凤九天微微颔首，流云剑却没入自己肩头。“你要做甚，疯了不成？”

“不！我没疯！”

“疯子才会自己伤害自己！”

“我刺此剑，只为了一件事。”

“何事？少卖关子！”

“我纵屠尽你帮，也是为你所迫，绝非背叛正道！”

乔建贤正欲冷笑，可见凤九天杀意冲天，哪敢再笑？

凤九天看着另外三位掌门，恭敬地深施一礼：“三位，你们今日也定要与我为敌吗？”三人相视对望，半晌才壮着胆子点了点头。凤九天见势非但不慌，反而发出了爽朗的大笑：“好！尔等虽不辨善恶，却不惧生死，佩服之至！”

伴随着笑声，他毫不犹豫地又刺了自己三剑。鲜红的白袍，鲜红的利刃，鲜红的双眼。山峰吹乱青丝，鲜血染红白雪，格外触目惊心！

“小九，千万别莽撞行事！”茶仪卿连忙开口，尽显焦急之色。

凤九天笑了笑，轻蔑而霸气地开了口：

“他们心智既昏，我就用鲜血将其唤醒！”

他口中说着，手中宝剑出鞘，势如流虹。剑饮鲜血，自孕有灵，护主杀敌，生死相随。流云剑此刻嗡嗡作响，仿佛真的有了生命。大雪忽至，随风飘洒，杀气直冲九霄。他剑尖大绽光华，剑刃比冰更冷，所过之处生死尽断。敌人近千，高手如云，又怎抵凤九天一剑？

茶仪卿毫不犹豫地从怀里取出一粒丹药放入口中。纵损十年阳寿，换挚友平安，又有何惧！他怎忍心让小九一人血战，自己却袖手旁观？凤九天见茶仪卿出手，本想阻拦，但还是忍住了。若出言阻拦岂非嫌弃？岂非让茶仪卿生不如死？凤九天知道，现在除了向死求生，别无退路。人处险地，往往会爆发潜能，连自己都震惊的潜能。

三人身影飘忽，绝招尽施，横扫千人亦似等闲。此战之惨烈在江湖罕见，惨绝人寰，无言可喻。原本清净雄伟的昆仑虚，此时已变成人间地狱！大战持续多久，死伤多少，无人知晓。但所有人都知道，此战之惨，生平仅见。若非四大掌门皆非死即伤，只怕仍要持续下去。各大门派死伤无数，但谁也不敢怨恨凤九天。恨是人的本能，但却只会恨自己所能企及之人，对于不能企及之人，他们也只能选择仰望。不过这种仰望中尽是阴影，永远挥之不去……

第二十六章　水落石出

肃杀满天风雪里，玉虚燕脂凝夜紫。

大战虽息，杀伐虽止，殷红犹存。原本清净纯洁之地，这时一片血腥狼藉。凤九天一生向善，从未想过要滥杀一个好人。此刻目睹满山的尸骨，心中尽是惆怅与唏嘘。“到底何为正？何又为邪？”凤九天目视远方，似在问苍天，又似在问自己。

这时茶仪卿默默走到他的身后：

“世间正邪难分，凡事问心无愧便是。”

“以杀戮证明自己无辜，又怎能真的无愧？”

“你是不是想起了廖前辈？”

“是啊，他当时心中恐怕比我更难过。”

“小九，你变了，终于还是变了。”

“或许吧，我以前杀伐果断，此刻却悔恨良多。”

“小九，不必自责！你所言不错，以剑卫道亦是善举！”

凤九天转过身，两人紧握双手，并肩而立，默默注视着天边那轮如血的残阳。

当晚，三人趁夜下山。他们都身受重伤，自然不能再住破旧的古庙。山下人烟虽稀，却幸好有位茶仪卿的故交，于是三人加快脚步，到他庄中留宿。主人腾出几间上房，安排三人住下了。凤九天整晚都在床上辗转反侧，忧心忡忡。龙行云是正道之首，本该神圣不可侵犯，但在舅父的记载中，他却是个小人，是弑师夺权、残害同门的小人。若放在往日，他会深信不疑，但此刻却怀疑是敌人嫁祸之计。他只得披衣而起，敲响了茶仪卿的房门。

茶仪卿一向不喜欢别人打扰，但对凤九天却是个例外。“小九，你找我是为龙前辈的事吧？”茶仪卿缓缓打开房门，笑着望向凤九天。

凤九天闻言一愣，随即用力点点头。两人步入房中，相对而坐，秉烛夜谈。

“茶兄，依你看舅父记载之事是否可信？龙前辈到底是善是恶？”

茶仪卿笑了笑，没有回答，而是开口反问：

“小九，你知道我们为何至今没找到真凶吗？”

“不知。”

“那你知道为何有那么多无辜之人接连惨死吗？”

“不知。”

“还有，你知道我们忽略了什么？”

“不知。”

凤九天面色凝重，每句“不知”中都是无可奈何。茶仪卿并没有取笑看似有些发懵的凤九天，反而十分郑重地继续说着：

“起初我也不知道，直到凤前辈意外离世方才找到原因！”

“什么原因？”

“我们太依赖自己的眼睛了，太舍本逐末了！”

“眼见为实，不依赖眼睛，那该如何判断？”

“自然是靠心，具体即为逻辑。”

“你此言何意？”

“我们已陷入凶手彀中，一切眼睛看到的都不可信！”

“你说得太云山雾罩了，我听不懂！”

“简单点儿说，我们不要再轻信任何表面的证据。”

“我们本来就缺少证据，若再不相信自己的眼睛，如之奈何？”

“我想我们要辛苦一点儿了，明日便启程。”

“启程？你想去哪里？”

“还记得你当初为什么找我，想让我随你去哪里吗？”

“去……去涟霞山！一路行来，险些忘记！”

凤九天眼睛突然亮了，仿佛被惊醒的梦中之人。茶仪卿淡淡一笑，仿佛一切尽在掌握之中……

晨曦入深庄，初日照清虚。三人起得很早，正在促膝清谈。

“茶兄，我们今日何时动身？”

“辰时末动身。”

茉莉闻言微微一愣，不解地看向两人：

“凤少侠，你们伤势未愈要去哪里？”

凤九天没有急于回答，而是斜眼看向茶仪卿。茶仪卿轻摇折扇，对茉莉温柔地笑了：

“莉儿，我们要去武当山紫霄岩……”

茉莉不待茶仪卿说完，眼中就露出了惊诧之色，如此神情在她眼中一闪即过，宛如过隙的白驹。

“你……你们去紫霄岩做什么？”

“听说魔头谭安洺命丧于此，故此想去一游。”

“他不是魔头！而且……你们不再破案了？”茉莉初时有些愤怒，可随即又迅速地缓和了。

茶仪卿似全未察觉，只是不断催促着凤九天：“小九，你快去收拾东西，再耽搁一会儿来不及了！”他随后又看向茉莉，继续温柔地说着：“莉儿，那里风景优美，你一定会喜欢！”

茉莉犹豫了一下，轻轻摇头，柔声回答：

“萧郎，我伤势严重，还是不去了……”

“那我也不去了，留下陪你。”

“不用，凤少侠更需要你，你还是陪他去吧！”

“可你的伤……”

“你难道忘了，我可是神医，不会有事的！”茉莉故作轻松地笑了，手却下意识按向伤口。

茶仪卿温柔地笑了笑，神情显得有些不舍。不久，两人辞行而去。他们一路夜行晓住，数日方至涟霞山。两人从小均长于此地，上山自无阻碍。但他们并未光明正大上山，而是选择夜探。两人武艺虽非天下第一，江湖上却也难逢敌手。凤九天对自己的轻功很自信，同时更相信一件事：若自己闯不上去，凶手也决计不能！

夜，深夜。又到深秋，天地萧索。水云阁虽不大，但实力绝对强悍。正常人都会选择奇径上山，疯子才会硬闯正门。凤九天绝对不是疯子，他想凶手多半也不是。天下哪有独步武林却又智慧无双的疯子呢？

一条潺潺的小溪，蜿蜒着绕过山腰流到后山脚下。在月光映照下，溪水显得更加明亮。两人走了一段路，忽闻水声极大，滔滔不绝，仿如雷鸣。在高山之上，只有瀑布能发出这么大的水声。瀑布从山顶飞流而下，气势磅礴，宏伟壮观。

“小心！快到第一处关卡了！”两人脸色一凝，相视点头，小声齐齐说道。

他们又走了一会儿，果然见前面是一片空地，旁边有个小水潭。潭边一条小路上，一位红衣老者负手而立。貌不惊人者，未必技不惊人，这位老者正是实例。两人正想悄悄避过，却突听老者一声暴喝：

“什么人！不要鬼鬼祟祟，速速现身！”

凤九天瞳孔骤然一缩，有些不敢相信自己的耳朵，以他的轻功，想避过一流高手也绝不费吹灰之力，但老者却能在瞬间发现自己，实在难以置信。

剑，寒芒一闪。凤九天不想伤人，不代表凶手不想。想彻底查明真相，只得考虑一切可能。凶手连环几剑击伤老者，也是可能之一。老者见到寒芒一惊，斜里猛滑出了三四丈，随即他又是一声暴喝，双掌齐齐击出，招数刚猛绝伦，快如风，烈如火，疾如电。凤九天并未闪避，挺剑直上，颇悍不畏死。在乎生死之人，谁会冒死刺杀阁主呢？两人以快打快，招招神速，式式迅捷。凤九天罕有败绩，自然不会败于老者手下，但却拖过几十招方才取胜，众弟子早已将其围拢。凤九天丝毫没有畏惧，只是心中疑惑越来越重。

“什么人！为何夜闯涟霞奇径？”为首一名英俊少年，指着凤九天喝问。

凤九天并不答话，只朝他微微一笑，茶仪卿不再隐藏，径直走了过来。

“周维师弟，好久未见了！”

为首少年见到茶仪卿，这才露出笑容：

“你……你是萧师兄？”

“没错，多年未见，幸未遗忘。”

“那这位是？”周维手指凤九天，朝茶仪卿问道。

凤九天冷笑了数声，一字一顿说道：

“连我都不认识，真枉费家父一番苦心！”

周维闻言一愣，仔细打量再三，忽然笑了：

“是凤师兄啊！恕我眼拙，见谅见谅！”

众人见大水冲了龙王庙，笑着寒暄了一阵。凤九天并未多说什么，径直走到一人身边。这人年纪略长，长相朴实和蔼，始终一言不发。

“牧兄弟，数年未见，越发老成持重了。”

“师父一去，自要越发谨慎。”

“难道在我面前都不能袒露心扉？”

“无话可说，还望谅解！”

凤九天不悦地点点头，悻悻地转身离去。当晚两人宿在山上，但谁都无心睡眠……

“茶兄，牧兄弟像变了个人，真是太……”茶仪卿并未搭话，似乎陷入了沉思。“茶兄！你睡着了？”

“没有，我在想牧兄弟为何会变。”

“我就随嘴一说，何必当真？”

“不！他以前虽沉默寡言，对你我却无话不说。”

“难道你怀疑他也是别人易容的？”

“这倒未必！或许他有难言之隐。”

“当众不好直说，难道不会私下来找我们？”

“或许有人不想让他来！”

“你是说表面一团和气，实则暗潮汹涌？”

“不然你认为凶手是如何躲过重重警戒的？”

“周维不像坏人，其他人又无实权……”

两人谁都不明所以，只得躺在床上沉默不语。困惑与死寂，往往比死亡更令人惆怅……

突然，一张纸条从门缝塞进。两人相对无言，一时俱感茫然，凤九天连忙起身，悄然来到门边，他一手捡起了纸条，一手推开了房门。房门被推开后，连个人影都没有看见。

“小九，刚才是什么人？”茶仪卿此刻也到了门口，目光警觉。

凤九天摇了摇头，把纸条递给了他：

“我也没看见人，只捡到这个。”

茶仪卿连忙打开纸条，小声读了起来：

“光接天色，霞似紫烟。心惜春暮，期已近前。”

凤九天越听眉头皱得越紧，最后索性夺回纸条。他看着这几行诗句良久不语，眼中写满莫名其妙。

“这是父亲的诗，为何缺了四个字？”

茶仪卿略一犹豫，脸上忽现忧虑之色：

“不好！水云阁果然有问题！”

凤九天越发不解，指着脚下砖石甚是疑惑：

“水云阁？你是说我们所处的水云阁？”

“是的，这首诗哪里缺字？”

“每句都缺第一个字。”

“这四个字分别是什么？”

“水、云、有、归。”

“如果归通鬼，你连着读读。”

“通鬼？水云有鬼？水云有鬼！”

茶仪卿点了点头，再次陷入深深的沉思。凤九天却有些坐不住，想要当即查个究竟，但却被茶仪卿出手拦住了。“小九，不必着急，三日内定会真相大！”茶仪卿望着窗外，眼中闪烁着熠熠的光辉。

两日间，他们如同无事人一般，到处赏风观景。直到第三日午后，这才告辞下山。他们在山下一处废庙里，见到了等候在那里的一行人。这些人都是萧府家丁，十分可靠的家丁。茶仪卿当众宣布了计划，一个无比精巧的计划，只要计划顺利完成，所有的秘密都将见分晓。

傍晚，夕阳如血。最后一缕阳光将涟霞山映衬得分外沧桑。突然，水云阁响起了叩门声，叩门的是个女子。很快，大门缓缓打开，开门弟子带着一丝敌意。

“姑娘，我们水云阁早已不待外宾！”

“我不是外宾，带我去见周维！”

弟子闻言不禁一愣，随即快步离开了，不多时他便出来了，周维跟在他身后。

周维神情有些戒备，在见到女子后则转为喜悦，随即又充满疑惑。“灵鸿，你怎么知道我在这儿？”他几步凑到女子耳边，压低声音小声问道。

这女子并没有急着回答，而是谨慎地点点头：

“事关重大，绝不能让任何人知道。”

周维双眼紧紧盯着女子，心中似乎若有所思，良久之后他才郑重点头，把她带进一间僻静的空房。房间门窗紧闭，气氛十分凝重。这气氛不像兄妹相聚，却似卧底接头。

“妹妹，这些年你还好吗？一直都在凌霄派？”

“几年前我意外遇险，曾下山疗毒。”

“难怪我向师父询问，他说你性命垂危。”

“是的，幸亏有寒天在，才保住性命。”

“你怎知我在此处？莫非你已经知道师父的事了？”

“我已经知道了，你不该瞒我。”

“是师父派你来的？”

“没错，师父派我来暂时接替你。”

“我已在此隐姓埋名了十八年，师父为何突然急召？”

“师父没说，好像事情极其重要！”

“好！我这就和几位心腹交代一下。”

周维说着就要出屋，苏灵鸿却突然叫住了他：

“星天，你先等等！”

“星天？你不是一向叫我哥哥吗？”

“哥哥，你是不是忘了交代一件事？”

“什么事？”

“阁中有哪些人是需要提防的？”

“这……或许只有一个人。”

“谁？”

“那个姓牧的！牧巍！”

苏灵鸿点了点头，神情变得有些凝重。周维并未理会她的神情，径直走出房间。不多时，周维带回三个人，红衣老者也在这三人之中。

“你我兄弟不分彼此，有些事也不必瞒你们。”周维看看神情肃穆的三人，又指指苏灵鸿：“这位是我亲妹妹苏灵鸿。”

“星天贤侄，令妹前来所为何故？”

“她受师父委托，暂时代管水云阁。”

“暂时代管？龙兄此举何意？”

“我也不知道，定是师父那边出事了，好像事关重大！”

“龙兄向来谨慎，想来真的出了大事！”

“所以我必须马上下山，舍妹就拜托几位了。”

三人郑重地点点头，他这才快步下山去了。

“三位伯父，你们如何看待牧巍？”苏灵鸿目光扫过三人，语气显得有些神秘。

三人先是齐齐一愣，随即红衣老者才缓缓开口：

“牧巍虽表面忠心，实则另怀鬼胎！”

“那你们为何不将其除去？”

“他和凤九天、茶仪卿极熟，死了易引起怀疑。”

“可他们刚刚来过，怎知日后还会再来？”

“当年云松青死时他们就来过，今日不也又回来了？”

“倒也有理！我想我应该见见他！”

“你是女人，或许真能让他回心转意。”

三人朝苏灵鸿一笑，随即出屋把牧巍叫了进来。他们本想看看苏灵鸿的手段，却被她尽数请了出去。此刻，屋里只剩下苏灵鸿和牧巍两人。苏灵鸿朝他笑笑，牧巍却神情漠然。

“周维，也就是苏星天已走，你可以说真话了。”

“说真话？说什么真话……”

牧巍正感到莫名其妙，苏灵鸿却抬手揭下了人皮面具。面具下的脸不是女子，却是位儒雅公子。牧巍突然见到此人，欣喜与担忧瞬间浮现。

“萧贤弟，你怎么又回来了？”

“我料定你是畏惧周维，才不敢讲实话。”

“没错！周维就是龙行云大弟子苏星天！”

“杀死师父的是龙行云？”

“是的！就是那人面兽心之辈！”

“他为何要杀死师父？”

“因为师父知道他一些重要的秘密！”

“秘密？什么秘密？”

“至关重要的秘密！若说出去龙行云必将死无葬身之地！”

“不知是怎样的惊天阴谋？”

“他在楚国私自豢养大军，若楚帝知晓必把他碎尸万段！”

“居然有这种事？！”

“而且他出身也不光彩，生怕江湖正道了解他的底细。”

“他不过是龙恨天之子，凤逸尘之徒而已。”

“不！龙恨天死后，他是被鬼境冥尊养大的！”

“也就是说他出身于九幽鬼境？”

“而且他为了灭口，亲手毒死养大他的冥尊魏溟夜！”

“他杀死两位恩师、残害同门手足，真是丧心病狂！”

“那他是如何杀死师父的？”

“他用了整整十年时间，笼络和替换了水云阁内所有的人。”

“龙行云之所以不露马脚，就是苏星天的功劳吧？”

“没错！即使龙行云闹出再大动静也不会有人管。”

“可龙行云远在塞北，为何会来得如此神速？”

“从主人接到密报，再到龙行云赶来，仅一个时辰！”

“龙行云不是神仙，就算神仙也不可能这么快赶到！”

“这……这我也不知道。”

“还有，六年前他应在闭关，如何出关杀人？”

“定是在闭关的石穴中挖了暗道。”

“龙行云这样的伪君子，如此行事并不奇怪。”

“嗯，萧贤弟也这么想，那便八九不离十了。”

“嫁祸廖楚笙、凤怀山，害死义父都是他的手笔？”

“我不太清楚，或许是他授意的！”

“除了苏星天，他还有什么得力下属吗？”

“他有位极强的属下，但身份不得而知！”

茶仪卿闻言眉头紧锁，似乎想到了什么。牧巍正想继续说下去，门却突然被人重重踹开。

“萧俨！若非老夫谨慎，险些让你坏了大事！”红衣老者目中尽是怒火，不由分说就是一掌。房间内甚是狭小，狭小到根本不容人躲避，茶仪卿只得咬紧牙关，抬手硬接下这一掌。

两人掌力相接良久，茶仪卿才堪堪占了上风，但随着真气流转，体内的毒性再次发作。“咳……咳……咳……”他一边依旧苦撑，一边不断撕心裂肺地咳着。

牧巍见状正欲上前，门外又涌进来大批弟子。“萧贤弟，你快从窗户走！快走！”牧巍说着猛地关上房门，并用身体紧紧靠住。

茶仪卿此时有些撑不住，但他并未逃走，而是朝牧巍大喊：

“牧兄弟，我不能让你为我而死！”

牧巍闻言嘴角泛起微笑，向茶仪卿拱了拱手：

“萧贤弟，天下可以无我牧巍，却不能没有你萧俨！”他话音未落，身子已被门外数把长剑齐齐刺穿。他猛然喷出一大口鲜血，可嘴角却还带着一抹笑意，“萧贤弟，你若真觉欠我，就替我抚养心儿吧！”

“牧兄弟，你放心吧！我一定善待牧心！”茶仪卿郑重点点头，径直从窗户跳了出去。

红衣老者本该紧追不舍，但却只发出一声叹息……

涟霞山下，密林之前。茶仪卿已筋疲力尽，身后众人仍紧追不舍。茶仪卿当然清楚落在这些人手中的下场，但他此刻已经彻底脱力，脚步变得越来越慢。

“萧俨！你纵跑到天涯海角，老夫也定要杀了你！”红衣老者方才还放他一马，此刻却又带头追杀，一边是故人，一边是心狠手辣的老大，他实在有些左右为难。茶仪卿突然停下脚步，转身笑着看向众人。红衣老者见状立刻一挥手，让身后所有弟子都停下。“萧俨！你死到临头，还要要什么花样？”

茶仪卿并没有答话，林中却传来一个冰冷的声音，这声音虽然不大，却让人心惊胆战：“死到临头？死到临头的是你们吧！”话音未落，一位白衣少年缓步走出密林，手中宝剑泛着寒芒。他走到众人面前，朝他们扔出一颗滴着鲜血的头颅：“苏星天首级在此！尔等再敢造次，这就是下场！”

这时密林四周出现无数壮硕汉子，个个手中持着兵刃。红衣老者知道自己已入彀中，心中不由得长叹一声：

“萧俨！不愧是人称‘南萧’的萧俨！”

茶仪卿并未理会他的夸赞，而是朝众人大喊起来：

“众位，你们已处绝境，速速缴械投降吧！”

众人闻言神情一变再变，谁都能看出他们内心的挣扎。最终红衣老者大笑起来，脸上尽是视死如归。

“我们不是尔等的对手，但也绝不敢出卖老大！”

他说着右掌猛击自己的天灵盖，随即缓缓倒在地上。茶仪卿正要再次劝降，那些人竟同时效仿老者自杀身亡。他们鲜红的血液染红密林，悲壮的气氛充斥天地！眼前的一幕让凤九天和茶仪卿再一次感到愕然……

次日，云松青坟前。凤九天与茶仪卿并肩而立。他们看着冰冷的石碑，感慨良多。

“父亲，孩儿终于查明真凶了！”

“师父，您从此不再是死得不明不白了！”茶仪卿说着，双目却看向凤九天，“小九，真凶是你师父，你真的要……”

“他杀死父亲又屡次害我，吾必杀之！”

“可你想过后果吗？他是正道之首啊！”

“那又如何？大不了我们同归于尽！”

“那你想过龙灵雪吗？”

“大仇当前，又怎能只顾儿女私情？”

茶仪卿沉默良久，才缓缓叹了口气：

“我真不希望这次还是栽赃嫁祸！”

“我也不希望！所以我们必须现在就动身。”

之后数日，两人隐迹藏行，仿佛人间蒸发一般。莫说千华山，就算消息网密布的水云阁也难察觉。凤九天心情沉重，途中几乎一言未发。他刚面临了生恩与养恩的两难，又要陷入正邪的抉择。龙行云享誉江湖已久，纵然证据确凿恐怕也无人相信。若杀正道之首，自己势必彻底成为众人心中的魔头，但为了亲情与正义，凤九天绝不会有丝毫退缩！

千华山，闭关石穴。此处是凌霄派禁地，除掌门外无人可以进入，既然是禁地自然无人敢去，只有两名弟子在此巡守。两人轻功极高，很快避过巡守弟子，顺利进入石穴。这座石穴不算太大，但应用之物一样不缺。两人在屋中到处摸索，希望能找到几件证物。凤九天首先来到石榻旁，俯下身彻底检查了一番，怎奈全无结果，只得又转到书架前。书架虽不宽大，各种藏书却琳琅满目。凤九天本不以为意，却意外看到《诛天十三剑》。他忽然想起自己刚下昆仑山时，就是为了此书而奔忙，自己被凌霄派抛弃，被不明真相的同门认作盗贼，也多半与它有关。二十年前龙行云就监守自盗，诬陷舅父凤怀山盗取云涯剑，现在凤九天完全有理由相信，三年前他诬陷自己亦用同样手法。

“书中并没有第十四剑的记载……”凤九天迅速翻完这本书，随后发出一声叹息。他正想把书放回去，眼睛却被书后墙壁吸引了。这处石壁上隐约刻着花纹，但因被秘籍遮着不易被人发现。凤九天下意识地敲了敲石壁，石壁竟自动弹开。石壁内放的不是宝物，而是很多封已经泛黄的书信。“茶兄，你快来看看这些信！”

茶仪卿闻言忙走过去，把书信全都取了出来。两人一封封地拆看，脸色却越来越凝重。信是曾经一位帝王写给龙行云的，那位帝王就是曾经的“儿皇帝”石敬瑭。信的内容基本千篇一律，都是与其商议出卖燕云十六州。

“龙行云把凌霄派迁至千华山，想来便是为此。”茶仪卿思忖着缓缓开口，随即发出轻轻的叹息。凤九天早已义愤填膺，伸手就要把这些信撕得粉碎，茶仪卿连忙拦住他，和缓地向他解释：“小九，这些信足以让龙行云身败名裂，断不可撕！”

凤九天闻言尽量控制情绪，把这些信暂时收入怀中。茶仪卿却被最后一封信吸引，神情变得极为凝重。这封信没有落款，笔迹也很陌生，信中告知龙行云，云松青已经得到了密报。这封信无疑是万恶之源，也是证明真凶的铁证。

“茶兄！父亲一定是被龙行云害死的！”

“我也这么认为。”凤九天手按宝剑，举步就要去找龙行云报仇。茶仪卿却朝他摇摇头，问了一个至关重要的问题：

“小九，你说龙行云为何要做这一切？”

“自然是为了隐藏自己的罪行！”

“他杀师父还说得通，可他为何要杀义父？”

“这……或许叔父也知道他的秘密。”

“如果只是这样，他又何必给大唐百官下毒？”

“他定是想控制大唐！”

“目的何在？”

“方便铲除异己，甚至还有机会称帝。”

“可他身为掌门，又是正道之首，哪有时间做这些？”

“这……他应该有帮手。”

“这人是谁？他在哪里？又有哪些事出自他的手笔？”

“我不知道……”

“还有，架空九幽鬼境的人到底是谁？”

“难道不是龙行云吗？”

“那鬼境之人为何要杀林、徐二位长老？”

“定是为了嫁祸于我，使的苦肉计！”

“你当时名气不显，要除你何必下此血本？”

“这……或许……”

“而且当今天下会诛天十三剑的有几人？”

“应该只有五个人。”

“可活着的只有你和龙行云！”

“你是说舅父并不是他杀的？”

“是的！别人会误认为是你，而你一定会想到他。”

“这些问题我倒真没想过。”

“天下有谁能知道这些答案？”

“除了龙行云没人知道！”

“所以，龙行云还不能死！”

凤九天只得点点头，不情愿地接受事实。茶仪卿并不理会他的神情，低头陷入了沉思……突然，一阵脚步声传来。除了龙行云，有谁敢光天化日来此？两人已来不及出洞，可洞中偏偏没有藏身之处。茶仪卿一向从容，此刻也显得有些狼狈。“小九！石穴里定有地道，我们快找！”茶仪卿突然想起牧巍的话，开始快速寻找地道。

凤九天与他向来默契，也跟着快速寻找起来。两人一时没有找到密道，却意外发现了云涯剑。“哒……哒……哒……”脚步声越来越近，人似乎已到了洞口。凤九天忙收起云涯剑，继续飞快地寻找。幸亏两人在石蒲团下及时发现地道，这才免去许多麻烦。他们并未把洞口盖死，而是留了半寸空隙。来人果然是龙行云，许久未见的凌霄派掌门龙行云。他身后还跟着两名弟子，扛着个长条口袋。

“师父，我们把口袋放在哪儿？”龙行云指了指地面，一句话也没有说。两人依言缓缓放下口袋，朝龙行云拱手施礼。“掌门，一月后在丐帮举行的武林大会是否照常进行？”

“凤九天狼心狗肺，不杀之怎对得起江湖同道？”

“掌门所言极是！我们先告辞了。”龙行云微微颔首，随后关闭了石穴的洞门。

这里是凌霄派弟子禁地，自然也是龙行云百无禁忌之地，他冷笑着打开了长条包袱，里面装的竟是一个人。此人若是个妙龄少女倒还正常，偏偏是个英俊的少年。

“黄皓天！你卧底本派多年，打探得可还满意？！”

那英俊少年闻言缓缓醒来，慢慢撑起了身子：

“龙行云！你这人面兽心之辈，有本事给我来个痛快！”

“哈哈哈，我劝你速速说出两人下落，免受皮肉之苦！”

“你都找不到自己女婿，却反来问我这个外人？”黄皓天全无惧意，指着龙行云傲然大笑起来。

龙行云倒也不恼，举起凝光剑直刺入他的右胸。

“黄皓天！你穴道被点，已无反抗之力，还敢嘴硬？”

黄皓天不顾胸膛鲜血淋漓，神情仍是高傲不屈：

“我根本不认识茶仪卿，也快三年没见九天了！”

“不认识茶仪卿？那三年前是谁用扇子救了凤九天？”

“我会用扇子，难道就一定认识茶仪卿？”

“你以为我不认识祖师传下的扇法吗？”

“好！我承认，茶仪卿于我，的确是亦师亦友。”

“这就对了！你快告诉我，他现在何处？”

“我只能告诉你三个字！”

“哪三个字？”

“不知道！”

“不知道？不怕我杀了你？”

“我宁可死，也绝不会出卖他！”

龙行云嘴角泛起一抹冷笑，缓缓举起凝光剑。黄皓天似根本没有看到，神情兀自傲然。凤九天下意识按上宝剑，就要冲出去救黄皓天。茶仪卿连忙用力拉住他，朝他连连摇头。凤九天见黄皓天有难，用力地甩开了茶仪卿。可就在这刹那之间，黄皓天竟然主动撞向剑锋。龙行云未料他一心求死，凝光剑撤得慢了半分。

“茶兄！我黄皓天今生没有负你，来世再做朋友！”

随着他最后的慷慨陈词，凝光剑洞穿了他的咽喉。龙行云轻轻叹了口气，凤九天却彻底红了双眼。他几乎丧失了理智，一心想拔剑与龙行云一决生死。茶仪卿用尽全身力气，堵住了凤九天的嘴。凤九天正想拉开茶仪卿，龙行云却已然走出洞口。

“茶兄！你为何拦我？”凤九天怒视茶仪卿，眼中尽是怒火。

茶仪卿发出一声长叹，开口向凤九天解释：

“小九，我们贸然潜入此地，不能让人发现。”

“你为了保全自己，就置朋友生死于不顾？”

“不！我本就活不久，又何必贪生怕死？”

“那你是看不起我，觉得我武艺低微？”

“你是我最好的朋友，我怎么可能看不起你？”

“那你倒是说说，究竟为何拦我！”凤九天已经彻底崩溃，朝茶仪卿撕心裂肺地吼道。

茶仪卿神情越发悲痛欲绝，但语气仍然显得很冷静：

“你仔细想过吗？今日你杀了龙行云，会是什么结果？”

“什么结果？当然是大仇得报，一了百了！”

“你错了！若他死在千华山，我们将永世不得安生！”

“为何？”

“我们贸然潜入禁地，谁还会相信我们的话？”茶仪卿说着指向凤九天怀中书信，凤九天却不以为意。

“就算不相信，又能如何？”

“那样我们将永负骂名，永远被人追杀！”

“难道就因为将来未必之事，就弃朋友生死于不顾？”

“至少没让你妄送性命！”

“你觉得这是在做生意吗？少赔一个就是赚了？”

“不！我的苦心你早晚会明白的……”茶仪卿的脸色无比悲痛，眼中热泪不断地打着转。凤九天冷哼一声，朝石穴洞门大步而去。“小九，你要去哪儿？”

“我可不想成为下一个黄皓天！”

茶仪卿望着凤九天渐行渐远的背影，泪水忍不住夺眶而出。他明白两人都没有错，但仍望凤九天能明白自己的苦衷……

第二十七章　一剑决恩仇

心，易乱而难安。巅峰对决之时，心必须冷静。风九天的心已乱，自然不会在千华山动手。他唯一的机会，便是两月之后的君山大会。他独自前往君山，途中除了愤怒还有凄凉。

十日后，华山。

悬崖陡峭，山势连绵，其峰直插云霄。此山和风九天很像，冷峻而又不失爽直。风轻云淡嵌山间，似烟似雾在云端。这是一座雄浑之山，是一座霸气之山，更是一座传奇之山。谁也不知山上是否有神仙，但陈抟老祖无疑是最接近神仙的人。学究天人、独步江湖、未卜先知、与世无争……这些都是江湖上对他的评价，却又似乎显得多有不足。风九天对这些传说并无兴趣，但已涉身仙地，不由得心驰神往。

第一缕晨曦映照云台观，显得幽静而清新。曙光似为这座古老的道观披上了金色的薄衫。风九天本以为这里会很冷清，结果却让他目瞪口呆，天光未晓，通往云台观的石阶上便已站满了形形色色的人。这些人有的是侠客，有的是医者，有的是将军，有的是乞丐……他们的身份天差地别，本该毫无交集，不料竟都齐聚于此。陈抟老祖的地位、威望以及他的本领，可见一斑。

七月的天气酷热无比，蝉鸣声声更是聒噪。风九天此刻有些心猿意马，不知不觉间已到山前。他正想穿过人群继续前行，却突然听见一个高亢的声音。这声音虽不是很雄浑，可听在人们耳中，宛如一声炸雷。

“诸位，陈抟不过浪得虚名，大家都不必再等了！”

江湖中说谁浪得虚名都不足为奇，唯独说陈抟老祖却极为罕见。凤九天好奇地踮起了脚，看向石阶尽头的一老一少。这一老一少虽是文士打扮，腰间却都配着长剑。凤九天虽从未见过这两个人，但听茶仪卿闲谈中提起过。这两人是一对父子，而且都是大燕皇室后裔。父亲叫慕容原，是金陵燕回院的家主，毕生致力于恢复大燕。儿子叫慕容邦，是燕回院的少主，江湖人称神剑公子。这两人虽非绝顶高手，却也绝非籍籍无名之辈。若是一些不入流的角色如此放肆，凤九天自然不会理会，但说话的是这对父子，他就不能不一探究竟了。

凤九天被好奇心驱使，早已顾不得规矩。他一边用手分开人群，一边快步朝慕容父子走去。很快凤九天就到了近前，困惑地开了口：

“久闻慕容前辈乃高雅之人，为何在此口无遮拦？”

“不知这位少侠姓甚名谁？”慕容原虽朝凤九天一拱手，语气却有些倨傲。

“我叫凤九天！”凤九天看着慕容原，一字一顿地缓缓说道。

慕容原闻言脸色有些变了，慕容邦甚至有些发抖：

“你是凤九天？在昆仑山屠戮正道的凤九天？”

“不愧是燕回院家主，果然有见识！”

“那……那你能不能，帮老夫一个忙？”

“帮忙？你既把我当作邪魔，还敢找我帮忙？”

“老夫只是想让少侠帮忙看一样东西。”

慕容原说着从背后取下一个包袱，一个很显眼的长条包袱。他小心翼翼地打开包袱，从中取出了一卷古画。慕容邦接过古画，双手缓缓打开，呈现在凤九天面前。

凤九天尚未仔细观看，便感受到了画中涌出的如剑般凌厉的杀意。他明白这绝非一幅简单的古画，而是一本绝世剑法秘籍，可再仔细观看时，似乎又感觉不是什么秘籍。刹那间，古画再次透出杀意，犹如万千剑雨在他脑中盘旋。他明白自己的修为莫说无法参透，就连不走火入魔都属万幸，他连忙使出了全身力气，这才从凛然杀意中全身而退。

他脑中却突然出现了一个惊人的结论：“这不是剑法，绝对不是剑法……”他的语气极为肯定，听起来不容任何人质疑。

慕容原和慕容邦轻蔑地摇了摇头，长长叹了口气：“唉，又一个有眼无珠之人，浪得虚名之徒啊！”两人一边说着，一边不屑地径直向山下行去。

凤九天见两人不待自己说完便匆匆离开，无奈地笑了笑。“这根本不是简单的剑法，而是世间一切剑法的总纲。”他一边替慕容父子惋惜，一边却又暗自嘲笑他们的无知。他正想回去继续排队时，却突然被身后的人拦住了。

“凤少侠，你的威名天下尽知，我们不敢与你争先。”

凤九天闻言笑了起来，很是愉快地大笑：

“哈哈哈，既是如此，那就却之不恭了！”

凤九天信步进了白云观，脚步很是悠闲。白云观是个静心养性的宝地，他莫名感到舒适。他一边向道观正堂走去，一边留心着周遭布置，可他在观中并未见到陈抟，不由得有些失望。他只好绕道后山，打算继续赶路。

后山上，大石旁。

此处一向人迹稀少，现在却聚集了两位不凡之人。两人相对盘膝而坐，正全神贯注地盯着一方棋盘。他们面前放着一方象棋盘，局势严重倾向于黑方。持黑之人是个魁梧少年，纵千万人中也是最引人注目的。他的神情轻松而愉快，似已认定自己必胜。他对面是位老者，身着鹤氅、仙风道骨的老者。寻常人下棋，此时定已急得抓耳挠，但老者脸上却带着一抹微笑，十分从容而自信的微笑。

“无量天尊，贫道虽非贪婪之人，可下棋总爱有些赌注。”

“赌注？不知老祖想要赌什么？”

“哈哈，想要什么？那就看你给得起什么了。”

“我们既在华山下棋，不如就以此山为注！”

常人赌注不过金银、宝物，从未闻有人敢以山川河流为注。以华山为注，或许只是那持黑少年的无知轻狂，可敢相信此言之人，恐怕就寥若晨星了。比如一旁负手观棋的凤九天，眼角便已露出一丝不屑。可老者只看了看面前的少年，略一思索竟点了点头。他仿佛并不觉得少年是在开玩笑，而是相信这个少年真的把巍巍华山做了赌注。

若真有人敢以山川为注，能以山川为注，或许也只有一种人，那就是天子，那就是堂堂的一国之君！凤九天有些愣住了，不可置信地看向那持黑少年。他无论如何也看不出，眼前的少年怎会成为一代帝王，可他明白，老者既已经相信，自己也该去相信。接下来他开始替老者担忧，一个更大的疑问盘旋在他的脑海，那就是这位老者该怎么赢，怎么扳回这必输之局。他在心中想着无数种下法，可最终却都于事无补。

“老祖，现在该您下了。”那持黑少年和凤九天一样，全未发现己方弱点，仍显胸有成竹。

老者闻言微微颔首，缓缓拿起自己唯一剩下的“马”。两人目光此刻齐齐盯着老者手中棋子，心中不断地盘算着。他们想了很多种可能，但最终都必败无疑。此局红方看似已全无胜算，可老者的神情竟似有必胜的把握。只见他的手缓缓举起，又缓缓落下，落在了看似寻常的位置。

下棋少年方才还有些紧张，此刻脸上却露出了一抹笑意。他认为老者此局必然输定了，至于赌注也不过是个笑谈。所以他极为自信地拿起了“炮”，重重地落了下来。老者见状只得退“马”，使本就被动的局势变得越发被动。持黑少年此刻笑容越发得意，进“炮”想要吃掉老者唯一的“马”，可一下秒少年的笑容僵住了，神情变得有些凝重。因为他此时发现，自己的“炮”竟无意间被牢牢牵制住了。他只得把“炮”退到了原先的位置，局势顷刻反转过来。只见老者再次拿起“马”，向后退了个日字，却是以退为进。方才红方必败之局，竟被老者在四步之间彻底逆转了过来。

凤九天眼中露出了一道精光，那是希望的光。他的神情却变了又变，凝重、紧张、敬佩一一浮现。老者笑吟吟地看着那少年，亲切而和善，全无一丝嘲弄。那少年直直地看着棋盘，在他眼中，天地间只剩下这方棋盘，这一刻时间已经凝固，一瞬与永恒变得再无差别……

“匡胤，你想出解法了吗？”老者的目光很亲切，声音更是和蔼无比。

那少年的目光却有些发愣，眼底尽是不甘。良久之后，他只得叹气摇头，起身朝老者施了一礼：

“老祖棋艺果真独步天下，晚辈认输了！”

“哈哈，你能认输很好，却也很不好。”

“您此言何意？”

“能虚怀若谷，是帝王之心，可百折不挠，才是帝王之志！”

少年有些懵懂，却很激动地看着老者，已把他当作知音。

“老祖，您卦术天下无双，依您看我真的能……”老者闻言微微一笑，用手在棋盘上深深刻下了两个字。那少年连忙仔细看去，随后轻轻读出了声“郭威”。“郭威？您说的可是刘知远部下的大将郭威？”

那少年神情激动，甚至隐隐有一丝疯狂，可任凭他再怎么问，老者却都默然不语起来。那少年只得又朝老者深施一礼，随即快步向山下而去了。他的脚步很快，快得就像是一阵风，眨眼间便已消失在远方。当他走远之后，老者长长叹了口气，似乎有些失望。

“唉，世间最累人的莫过功名，可惜参透者少之又少……”

“您就是陈抟老祖吧？”凤九天在旁观棋良久，此刻缓缓开口问道。

老者微微颔首，笑着看向他，好似看着自己的孩子。

“九天，你和那位故人很像，不过多了一股傲气。”

“一位故人？”

“是啊，一位故人，一位曾经的故人。”

“他是谁？现在又在哪儿？”

“他是你的外祖父，早已去世多年了。”

“我外祖父？难道您认识他？”

“何止认识……”

老者的目光此刻看向了远方，满是怀念与哀伤。他仿佛又看到了故人的面庞，又回到了年少的时光。凤九天见老者眼眶发红，心中也难免生出一股悲情。对于死者，逝去多年还能被人挂念，无疑是最大的欣慰……

陈抟执意要留凤九天，他也只好暂且留下。凤九天去过很多地方，也见过很多种人，但他却从未见过像陈抟一般，除了睡觉便是打坐的人。这样的日子常人都会觉得百无聊赖，陈抟却乐在其中，若非陈抟执意挽留凤九天，恐怕他早已告辞下山了。

五日后，晌午。

凤九天坐在老松树下，借酒消愁。这时陈抟弟子魏离来到近前。

“凤少侠，无量天尊有请了。”

“道长，你找我有什么事吗？”

“我想和你解释点儿事，不知是否方便？”

“自然方便，道长请讲。”

“两年前贫道曾好心办错事，一直愧疚不已。”

“莫非向李叔父建议，设风水局之人便是道长你？”

“没错，当时贫道只顾风水，未料……”

“这件事不能怪你，只能说歹人太狡猾了！”

“还有在庐陵一带传唱的童谣也是我写的。”

“童谣也是你写的？”凤九天紧盯着魏离，目光隐隐有些敌意。

魏离轻轻叹息，有些愧疚地向凤九天解释：

“我并非歹人同党，而是另有苦衷。”

“什么苦衷？”

“我知萧俨乃当世神探，又要到庐陵赴任，故出此下策。”

“你目的何在？”

“只有扩大影响，才能让他知晓此案。”

“嗯，你做得倒也不错，只恨龙行云……”他又想到了龙行云，心头再次泛起杀意。

突然陈抟的声音传来，打断了凤九天念头：

“小友，喝酒伤身，何不进来小憩一会儿？”

凤九天闻言不禁一愣，随后缓步走了过去：

“老神仙，您日日打坐、睡觉，不感到无趣吗？”

“无趣？天下什么是有趣的呢？”

“当然是饮酒纵歌，仗剑江湖，铲恶锄奸。”

“你觉得这些很有趣？”

“至少比您现在这样有趣，而且有趣得多！”

“哈哈，老朽当年也是这样想的。”

“您当年……”

“老朽想赠你一句诗，望你记住。”

“一句诗？什么诗？”

“欲知睡梦里，人间第一玄！”

“睡觉又有何玄妙？”

“哈哈，其中妙用无穷，只是少有人解。”

“那您是否能把此法传授于我？”

“老朽此法从未传过任何人……不过你却是第一个！”

凤九天笑了，陈抟也笑了，两人相视而笑。凤九天依陈抟所言摆出一个姿势，有些奇怪的姿势。陈抟则为他缓缓念诵口诀，声音缥缈而空灵，声音传入凤九天耳中，困意竟真的顷刻间涌了上来。他此刻感到心智无比澄澈，慢慢合上了双眼。凤九天近来频频做噩梦，这次又做噩梦了。

这是个无比真实而清晰的梦。梦中他到了君山，见到了龙行云，可自己的证据却已被毁，变得百口莫辩。他只能和龙行云硬拼，结果自己战死。父亲与舅父的仇，永远不能再报了。凤九天不怕疾病、不怕鬼怪、也不怕杀戮，但他怕死，不为自己，而为仇恨与正义。

“啊！”凤九天一声尖叫，从梦中惊醒。他全身衣裳早已被冷汗湿透。惊醒后他意外发现长在洞口外的几株菊花，竟已经悄然盛开。陈抟看着从梦中惊醒的凤九天，似乎丝毫没有感到意外。他依旧露出了和蔼的笑容，目光中竟还透着惊讶与敬佩。

“小友，你终于醒了，这一觉睡得可好？”

“我……我这一觉睡了多久？”

“一个月，整整一个月！”

“什么？我才睡着就惊醒了，怎么可能这么久！”

“你初习睡仙功，便能睡一个月，前途不可限量！”

凤九天不信世间还有这样的武功，但盛开的晚菊是最好的证明。他此刻虽然有些头痛，可灵台却前所未有的清明，而且他惊讶地发现，自己的内力似乎发生了翻天覆地的变化，不但更加精纯雄厚，而且宛如汪洋般浩荡不绝。凤九天倏然拔出流云剑，眼中充满了决绝与杀意，似要杀尽天下恶人，随即他竟以指为刀，在剑身刻下七个字——邪魔外道杀无赦！

二十日后，洞庭岸边客栈。

这是一家小店，几乎没有客人。凤九天把包袱放在床边，目光十分郑重，包袱里放的几封信足以让龙行云声名狼藉。大会前最后的十日，他必须让身心达到巅峰。这段时间他日以继夜地修炼，整个人已如出鞘的利剑。

夜，往往最美又最危险。月黑风高夜，正是杀人放火时。轻微至极的脚步声划破夜的寂静。凤九天正在床上打坐，突然睁开眼睛。他有了父亲、舅父的前车之鉴，自要小心谨慎。

“什么人！不要鬼鬼祟祟的！”凤九天猛然轻喝一声，拔出一旁的流云剑。他周身散着警惕与杀意，宝剑也发出低低的嗡鸣。

伴随着他的声音，一个蒙面人出现在窗前，手中也持着利剑。凤九天嘴角泛起冷笑，穿出窗子的刹那剑已刺出。这一剑迅捷无比，剑上内力隐隐可劈天裂地。蒙面人倒吸一口凉气，似乎对凤九天有些畏惧。敢持剑行刺者，自然也不会是凡夫俗子，他的剑气同样排山倒海，天地光辉尽为所夺。两人都是绝顶高手，遇到一起本该恶斗不止。凤九天正欲酣战一番，可剑势却猛地一滞。因为他看到了火光，在他房中腾起了滔天的火光！

“卑鄙！实在太卑鄙了！”凤九天双目血红，手中剑招愈加凌厉。蒙面人显然不想硬拼，虚晃一招转身逃走。方才还足以证明一切的书信，转瞬已化为灰烬。凤九天独对漫天火光，心中变得五味杂陈。他明白自己再也找不到证据，一切再也无法证明。他就算真的杀了龙行云，也势必背负一世骂名，但若不杀龙行云，又怎对得起两位老人的在天之灵？凤九天突然很想念茶仪卿，也隐约明白了他的苦衷……

洞庭八百里，秀丽属君山。一叶孤舟自东而来，惊破半湖碧泓。船头站着一位白衣少年，正负手遥望。滔滔湖水在他脚下流过，一时思绪万千。爱与恨、情与仇、美与丑，终该有个了结。他明白自己当如激流，纵粉身碎骨亦勇往直前！

君山山顶，空场内聚集了无数高手。有俗家，有和尚，也有道士，可谓三教齐聚，但最具威势的，无疑是端坐正中的龙行云。凤九天尚未来到，气氛就已然无比凝重。

“众位，想必你们已知道我召集大家来此所为何事吧？”龙行云目光扫视众人，眼中杀意流转。

另外四派掌门郑重点头，手都下意识握紧。“龙兄，您一定是为了铲除邪魔凤九天！”丐帮帮主乔建贤略一思忖，斩钉截铁说道。

龙行云面显愤怒与愧疚，朝众人深施了一礼：

“龙某教徒无方，实在愧对众位同道……”

四派掌门闻言连忙摇头，个个义正词严：

“龙兄，凤九天屠戮正道，我辈必须诛之！”

“没错，杀害养育他的舅父，实在丧心病狂！”

“他欺师灭祖，全无人性，不除难平众愤！”

“杀死凤九天，为我派上任天师报仇！”

众人一时间议论纷纷，但意思却全无二致。在他们心中凤九天是恶魔，更是永难抹去的噩梦！

“众位，身为正道之首，我必将主持正义！”龙行云见众人群情激昂，神情变得越发庄严。

神龙派掌门李瀚阳神色肃穆，开口向龙行云汇报：

“龙兄，我已派人调查他的行踪，几日内必有收获！”

“阿弥陀佛，老衲也已派人调查，断不能让恶贼漏网！”正一派新任天师却有些沉郁，似乎欲言又止。

龙行云发现他神情有异，不禁出言询问：

“道长，你想说什么尽管说来。”

“无量天尊，贫道在想，有谁能杀得了凤九天？”

“道长，依你看来凤九天是天下无敌不成？”

“那倒未必……只是昆仑山一战……”

方才众人还斗志昂扬，可念及昆仑山那场血战无不胆战心惊。龙行云正要说些什么，话却停在嘴边再难说出。

北风萧索，枫叶飘落。漫天红叶之中，白衣少年缓步而来。他脚步很轻，却似踩在众人心坎上，谁也不再说话，谁也不敢再出话。天地间仿佛只剩下他和他手中的剑，那是把很冷的剑，更是把致命的剑。无数高手死于这把剑下，谁都可能是下一个。

“你们谁想杀我，尽管动手吧！”他的声音冷酷而无情，宛如那把致命的剑。

众人的呼吸都要停了，谁还有胆量与之一战？方才的诸般誓言都随风而逝，只换来死一般的沉默。龙行云见势暗自叹息，只能毅然拔出凝光剑。

“凤九天！老夫识人不明，今日必杀你以慰苍生！”

凤九天嘴角向上勾了勾，露出一抹无比轻蔑的笑容：“龙行云！这话该我说才对吧！”他指着龙行云冷冷开口，周身杀意滔天。

龙行云的神情十分淡定，似乎有恃无恐：

“凤九天！你死到临头了，还想诬陷老夫？”

“你虽然毁了证据，但公道自在人心！”

“公道？老夫为正道除奸，这才是公道！”

时至初冬，天地肃杀。曾经的师徒相对而立。他们已无话可说，唯有宝剑溢出的杀气充斥着天地。谁都不会留情，两人之间也早已无情。所有人都清楚，今日一战必有一人死于对方剑下。多少恩怨都将在今日了结！

“龙行云！血债当用血来还，受死吧！”凤九天一剑刺出，剑气呼啸而来，凌厉而绝情。

龙行云眉间微蹙，化出一片剑光，迎向凤九天。两把宝剑你来我往，杀气激昂，日月无光。谁也看不清他们过了多少招，只觉天地间都被剑气弥漫。每个人都被感染，似乎心中只剩下一个字——杀！

突然，凤九天的剑有些散乱。出剑讲究快而不乱，乱则必败。龙行云发现了机会，宝剑越发紧逼。好汉绝不会吃眼前亏，凤九天深谙此道。他瞥了眼身边那棵斑竹，足尖在上一点人已飘出。龙行云焉能让他逃走，连忙提剑飞身追去。两人在竹林间一走一追，忽聚忽散，剑影翻飞。无数粗壮的斑竹，在漫天的剑光中轰然倒地。在场众人已彻底被两人惊呆，众人都忘了上前相助。

两人越行越远，不多时就淡出众人视线。凤九天见林中有片空地，便飘然落下。龙行云的轻功与他难分上下，此刻也已追至。空地四周竹林茂密，远离了众人的视线。

“凤九天！我当你已有所长进，原来不过如此！”龙行云说着宝剑陡出，直刺凤九天小腹。

凤九天忙向旁一闪，闪避不及，右腿还是中了一剑。他双目怒视着龙行云，未及举剑胸膛上又中一剑。“龙行云！你有本事一剑杀了我！”凤九天身受重伤，整个人跌坐在地。

龙行云手指凤九天，神情兴奋而狰狞：“哈哈哈！你这乳臭未干的小子也想杀我，痴心妄想！”他冷笑着举起宝剑，就要一剑了结凤九天性命。

凤九天无奈地长叹一声，目光竟隐隐带着哀求：

“龙行云！你我师徒一场，我想做个明白鬼！”

“哈哈！看在你快要死了，老夫就发发善心。”

“首先，家母可是死于你手？”

“当年你父母曾刺杀于我，被我打成重伤，不久后她就死了。”

“那家父也是你杀的吗？”

“没错！正是老夫亲手所杀！”

“那你是如何仅用一个时辰就赶到涟霞山的？”

“一个时辰？我武功虽可傲视天下，却也不是神仙！”

“可知情者却说，家父得到密报仅一个时辰，凶手就上山了！”

“一个时辰？原来他并非不想逃，而是来不及逃。”

“你为什么要杀他？”

“因为他知道了老夫的秘密！”

“你杀死将你养大的冥尊，也仅是为了灭口？”凤九天盯着龙行云，一字一顿地问着，“幽冥宫中老仆说的老冥尊，指的并非廖楚笙，而是魏溟夜吧？”

龙行云闻言瞳孔骤然收缩，语气变得有些歇斯底里：

“是的，他该死！若非昔年他贪生怕死，我父又怎会惨死？！”

“这么说来你是为了报仇？”

“是的！想为父报仇之人，绝不只你一个！”

“你为父报仇并没错，可我父亲是无辜的！”

“在乱世之中，向来只论强弱，管他孰是孰非！”

“所以你就勾结石敬瑭，后又劫夺他的贺礼？”

“他答应事成后赠我万两黄金，谁叫他食言了？！”

“我舅父也是你杀的？”

“他不是我杀的！我不必诓骗一个将死之人！”

“那他到底是谁杀的？你快告诉我！”

“我本不该告诉你。他曾是我的心腹，若非我给了他太多，让其羽翼日丰，又怎能挣脱了我的控制？！”

“他是谁？你想杀我易如反掌，何必再提防我？”

“他足智多谋，武艺超群，并且一直在你身边！”凤九天彻底惊呆了，他想他已经明白龙行云说的人是谁。可廖楚笙与舅父的事，让他又不敢再轻易相信任何人。“好了！你的问题该问完了！”龙行云再次举起宝剑，鲜血却未如约而至。

凤九天手中流云剑宛如星辰，硬生生接下了这一剑。他此刻虽然身受重伤，却靠着顽强的意志站了起来。他一袭白衣此刻无风自鼓，双目变得血一样鲜红。流云剑已不只是凌厉，真气激荡得宝剑嗡嗡作响。凤九天曾经最欠缺的就是内力，现在却已今非昔比。龙行云见他刹那间判若两人，不禁深深地后悔起来，但世间什么药都有，偏偏没有后悔药。他刚才没有立刻杀死凤九天，现在却只能以死相搏。

两人你来我往间，杀气震撼天地。无数竹叶在落下的刹那，就已被剑光斩为两段。他们早已无心顾及其他，一心只想杀死对方。“当！当！当！”两剑接连相撞，金铁交鸣声似要把君山震塌。他们使的都是诛天十三剑，剑剑似乎都能诛天！两人打了良久，忽然不约而同地停了手，因为他们都已把心中招数使尽，却仍未分出胜负。

“凤九天！你怎么可能变得这么强？！”龙行云十分吃惊，不得不承认这个事实。

凤九天并没有回答，冷笑着反问：

“你为何还不使出第十四剑？”

龙行云闻言点点头，笑容无比讽刺，谁也不知他是在嘲讽凤九天还是他自己。随即他再次出剑，天地间的光辉尽数赋予剑锋。这宛如流虹的一剑，正是杀死云松青的第十四剑。第十四剑是必胜的一剑，此剑一出鲜血果然如约而至。但龙行云却愣住了，被他眼前的一幕彻底惊呆了，因为溅出的鲜血不是凤九天的，竟然是自己的。他低头看向自己咽喉，最后不甘地笑了。流云剑竟不知何时已彻底刺穿他的咽喉。

“我不该那么自信，更不该那么相信他！”龙行云用尽最后的力气，自嘲地说出最后一句话，话音落地，他缓缓倒了下去。他此刻全身都是血，染红了白衣与颔下长髯。

凤九天缓缓收起流云剑，双目中一片血红。仇人已死，可他却并未感到大仇已报的酣畅。这一刻他等得太久了，真正到来时却五味杂陈。他缓缓走出竹林，再次来到那片空场。所有人都在观望，既想上前又心存畏惧，直到凤九天独自走出，他们才明白为时已晚。四大掌门个个神情戒备，随时都可能出手。

但风九天正眼都不看他们，只冷冷地开了口：

“龙行云已死，我今天不想再杀人！”

此话旁人说出绝对是玩笑，由他说出尽显孤傲与霸气。在场高手多如牛毛，却无一人胆敢上前，眼睁睁看着风九天的背影越行越远……

第二十八章　正邪终难辨

大仇已报恨亦雪，自当重归昆仑山。玉虚峰不复当年，弟子们都已散去。偌大的天地间，似乎从未如此死寂。凤九天把酒寄情思，独醉凤怀山坟前。雪花飘飘洒洒落下，似要覆盖天地与真相。

“九天，云兄大仇虽报，可我的仇呢？”

凤九天醉意朦胧间，隐约听见一个熟悉的声音。这声音无比亲切，此刻听来却有些阴森：

“舅父？您……您没死……”

凤九天缓缓睁开眼，不可置信地看着远处。一位老者负手立于月光之下，神采飘逸间带着哀伤，他周身似乎泛着银辉，项间不断滴着鲜血。鲜红的血液涌出，落在白雪上，宛如傲雪的红梅。

“我的确已死，不过是暂且还魂。”

“舅父……您到底是怎么死的？”

“凶手扮成你的模样，趁我不备将我杀死！”

“龙行云已被我杀了啊！”

“杀我和杀云兄的并不是同一人。”

“可您项间的剑痕分明是诛天十三剑！”

“难道你以为当今天下只有你一人会此剑法？”

“这……难道还会有旁人吗？”

“当然有，而且是个无比聪明的人！”

“无比聪明……”

凤九天突然想起龙行云的话，不禁全身微微发颤，若说龙行云临死要拉人垫背，那舅父的鬼魂还会说谎？

“他熟悉你的一切，无论长相、性情还是武功！”

“他到底是谁？您快告诉我啊！”

“唉……我的傻孩子，天底下这样的人还会有第二个吗？”

“您……您是说茶……茶兄……”凤九天只觉天旋地转，连说话都变得断断续续。凤怀山闻言苦笑数声，这才缓缓地点点头。“可茶兄是正人君子，且待我如手足，怎么可能……”

“正人君子？好个置朋友安危于不顾的正人君子！”

“他也是有苦衷的！”

“哼！他的苦衷就是身为逆鳞首领却没杀了你！”

“他不可能是逆鳞首领！我决不相信！”

“那你还记得裁缝王吗？”

“我当然记得！”

“那你还记得他是怎么死的吗？”

“我们当时遭到四煞围攻，其中一人沉寂杀了他。”

“你想过四煞为什么会轻易找到你们吗？”

“我……我怀疑茉莉是奸细！”

“错！我已与裁缝王的亡魂沟通，凶手就是茶仪卿！”

“我绝不相信！”

“那你还记得破魂死前，是谁来过吗？”

“是茉莉和茶兄……”

“试想，已打算弃暗投明之人，为何在见到两人后突然自杀？”

“或许他见到了自己的首领，所以心生畏惧。”

“还有尚清天突然自杀，又是在见到谁之后呢？”

“也是茉莉和茶兄……”

“几年前千华山密林中，又是谁假扮廖楚笙？”

“这……这人是谁，我至今仍然不知。”

“那日救你的黄皓天，是如何得知你将遇险的？”

“您的意思是说，他们互相勾结，演戏诓骗于我？”

“不然你还有更好的解释吗？”

“但……但他一向只用折扇，根本不会用剑！”

“哈哈哈，他是云兄的徒弟，哪有不会用剑的道理？”

“可……可还有一人，他若活着应该也会。”

“还有一人？他是谁？”

“大师伯的儿子，魏临渊！”

凤怀山闻言微微一愣，随即笑得愈加讽刺。

“哈哈，你知道一件事吗？”

“什么事？”

“萧俨并非云兄老友亲生，而是抱养的！”

“您是说他外祖父临死前将他交给家父好友收养？”

“没错！他外祖父在被龙行云害死前，保下了孩子。”

“也就是说，当年诬陷我，并架空鬼境的也是他？！”

“是的！世间有如此智谋、如此身世之人仅此一个！”

“难道您死去的那天夜里，是茶兄派人故意引开我，他好趁机上了昆仑山？他衣服上的血迹，也不是他长途追凶呕出的鲜血，而是……而是您的血？”

“没错，你既已知晓真相，就知道该怎么做了吧？”

凤九天本就大醉未醒，此刻彻底瘫软在地。他多么不愿相信，唯一的朋友竟是幕后主使，但所有困扰在心中的疑团，似乎也只有这一种合理的解释。

“我不杀茶仪卿誓不为人！”凤九天双拳紧握，牙关咬得咯咯作响。

凤怀山欣慰地笑了，语气变得和缓许多：

“孩子，你要真想替我报仇，就去天门山吧！”

“天门山？为何要去天门山？”

“因为十五日后他将在天门山现身！”

“您怎么会知道？”

“我们已是人鬼殊途，我自然知道！”

“好！我这就动身，您安息吧！”

凤怀山的神情变得十分慈爱，宛如当年一般。凤九天本想目送他离开，他却刹那间消失不见了。玉虚峰重归平静，只剩下凤九天独自惆怅茫然……

十五日后，夕阳西下。天门山壮美险峻，中空的石穴宛若天门。此处本就人迹罕至，三个月来更被视若禁地。此刻，有辆急促的马车自西而来，惊破了死寂。白衣少年端坐在车厢中，手中擦拭着宝剑，口中和车夫闲聊着。

“老伯，为何这一带人都会提天门而色变？”

“因为这里闹鬼！老汉若非养家糊口，也绝不来此冒险。”

“闹鬼？不知是如何闹法？”

“三个月前开始，每隔半个月，山道上就会出现一队鬼马车！”

“鬼马车？是什么样子？”

“听说和寻常马车一样，奇怪的是，数十辆马车上都没有车夫。”

“这也未必就是闹鬼吧？或许马都是经过特殊训练的。”

“可它们进入天门山后，就彻底消失了，再未出来过！”

“你确定它们再未出来过？”

“老汉十分确定，周围的村民都可作证！”

“消失的马车至今少说也有六七十辆了？”

“是啊！有些胆大村民进山找过，却一无所获！”

“不论这里是否有鬼，我绝不能退缩！”白衣少年眉头渐渐皱起，神情毅然决然。如血的残阳把余晖洒满大地，晕染出莫名的悲壮……

天门山，北风呼啸。白衣少年缓步下车，眼中腾起杀意。此刻朔风如剑，群山如剑，人心亦如剑。两个曾经的挚友，今日却要在此一决生死。谁也不知道凤九天此刻的心情，就连他自己也难揣摩。兴奋、紧张、愤怒、悲哀，不一而足，但他已无心理会这些，只紧紧握住流云剑。任何邪魔外道，在他面前只有一条路——死！

“小九，你终于来了。”茶仪卿缓步走出，神色波澜不惊。他似根本不在乎凤九天，抑或不在乎自己的生命。

凤九天嘴角露出冷笑，手中剑握得更紧了。

“茶兄！我那么信任你，你却一直在骗我！”

“我骗你？为何要骗你？”

“你组建逆鳞，又杀我舅父，当我不知吗？”

“小九，你又听信歹人的话，我……”

“少要再惺惺作态了，我定要用你的血祭奠舅父！”

剑光凌厉而绝情。流云剑刺出，泛起一片寒芒。茶仪卿长叹一声，折扇迎向宝剑，他虽一向体弱，但招式仍灵动迅捷。两人谁都没有留情，不死绝不罢休。

数十招后，茶仪卿渐渐落败。凤九天的剑逼得越发紧了，招招致命。茶仪卿只得向后飘去，同时甩出手中折扇。“嗖！”折扇疾飞而出，迅捷无比，凌厉绝伦。凤九天不愿放过机会，身子竟直直迎向折扇。扇面虽是用寻常纸张制成，却在刹那间划破他的右臂。鲜血猛地喷出，剑也同时到了茶仪卿左胸。茶仪卿似乎并未料到，已经来不及闪避，流云剑宛如灿烂的星辰，径直没入茶仪卿胸膛。随着凤九天长剑拔出，他一腔鲜血刹那喷洒长空。

“小九，逆鳞不是我建的，我更没有杀凤前辈……”茶仪卿用尽最后的力气，朝凤九天大声喊道，随后他缓缓倒在地上，不甘地闭上了眼睛。

凤九天也似筋疲力尽，手中流云剑支地，单腿跪在地上。此时他的状态莫说遇到高手，好像连风都能轻易把他吹倒。

“哈哈哈，再深的友谊也不堪一击！”一个阴冷的声音传来，语气无比得意。

凤九天吃力地扭过头，寻着声音看去。说话的是位少女，一位无比熟悉的少女。她长相清纯而甜美，身上却穿着一袭男子的暗纹长袍，更为古怪的是她眼中的兴奋与疯狂。

“茉莉！你为何会在这里？”

“哈哈哈，我可不忍错过这场兄弟相残的好戏！”

“好戏？这一切都是你设计的？”

“是又如何？谁让你蠢到连‘鬼话’都听！”

“原来你才是龙行云临死前说的那个人！”

“龙行云？他不过是个一直被我利用的蠢蛋！”

“难道他杀我父亲也是被你利用？”

“没错！我发誓要屠尽凌霄派！”

“那你的具体计划到底是什么？”

“当然是先后给龙、凤、云三人送信，并让他们互相残杀！”

“你想让龙行云杀人毁证，再让舅父趁其体力不济将其杀死？”

“是的！谁料那老东西路上耽搁了，才让龙行云苟活至今。”茉莉面露凶光，恨恨地说道。

“你发出的可是龙行云在楚国豢养大军的消息？”

“没错！不然龙行云又怎会狗急跳墙？”

“你就是龙行云那位神秘的下属？”

“虽然我麾下的人马都归他所有，可惜我却不属于他！”

“你杀死徐、林两位长老，是因为他们不肯听命于你？”

“他们不仅不听命于我，也不听命于龙行云，所以必须死！”

“那你为何要背叛龙行云？”

“他杀我外祖父，又教会我何为野心，就该想到今天的结局！”茉莉闻言大笑，阴冷的笑声回荡在天门山。

“这一切是怎么回事？到底是怎么回事？”凤九天用力拍打自己的脑袋，声音有些歇斯底里。茉莉见状笑容越发灿烂，宛如一朵盛开的昙花！

“小九，我来告诉你这一切！”茶仪卿此刻竟缓缓站起，神色依旧淡然。他轻摇手中折扇，仿佛刚才什么都没发生。

“你！你居然没死，这怎么可能？”茉莉不可置信地看向茶仪卿，声音微微有些发抖。

凤九天此时突然笑了，看向茉莉的神情尽是讽刺。

“我的剑不过刺入他腋下，他又怎么会死？”

“刚才那些鲜血，莫非是早就准备好的血浆？”

“没错，这就是我们之间的默契！”

“可你为何不杀他？”

“你以为假扮舅父，我就真的会相信你？”

“我自忖易容术独步天下，你怎会看出破绽？”

“破绽不在你的易容术，而在你的作案手段。”

“手段？我的手段天衣无缝！”

“可惜你用的次数太多了！”

凤九天缓缓看向茶仪卿，等着他继续补充。茶仪卿笑着点了点头，依然轻摇着折扇。

“没错，廖、凤两位前辈之死，给了我们血的教训！”

“你们是什么时候开始怀疑我的？”

“早在淹城！”

“这怎么可能！你们从一开始就怀疑到我了？”

“你根本就不了解莉儿，行事作风上漏洞百出！”

“可我几次故意提醒你一些线索，你怎么还会怀疑我？”

“你以为偶尔假意提示我们，就能洗脱嫌疑？”

“可你既已知晓我的身份，为何还把我留在你们身边？”

“因为一旦揭开你的身份，我们只会玉石俱焚。”

“为何？你们可以联手杀了我。”

“杀你？凭你的武功，我们与你动手只能同归于尽，从而让旁人渔翁得利，想必这样的结果是你我都不愿见到的吧？”

“你怎知还有旁人？”

“若一切都由你一人操纵，只怕你绝不肯潜伏在我们身边吧？”

“嗯，若不是为了获得更大的利益，谁也不会这么做。”

茉莉望向茶仪卿的目光中，除了得意竟还隐隐有了一丝敬佩。

“我自认深藏不露，你到底是怎么看出来的？”

“你还记得我刚出征回京的那天午后吗？”

“那天午后？莫非是因为那把并未被斩为两段的花伞？”

“没错，小九的剑可不是那么好接的。”

“后来让我去取卷宗，是为了让我觉得你并未怀疑我？”

“嗯，不然我何必非要你去呢？”

“不愧是萧俨，果然高明！”

“唉，我连心爱的姑娘都保护不了，谈何高明……”茶仪卿说着眼眶不禁湿润，泪水险些夺眶而出。

茉莉不禁得意地笑了笑，随即疑惑地开口询问：

“你说的没错，可你是怎么想到的？”

“我当时也只是有所怀疑，可惜没有证据！”

“那你找到证据了？”

“证据不多，也不明显，却足已佐证。”

“不妨说来听听！”

“还用说吗？你嫁祸我时，说得够明白了！”

“是啊！可我以为你最多只会把我当作奸细。”

“奸细？你若只是奸细，尚清天和破魂就不会死！”

“他们实在太蠢了，连死都不会挑时候！”

“那番话中，只有两点是你故意篡改的。”

“哪两点？”

“首先，魏临渊的最终目的，绝不仅仅是报仇！”

“不只是为了报仇？那又是为了什么？”

“自然是称帝！不然何必煞费苦心，试图用尚清天代替伯玉，从而控制大唐？何必费尽心机，给满朝文武投毒，牟取暴利？又何必为了一处铁矿，冒着前功尽弃的风险，屠尽浮霞村呢？”

“你说的很对！能看透这点的，世上绝不会有第二个！”

“还有一点！我不认识魏临渊，也不认识魏溟夜，而且真的魏临渊是被他外祖父魏溟夜养大的！”

“是的，但你知道谁才是真的魏临渊吗？”冷笑再次在茉莉的脸上浮现，甚至比方才更甚。她觉得任何人都不会知道答案，永远都不会知道。

但茶仪卿却笑了笑，径直指向正在冷笑的茉莉！“你就是真正的魏临渊！”茶仪卿一字一顿说着，语气斩钉截铁。

凤九天闻言惊呆了，就连茉莉也彻底愣住了。半晌，茉莉收起笑意，缓缓撕下人皮面具。方才那个清纯的少女，顷刻间竟变成一位俊美少年。他英俊中带着柔美，嘴角一抹笑意衬得他极是邪魅。他的眼波看似平静如水，与之对视，却如无底的深渊，无论是谁都会被他的目光迷惑，越陷越深。茶仪卿、凤九天二人已算是相貌非凡，可比之仍相形见绌。

魏临渊仰天大笑数声，他挥手间夕阳顷刻便被黑夜笼罩。呼啸的北风呜咽着席卷而来，宛如魂鸣鬼泣。凤九天一向不惧生死，不畏鬼神，此刻握剑的手竟也颤抖了。他下意识地转头看向茶仪卿，而茶仪卿也不约而同地看向他，戾气已彻底充斥了天地，他们心中都感到前所未有的无力。

魏临渊似乎根本不是凡人，而是九幽的嗜血恶魔。

“凌霄派无故杀我父母，你们既为后人，也同样该死！”

“既会万魔蔽天大法，想杀我等轻而易举，又何必再设迷局？”凤九天握剑的手渗出冷汗，万分不解地问道。

魏临渊无比轻蔑地笑了，缓缓说出了十二个字：

“我要报仇，而不是简单的杀人！”

“这两者有什么区别？”

“当然有！我不仅要你们死，更要你们生不如死！”

“我们生不如死，你又有何好处？”

“哈哈，这其中的快感，想必你永远都不会懂！”

“丧心病狂！实在是丧心病狂！”

“心？在亲人们惨死之时，就已彻底不存在了！”

“难道你仅为报仇，就可以滥杀无辜吗？”

“我的确滥杀无辜，可你的双手不也沾满无辜者的鲜血吗？！”

“我是被你逼的，不然……”

“少要聒噪不休！战还是死，选一个！”

勇者只会舍生卫道，绝不会坐以待毙。两人无疑都是勇者，谁都不会任人宰割。流云剑嗡嗡低鸣，似要斩尽天下邪魔。仁风扇悠悠轻摇，寓杀招于淡雅之中。天门山气氛降至冰点，滔天战意席卷天地。此刻一丝风吹草动都足已点燃无形的硝烟。光，剑光。流云剑疾出，寒芒点燃战火。凤九天一声清啸，终于出了手。茶仪卿见状折扇陡出，优雅却致命。魏临渊全无一丝惧意，冷笑愈甚。

“尔等就这点儿本事？那就受死吧！”

随着笑声，他缓缓抬起了右掌。他似乎没用一点儿力气，流云剑却再难挺进半分。凤九天只觉宝剑似刺进深渊，不管怎么用力都只会越陷越深。他不由得大吃一惊，无比惊诧地看向已近疯狂的魏临渊。茶仪卿见状也是一愣，连忙挥扇相助。魏临渊斜眼望向茶仪卿，左掌自然而然地迎出。他的动作并不迅捷，也似全无力道，偏偏暗潮汹涌。魏临渊人如其名，接近他的人真的如临深渊。

凤九天才出一招，额头便渗出冷汗，他的剑向来以快为胜，但此刻却再难迅捷。无论刺剑伤敌还是撤剑护身，都已进退两难。茶仪卿的折扇也难以转动，变得无比呆板、可笑。凤九天突然想起了惨死的舅父和往日的危险与屈辱，他紧紧咬住了牙关，将全身真气慢慢注于剑锋。他明白既然无法以快取胜，就只能用内力硬拼。他每招剑气都势如大浪滔天，激荡在八荒六合之间。

流云剑虽不能随心而动，却也穷尽了天地变化。随着三人拼斗，朔风越发凛冽，仿佛要撕裂峰峦。

两人围着魏临渊左右夹击，忽战忽走。他们不敢立于原处，与之久久酣战，谁都怕陷入内力编织的罗网，而彻底受制于人。魏临渊似乎仍游刃有余，视两大高手如无物，他的发丝被北风吹乱，双眼渐渐变得血红，这无疑把本就如恶魔的他衬得更加邪魅。但二人宁可血洒天门，也绝不会有丝毫退缩。

“小九，万魔蔽天大法极耗内力，必难长久！”茶仪卿手中折扇更疾，口中却如此对凤九天说道。

凤九天并没有答话，只是默默地点了点头。流云剑被使得越来越快，剑上寒芒足耀九州。魏临渊却似全未看到，神情阴冷中带着得意，以一人之力与两大高手相搏，无疑是件让人得意的事。他的动作缓慢而优雅，杀招却如潮水迭出不穷。对于魏临渊而言，似乎任何招数都是天下最致命的。若非两人早已把生死置之度外，只怕早已节节败退。十招、百招、千招……多少招数也不过是个数字。数字对他们无用，只有生死才是关键。

魏临渊一边打着，一边诧异地看向茶仪卿：

“茶仪卿！你的毒性居然没有发作？”

茶仪卿闻言笑了笑，笑容中同样带着得意：

“魏临渊！你以为我真会中你那些雕虫小技？”

“难道……难道你根本没中毒？”

“你听说过参苓龟鹿丸吗？”

“你竟不惜折寿，也要杀我？”

“像你这样的邪魔，人人得而诛之！”

魏临渊冷笑数声，一掌带着排山倒海之势直击而来。茶仪卿眉间猛地一蹙，可再想闪避已来不及。“咳……咳……咳……”茶仪卿身中一掌，加之药效渐失，开始猛咳起来。

“魏临渊，我纵死也要为天下除贼！”

“贼？向来成王败寇，我自为王，尔等才是贼！”

凤九天眼中杀意愈甚，流云剑更加凌厉。他眼见挚友受伤，心中只剩下杀念。剑气、扇影、掌风充斥在天地间。天门山的石穴，仿佛在冲击下都几欲坍塌。魏临渊武艺无疑独步天下，纵然神魔也难挡一击。但时间一长，他脸色渐渐变得惨白。他知道自己消耗过大，只怕再难久战下去，方才缓慢而优雅的招式陡变，变得凌厉而迅捷。他整个人已化为一道残影，天门山尽为掌印所弥漫。茶仪卿早已不顾生死，纵然吐血不止也要硬拼到底。

“小九！我们坚持住，他百招之内必败！”

茶仪卿说着纵身跃起，随即身子猛地俯冲而下，与此同时右手挥扇斜劈，折扇瞬间化为一道疾风。这道疾风利过神兵、快似闪电、寒若玄霜。他动作无比飘逸优雅，使出的却是整套扇法的精髓。

魏临渊也是人，是人心中就难免会有畏惧，此刻他的神情凝重而焦灼，明显已略感忌惮与惶恐。“呲啦！”折扇划破长袍，鲜血淋漓。鲜血带给魏临渊的竟不是畏惧而是疯狂，他像只受伤的猛兽，攻势竟愈加凌厉。

茶仪卿不禁微微一愣，显是感到难以置信。凤九天却不理会这些，手中流云剑犹自攻出。三人已彻底拿出平生绝学，只为置对方于死地。刹那间百招已过。魏临渊已面无血色，招数也渐渐变慢。他下意识地看向不远处，眼中闪过一丝费解，但他现在已是强弩之末，早已无力分神。凤九天虽也筋疲力尽，攻势仍不敢放缓半分。“咳……咳……咳……”茶仪卿再次猛咳起来，闻之令人无限怜悯。

凤九天偷眼看向茶仪卿，目光中满满都是关切：

“茶兄！你身中剧毒，还是暂且撤手吧！”

“小九，我若撤手，只怕你一人……”

“无论如何，我也不许你死！”

茶仪卿只得微微颔首，身子向后飘出数丈。魏临渊见茶仪卿已撑不住，不禁冷笑数声：

“哈哈哈，看来你们今日必死无疑了！”

魏临渊再次探出魔爪，直抓凤九天前心。凤九天明知难挡，流云剑仍径直刺出。他的剑锋如喷薄的火山，决堤的汪洋，似乎任何敌人在他面前都会被他毁灭。宝剑在离掌三尺处停住，两股无形的真气相抵，这一刻天地已然变色，日月也为之无光，时间似乎彻底静止，空间似乎也已不存在。茫茫宇宙之间，顷刻只剩下两股激荡的战意！

“嗖！”突然一道疾风射向魏临渊后脑。魏临渊不禁微微一愣，随即就要撤身。凤九天眼中突然一亮，绝不会弃此良机。流云剑此刻剑芒大绽，宛如太阳直坠人间。在彻底笼罩天地的光华中，谁都再难睁开眼睛。“咔！咔！咔！”随着宝剑不断向前刺出，空气似乎已寸寸碎裂。魏临渊再也支撑不住，猛地喷出一大口鲜血。凤九天反手一剑刺入他的肩头，霎时鲜血喷涌，直洒九霄！

“不可能！我不可能输！”魏临渊颓然倒下，再无一丝力气。

凤九天见状笑了，虚弱地举起宝剑：

“魏临渊！血债当用血来偿，受死吧！”

他此刻虽已脱力，但却随时都能了结魏临渊的性命。茶仪卿看着倒地的魏临渊，心头生出莫名的不忍。他脑中竟闪过了一个念头，放过魏临渊。还未及茶仪卿开口，突然一个略显苍老的声音传来：

“两位少侠！渊儿欠下的血债，就由老夫来偿还吧！”

一位老者缓缓走来，虽已上了年纪，依然英俊潇洒。三人的目光都凝聚在老者脸上，俱是惊讶而不解。

“老伯！他恶贯满盈，死有余辜，与您何干？”凤九天斜眼望向老者，语气困惑而冷傲。

茶仪卿虽没有说话，目光却没有移开半分。魏临渊却突然笑了，笑容嘲讽中满是苦涩。老者并没有理会太多，只径直扶起了魏临渊，随后他缓缓开口，道出一句令人无比吃惊的话：

“我是他父亲，他的债就由我来还吧。”

凤九天痴痴地看着老者，半晌都不知该说什么，他突然想起了父亲和舅父，眼眶竟不自觉地红了。无论多么可恶的人，亲人都会视他如生命。人之所以区别于草木，岂不正是因其有情有爱？

“小九，冤冤相报何时了……”茶仪卿按下他握剑的手，声音有些颤抖。

凤九天虽然难以接受，可还是缓缓收起了宝剑。谭安洺见状欣慰地笑了，同时拔出了长剑。他看了看已近崩溃的魏临渊，语重心长地说道：

“渊儿，为父不该瞒你，对不起！”

“你……你不是已经死了吗？”

“为父当年被陈前辈所救，才苟活至今。”

“那你为何不来找我？为何不告诉我你还活着？”

“我以为你外祖父会照顾好你，我以为你不会记得那些……”

“你以为？就因为这些你以为，我放弃了一切！”

“为父明白，你做的一切都是为了我……”

“明白又有何用？你能还我时光，还给我一个父亲吗？！”

“这……我虽不能，但还望你能悬崖勒马！”

“为你报仇我费尽心机，到头来只换一句悬崖勒马？”

“渊儿，是我欠你太多，希望能用生命换回你的原谅……”

谭安洺说着深情地望望魏临渊，随后毅然横剑自刎。他的鲜血喷洒向天空，世间所有仇恨似乎都在刹那间化解。死人大多神情都很痛苦，可谭安洺的脸上却带着微笑，能以自己的死换来儿子的生，他已感到莫大的满足。凤九天微微有些不解，茶仪卿却几欲潸然泪下。杀人不过头点地，一切血债已还，还能再求什么呢？

“小九，我们就放过他吧……”茶仪卿说着转过身，神色有些不忍。

凤九天无奈点点头，发出一声长长的叹息：

“唉，希望他从此不要再害人。”

魏临渊看着两人背影，突然大笑起来。他似乎离疯癫只有一步之遥。

“你们以为天门山是想来就来、想走就走的地方？”

两人闻言不禁再次转身，四目紧盯魏临渊。茶仪卿用折扇点指魏临渊，大声喊了起来：

“魏临渊！谭前辈已逝，你难道还不知悔改？”

“悔改？是尔等逼死他的，又有何资格让我悔改？”

“难道你非要逼我们杀了你？”凤九天再次拔出流云剑，眼中似要喷火。

魏临渊此刻虽已无力再战，却仍显从容不迫：“哈哈哈，杀我？待我大军一现，必叫尔等粉身碎骨！”他说着在怀中取出一只玉哨，吹出高昂的哨声。随着哨声一支军队缓缓出现，整齐的脚步声震天撼地。“我早已备好十万大军，你们受死吧！”

魏临渊又一次放声大笑，似乎已胜券在握。凤九天周身十分戒备，只待拼尽最后一丝气力。茶仪卿却没有丝毫紧张，只从容地摇着折扇。

“茶兄！仅你我之力，如何与十万大军相抗？”

“的确是十万大军，可十万大军听谁指挥还说不定呢！”茶仪卿脸上露出神秘的微笑，语气中带着得意。

魏临渊脸上突然变得全无血色：

“这……这不可能……怎么会是唐国大军……”

“哈哈，就让朕为你好好解释这一切吧！”马上之人大笑起来，带着大军刹那间到了近前。

凤九天见来人竟是李璟，不由得也感到万分吃惊。

“李璟！此地属楚，你怎会在这里？”魏临渊连声音都变得发抖。

李璟无比得意地笑了，手指向了远方：

“楚？朕已带兵灭楚，此地已属大唐！”

“你……你为了剿我，竟灭了楚国？”

“你太自以为是了，朕灭楚是为了一统天下！”

“那你又是如何得知我十万大军潜藏于此？”

“当然是你那些自鸣得意的鬼马车暴露了目标！”

“唉，我只想以此恐吓村民，不料却暴露行踪……”

“哈哈，这就叫智者千虑必有一失！”

“我的十万大军现在何处？！”魏临渊抱着万分侥幸的心思开了口，指望还有转机。

李璟闻言却仰天大笑，用手指了指后山：

“十万大军？那些乌合之众早被朕尽数消灭了！”

“那……那我的逆鳞，难道……”

“你说那些江湖宵小？一并被朕斩杀了！”

“我的阿鼻呢？难道也落在你手中？”

“阿鼻？朕不知道，或许是被你的残部带走了。”

“一定是断梦！一定是慕容章背叛了我！”

“像你这样的奸贼，就该众叛亲离！”

“哈哈哈！朕不会败，朕永远不会败！”魏临渊大笑起来，双目已彻底失去神采。他口口声声称自己为朕，显然称帝才是他心中所求。“大胆刁民！见到朕竟敢不跪？”魏临渊指着李璟，明显已经疯癫。

李璟冷哼一声，极其轻蔑地瞥了他一眼，随即抽出佩剑就要了结魏临渊的性命。可魏临渊似乎已不知畏惧，竟朝李璟不断傻笑。李璟见状知其是真的疯了，不禁长叹着收起宝剑。

魏临渊又跑来拉住茶仪卿，仿佛十分欣赏："你足智多谋，朕封你为尚书……不，丞相！"茶仪卿长长叹了口气，无奈地摇摇头。魏临渊随后笑着跑开了，到了众士兵面前："众军听令！随朕出征，横扫六合，一统天下！"魏临渊几乎和所有人都说了话，只远远避开凤九天，或许在他心中自己虽已是众生之主，却仍然驾驭不了他。

"魏临渊，你害死我女儿，拿命来！"一位老者突然持剑闯上山来，眼中满是怒火，他虽不会武功，却仍举着剑要与魏临渊拼命。

茶仪卿见到来人，神情变得惊讶而愧疚：

"和大人，我们没照顾好令爱，实在……"

"萧大人，这不怪你！我只要这恶贼偿命！"

凤九天见到和凝，瞳孔骤然收缩，随即大笑：

"和伯伯，几年前深夜求见叔父的神秘人是您？"

"没错，就是我！我一定要查明此案，亲手杀了这个奸贼！"和凝说着高高举起剑就要斩杀已经疯癫的魏临渊，他虽半点儿武功都不会，但猛力挥出的宝剑却足以致命。魏临渊见到举起的宝剑，神情之间仍是全无畏惧。

"哈哈，这是什么？好玩！快给朕玩玩！"

他不断傻笑着，竟用手去抓剑锋，刹那间鲜血淋漓。和凝见状忙用力夺剑，两人一时之间争执不下。凤九天看和凝被魏临渊害得也近疯癫，心中再次腾起杀心。他缓步走到魏临渊面前，拔出了锋芒毕露的流云剑！

"奸贼！你虽已疯，罪孽却难消！"

流云剑刹那刺出，破空声震撼人心，就在剑离魏临渊三寸之时，突然脱手飞出。凤九天无比惊讶，扭头看向远处。十几丈外立着位仙风道骨的老者，手中正握着流云剑。他此刻脸色虽很凝重，嘴角却仍带着微笑。

"小友！冤冤相报何时了，放手吧！"

"老神仙，他作恶多端，不死怎平众怒？"

"谭大侠已死，他也疯了，还不罢休？"

"可他若再贻害江湖，悔之晚矣！"

和凝听见陈抟声音，也有些不满地扭过头：

"陈老友，我女儿被他害死，就这么算了？"

"不然呢？你杀了他又于事何补？"

“可……可我咽不下这口气！”

“你若真杀了他，想过后果吗？”

“后果？什么后果？”

“你若杀他报仇，就会有人杀你报仇，恩怨永世不休！”

“但我的女儿，不会同意的……”

“我了解莉儿，若她还活着，也一定会劝你罢手。”

“唉，放下……这两个字易说而难做啊！”和凝无奈地发出一声叹息，最终还是缓缓收起长剑。他的目光变得有些迷离，语气也有些怅惘，“一切都过去了，老朽如今又孑然一身。”

李璟闻言连忙看向和凝，十分真诚地开了口：

“和前辈，您能谋善断，朕欲以国事相累，不知……”

“伯玉，你或许是位明君，但老朽要让你失望了。”

“不知和前辈欲投奔何处？”

“知远正起兵抵抗契丹，正是用人之时，我自当辅之。”

“也罢，是朕无此福分，就不强求了……”

“伯玉放心，我去后定劝知远与唐国永世结好。”和凝说着朝李璟微微一拜，独自向东北而去。他的背影显得有些凄凉，脚步却无比坚实有力，仿佛他去投奔的不只是刘知远，更是正义与希望。

凤九天看着陈抟，左右为难。自习剑以来，他从未遇到过如此难以抉择的时刻。他看着眼前疯癫的魏临渊，心中五味杂陈。陈抟正想出言劝解，一个小孩儿突然跑来。

“大哥哥！求求你，放过师父吧！”

小孩儿跪在凤九天面前，眼中满是哀求之色。茶仪卿见到小孩儿后一愣，李璟此刻也呆住了。这小孩儿不正是赵迥之子、诬陷过茶仪卿的赵普吗？

“小普，你刚才管魏临渊叫什么？！”茶仪卿不置可信地指着魏临渊问道。

赵普闻言默默落下眼泪，伸手抱住了魏临渊：

“他是我师父！除了父亲外和我最亲的人。”

“师父？难道我出征的两年间，他一直在照顾你？”

“是的！他本想把我做人质，可后来觉得我很聪明，也很可怜，就收我做了徒弟……"

"唉！看来他良心未泯，若不是为了报仇，或许就不会落得如此下场……"

"求求您了！我父亲不在了，我不能再没有师父！"

茶仪卿见到赵普的神情，不禁动了怜悯之心。他扭头看向凤九天，语气前所未有的郑重：

"小九，仇是永远报不完的，是时候放手了！"

李璟似乎也已动容，用期待的目光看着凤九天。凤九天凝望四人良久，流云剑缓缓归入鞘中。

月光清冷，洒满天门山。赵普搀着魏临渊，两人渐行渐远。陈抟笑着看向凤九天，缓缓开了口：

"小友，你终能放下仇恨，老朽放心了。"

"我虽已原谅他，可唯恐他再作恶。"

"他真的疯了，再也不会作恶了。"

"可万一他是装的……"

"小友，你始终要记住，人心都是向善的。"

凤九天缓缓点了点头，仿佛真的看透了一切。陈抟欣慰地笑了笑，好像看到了数十年前的自己。

"陈前辈，您医术若神，还望搭救大唐百官。"李璟此刻下了战马，朝陈抟深深施了一礼。曾经的李璟是那么倨傲，此刻却变得彬彬有礼。人终归都要成长，或许李璟真的已成长为一代贤君。

陈抟闻言不禁微微一笑，似乎无比胸有成竹。

"哈哈，伯玉如此看重贫道，贫道自当手到病除！"

"朕还有个不情之请，希望老祖应允。"

"伯玉是想让贫道把睡仙功传给萧大人吧？"

"正是！若您肯答应，朕必会重重感激您的！"

"贫道久离红尘，功名利禄早不挂怀了。"

李璟闻言又是敬重地一拜，请陈抟上了自己的宝马。陈抟缓步上了骏马，脸上露出了欣慰的笑容。天下没有不散的筵席。陈抟上马后，茶仪卿不舍地望着凤九天。凤九天脸色有些复杂，变得沉默寡言起来。

“小九，此案已彻底了结，我该和伯玉回大唐了。”

“茶兄，你……你别……”凤九天多想出言挽留，却知此时说什么也是枉然。他虽想过会有今天，可还是觉得来的太突然。茶仪卿拍了拍他的肩，最后毅然转身而去。“茶兄！我们什么时候还能再见？”

“我们有缘，江湖自会再见！”他说着上了一匹白马，随李璟的大军而去。

方才还热闹无比的天门山，转瞬只剩下凤九天。仿佛所有人都有自己的归属，唯独凤九天孑然于天地间。他突然想起了三年之约，想起了魂牵梦绕的那个她。

二十日后，夜。

时光如水，又至春节。这无疑是个最温馨也最残酷的节日，有家可归之人，自然都在乐享天伦，可无家可归之人，却越发显得孤单寂寞。北风漫卷飞雪，呼啸着掠过白马寺，此刻庙门前兀自立着一大一小两个身影。大的虽披头散发，疯疯癫癫，却难掩惊世的容颜，小的天真烂漫，十分可爱，眼中闪着智慧的光。他们互相依偎在一起，显是对方唯一的依靠。

“师父，今天是除夕，我们一起放花吧！”

少年傻笑着点点头，好像十分高兴。小孩儿用火折点燃烟花，随后远远地跑开了。烟花霎时腾空而起，化为花簇，在夜空中美丽地绽放。那璀璨而迷离的烟火，似比梦境更美好纯粹，可惜烟花易冷，任何美丽都终归是短暂的。空气中飘来一股浓浓的火药味，似要点燃寂静的夜空。味道顷刻被北风吹散，乘着烟花燃落的灰烬飘向远方。该散的，终究会散……

夜空中只剩下满天星斗，冰冷而凄凉。点点繁星，如那些无辜冤死的魂魄。它们在漆黑的天宇里喧嚣呐喊，声音久久回荡。少年身体猛地一震，深感罪孽深重。他感觉自己就像蜻蜓面对大海，无力飞过。他痴痴地望着天空，心似也随着烟火化为灰烬。他神情落寞而忧伤，深邃的眼眶中流下两行热泪。他拉起小孩儿的手，相对无言，惆怅中转身而去。

红尘万丈，他不知哪里是他的归宿。前路漫漫，他不知该走向何方。三千尘路上，从此再无人记起他曾经真实的模样。倘若一切可以重来，或许他会淡然仇恨，笑看红尘过往……

第二十九章　一诺生死情

雪，大雪。朔风呼啸，飞雪漫天。千华山银装素裹，亦如当年。只是气氛中多了些喧嚣，少了些死寂。人生悲喜交加，既有哀伤，也有喜事。洞房花烛，无疑是喜事之一。凌霄派大殿内，处处张灯结彩。弟子们也都面带喜色，进进出出张罗着。龙灵雪此刻一袭鲜红嫁衣，衬得她更加美艳绝伦。她伫立于大殿门前，翘首期盼着思念的情郎。冷风吹进殿中，烛火不断摇曳，亦如他们的爱情。

“师父，或许风师叔不会回来了。”一位比她年龄稍小的女弟子一边说着一边为她披上斗篷。

龙灵雪回头朝她笑了笑，语气十分坚定：

“不！他说了三年后回来就一定会回来！”

“可师祖说他是魔头，正召集江湖同道追杀他呢！”

“定是父亲弄错了，他不会是那样的人，一定不会的！”

“可即便如此，只怕他再也不敢来千华山了。”

“他说了三年必回，就一定会回来！”

女弟子微微侧过头，发出一声轻轻的叹息：

“唉，希望师父永远不知道师祖的事……”

龙灵雪听见徒弟小声呢喃，不禁出言询问：

“素云，你在自言自语些什么？”

“没……没什么……”

“我听你提起了父亲？”

“是……是的，我在想，师祖去了这么久，怎么还没回来？”

“是啊，父亲不会出什么事了吧？”突然，一阵小孩儿的哭闹声打断了两人的对话。龙灵雪一扫脸上的惆怅，顷刻露出了幸福的笑容。她转身走到两个孩子身边，轻轻抚摸着他们的头。“小雨、云儿，不要哭，你们终于要见到父亲了。”

龙灵雪看着一对儿女，幸福中带着苦涩。三年里她日日独守空房，受尽孤单与寂寞。她未婚生子，暗中不知遭过多少白眼，但为了凤九天，她无怨无悔，纵死不渝！

“师父！出大事了！”一个女弟子慌慌张张地跑进来，声音中还带着哽咽。

龙灵雪的笑容凝固了，连忙转过了头：

“到底出什么事了？”

“师……师祖去世了，被凤九天害死了！”

“什么？！这不可能！你不要胡说！”

“他的灵柩就停在门外，您快去看看吧！”女弟子说得极为肯定，由不得龙灵雪不信。

她瞬间呼吸急促，脚步蹒跚。她知道弟子不会说谎，却仍抱着最后一丝希望。她心目中的凤九天是英雄，天下哪有会杀师父的英雄呢？她推开大门的刹那，彻底震惊了。

北风虽在呜咽，却盖不住众人的哭泣。大雪虽然纯净，却远不如翻飞的灵幡洁白，漫天纸钱乘着风雪，把千华山衬得哀伤一片。龙灵雪最后的希望，在见到灵柩的刹那间破灭了，她的心此刻变得比这风雪还冷。

“不会的！傻子不可能杀我父亲，一定是你们搞错了！”龙灵雪抱着冰冷的棺椁，边哭边说着。

“母亲，父亲是坏人吗？”一个小男孩踉跄跑来，口中不断问着。

龙灵雪虽在痛哭，仍朝他用力地摇着头：

“不！云儿，你父亲不是坏人！不是的！”

“可……可他杀死了外祖父，我要外祖父！”

“不会是他杀的，其中一定另有隐情！”

小男孩似乎听懂了，不再喊叫，只默默流泪。小女孩也跑了过来，伸出两只小手抱住了龙灵雪。悲与喜往往在顷刻间，喜堂刹那间变成了灵堂。龙灵雪正要去祭拜父亲，却突然停下脚步。她听到有人在叫自己，蓦然回身。

“灵雪，我来赴约了！”朦胧的月光洒下，映照出一个模糊的身影。他在漫天风雪中缓步而来，腰间配着宝剑。这不正是她夜夜梦中相会的那个他吗？

“傻子！是你吗？”龙灵雪彻底愣住了，泪水如珍珠般坠落。

那道身影缓缓点了点头，慢慢地走到了她面前：

“灵雪，是我！我宁愿死，也不愿负你！”

龙灵雪看清了面前之人，心中变得五味杂陈。三年间她无数次想念他，可相见不如不见，她不知道自己到底该爱还是该恨。

“傻子，父亲真是你杀的？”龙灵雪哽咽着问道，眼中仍带着期待。她多希望凤九天说不是，哪怕只是骗她也好。但凤九天却点了点头，默然地点了点头。龙灵雪突然笑了，她仿佛听见自己心碎的声音。“我以为是他们弄错了，原来真的是你！”

“对不起，的确是我杀的！”

“那你还有胆量，还有颜面来见我？”

“来之前我已想过，我们相见无非两个结局。”

“两个结局？哪两个结局？”

“要么你为江湖除恶，要么我们远走高飞！”

“你若杀旁人，我都能原谅你，可你杀的是我父亲！”

“是啊，他是你父亲、你师父，更是正道之首。”

“你既然明白这些，就该知道你只有一条路！”

“一条路？哈哈，你是想让我死！”凤九天嘴角勾了勾，露出了一抹笑容。笑往往都是愉快的，偏偏他的笑中尽是凄凉。

“不是我想，而是你必须死！”龙灵雪拔出清霜剑，指向凤九天。

所有弟子此刻都围拢过来，个个持剑相向。

“我的确该死，也从未想过活着离开！”凤九天一声清啸，流云剑陡然出鞘。他纵然一心求死，也绝不愿束手待毙。

在凤九天走后的三年间，龙灵雪习武练阵，她本为了除魔卫道，却从未想过第一个对手竟是他！

流云剑寒芒闪闪，剑气震慑四方。凤九天人如疾风，剑似游龙，在阵中犹显游刃有余。十几个凌霄派高手，竟被他一人杀得落了下风。龙灵雪忙指挥变阵，十几人做出相应的变化。这大阵本就按五行八卦所摆，威力非凡。此时在龙灵雪的指挥下，大阵顿时灵活运转起来。十几把剑泛着杀意在他身边穿梭不绝，分袭向他周身要害。星光映照着千华山，映照着众人，也映照着剑锋。天地间除了刺骨的凛凛杀气，还有浓得化不开的凄凉。

“啊！”凤九天一声长啸，身子腾空而起。再精妙的大阵都有弱点，他无疑已发现了弱点。他的啸声划破长空，手中宝剑如流星陨落。这一剑的光芒是那么绚烂，那么璀璨。时间似乎不再前进，不再运转，刹那已成永恒。

龙灵雪看着刺向自己的剑，缓缓闭上了眼睛。清霜剑虽也径直刺出，不过是想临死前不显得太软弱罢了。龙灵雪这一剑并不十分致命，而且极易躲开。但凤九天没有丝毫避让，任其刺入胸膛。他为什么不躲？为什么要死在这样的剑下？或许只有一种解释，那就是他想用自己的死给她一个交代。

凤九天缓缓倒在地上。他一生都没被打倒过，此刻却倒下了。那张飘逸冷峻的脸上没有痛苦，只有笑意。凤九天突然想起谭安洺，明白他为何死前带着笑意，若能以自己的死成就亲人更好的未来，这无疑是值得的，更是应该感到欣慰的。而龙灵雪最好的未来，岂不正是成为正道之首？她绝不会像她父亲那样，她会真的造福武林。当然她也势必会替自己杀尽天下邪魔外道。他的血虽把山河染红，却绝没有白流。正是他的血，涤荡了江湖，换来了天地无瑕！

“当！”清霜剑重重落地，龙灵雪心如死灰。她已看不到兴奋的同门，也看不到冷漠的孩子们，此刻在她眼中，仿佛只剩下缓缓倒下的他。爱与恨都已在方才一剑之下永远了结。现在她已彻底迷茫，不知前路到底在何方。

“小九！”马车碾破冰雪，喊声撕裂群山。天底下能发出这种哀鸣的只剩下凤九天的挚友茶仪卿。茶仪卿此刻全无往日的淡然，目光中尽是悲伤与自责。他不恨龙灵雪狠心，也不怨凤九天莽撞。但他深深自责，若自己能早到片刻，或许一切都会不同，只是世上最残酷的，无疑就是任何事都不容假设。一切都是命运的安排，无论是谁也无力改变。

茶仪卿不顾众人愤怒的目光，径直把凤九天抱上马车。车夫随即调转了车头，径直离开了千华山。茶仪卿十分清楚此时自己带走凤九天的后果，但是他永远都不后悔，朋友永远比自己更重要。纵然他因此名声扫地、敌满天下，也心甘情愿。马车渐行渐远，在积雪上留下两道深深的车辙。大雪很快把车辙覆盖了，天地间彻底重归于死寂。

“傻子，我不许你一人独赴黄泉！”龙灵雪终于回过神，朝马车远去的方向狂奔，大喊。

她的一声声呼喊，凄凉而悲怆，群峰似都随之呜咽。跌倒在地的龙灵雪被四只小手拉住。两个孩子的目光中没有伤痛，只有冷漠。

“母亲，你怎么哭了？为了那个坏人？”男孩不解地盯着龙灵雪，眼神天真却显得残酷。

龙灵雪恍若未闻，双眼痴痴望着不远处的断崖。她抱起一双儿女，不舍地在他们头上亲了又亲。随后她毅然决然地踱向崖边，眼中满是万念俱灰。

“师父，你要干什么？！”

“师妹，掌门已经不在了，你千万不能再有事啊！”

呼喊声此起彼伏，无数女弟子上前相拦。龙灵雪只冷冷地瞥一眼那些无动于衷的男弟子。她似乎想起了无情的父亲和那个无情的他。难道男人都如此无情？如此不重感情？每个人都有各自的答案，但对龙灵雪而言已不重要。因为她离崖边实在太近了，近得让任何人都无可奈何。

尽管其他男弟子都在远远观望，可幽凝寒却不愿袖手旁观。他冲出人群，刹那跑到崖边，可还是晚了一步，他眼睁睁地看着龙灵雪抱着孩子们纵身跃下。他伸手想把三人拉上来，结果却只拉上了那个小女孩。女孩在他怀中大哭，双眼直直地望着断崖。幽凝寒无奈地长叹一声，抱着她径直离开了千华山。

夜与昼只差一线，生与死亦如是。龙灵雪抱着必死之心跳下悬崖，结果却出乎意料。她清醒过来时，发现自己正躺在一辆马车中，身旁坐着位儒雅公子，脸上还带着一抹笑容。

“龙姑娘，你身为人母，焉能如此冲动？”

龙灵雪认出眼前之人正是方才为凤九天收尸之人。她道过谢，随后十分急迫地开口询问：

“这位公子，不知我儿现在何处？”

茶仪卿笑着指了指车夫旁边，眼中带着喜爱。龙灵雪顺着手指的方向看了过去，发现孩子正高兴地坐在车夫身边。她这才放下心，缓缓坐了起来，心中充满喜悦。只是她猛然发现自己旁边，竟还停着一具尸体。这具尸体她再熟悉不过，岂不正是凤九天？她方才的欣慰与幸福，这一刻彻底重归五味杂陈。爱与恨本是情感的两个极端，她却偏偏用在一个人身上。她伸手想摸摸他的脸，却颤抖得无法触及。生与死是世界上最遥远的距离，此刻就横在他与她之间。半晌她才回过神来，朝茶仪卿深施一礼，有些为难地开了口：

“这位公子，感谢你的救命之恩，我还有个不情之请。”

“我是小九生前挚交，你们的事就是我的事。”

“我已对人世心灰意冷，恐怕再难照顾孩子……”

“小九之子便如吾子，我理应帮姑娘抚养。”

“还有……我希望他长大后，不要恨自己的父亲。”

茶仪卿闻言不禁笑了笑，随后十分郑重地点点头。龙灵雪再次深施一礼，随后走出车厢抱起了孩子。母子俩一边说着什么，一边慢慢向前方行去。不一会儿，他们就停住了脚步，共同望着渐渐出山的朝阳。许久之后，龙灵雪才与孩子依依惜别，独自回山。他们都以为会有相见之日，不料今日一别却成永诀！

曙光把千华山映照得无比圣洁。在圣辉中龙灵雪回山，完成了继任大典，就此，龙灵雪真的成了掌门，成了正道之首。不久，她领悟出诸天玄剑，武艺突飞猛进。但是龙灵雪越来越明白，欲凌霄者，必历苦痛。她不愿世间再有痛苦，故把凌霄派改为极乐仙境。只是真想达极乐之境，就必须剔除爱情与名利，可世上男子偏偏都钟情于此，她只得把所有男弟子尽数逐走。至此，龙灵雪彻底在江湖扬名。但她却永远忘不了千华山飘雪的冬天……

尾　声

春天，梨花开满涟霞山。风动枝摇，散落一地花瓣，仿佛吹散了涟霞山破碎的流年。花白如云，素洁淡雅，亦如梨树下的两个人。

“云儿，师父要出远门，很久才能回来。”

“师父要去哪里，是去办差吗？”

“不是办差，是去还愿，三个未了的心愿！”

“是去淹城采摘茉莉花吗？”

“是的，师父要采摘好多茉莉花，把它们放在一个姑娘的墓前。”

“然后师父会去南唐，去祭拜皇帝爷爷吧？”

“云儿真聪明，是师父腹中的一条小蛔虫！”

“可师父最后的心愿云儿却猜不中！”

“师父最后要去千华山，去见一位故人。”

“师父早去早回！”

云儿挥动小手和茶仪卿告别。茶仪卿转身离去，随他而去的只有天边的一片白云。

凡事念念不忘都必有回响。三年后，又是一个清晨，龙灵雪悠悠醒转，眼角还带着泪珠。

“唉，那一剑若未刺出，一切会不会不同……”她已不知多少次梦见凤九天，多少次梦回往昔。只是她心中明白，再多的想念也于事无补。

这时弟子郭素云叩响房门，声音显得不太真实。龙灵雪无力地应了一声，慌忙拭干眼角的泪痕。在众人面前她总要强装威严，装得让自己都厌烦。若非为了他，为了他的理想，恐怕自己早就坚持不住了。

“师父，茶公子前来拜会，不知……”未及郭素云说完，龙灵雪就快步迎了出去。郭素云望着师父的背影，眼眶也不禁泛红。她虽无法真正了解仅见一面的师叔是善是恶，但两人深沉而纯粹的爱，让她几欲泪下。

大殿，殿门紧闭。偌大的殿中，只有龙灵雪与茶仪卿。茶仪卿依旧淡然，只是越发显得憔悴。

“茶公子，我儿他还好吗？”

“龙姑娘尽管放心，他一切都很好。”

“云儿也有五岁了，却一直没人为他取名……”

“不，我已请陈抟老祖为他取了名字。”

“是吗？老祖为他取了哪几个字？”

“逸墨。飘逸出尘，不拘绳墨。”

“老祖能亲自为云儿取名，实乃三生有幸。”

“不但如此，老祖还说数十年后当与之会于瑶池。”

龙灵雪闻言露出了笑容，欣喜却又惆怅。随后她痴痴地望着茶仪卿，半晌都没说一句话。茶仪卿知她定是念及凤九天，神秘地笑了笑：

“龙姑娘，你在想小九？”

“是啊，这些年我无时无刻不在想他。”

“如果他还活着，你能原谅他吗？”

“或许……但人死不能复生，又有何用？”

“你怎知小九一定死了？”

“他被剑刺透左胸，又怎能不死？”

“可你抱着逸墨自悬崖坠下，不也安然无恙吗？”

“若那样他都没死，除非他心脏长在了右边……”

茶仪卿笑着微微颔首，随即缓步向殿外行去。他似听不见龙灵雪的询问，就那么潇洒地走到门前，这才缓缓转过身来：

“命运虽由天定，真情却可令天地动容。”

转瞬，又是新的一天。

清晨没有明媚朝阳，而是薄雾满山。郭素云再次敲响房门，想要通报派中事务。可她敲了很久，屋内都没有人回应。她只得推开了房门，慢慢地走了进去。原本就十分清静的房间，今日格外清静。她并没有看到龙灵雪，也没有看到她的清霜剑。郭素云起初微微一愣，随后露出了微笑。她知道如果龙灵雪走了，那凤九天就一定还活着。只是他们再见后，会相守一生还是拔剑相向？这件事郭素云不知道，或许江湖中人也永远不会知道。但每人心中都有自己的答案，并以之诠释这段往事……

（全文完）